Читайте романы
примадонны иронического детектива
Дарьи Донцовой

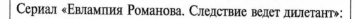

Сериал «Евлампия Романова. Следствие ведет дилетант»:

1. Маникюр для покойника
2. Покер с акулой
3. Сволочь ненаглядная
4. Гадюка в сиропе
5. Обед у людоеда
6. Созвездие жадных псов
7. Канкан на поминках
8. Прогноз гадостей на завтра
9. Хождение под мухой
10. Фиговый листочек от кутюр
11. Камасутра для Микки-Мауса
12. Квазимодо на шпильках
13. Но-шпа на троих
14. Синий мопс счастья
15. Принцесса на Кириешках
16. Лампа разыскивает Алладина
17. Любовь-морковь и третий лишний
18. Безумная кепка Мономаха
19. Фигура легкого эпатажа
20. Бутик ежовых руковиц

Дарья Донцова

Бутик ежовых рукавиц

роман

Советы

от безумной оптимистки Дарьи Донцовой

советы

Москва

ЭКСМО

2006

ИРОНИЧЕСКИЙ ДЕТЕКТИВ

Бутик ежовых рукавиц

ежовых

роман

Дорогие мои, любимые читатели!

В этом году я решила наградить самых постоянных и активных из вас!

Это значит, что я готовлю вам подарки!

Как принять участие в розыгрышах подарков?

Это просто! В этой книге вы найдете купон. Точно такие же купоны будут и во всех других моих новых книгах с твердой обложкой, которые выйдут с июня по ноябрь 2006 г. (за это время я опубликую 7 новых романов).

Каждый из вырезанных и заполненных вами купонов присылайте мне почтой по адресу: 111673, г. Москва, а/я «Дарья Донцова».

Не копите купоны — присылайте их сразу! Так вы сможете принять участие сразу в трех розыгрышах подарков в течение года!

Вот и все! Остальное зависит от вашей удачи и того, насколько внимательно вы ознакомились с описанием розыгрышей.

ОПИСАНИЕ РОЗЫГРЫШЕЙ

В течение этого года вы сможете принять участие сразу в трех розыгрышах подарков!

• 1-й розыгрыш

Состоится 10 августа 2006 г. среди всех успевших прислать хотя бы один купон за период конец мая — начало августа. Каждый пятый участник розыгрыша получит заказной бандеролью **стильный шарфик** (сама выбирала).

Кроме того, всем участникам первого розыгрыша — памятное письмо от меня и... четыре чистых конверта. Конверты — для того, чтобы вам было удобнее участвовать в розыгрышах.

- - - - - - - - - - - - - - - - - - -

• 2-й розыгрыш

Состоится 10 октября 2006 г. среди всех приславших 3 заполненных купона за период конец мая — начало октября. Каждый десятый участник обязательно выиграет **бытовую технику**. Заметьте, вам не придется за ней никуда ехать — технику доставят вам на дом.

- - - - - - - - - - - - - - - - - - -

• 3-й розыгрыш

Состоится 10 декабря 2006 г. среди всех приславших 5 заполненных купонов за период конец мая — начало декабря.

Самые удачливые получат суперприз — семейную поездку в Египет! Всем остальным участникам 3-го розыгрыша — сюрприз от меня на память.

Разумеется, присланные вами в течение года купоны участвуют во всех трех розыгрышах.

P. S. Всю дополнительную информацию можно получить на моем сайте www.dontsova.ru, на сайте моего издательства www.eksmo.ru и по телефону бесплатной горячей линии (495) 642-32-88.

Глава 1

Самые злые собаки — человеческой породы. Впрочем, я сейчас несправедлива по отношению к четвероногим. Псу, даже самому бешеному, никогда не сравниться с людьми по части подлости.

Если какой-нибудь кобель и налетит на вас, то не скрывая желания порвать на тряпки. Он не спрячет намерений под милой улыбкой, не притворится другом, пушистой ласковой болонкой, не станет давать неправильных советов, а потом фальшиво восклицать: «Кто же думал, что так получится! Желал тебе добра, сам знаешь!»

Встречался ли вам когда-нибудь ротвейлер, который, напившись пьяным, избивает жену и щенков? Попадался ли спаниель, прогоняющий из дома свою бабушку, потому что та от старости выжила из ума? Может, сталкивались с догом, который постоянно врет хозяевам? То-то и оно! На некоторые «замечательные» поступки способен лишь человек...

Отчего я впала в философскую задумчивость? Может, мне просто неохота работать?

Это, впрочем, объяснимо. Начало июня, на дворе стоит редкая для Москвы погода: не жарко и не холодно, нет дождя, но и не печет раскаленное светило, не дует пронизывающий ветер и не стелется дым от горящих торфяников Подмосковья. Кажется, нынешним летом можно будет понежиться под ласковыми лучами солнца.

В полном восторге от чудесного дня я вышла на улицу, устроилась за столиком под полосатым тентом и начала рассматривать прохожих. Все-таки в капитализме есть свои прелести. Еще вчера на этом месте и намека не имелось на летнюю веранду, но утром хозяин ресторанчика глянул в окно и мигом отдал приказ ее оборудовать. Кстати, и кофе тут хороший, и мороженое неплохое.

Я воткнула ложечку в белый, политый вареньем шарик. Вообще говоря, мне сейчас положено маяться на службе и поджидать клиентов. Но люди пока не желают пользоваться услугами частного детектива, народ в массовом порядке рванул на дачи жарить шашлыки и топить баню. Уже в четверг вечером по Москве можно спокойно передвигаться в автомобиле, а в пятницу, после программы «Время», от пробок и намека не остается — все, кто сумел, покатил на природу, создав заторы на МКАД. А сегодня суббота, ну сами посудите, какие клиенты, а?

Наверное, мне следовало взять отгул, но я помчалась в офис ни свет ни заря по одной причине: у меня все дома (имею в виду не собственное психическое здоровье, а наличие в квартире членов семьи). Кирюша и Лизавета готовятся к экзаменам, поэтому вроде как обязаны корпеть за письменным столом, Юлечка и Сережка решили устроить себе выходной, Костину неожиданно повезло с отгулами. Одна Катюша была в клинике, но к полудню подруга вернется, отработав сутки. Вот сейчас небось уже едет в лифте на родной этаж.

— Если мы намерены бездельничать в субботу, то предлагаю съездить в магазин и наконец-то купить новый телик в гостиную, — предложила вчера

Юлечка. — Мы до сих пор откладывали поход лишь потому, что у каждого свое представление о новом «ящике» и приобретать его имеет смысл в полном составе. Лично я за плазменную панель.

— Зачем плазму? — заволновался Костин. — Лучше...

— Вот, уже началось, — хмыкнула Юлечка. — Значит, решено, завтра рулим в «Дум».

— Ни за какие пряники! — взвился Сережка. — В «Думе» техника дороже, следует направиться в «Телелэнд».

— У нас скидочная карточка от «Юни» есть, — напомнил Кирюшка, — там десять процентов сбросят!

— Ерунда, — не уступил старший брат, — в «Юни» торгуют барахлом!

— Зато бесплатно дают прикольные подарки, — вступила в борьбу Лизавета.

— Вы все не правы! — решил «построить» присутствующих Костин. — Болтаете, как обычно, невероятную ерунду. По-настоящему качественную аппаратуру можно найти лишь в Митине, туда и отправимся.

— Отстой! — заорали хором школьники.

— Полнейшее идиотство, — вспыхнула Юлечка, — брать дорогую технику у коробейников, без гарантии!

Вовка засмеялся:

— Давно на радиорынок заглядывала?

— Я там никогда не была, — честно призналась Юлечка.

— Вот! А выступаешь! — покачал головой Костин.

— В газете про тамошние порядки читала, — уперлась Юля.

— Ты всему написанному веришь? — прищурился Сережка, переметнувшийся на сторону майора. — А как обстоит дело с заборами?

— Дурак! — топнула ногой женушка и метнула в муженька убийственный взгляд.

— Это не ответ. Кстати, потому-то в нашей семье деньги и не задерживаются, — завздыхал Сережка. — Ведь можем сэкономить, но не хотим!

— У нас скидка, — забубнил Кирюшка.

— Больше, чем на рынке, — добавила Лизавета.

— В «Юни» — через мой труп! — начал злиться Вовка.

На данной стадии, когда милая беседа о планах на выходной день стала стихийно перерастать в глобальный скандал, я тихо встала и юркнула в свою спальню.

А утром, около восьми, стараясь не шуметь, пришлепала в ванную и с изумлением увидела там Юлечку.

— Чего ни свет ни заря вскочила? — спросила та, отчаянно зевая.

— На работу пора! — бодро ответила я.

— Ты разве не поедешь с нами за теликом?

— Нет, — с фальшивым огорчением ответила я. — Увы, очень, очень, очень хотела поучаствовать в выборе модели, просто мечтала отправиться со всеми, но хозяин не отпускает.

— Жалко... — протянула Юлечка. — Только потом не ругайся, мол, не то купили.

— Мне такое и в голову не придет! — заулыбалась я.

Юлечка опять зевнула и ушла на кухню, я схватила зубную щетку. А некоторые люди считают свою службу каторгой! Ей-богу, они не правы! Ну каким бы еще образом, как не под предлогом необходимости идти на работу, я сейчас сумела бы избежать катастрофы под названием «Покупка со скандалом»? Хорошо представляю развитие событий: сначала все поругаются, выбирая магазин, куда предстоит поехать. Естественно, Вовка с Сережкой победят, и семья ринется на рынок. Там начнется новый виток: Юлечку потянет в одну лавку, мужчин в другую, а Кирюшка с Лизаветой понесутся в ряды, где торгуют компьютерами. Консенсуса достигнут после продолжительной битвы. Но даже очутившись у прилавка, участники акции не успокоятся, теперь копья станут ломать, изучая ассортимент и споря, какая из марок лучше. Представляете, сколько времени уйдет на утаптывание желаний и совмещение их с возможностями?

Я спокойно доела мороженое. Пока домашние грызутся на рынке, замечательно провожу время — наслаждаюсь хорошей погодой и свежим воздухом. Да здравствует эмансипация! Спасибо Розе Люксембург и Кларе Цеткин, которые первыми начали кричать о том, что бабам надо работать, я теперь с удовольствием пожинаю плоды их революционной деятельности. Кстати, об удовольствиях — не съесть ли еще одну порцию пломбира?

Не успела я позвать официантку, как красивая, лаково блестящая иномарка затормозила в паре метров от моего столика. Левая передняя дверца распахнулась, наружу высунулась стройная нога в элегантной босоножке, потом появилась вторая. На секунду у меня создалось впечатление, что хозяйка ножек совершенно голая, но потом стало понятно: дама не забыла надеть платье, просто оно очень короткое, слишком открытое и... неприлично дорогое. Впрочем, владелице иномарки, при ее точеной фигурке, наряд шел чрезвычайно, он соблазнительно обтягивал бедра и подчеркивал пышную грудь. На мгновение я ощутила прилив зависти. Везет же некоторым! Каким образом незнакомка ухитряется иметь «рюмочную» талию и бюст четвертого размера? Да еще у нее совершенно шикарные, роскошно кудрявые светлые волосы, небрежной копной падающие на плечи...

Моя рука невольно потянулась к голове и попыталась поправить стоящие дыбом, коротко стриженные пряди. Бойко перебирая «голливудскими» ножками, обладательница дорогой машины скрылась в здании НИИ, в котором теперь расположена куча офисов, в том числе и детективное агентство Юрия Лисицы, где я имею честь служить. Красавица скрылась за дверью, я позвала официантку и попросила еще кофе и порцию мороженого.

— Сейчас, — весело улыбнулась та, — айн момент!

Немедленно ко мне вернулось отличное настроение. Не следует завидовать, это некрасиво. Да и скорей всего никакого повода для терзаний у меня нет. Бюст у красотки наверняка силиконовый, волосы она нарастила в салоне, кудри получила в результате химической завивки, а стройные бедра обрела после липосакции. Вот машина у нее классная. Но моя зелененькая «букашка» совсем не хуже! Предложи мне кто-нибудь поменять ее на вызывающе роскошный лимузин, я бы ни за что не согласилась. Такие машины слишком большие, их трудно припарковать на тесных московских улицах. Еще мне не нравится «квадратность» их дизайна, обтекаемая форма малолитражки больше по сердцу. И к чему откидывающийся верх? Конечно, шикарно подруливать на открытой машине, но, положа руку на сердце, признайтесь, сколько раз за год вы сумеете отодвинуть крышу? Мы живем в мегаполисе, в котором девять месяцев зима, а остальные три — осень. Теплые, погожие денечки, вроде сегодняшнего, случаются крайне редко. Слышали анекдот? Одна девушка спрашивает у подруги: «Ты летом ездила на пляж?» — «Нет, — отвечает та, — в тот день меня не отпустили с работы». Очень смешно, кабы не правда.

Я поставила пустую чашку на блюдце. Нет, не нравится мне пафосный автомобиль блондинки, подобные покупают не для комфортного передвижения, а в целях саморекламы, демонстрируя собственную крутость и богатство. И багажник у тачки дурацкий... Ба! Красавица забыла его как следует захлопнуть! А из-под крышки что там такое виднеется?

Я внимательно присмотрелась. Ярко-красная крышка «грузового» отсека чуть-чуть приподнята, а из-под нее выглядывает некий странный белый предмет, похожий на осьминога. Промучившись пару минут от любопытства, я, навесив на лицо выражение абсолютного безразличия, встала и пошла к шикарной машине. По мере приближения становилось понятно: это, конечно, не обитатель глубин, хотя некоторое сходство с морским гадом имеется, вон же белые отростки. Это... Это... Это... ПАЛЬЦЫ!

Я резко остановилась и, чтобы не шлепнуться оземь, уцепилась за заднее крыло лимузина. Теперь, когда я оказалась впритык к машине, никаких сомнений не осталось: из-под крышки багажника высовывается человеческая рука. А теперь скажите, кто из вас в здравом уме и трезвой памяти влезет в жаркий день внутрь отделения, предназначенного для перевозки сумок? Да никому, даже редкостному идиоту, подобная идея не взбредет в голову. Следовательно, там некто, кому наплевать на дискомфорт, человек, лишенный нормального, адекватного восприятия действительности, то есть... труп!

Додумавшись до этого момента, я ощутила, как ровный тротуар вдруг вздыбился и встал на ребро.

Чтобы не шлепнуться, мне пришлось буквально навалиться на машину.

— Девушка, вам плохо? — спросил звонкий голосок.

Не в силах произнести ни слова, я кивнула.

— Принести воды? — участливо поинтересовалось сопрано, потом чьи-то руки коснулись моей спины. — Пойдемте, посажу вас в кафе. Погода меняется, вон туча бежит, наверное, гроза будет.

Я сумела оторвать взор от пальцев, выглядывающих из багажника, и тихо промямлила:

— Похоже, ему хуже, чем мне!

— Кому? — полюбопытствовала сердобольная прохожая.

Я указала на багажник.

— Вон... там...

— Где?

— В машине.

— Это что? Ой! Мама-а-а...

Пронзительный крик на секунду оглушил, потом он заметался по улице, отталкиваясь от стен домов. В мгновение ока собралась толпа, люди начали возбужденно переговариваться.

— Там кто?

— Не видишь, дура, покойник!

— Может, живой!

— Че он тогда лежит и не вылазит?

— Милиция!

— Вызовите «Скорую»!

— На фига тут врачи? Труповозка нужна!

— Ментов кликните!

— Ой, тошнит!

— Мама-а-а-а!

— Бабушка, я хочу посмотреть на убитого дядю, — заныл чей-то ребенок. — А где кровь? В кино всегда ее много. Фу, неинтересно!

— Посторонитесь, граждане, — раздался хриплый басок, и в поле моего зрения появились двое парней, внешне — чуть старше Кирюшки.

Форменная одежда болталась на отнюдь не атлетических телах юных сержантов, слишком большие фуражки съехали с макушек. Вид у стражей закона был совсем не грозный, но толпа притихла.

— Чей автомобиль? — пытаясь выглядеть солидно, осведомился один из милиционеров.

— Вот ее, — хором ответило несколько голосов.

Парень глянул на меня.

— Откройте багажник.

— Машина не моя, и я не знаю, кому она принадлежит, — пролепетала я, — просто первой заметила руку.

— Значит, так, — начал командовать сержант. — Личность, обнаружившая непорядок, предположительно, труп, должна остаться на месте, остальных попрошу удалиться! Костян, сдвигай их отсюдова. Встали, словно в цирке!

— Попрошу рассеяться по улице, — начал работу второй парень. — Граждане, отойдите назад. Ну че интересного?

Пока он пытался избавиться от любопытных, первый сержант раскрыл планшет и приступил к опросу свидетеля, то есть меня.

— Фамилия?

— Романова, — ответила я, скосила глаза и, увидев, что юноша преспокойно написал «Раманова», поправила его: — Надо через «о».

— Хорошо, — буркнул парень, — так и напишем, через «о», дальше...

Продолжить нам не удалось.

— Какого черта вы тут делаете? — вонзился в уши резкий голос, почти визг. — Навалились на мою машину! Эвакуатор вызвать задумали? Никаких запрещающих знаков здесь нет!

Я подняла глаза и увидела хозяйку иномарки, ту самую красотку в неприлично коротком платье.

— Гражданочка, — кашлянул Константин, которому удалось прогнать бо́льшую часть зевак. — Мы...

— Замолчите! — топнула стройной ножкой девица. — Денег не дам! Они у меня есть, но совершенно не собираюсь расшвыривать убитых енотов лишь потому, что ментам пришла в голову идея заработать.

— Убитых енотов? — растерянно повторил Костя. — Юрк, че она несет?

— Совсем дурак? — прищурилась красавица. — Русского языка не знаешь? Убитый енот, это у. е., условная единица. Ладно, не до вас сейчас, убирайтесь!

Сержант Юрий одернул слишком свободную тужурку.

— Мы при исполнении, гражданочка!

— Вот и исполняйте, — не растерялась скандалистка. — Ну-ка, живо представьтесь! Звание? Фамилия, имя, отчество? Из какого ГАИ?

— Мы из отделения, — миролюбиво ответил Константин.

— Тогда какого дьявола около автомобиля третесь? — пошла в атаку девица. — Вам должно быть фиолетово, кто где машину бросил, за дорогу автоинспекция отвечает. Так что валите отсюда!

Костя заморгал, а более уверенный в себе Юрий кашлянул и заявил:

— Верно, конечно, парковка не наша головная боль. А вот труп на участке, оно того, неправильно!

— Труп? — подпрыгнула блондинка. — Какой еще труп?

— У вас в багажнике тело, — пояснил Костя.

— Чье? — вытаращила умело подкрашенные глаза владелица элитных колес.

— Во, — простодушно ткнул в сторону багажника иномарки не слишком чистым указательным пальцем Костя, — гляньте сами! Как он туда попал?

На мгновение красавица впала в ступор, но потом, издав вопль боевого слона, кинулась к машине и ловко подняла крышку багажного отделения.

Глава 2

Я зажмурилась. Меньше всего хотелось увидеть окровавленное тело с изуродованным лицом и услышать новые вопли красотки, теперь уже от ужаса. Крик и в самом деле не заставил себя ждать, только речи оказались иными, чем ожидалось.

— Негодяй, мерзавец, подонок! — завизжала блондинка. — А ну вылезай отсюда!

Любопытство заставило меня приоткрыть глаза, и я уставилась внутрь багажника. В сравнительно небольшом отсеке, на резиновом коврике, лежал мужчина более чем импозантной наружности. Волосы того, кто по непонятной причине решил изображать из себя чемодан, были тщательно уложены феном, короткая борода аккуратно подстрижена, а ботинки идеально вычищены. Меньше всего незнакомец походил на труп, наверное, еще и потому, что одной рукой он сжимал фотоаппарат.

— Кисонька, успокойся, все хорошо! — заныл этот странный «багаж».

— Я и не нервничаю! — бушевала блондинка. — Дергаться будешь ты!

— Гражданочка! — кашлянул сержант Юрий. — Давайте придем в себя и выясним обстоятельства произошедшего. Вам знакомо лицо, находящееся в багажнике вашего автомобиля?

Красавица хлопнула себя по стройным бедрам.

— Не только лицо, но и всего его как облупленного изучила! Урод!

— Гражданин является вашим родственником? — невозмутимо продолжил Юрий расспросы.

— Что? — взвилась красотка. — Вот этот? Родственник?

— Кисонька, — чуть не зарыдал дядечка, — ну как ты можешь после всего, что между нами было, отрицать нашу близость?

— А что такого было-то? — уперла изящные руки в тонкую талию дамочка. — Да если мне всех своих любовников за братьев считать...

— Котенька! Ты...

— Погодите, гражданин, — сурово прервал нытье седовласого плейдеда сержант Юрий, — давайте разберемся.

— Чего тут разбираться? И еще на глазах у любопытных! — мгновенно откликнулась девица.

— Пройдемте в отделение, — безо всякой агрессии предложил Костя. — Нас позвали, мы долг исполняем.

Неожиданно блондинка рассмеялась.

— Ну почему со мной вечно всякая ерунда случается? — задала она риторический вопрос.

— Не стоит расстраиваться, — ожила я. — Страдаю той же болезнью: если из чьего-нибудь окна выпадет цветочный горшок, он непременно шлепнется к моим ногам.

Красотка хмыкнула и совершенно беззлобно ответила:

— Нет, между нами большая разница. Мне тот горшок угодит точно по макушке и расколется, а идиотка, которая его уронила, потребует нехилую компенсацию за ущерб и моральные страдания. Ну хватит, с ерундой пора заканчивать! Ни в какое отделение, естественно, я не потащусь, силой вести прав не имеете, попытаетесь заломить руки — вызову адвоката, тогда вам мало не покажется. Ладно, садитесь в машину, там и поговорим. Эй, Шмелев, выкарабкивайся, да поживей!

Дядька, кряхтя, начал вылезать наружу. Костя занырнул в салон лимузина.

— Ух ты! — раздался оттуда его восхищенный голос. — Юрк, глянь, тут и телик есть, и даже дивидюшник!

— Пусть Романова через «о» тоже с нами остается, — потребовал Юрий. — Она свидетель.

— Ладно, — пожала плечами красотка и села на водительское место.

— Гражданка Романова через «о», проследуйте в автомобиль! — не замедлил приказать сержант.

Я рассердилась.

— Глупая шутка по поводу фамилии вовсе не кажется мне смешной. Кстати, мой ближайший приятель Владимир Костин ваш коллега, он майор, и я великолепно знаю: протокол — это официальный документ, фамилия свидетеля в нем должна указываться правильно. Вы написали мою фамилию с ошибкой, я ее исправила, но это не повод для хаханек.

— Че сделал-то? — искренне изумился Юрий.

— Не понимаете?

— Не-а!

— Хватит обращаться ко мне «Романова через «о»! Да, через «о», а не через «а», как вы написали! Вообще говоря, впервые встретила человека, который ухитрился сделать ошибку в такой простой фамилии.

— Никак не соображу, че плохо-то? Отчество вот записать не успел...

— Андреевна! — рявкнула я.

— Гражданка Романова через «о» Андреевна, сядьте, пожалуйста, в машину, — без тени улыбки заявил сержант.

Вот тут я обозлилась до крайней степени.

— Издеваетесь?

— Ну че опять?

— Как меня назвали?

— Гражданка Романова.

— А дальше?

— Через «о» Андреевна, — голосом малыша-первоклассника продолжил Юрий. — А как вас величать? Сами так представились. Во, посмотрите, я аккуратно записываю!

Перед моим лицом появился слегка помятый бланк. Я глянула на бумажку и стала читать текст: «Фамилия — Pаманова. Имя — Черезо...»

К горлу подобрался смех.

— Меня зовут Евлампия.

— Как? — вытаращил глаза Юрий.

— Романова — через «о», а не через «а», — Евлампия Андреевна.

Сержант поморгал, потом с легким беспокойством поинтересовался:

— Че? Мусульманка?

— Кто? Я? — изумилась я вопросу.

— Ну да.

— Нет, православная. А, кстати, какое вам дело до моего вероисповедания? Неужели подобный вопрос теперь есть в бланке?

— Имя больно странное, — признался Юрий. — Заковыристое, какое у русских не встречается. Надо же, Черезо Аничереза Евл...ва...м... И не выговорить!

— Долго вас ждать? — высунулась из окна блондинка.

Я выхватила у сержанта бланк.

— Дайте мне ручку и планшетку.

— Пожалуйста, — протянул требуемое дурачок. — Эй, вы че пишете? Это же документ!

— Всего-навсего исправляю глупость, — прошипела я. — Фамилия: Романова, далее — Евлампия Андреевна.

— Таких имен не бывает, — отрезал Юрий.

У меня зачесались руки. Нет, посмотрите на него! Значит, Черезо Аничереза нормально, а Евлампия — бред?

— Мне некогда! — заорала скандалистка.

Я молча полезла в иномарку. Какой смысл спорить с кретином? Он никогда не поумнеет! Объяснять ему что-то — только настроение портить.

Но уже через мгновение от неприятных мыслей не осталось и следа, потому что владелица пафосного автомобиля принялась излагать свою историю.

Незнакомку звали Ирина Шульгина. Работает она управляющей магазина «Лам» (не путать с его хозяйкой!). Ирочка — подневольная служащая, хоть и получает более чем хорошую зарплату. Шульгина свободная женщина, замуж не собирается, рожать младенцев не хочет, поэтому живет в свое удовольствие, меняя кавалеров. Полгода назад красотка познакомилась с Александром Георгиевичем Шмелевым, преподавателем некоего института. Какой предмет он вдалбливал в головы студентов, Иру совершенно не волновало, ее привлекла импозантная внешность дядьки: галстук-бабочка и милая, чуть растерянная улыбка.

Если Ирочке приходит в голову идея покорить мужчину, то любой представитель сильного пола па-

дает к ее ножкам незамедлительно. Александр Георгиевич не стал исключением. Вспыхнул бурный роман, и очень скоро Шульгина испытала глубочайшее
разочарование. Александр Георгиевич оказался зану-
ден до зубовного скрежета, чувством юмора не обладал, получал копейки, корчил из себя гения, требо-
вал гипертрофированного уважения, а в кровати
почти постоянно терпел фиаско. Ира вознамерилась
бросить кавалера, но не тут-то было. Шмелев вооб-
разил, что красивая, обеспеченная женщина, постоянная участница всех тусовок, героиня светской хро-
ники и любимица папарацци — отличная кандидату-
ра на роль жены.

— Нам следует оформить отношения, — зудел
Александр, — стать супругами.

— Зачем? — удивилась Ира.

— Будем жить вместе! — алчно воскликнул Шмелев. — В твоей квартире, она больше. Станем ездить
на дачу...

— На МОЮ? — прищурилась Ира. — У тебя-то
фазенды вроде нет. Причем раскатывать станем, как
я понимаю, на МОЕМ авто, а хозяйство вести на МОИ
бабки?

Александр живо прикусил язык и изменил так-
тику. Теперь он почти ежеминутно ныл:

— Дорогая, обожаю тебя, свет очей моих...

И так далее.

Большинство девушек с восторгом выслушивают
подобные «псалмы», но Ирочка, несмотря на белокурые волосы (некоторые утверждают, что блондинки
глупы), похожа на птицу Говоруна, то есть обладает
умом и сообразительностью, поэтому сладкие речи
импозантного внешне любовника она пропускала мимо ушей. Более того, манера Шмелева распускать розовые слюни страшно ее бесила, особенно когда «ми-

лый друг» звонил во время работы. Скажем, у Иры
серьезный разговор с клиентом или байером[1], а тут
поет ее мобильный, и из трубки доносится сюсюка-
нье:

— Кисонька, обожаю тебя! Скажи скорей своему
котику, как любишь его!

Кроме как на липкие речи, Шмелев больше ни на
что не был способен. Впрочем, и раньше, в период яр-
кого романа, цветов, конфет и драгоценностей он «обо-
жаемой кисоньке» не дарил, в ресторане Ира платила
за двоих, и билеты в кино тоже приобретала сама.

В конце концов «Ромео» осточертел «Джульет-
те», и последняя решила избавиться от совершенно
не подходящего ей Александра Георгиевича. Решаю-
щий разговор Ира наметила на пятнадцатое мая. В начале последнего месяца весны ожидалось несколько
тусовок, на которых Шульгина не хотела появляться
в гордом одиночестве, так что Шмелеву предстояло
еще пару раз исполнить роль ее кавалера, а затем навсегда исчезнуть из жизни управляющей модного магазина.

Придя первого мая на вечеринку, Ира налетела
на хозяйку бутика, которая заявилась на веселье с дочерью Машей — студенткой, спортсменкой и просто
красавицей.

— Машенька, как ты выросла и похорошела! —
воскликнула Ира. — Знакомьтесь, это Александр Георгиевич Шмелев, мой... э... друг.

Внезапно бойкая Маша заволновалась, сконфу-
зилась, нервно поздоровалась с мужчиной и... сбежа-
ла. Слегка удивленная поведением хорошо воспитан-

---

[1] Б а й е р — человек, в обязанности которого входит заку-
пать коллекции для продажи в магазинах. От таланта байера на-
прямую зависит выручка бутика. — *Прим. авт.*

ной девушки, Ира пошла за ней следом, отыскала в укромном уголке и спросила:

— Маша, что случилось?

Студентка замялась.

— Говори, — велела Ира.

Маша вздохнула.

— Понимаешь, твой Шмелев у нас преподает. Он жуткий индюк, лекции читает плохо — бормочет, словно паралитик, ничего не понятно. Спросишь его о чем-нибудь на семинаре, такую рожу скорчит! Да еще свысока заявляет: «Если не понимаете, я не виноват, вам господь при рождении ума не положил».

— Некрасиво, — протянула Ира.

— Это еще цветочки! — ажиотировалась студентка. — Задал он нам работу — посчитать кой-чего. Я неделю корпела, чуть не умерла, все сделала, приношу ему: «Вот, Александр Георгиевич, постаралась, оцените зачетом». А он вдруг заявляет: «Нет». Я возмущаюсь: «Почему? Ведь в срок уложилась!» А он преспокойно говорит: «Я случайно дал нескольким студентам одинаковые задания, вам следует сделать иную контрольную, возьмите условия на кафедре».

— Он не извинился? — поразилась Ира.

— Не-а, — хмыкнула Маша.

— Не сказал: «Сам виноват, поставлю зачет»?

— Ему такое и в голову не придет, — усмехнулась Маша. — Индол!

— Кто? — не поняла Шульгина.

— Его так у нас на курсе зовут, — захихикала Маша. — Помесь индюка с долдоном, индол, новый зверь — заражен редким видом бешенства, ненавидит всех, кроме начальников. Вот дочке ректора он сладко улыбается. Прикинь, как я сейчас обрадовалась встрече!

— Да уж, — протянула Ира. — А давай я попрошу его, чтобы зачет поставил?

— Не поможет, — скривилась Маша.

— Мою просьбу он мимо ушей не пропустит, — улыбнулась Ира.

— Тебе только так кажется.

— У нас хорошие отношения! — воскликнула Шульгина.

Студентка засмеялась.

— Анекдот хочешь? Прямо в тему. Просит скорпион черепаху: «Перевези меня через реку, ты умеешь плавать, а я нет». Черепаха отказывает: «Нет, ты меня укусишь». — «Разве я похож на сумасшедшего?» — ответил скорпион. В общем, уговорил он Тортилу, вполз ей на панцирь, и поплыли. На середине реки пассажир цап свою «лодку» за шею. Черепаха кричит: «Дурак! Я погибну, но ведь и ты утонешь!» — «А вот такое я дерьмо», — гордо ответил скорпион. Твой Шмелев — родной брат того гада.

— Посмотрим, — мрачно ответила Ира.

Она вернулась назад в зал, подошла к своему кавалеру и сказала:

— Вон та девушка — дочь моей начальницы, хозяйки бутика, и одновременно твоя студентка. Поставь ей завтра зачет.

— Нет проблем, кисонька, — заворковал Александр Георгиевич, — пусть подойдет.

Через день Маша позвонила Ире и упрекнула:

— Говорила же — не лезь. Только хуже сделала.

— Ты у него была? — похолодела Ира. — Он не поставил зачет?

Маша нервно рассмеялась.

— Я дождалась, пока в аудитории никого не останется, и подошла к гаду. Так он привел меня на кафедру и при всех отчитал: «Зачеты надо не выпрашивать, а сдавать. Вы что, решили, будто лучше всех?» В общем, вытер о меня ноги и ушел. Наверное, теперь героем себя ощущает.

Ира немедленно соединилась со Шмелевым и в ярости выкрикнула:

— Я же просила помочь Маше!

— О чем речь? — быстро откликнулся Александр Георгиевич. — Помню.

— Разве она к тебе не подходила?

— Ну...

— Да или нет?

— Приносила зачетку, — признался преподаватель.

— Так почему ты не расписался в ней?

— Я было собрался, — заегозил мерзавец, — но девица натуральная психопатка, едва начал разговаривать, заистерила и убежала. Мне что, следовало гнаться за ней с воплем: «Стойте, вот ваш зачет»?

— Ясно, — буркнула Ира и повесила трубку.

Шмелев моментально перезвонил.

— Мы пойдем сегодня поужинать?

— Нет.

— А завтра?

— Нет.

— Тогда в субботу?

— Нет.

— Кисонька, что происходит?

— Нам не надо встречаться!

— Почему? — взвыл Александр Георгиевич.

— Неохота тебя видеть.

— Из-за Маши? Какая ерунда! Пусть завтра приходит, молча решу проблему.

— Молчать следовало вчера! — рявкнула Ира. — Прощай.

И началось. Шмелев, живо сообразивший, что

лакомый кусочек — обеспеченная женщина — уплывает из рук, пустился во все тяжкие. Стоило Ире войти в зал, где шумела очередная вечеринка, как первым ее встречал брошенный поклонник. С самым скорбным видом Александр Георгиевич плелся за Ириной и мешал ей разговаривать с присутствующими мужчинами. Если Шульгина все же ухитрялась уйти с каким-нибудь парнем, то Шмелев непостижимым образом находил его телефон, беспрерывно звонил ему и ныл:

— Я так люблю Иру... у нас временная размолвка... не лезьте в чужие отношения... Вы убиваете нашу любовь!

Очень скоро Шульгина стала ощущать себя в осаде: Шмелев был везде, оставалось лишь удивляться, где он добывал приглашения на тусовки и когда работал. Но сегодняшнее происшествие вышло за все рамки.

— Как ты влез в багажник? — коршуном налетела сейчас Ира на бывшего любовника.

— Просто, — ответил тот, — у меня ключи есть.

— Откуда? Ты их украл!

— Случайно взял.

— Зачем спрятался в багажнике? — затрясла головой Шульгина.

Шмелев скукожился.

— Отвечайте, — потребовал Юра.

— Хотел посмотреть, к какому мужику она поедет, — явно через силу признался Александр Георгиевич. — Остановились. А как увидеть, где именно? Ну и приоткрыл чуть крышку, пальцы высунул, чтобы щель не закрылась. Гляжу, в НИИ вошла, значит, не на свиданку спешила. Чтобы не задохнуться совсем, руку убирать не стал, решил: сейчас она дальше покатит. У меня и фотоаппарат с собой, так, на всякий случай. Если ее мужчина женат, то снимочек кстати окажется. Это все от ревности!

Сержанты Юрий и Константин переглянулись.

— Тут дело явно личное, — с большим облегчением отметил Юрий, — сами разбирайтесь.

Конец фразы милиционер договаривал, уже стоя на тротуаре. Костя тоже проявил резвость, мигом выскочил из машины.

Ирина глянула на Шмелева.

— Пошел вон! — прошипела она. — И отдай ключи.

— Держи, кисонька, — подобострастно заулыбался мужик, — вот связочка.

— Мерзавец, — покраснела Ира от негодования.

— Прости, родная.

— Убирайся!

— Кисонька, я от ревности голову потерял.

— Не понял? — взвизгнула Ирина. — Вон!

— Не переживай, дорогая... — завел было Шмелев, но потом заткнулся, вылез на тротуар и спросил: — Может, пообедаем?

— Вон, сказала! — завопила Шульгина.

— Ладно, ладно, — попятился Александр Георгиевич, — вечером звякну.

Когда импозантная фигура исчезла в толпе, Ирина повернулась ко мне и слегка растерянно спросила:

— Тебе такие кадры попадались?

— Нет, — усмехнулась я. — А если это любовь?

— Пусть катится с ней ко всем чертям, — немного устало отозвалась Шульгина. И вдруг снова вызверилась: — Все ты виновата!

— Я? Интересное дело! Между прочим, ничего не слышала о Шмелеве до сегодняшнего дня.

— Какого хрена ментов позвала? — бушевала Шульгина.

— Так рука из багажника высовывалась, — залепетала я, — думала, труп.

— Ты его туда запихивала? — злобно поинтересовалась Ира.

— Кого? — растерялась я.

— Труп.

— Нет.

— Не тебе и вынимать! — докончила Шульгина.

Я открыла дверь и молча вылезла наружу. Может, мне все же следовало поехать с домашними за теликом?

Глава 3

— Эй, постой! — донеслось сзади.

Я обернулась, увидела Ирину, тоже вышедшую из автомобиля, и спросила:

— Что тебе?

— Меня всегда восхищали люди с активной жизненной позицией, — заявила Шульгина, щелкая брелоком сигнализации, — я вот совершенно спокойно прошла бы мимо руки, головы или чего иного, свисающего из чужой машины.

Я вздохнула.

— Случилось дурацкое недоразумение, приношу свои извинения, не хотела причинить никому неудобств, а сейчас мне пора на работу. До свидания.

Не успела я войти в холл, как Ирина, которая, как оказалось, шла сзади, поинтересовалась:

— Где тут лифт?

— Слева, но его не дождаться, лучше пешком, — мирно ответила я. — Подъем по лестнице заменяет фитнес.

— Еще чего, — фыркнула Шульгина, — глупости.

Я пожала плечами и пошла в сторону ступенек.

Теперь наш офис находится на пятом этаже — из прежней комнатки, расположенной между секс-шопом и туалетом, нам с Лисицей в конце концов удалось выбраться.

— Лампуша, — крикнула одна из спускавшихся вниз девушек, — ты хотела новые ботиночки? Приходи после трех, машина уже прибыла.

— Ой, спасибо! — обрадовалась я. — А все размеры есть?

— Ага, — весело подтвердила продавщица. — И цвета тоже. Только не тяни, их живо разбирают.

— Придержи мне светло-коричневые, — попросила я.

— Красные эффектнее.

— Но они не подо все подходят.

— А ты возьми и те, и другие.

— Дорого.

— На себя не жаль.

— Ну в принципе да, — согласилась я. — А что еще привезли?

— Сапожки резиновые, прикольные — розовые, на каблуке, ботиночки с вышивкой джинсовые... — начала бойко перечислять моя знакомая.

Проболтав подобным образом минут десять, я сказала:

— Ладно, зайду непременно, только сначала нужно заглянуть в контору, вдруг клиент пришел.

— А мы еще и не разгружали товар, — напомнила приятельница, — сказала же, после трех загляни.

— Отлично! — обрадовалась я и бойко потопала дальше.

Пусть некоторые люди презрительно морщатся при виде лестницы и бегут к лифту, лично я не упускаю момента потренировать ноги, а то они от постоянного сидения способны отсохнуть. Кстати, ежедневная беготня вверх-вниз уже дала ощутимые результаты: еще месяц назад я начинала судорожно задыхаться, едва добравшись до второго этажа, теперь птицей долетаю до пятого, и ничего. В общем, как говорится в песне, которую изредка пел в ванной мой папа: «Во всем нужна сноровка, закалка, тренировка, уменье побеждать...»

Напевая себе под нос бодрый мотив, я дошла до двери офиса нашего детективного агентства, вынула из сумочки ключ, попробовала повернуть его в скважине и рассердилась. «Лампа, ты опять забыла запереть дверь! Ну разве можно быть такой невнимательной!» — отругала я себя мысленно. Хотя если подумать, то расстраиваться не стоило — в конторе нет ничего ценного, сейф у нас намертво привинчен к полу, к тому же он пуст. Случайному воришке, который мог воспользоваться моей забывчивостью, досталась бы сущая ерунда: электрочайник, банка кофе, пакет сахара, коробка печенья, новый роман Татьяны Устиновой и пара кружек. Из всего вышеперечисленного мне было бы жаль лишь детектив любимой писательницы, я не успела его прочитать. Вот сейчас устроюсь уютно в продавленном кресле и вцеплюсь в книжку. А перед тем, для получения полнейшего удовольствия, представлю, как домашние сейчас лаются на рынке около пирамид из телевизоров.

Улыбаясь, словно кошка, которой перепал кусок свежей телятины, я вступила в офис и разом потеряла хорошее расположение духа. Спиной ко входу в моем любимом, старом, но очень удобном кресле сидела посетительница. Лица женщины я, естественно, не видела, но волосы и платье показались знакомыми. Прощай, удовольствие, не удастся мне замечательно провести время в компании с отличной книжкой...

Может, прикинуться уборщицей и заявить: «Простите, по субботам детективное агентство не работает»? В конце концов, я сегодня вовсе не собиралась работать, пришла в контору лишь с одной целью: хотела спокойно переждать бурю и вернуться домой, когда битва за новый телик закончится. И потом, с какой проблемой может заявиться в субботу, в первой половине дня, клиентка? Ясное дело, дама хочет проследить за мужем, убедиться в его неверности, а потом, продемонстрировав снимки, подтверждающие адюльтер, потребовать жирную денежную компенсацию. Ох, не люблю подобные дела! Они тупые, неинтересные — механическая работа «топтуна», в которой не требуется напрягать, как говаривал обожаемый мною Эркюль Пуаро, «серые клеточки».

Я кашлянула, блондинка живо обернулась.

— Это вы? — вылетело одновременно из наших ртов.

— Еще раз здравствуйте, — первой опомнилась я. — Как вы сюда попали?

— Сначала постучала, а потом толкнула створку, — извиняющимся тоном ответила Ирина Шульгина, ибо в кресле сидела именно она. — Думала, секретарша вышла покурить.

— Я здесь одна.

— Вообще? — удивилась Ира.

— Ну да.

— Может, я ошиблась дверью? — слегка растерялась Шульгина. — Это детективное агентство «Лисица»?

Я подавила смешок.

— Наша контора не имеет названия. Юрий Лисица — имя хозяина. Хотя, полагаю, оно замечательно бы смотрелось на вывеске. Юрий на данном этапе отдыхает в Италии, приходите через две недели.

— Мне рекомендовали совсем иного человека, — протянула Ирина. — Сейчас, секундочку...

Пальчики, щедро украшенные сверкающими колечками, порылись в сумочке, вытащили маленький кожаный ежедневник, на обложке которого сверкали выложенные стразами инициалы «ИШ».

— Женщину зовут странно, — сдвинула аккуратно выщипанные брови Шульгина, — но мне сказали буквально следующее: «Она — супердетектив, распутала такое дело, за которое никто не взялся. Не обращай внимания, что баба похожа на идиотку, она только с виду такая, словно пыльным мешком по башке стукнутая». У вас есть сотрудница по имени... ммм... Керосинка?

Я поперхнулась, откашлялась, села за стол и ответила:

— Керосинки нет, да и не было никогда. Имеется Лампа, сокращенное от Евлампии. Отчество можно спокойно отбросить, мне с ним неуютно. К тому же мы вроде не только уже знакомы, но и на «ты» перешли. Слушаю, в чем проблема?

Шульгина замерла на стуле, потом тоненько захихикала и мгновенно спохватилась:

— Ой, прости, пожалуйста, глупо вышло. Похоже, мы и правда успели познакомиться.

— Поэтому давай без лишних церемоний выкладывай, какие трудности, — кивнула я.

Ирина закинула ногу на ногу.

— Тут курят?

Я кивнула:

— Дыми на здоровье, если тебя не смущает двусмысленность фразы.

Шульгина улыбнулась, вынула из сумки пафосную зажигалку, дорогие сигареты, закурила, с наслаждением затянулась и завела рассказ.

Я незаметно нажала на кнопочку диктофона — всегда записываю разговоры с клиентами и людьми, с которыми встречаюсь во время расследований. Память может подвести, а техника, в отличие от человека, не страдает склерозом. Наверное, не слишком этично пользоваться скрытно звукозаписывающей аппаратурой. На первых порах я держала магнитофон на столе, но потом поняла: люди стесняются механического свидетеля, начинают подбирать слова, делаются осторожны. А сыщику нужны непосредственные реакции, очень важно отметить паузу в диалоге, не к месту начавшийся кашель, поэтому теперь я держу диктофон либо в сумке, либо просто в кармане. Хорошо, что научно-технический прогресс семимильными шагами идет вперед, иначе б несчастной Лампе пришлось постоянно таскать в слабых руках катушечный агрегат весом с нашу мопсиху Мулю.

— Как я уже говорила, являюсь управляющей в бутике, — начала издалека Ирина. — Работа просто каторжная.

— Неужели так уж тяжело? — спросила я, подумав, что она слишком утрирует.

Шульгина помотала головой.

— Не в том дело. Оклад хороший, плюс премии и все такое, к тому же можно приодеться за полцены. И еще один плюс: у нас не только женские, но и мужские вещи продаются, клиенты в торговом зале среди множества вещей теряются, а подойдешь, посоветуешь, глядишь — и отношения завяжутся.

— Ясно.

— Цены в бутике чумовые, — журчала Ирина, — поэтому абы кто с улицы не заходит, беднота всякая, даже до двери не дойдя, понимает: здесь рассчитано на очень толстый кошелек. Между прочим, у нас три продавщицы нашли себе шикарных любовников. Одна потом за своего замуж выскочила, теперь вообще не работает, две другие в кино подались. Хорошо дурам, а мне покоя нет.

— Почему?

Ирина закатила глаза.

— Для девчонок я цепная собака, в мои обязанности входит их муштровать и ничего не пропустить: в каком виде продавщица на работу явилась, отчего вместо прически атомный взрыв, почему накрасилась, как проститутка с площади трех вокзалов, где маникюр и колготки? Приходится порой элементарно гавкать: «Выплюнь жвачку! Не смей гундосить! Улыбайся клиенту! Не строй глазки парням! Сядь на диету!» Но это еще цветочки. В бутике работают не только продавщицы, но и манекенщицы.

— А они там зачем?

Шульгина снисходительно глянула на меня.

— Где одеваешься?

Мне отчего-то стало неудобно.

— Ну... Конкретную точку не назову.

Ирина улыбнулась и пояснила:

— У нас особо ценным клиентам одежду демонстрируют «вешалки», и тут тоже много тонкостей... Ну да не в них дело. Понимаешь, я, с одной стороны, обязана «строить» коллектив, с другой — хозяйка меня на кол посадит за малейшую шероховатость. Я для нее — девочка для битья. Клиентка перемазала косметикой дорогую одежду, в примерочных кабинках пыльные коврики, зеркало разбилось, не продали товара на запланированную сумму, засорилась раковина в туалете, потому что в нее наблевал пьяный олигарх, решивший после обильных возлияний купить костюмчик... — за все по полной программе получаю я. Недавно вообще шикарная история произошла: две мадамы в зале сцепились, визжали, словно обезьяны, волосы друг у друга повыдирали, морды расцарапали, и опять я в ответе.

— Платье не поделили? — предположила я.

Ира скорчила гримаску.

— Мужика. Одна ему жена законная, другая любовница официальная. Обе в одно время в бутик за новым прикидом пришли.

— А тут-то ты с какого бока виновата? — удивилась я.

— Должна была разрулить, — вздохнула Шульгина, — сообразить, что дамочкам встречаться нельзя, схватить одну и запихнуть в... Ну не знаю куда!

— Да уж, — сочувственно вздохнула я, — не позавидуешь тебе.

— Как раз наоборот, — не согласилась Ира. — Место замечательное, я шмотки до дрожи люблю, люди порой интересные заходят, поговорить приятно. Ну а геморроя везде хватает. Но вот в последние дни случилась у нас парочка малоприятных инцидентов, о которых я Софке не доложила.

— Кому?

Ира отбросила со лба прядь светлых волос.

— Софке. Софье Николаевне Подколзиной, нашей акуле фэшн-бизнеса, вечно молодой и вечно пьяной.

— Хозяйка — алкоголичка?

Шульгина округлила глаза.

— У нее фляжка с коньяком всегда при себе. Говорят, она из-за выпивки с Машкой, дочерью своей, постоянно собачится. А Маня — настоящий Терминатор. Красивая девица, но деловая, никаких там пуси-муси, учится без остановки. Думаю, она решила маму с поста Екатерины Великой подвинуть. Бизнес Софке подарил бывший муж в качестве отступного при разводе. Ну ладно, не в том дело, а то сейчас меня в сторону унесет. В общем, объявился у нас вор! По сумкам шарит!

— К сожалению, случается так, — кивнула я. — В принципе негодяя нетрудно вычислить, но наше агентство подобными вещами не занимается.

Ирина сложила руки на груди и откинулась на спинку кресла.

— Чем же промышляете? Ловите международных террористов? Спасаете мировую цивилизацию от нашествия инопланетян? Жанне Кулаковой ты помогла, а мне не хочешь? Я тебе не понравилась? Или полагаешь, денег не имею?

— Ты сама легко справишься с проблемой, — попыталась я отбиться от нудной работы. — Ну зачем зря средства тратить, платить сыщику? У Кулаковой[1] был случай трудный, запутанный, а у тебя полнейшая лабуда. Ладно, все же помогу. Завтра вечером позвони мне, вот визитка.

— Так, значит, — оживилась Ирина, — согласна? Между прочим, даже не выслушала меня до конца.

— Я тебе совершенно не нужна, но поскольку чувствую себя виноватой из-за идиотской ситуации с «трупом» в багажнике, то попытаюсь помочь. Дам тебе емкость с краской. Твоя задача — дождешься, когда рядом окажется наибольшее количество работников бутика, и объявишь: «Сегодня вечером еду покупать шубу, приглядела шикарное манто за девять тысяч евро». А потом многозначительно похлопай рукой по сумке. Дальше просто: швырни ридикюльчик в раздевалке, или где вы там оставляете вещи, и уходи. Вор не устоит перед искушением стащить боль-

---

[1] События, о которых вспоминает Лампа, описаны в книге Дарьи Донцовой «Любовь-морковь и третий лишний», издательство «Эксмо».

шой куш, протянет лапу к чужим купюрам, и сработает бомба с краской. Легко обнаружишь негодяя по потекам на руках и лице. Поняла?

Ирина кивнула.

— Тогда звони, — решила я прекратить беседу.

— У нас не деньги тырят, — протянула Шульгина.

— А что? Вещи из торгового зала?

Шульгина опять схватилась за сигареты.

— Дай договорить и не перебивай!

— Хорошо, — согласилась я, слегка заинтригованная.

Ирина склонила голову к левому плечу.

— В бутике есть постоянная клиентка — Светлана Гречишина. Ее муж очень богатый человек, но с отвратительным характером: если приезжает за костюмом, весь персонал на ушах стоит. А Света прямая противоположность супруга — тихая, мягкая, скользит тенью, войдет в магазин и чуть ли не заикается: «Здравствуйте, сделайте одолжение, покажите, если не трудно...» До смешного доходит. Один раз она у нас приобрела костюм и туфли и уехала вроде довольная. Гляжу, через два часа шофер Гречишиной у прилавка мнется. Подошла, спрашиваю, в чем дело, а он заявляет: «Поменяйте хозяйке обувь»...

Сначала Ирина не удивилась. Основная масса клиентов бутика отличается вздорностью и непостоянством, и очень часто, добравшись до дома, дамы звонят в «Лам» и заявляют:

— Я передумала, хочу не купленную фиолетовую кофточку, а ту зеленую, от которой отказалась.

Ире остается лишь мило щебетать в ответ.

— Нет проблем. Пришлите горничную. Или отложить блузку, сами позже заедете?

Правда, Светлана никогда себя так не вела, но ведь все в жизни случается впервые.

— Что желает госпожа Гречишина? — вежливо спросила у водителя Ирина.

За время работы в пафосном магазине Шульгина усвоила простую истину: с прислугой следует быть не менее почтительной, чем с хозяевами. Шоферы и горничные — приближенные к господам личности, а у обслуживающего персонала, как правило, гипертрофированное самолюбие. Заденешь ненароком их болевую точку, обидятся, настучат олигарху, а тот поднимет хай. Многие ведь живут по принципу: «Любишь меня, гладь мою собачку». Поэтому при виде шофера Светланы на лице Ирочки засияла самая разлюбезная улыбка.

Водитель засмущался:

— Э... э...

— Забыли? — сочувственно кивнула Ира. — Не беда, у нас все записано. Так, так... для госпожи Гречишиной со склада поднимали белые босоножки, черные кроссовки, замшевые сапожки...

— Не, — перебил шофер, — ей эти туфли нравятся, что в пакете. Размер не подошел, тесноваты.

Шульгина удивленно заморгала:

— Светлана Михайловна купила обувь без примерки?

— Нет, мерила.

— И не поняла, что они ей малы?!

Мужчина поскреб в затылке.

— Почему ж не поняла? Ясное дело, сообразила.

— Но отчего не велела продавцу принести необходимый размер? — окончательно растерялась Ира.

Шофер развел руками.

— Светлана Михайловна очень стеснительная, вечно боится кого-нибудь затруднить. Она попросила вашу сотрудницу, а та, наверное, не услышала, подхватила коробку и отнесла на кассу. Светлана Михайловна села в машину и говорит: «Забери, Юра, отдашь жене или дочке, кому подойдет». Я удивился, порасспрашивал, узнал суть, отвез хозяйку и к вам вернулся. Поменяйте туфли.

— Вы, Юрий, поступили правильно! — воскликнула Ирина. — Продавец, допустивший такую промашку, будет немедленно уволен, я лично сбегаю на склад и принесу нашей любимой Светлане Михайловне обувь нужного размера и небольшой подарок от фирмы лично для вас, так, милый пустячок. Пока будете ждать, вам принесут кофе и пирожные.

Короче говоря, Ирине удалось с честью выпутаться из неприятности. Страшно подумать, как обозлилась бы Софья, если бы Гречишина, оставляющая в «Лам» горы баксов, переметнулась в другой бутик. Продавцам было велено слушать пожелания Светланы крайне внимательно, а шоферу Юре Ирина постоянно совала теперь презенты — то сумочку для жены, то перчатки для дочки.

Но не успела Шульгина вздохнуть спокойно, как случилось новое, на этот раз ужасное происшествие.

Глава 4

Неприятность произошла позавчера. Около трех часов пополудни в бутик прибыла Светлана Гречишина и начала мерить вещи из новой коллекции. Шульгина сама решила обслужить жену олигарха, хотя подача вешалок с платьями и не входит в обязанности управляющей. Едва Ирина притащила даме шифоновый костюм, как в бутик шумной толпой ввалилась семья Магомедовых почти в полном составе: бабушка, мама, трое детей младшего школьного возраста, няня с младенцем на руках, горничная, держащая в руках двух чихуахуа, и четыре охранника.

Шульгина вздрогнула. Богатые клиенты Магомедовы, как правило, уносят с собой чуть не весь бутик — одевают себя и детей, а заодно приобретают дизайнерские попонки для нагло лающих собачек. Магомедовых следовало приветить по полной программе. Подумав, что Светлана уже получила долю необходимого внимания, Ирина быстро шепнула продавщице Галине Реутовой: «Обслужи Гречишину. Да смотри у меня!» — и кинулась к Магомедовым.

В торговом зале мгновенно поднялась суматоха. Бабушка громогласно осуждала наряды, отобранные мамой, дети с визгом носились между стоек со шмотками, младенец обкакался и заорал, словно Муму, которую в страшный час решил утопить Герасим, чихуахуа тявкали. Лишь охранники хранили мрачное молчание, правда, занимали ползала.

У Ирины заболела голова, но она с блеском вышла из тяжелой ситуации. Бабушке принесли кофе и рахат-лукум. Очевидно, липкая восточная сладость склеила искусственные челюсти вздорной старухи, потому что она временно перестала негодовать. Этих пяти минут хватило на то, чтобы впихнуть маму с ворохом платьев в примерочную кабинку. Детей посадили перед телевизором и включили им мультики, охрану устроили в уголке и угостили минеральной водой, няню с младенцем отвели в туалетную комнату, а собак поместили в кресло, где они моментально заснули.

Не успела Ирина перевести дух, как дверь бутика распахнулась и внутрь устланного коврами шикарного помещения впорхнула девица в красных ботфортах, платьишке, сильно смахивающем на ночнушку, и жакетке из леопарда на плечах. Шульгина постаралась не измениться в лице. Она, естественно, великолепно знала красотку, юную певичку Лесю Бреко из группы «Куклы», очень выгодную, но невероятно капризную, просто истеричную клиентку, считающую себя центром Вселенной.

— Фи, — сморщила хорошенький носик Леся, — ну и вонизм! Кто тут обосрался?

— Дайте мне лучше шестьдесят второй размер! — крикнула из примерочной кабинки мама Магомедова.

— Куда грязный памперс швырнуть? — поинтересовалась няня, выруливая с младенцем из туалета.

— Ваще, блин! — возмутилась Леся. — Тут вокзал? Кавказский дворик? Эй, вы, продавцы, живо сюда, я пришла! С какой стати передо мной дерьмом трясут!

Две продавщицы метнулись к Бреко, Леся плюхнулась в кресло и тут же вылетела из него с диким воплем.

Мирно дремавшие чхуни залаяли.

— Идиотские твари! — затопала ногами Леся. — Они меня цапнули за задницу!

— Не шуми! — рявкнула бабушка Магомедовых. — Мои собачки тихие, а ты на них села. Сама виновата!

Лесино лицо сравнялось по цвету с баклажаном.

— Молчи, горная орлица! — заорала певичка.

Тут из кабинки вышла младшая Магомедова.

— Мама, посмотри. Хорошо? — спросила она.

Старуха не успела ответить, потому что Леся захохотала:

— Хорошо? Белое платье в красный горох на танке? Ну, умора! Ваще, блин!

— Да кто ты такая? — взвилась старуха.

— Дайте мне костюмчик, вон тот, самого маленького размера, — не обращая ни малейшего внимания на разгневанную бабку, приказала звезда эстрады, — и освободите лучшую примерочную.

Продавщицы в ужасе глянули на Ирину. Управ-

ляющая растерялась. И тут в зал внеслись дети Магомедовых — диск с мультиками закончился. Пафосный бутик превратился в сумасшедший дом: школьники, визжа, бегали друг за дружкой, их мать и бабка,
перекрикивая друг друга, начали ругаться с Лесей,
собаки выли и лаяли, младенец закатывался в реве.
Только охрана Магомедовых, заложив руки за спину,
молча наблюдала за развитием событий.

Через пять минут наступила кульминация. Отчаянно ругаясь, Леся схватила длинный деревянный
«язык», при помощи которого посетители бутика при-
меряют обувь, и пошла на старуху... В ту же секунду
один из секьюрити ловко сграбастал певичку в объятия и поволок к выходу.

— Суки! — орала Бреко, пытаясь пнуть пятками
невозмутимого бодигарда. — Гад, сволочь, немедленно отпусти! Ванька, че стоишь?

Парень, сопровождавший певичку, ринулся ей
на помощь, но был немедленно перехвачен охраной
Магомедовых.

— Выкиньте ее подальше, — велела старуха.

— Я вам покажу! — верещала Леся. — Да я...

Услышать конец фразы Ирине не пришлось,
Бреко оказалась за дверью.

Спустя два часа Шульгина в состоянии, близком
к предсмертному, вошла в свой кабинет и рухнула в
кресло. Головная боль грызла виски, но, слава богу,
Магомедовы, опустошив склад, уехали.

Не успела несчастная Ира хоть чуть-чуть пере-
дохнуть, как на столе затрясся телефонный аппарат.

— Бутик «Лам», — буркнула Шульгина, у которой не осталось сил даже на профессиональную вежливость.

— Ой, как грубо! Похоже, Леся не врет, — донеслось из трубки. — Газета «Желтуха» беспокоит. До

нас дошел интересный слушок: вроде у вас сегодня случилась драка? Правда, что Бреко вышибли из магазина? Вау, прикольно! Дайте комментарий.

— Вы ошибаетесь, — дрожащим голосом попыталась купировать беду Шульгина, — у нас тишина. Кстати, не желаете прикольные футболочки по особой цене? Приезжайте.

Из трубки понеслось противное хихиканье.

— Дешево покупаете, — весело сообщила корреспондентка. — Майкой отделаться хотите? Если все хорошо, зачем хвостом метете? Понятненько... Чао какао!

Ирина опять шлепнулась в кресло, и тут дверь ее кабинета стала плавно приоткрываться. Шульгину охватило бешенство.

— Кто там еще? — заорала она. — Неужели нельзя постучать? Натуральное хамство!

— Простите, пожалуйста, — прошелестело из коридора, — совершенно не желала мешать... Я стучала, но, наверное, тихо, вы не услышали. Дело, к сожалению, важное, да и...

— Войди в кабинет, — перебила Шульгина, решив, что явилась одна из служащих, — нечего из коридора блеять! Учу, учу вас, а где результат?

В воздухе повеяло дорогими духами, и в комнату осторожно вошла... Светлана Гречишина.

— Вы еще здесь? — от изумления ляпнула Шульгина.

— Ирочка, милая, простите, — нежно завела Светлана, — случилась неприятность. Да, очень большая неприятность. Боюсь, муж осерчает.

— Извините, — промямлила Шульгина, — думала, вы давно дома, а в кабинет лезет кто-нибудь из сотрудниц, они у нас не обременены воспитанием.

— Я уехала, — подтвердила жена олигарха, — добралась до поселка и вернулась.

Ледяные пальцы тревоги цапнули Шульгину за горло.

— Что случилось? — сдавленным голосом спросила управляющая.

Бесконечно извиняясь и покрываясь румянцем смущения, Светлана стала рассказывать. Чем дольше она говорила, тем хуже делалось Шульгиной.

У Светланы из сумки исчезли ключи. Женщина обнаружила пропажу, лишь добравшись до родного дома. Хотела открыть дверь особняка и не нашла связку. Гречишина сначала расстроилась, а потом испугалась. Ее муж — человек невыдержанный, вспыльчивый, он не погладит жену по головке за такую потерю. Светлана Михайловна, женщина здравомыслящая, вместо того, чтобы впасть в истерику, спокойно поразмыслила и сообразила: ключи могли остаться лишь в «Лам», сегодня она никуда, кроме как в бутик, не ездила. Уходя из дома, Гречишина заперла дверь, положила связку в сумку, села в машину. Нигде по дороге не останавливалась, ничего, даже газет, не покупала, приехала в магазин и начала мерить вещи.

— Послушайте, Ирочка, — лепетала Светлана Михайловна, — сейчас у нас установлена новая система запоров, интеллектуальная, она очень дорогая, и потеря ключей достаточно большая проблема. Я уже не говорю о брелоке.

— А с ним что? — обморочным голосом осведомилась Шульгина.

— Его Петя подарил, — пояснила госпожа Гречишина, — мой супруг. Милая безделушка — золотая пластинка, а на ней бриллиантами выложена рыба, мой знак Зодиака. Супруг штучку у Картье заказывал. Нельзя ли попросить кого-нибудь из уборщиц поискать ключики?

— Я сама перерою бутик! — воскликнула Ирина и вылетела в торговый зал.

Почти двухчасовые поиски ни к чему не привели, а Шульгина заставила продавщиц на коленях проползти по коврам. Но в конце концов пришлось признать: связка, украшенная выпендрежно дорогим брелоком, испарилась, словно кусочек колбаски, упавший со стола в пасть к собаке.

— Какой ужас... — севшим голосом произнесла Светлана Михайловна. — Ну ладно, придется рассказывать мужу правду. Ох и влетит же мне!

Ирине было более чем неудобно. Во-первых, Гречишина откровенно дала понять: ключи исчезли из ее роскошной сумки, приобретенной, кстати говоря, именно в «Лам». Во-вторых, Светлана просто нравилась Шульгиной, и если бы не пропасть, разделяющая продавца и покупателя, и не фантастическое богатство жены олигарха, Шульгина бы охотно подружилась с милой дамой. А еще управляющая хорошо знала, как способны разговаривать обеспеченные мужчины со своими неработающими женами.

— Давайте, доведу вас до автомобиля, — предложила Ирина.

— Спасибо, — уныло отозвалась Гречишина, — вы так любезны... право, неудобно... и потом, кажется, дождик начинается, промокнете.

— Нет, — помотала головой Шульгина, — я с удовольствием посажу вас в джип.

Не успев выговорить конец фразы, Ирина заметила двусмысленность своего высказывания и прикусила язык. Ох, сейчас Светлана окончательно обидится и будет права... Но Гречишина не обратила внимания на корявое предложение.

— Благодарю, — закивала она.

Женщины вышли во двор, шофер услужливо распахнул дверцу шикарного внедорожника, Светлана умостилась на заднем сиденье.

— Вдруг, пока я до поселка еду, ключики отыщутся... — с робкой надеждой промолвила она. — Обязательно звякните! Я в секунду назад примчусь.

Ире стало совсем нехорошо.

— Мы сейчас еще раз обыщем магазин.

— Право, не стоит себя утруждать. Я просто подумала — вдруг ненароком кто обнаружит.

— Непременно позвоним, — закивала Ира.

Гречишина замялась, потом попросила:

— Не дадите мне номер своего мобильного? Я не стану им злоупотреблять.

— Конечно, конечно, — засуетилась Шульгина и сунула руку в карман пиджака, чтобы достать визитную карточку.

Вместо привычной визитницы пальцы нащупали какую-то не то палочку, не то шариковую ручку. Ирина, слегка удивленная, вытащила непонятный предмет наружу.

— Ключики! — заорала Светлана. — О господи! Нашлись!

— Где? — растерялась Ирина.

— Да вот же они! — ликовала Гречишина. — У вас в руках!

Ирина потрясла головой.

— Вот эти трубочки — ключи?

— Ну да! — чуть не зарыдала Светлана. — На брелочке!

Тут только взор Ирины обнаружил тонкую золотую цепочку, приделанную к одной из железок, и золотую пластину, на которой довольно крупными брильянтами было выложено изображение рыбы.

— Спасибо, — запричитала жена олигарха, хватая связку, — вы все же нашли их!

Шульгина, абсолютно не понимавшая, каким образом потеря оказалась у нее в кармане, обалдело кивнула. На лице Гречишиной заиграла улыбка, она помахала Ире рукой и... вдруг разом стала серьезной.

— Скажите, Ирина, — посуровевшим тоном спросила клиентка, — почему вы сразу не сказали, что обнаружили ключи?

— Понятия не имела, где они, — попыталась оправдаться управляющая.

— Не в курсе, что лежит в карманах? — прищурилась Светлана.

— Э... их там не было!

— Вот как?

— Честное слово!

— Хм, понятно.

— Полезла за визитницей... и...

— Конечно, конечно.

— Ну разве бы я вытащила связку при вас, имея в мыслях нехорошее? — попыталась воззвать к логике Ирина. — И потом, я же не знаю вашего адреса!

— Экий секрет... — бормотнула Светлана Михайловна. — Мой адрес половине Москвы известен, мы с Петей не скрываемся.

— Право слово, — ужаснулась Ирина, — случилось неприятное недоразумение! Поверьте, ваши ключи мне не нужны! Думаю, во дворе у вас есть охрана, мимо нее не проникнуть... Надеюсь, вы не подозреваете меня в связях с грабителями?

Светлана ничего не ответила, зато в разговор вмешался шофер — не знакомый уже Юрий, а угрюмого вида парень в черном костюме.

— У нас, даже имея ключи, ниче не стырить, — заявил он. — Ну, войдете в переднюю, и все. Через пять секунд группа немедленного реагирования приедет, в поселке свой ОМОН есть, все дома на пульт подключены. Откуда бы тебе пароль знать!

— Вот видите, — обрадовалась Ирина, — ни к чему мне ваша связка, в здание не проникнуть...

— Угу, — буркнул, перебив ее шофер, — зато брелочек золотой да с брюликами вещь нехилая. Сколько стоит, не скажу, потому что хозяин запретил. Он его заказал и оплатил, а я забирать готовое изделие ездил, выдали коробочку по предъявлению чека. Сумму вслух не назову, только на нее можно классную машину купить. Разве плохо?

— Я не воровка! — воскликнула Шульгина.

— Но ключики в кармане пригрела, — нагло ухмыльнулся парень.

Шульгина открыла рот, закрыла его, снова разинула...

— Во, во, — констатировал водитель, — охота соврать чего, да не получается. Светлана Михайловна, давайте я нашей охране звякну, пусть ребята разберутся с этой...

— Не стоит, Леша, — слабым голосом прошептала Светлана.

— И все же надо ее проучить, чтоб чужое не тырила, — горячился Алексей.

— Не в моих привычках осуждать людей, — еле слышно отозвалась Гречишина. — Разные обстоятельства бывают, дети болеют или просто деньги понадобились. Едем домой, голова заболела.

Алексей сел за руль, потом опустил боковое стекло и рявкнул в лицо замершей Ирине:

— Скажи спасибо Светлане Михайловне! Она у нас святой человек, никому зла не сделала за всю жизнь, я за нее, как за мать родную, переживаю. Кабы не запретила, так я бы...

Договаривать Алексей не стал. Он просто плюнул в сторону Иры, плевок попал прямо на дорогую замшевую туфельку управляющей. Шофер повернул ключ в замке зажигания, джип заурчал и торжественно покатил по улице.

Глава 5

— И как тебе приключение? — поинтересовалась Шульгина.

— Неприятное, — кивнула я, — но пока не понимаю, чем могу помочь.

Ирина сгорбилась в кресле.

— Через три дня после этого позора я столкнулась со Светланой на тусовке...

Управляющая решила вести себя так, словно ничего не случилось, подошла к госпоже Гречишиной, поздоровалась и сказала:

— Приходите завтра в бутик, привезли новую коллекцию. Один изумительный костюм я отложила для вас. Зайдете?

— Нет, — сквозь зубы ответила Гречишина.

— Но почему?

— Не хочу.

— Из-за дурацкой истории с ключами?

— Обязана отчитываться перед вами? — вдруг проявила абсолютно не свойственную ей агрессию Светлана. — Должна объяснять, по какой причине сменила место покупки тряпок?

— Вы к нам больше не придете? — похолодела Ира.

— Никогда, — выронила жена олигарха.

— Поверьте, вышло недоразумение!

— Недоразумение... — передразнила Гречишина. — Скажи спасибо, что мужу про него не рассказала, пожалела тебя, а то б уже на кладбище лежала. Петя воров не любит.

— Я не крала ваши ключи, — отбивалась Ирина, — клянусь здоровьем!

Светлана изогнула брови домиком.

— И как они к тебе попали?

— Не знаю, — честно ответила Шульгина.

И тут случилось невероятное. Всегда вежливая, застенчивая, тихо разговаривающая Гречишина вцепилась в предплечье Шульгиной и, дернув изо всех сил, прошипела:

— Хватит выкручиваться...

— Ой! — невольно вскрикнула Ирина и расплескала содержимое своего бокала.

На беду, в нем оказалось красное вино, и все оно выплеснулось на элегантное светло-бежевое платье управляющей.

— Больно? — прищурилась Светлана и еще сильнее сжала пальцы.

— Прекратите, — взмолилась Ира, — вы испортили мне платье.

— Жалко шмотку?

— Да, очень, — решила поддержать разговор Шульгина.

Она была готова на все, лишь бы Светлана согласилась вновь ходить в «Лам».

— Мне тоже было жаль ключей, — неожиданно заявила Гречишина, — и я боялась гнева Пети. Ну как, нравится? Хочешь, сейчас расскажу всем о нашем казусе? Вон там парень из «Желтухи» стоит, он за такую информацию ухватится...

— Я не крала вашу связку, — почти падая в обморок, прошептала Ира, — очень прошу, не губите меня. Я ни в чем не виновата!

— «Не виноватая я, он сам пришел...» — тоненьким голоском пропела Света и жестко продолжила другой цитатой: — «Вор должен сидеть в тюрьме!»

— Это не я, — твердила Ира.

— А кто? — задала резонный вопрос Светлана.

— Это не я.

— Слышала уже.

— Не я!

— Кто?

— Не знаю.

— Хороший ответ, — кивнула Гречишина. — Ладно, мне тебя жаль. Давай договоримся...

— Я согласна! — живо заявила Ирина.

Светлана усмехнулась.

— Хм, ты даже не дослушала меня.

— Извините, — осеклась Ирина.

— Даю две недели срока, — каменным голосом сообщила Светлана. — Если утверждаешь, что не виновата...

— Это не я!

— Еще раз перебьешь, уйду и больше разговаривать не стану, — пригрозила жена олигарха.

— Ой, простите...

— Предположим, ты и впрямь ни при чем, — снова почти ласково сказала Светлана. — Случается в жизни всякое, я не хочу стать причиной чужих несчастий. Заподозренную в воровстве служащую выгоняют вон, ведь так?

— Да, — кивнула Ира.

— С другой стороны, — мирно продолжала Светлана Михайловна, — ключи нашлись в твоем кармане. А может, ты их уже каким-то образом скопировала? Времени было достаточно. Вот промолчу я, не скажу мужу об инциденте в магазине, а нас потом ограбят твои приятели, найдут способ проникнуть в дом... Значит, так! Тебе повезло: Петя уехал на две недели, имеешь четырнадцать дней. Ищи вора. Не отыщешь — расскажу Петру о твоем милом хобби похищать чужие вещи. Мало тебе тогда не покажется.

У Шульгиной задрожали ноги, а Светлана как ни в чем не бывало заулыбалась и сказала:

— Пойду, а то мы уже привлекаем к себе внимание, народ в нашу сторону смотрит.

— Но как мне вычислить вора? — прошептала Ира.

— Не моя забота, — пожала плечами Гречишина. — Помни — четырнадцать дней! Да, кстати, ты в курсе произошедшего с Лаптевой? Знаешь, что у нее кольцо пропало?

— Да, — кивнула Ира, — Елена Николаевна потеряла где-то дорогой перстень.

Светлана прищурилась.

— В тот день Лена заехала к вам, купила платье, потом полетела в салон красоты, там сделала укладку, переоделась в обновку, порулила на тусовку и только на вечеринке поняла, что кольца нет. Недешевая, между прочим, вещица: платина и бриллианты разного окраса: розовые, желтые и черные. Лена страшно расстроилась, стала звонить в парикмахерскую и в «Лам», но ей везде ответили: «Увы, кольца у нас нет!»

— Верно, — закивала Ирина, — мы хорошо везде посмотрели.

Грешичина засмеялась.

— Очень мило! Только Лена потом восстановила события и догадалась, в каком месте перстенек остался.

Ирина насторожилась.

— И где?

— Да у вас! — воскликнула Светлана. — Лена стала платье мерить, а оно в обтяг, следовательно, никакого белья под него надевать нельзя. Вот она и решила трусишки снять, чтобы глянуть, как сидеть будет. Следишь за мыслью?

— Да, — бормотнула Ира.

— А поверх стрингов у нее еще колготки были... Их легко порвать кольцом.

— Ну... да.

— Вот Лена перстень с пальца и стянула да возле зеркала положила, а потом слишком понравившейся шмоткой увлеклась и убежала, — весело докончила Света. — Жаль, ничего доказать нельзя. Кстати, откуда у тебя такая машина шикарная?

— Любовник подарил, — ответила от неожиданности правду Ирина.

Светлана хмыкнула.

— Шмелев? Быть не может. Александр, мягко говоря, альфонс.

— У меня до него был другой мужчина, — вновь не соврала Шульгина.

— И кто он? — бесцеремонно поинтересовалась Гречишина.

— Не скажу. У него жена есть. И вообще мы с ним уже разбежались.

Светлана осторожно поправила колье, украшавшее шею.

— Интересное кино получается: у Лены Лаптевой перстень исчез, мои ключи от дома в твоем кармане обнаружились, а у тебя авто роскошное и шмотки не дешевые... — задумчиво протянула она.

Волна негодования удушливой волной накрыла Ирину.

— Вы хотите сказать...

— Я хочу сказать только одно, — холодно перебила управляющую богатая клиентка, — у тебя две недели на то, чтобы поймать вора, промышляющего в бутике, и наказать его. Впрочем, последнюю задачу можешь оставить для нашей охраны. Ах, Риточка, солнышко... чмок, чмок...

Разговор о происшествии в магазине завершился — Светлана начала обниматься с какой-то тусовщицей, а Ире пришлось немедленно идти в туалет.

В дамской комнате Шульгина глянула на себя в зеркало и внезапно разрыдалась. Ей было жаль платье, вконец испорченное красным вином, но еще сильнее она жалела себя. Светлана настроена решительно, через четырнадцать дней ее муженек вернется в Москву и устроит Ире ночь длинных ножей. Мир фэшн-бизнеса узок, слухи в нем распространяются со скоростью шипения змеи. Шульгиной после увольнения из «Лам» будет невозможно устроиться на приличное место. Значит, прощай, приятная, обеспеченная жизнь, не будет веселых вечеринок, поездок с ветерком на роскошной машине... Может, выйти замуж? Но за кого? Руку и сердце Ирине до сих пор предлагал лишь альфонс Шмелев, но он моментально даст задний ход, узнав о том, каким бесславным образом завершилась служебная карьера предполагаемой невесты.

Додумав до этого момента, Ирина зарыдала еще горше. Внезапно за спиной послышался шум воды, дверца одной из кабинок распахнулась, оттуда вышла девушка и спросила управляющую:

— Чего ревешь?

Шульгина попыталась справиться с истерикой, но не сумела.

— Мужик бросил? — предположила неожиданная свидетельница минут слабости Ирины.

Шульгина наклонилась над рукомойником, ей захотелось очутиться за много километров от ресторана. В любой момент в туалетную комнату могла войти какая-нибудь хорошая знакомая и тоже начать проявлять любопытство.

— Вот поэтому они нами и вертят, — резюмировала девица. — Утри сопли, выходи с гордо поднятой головой, не доставляй ему радости!

— Не в мужике дело, — вымолвила Ира, утираясь бумажной салфеткой.

— Заболела?

— Нет.

— С работы выперли?

— Пока не успели, но скоро отправят на биржу.

— Нашла из-за чего колотиться. Новую найдешь!

По щекам Шульгиной вновь покатились слезы. И вдруг она совершенно неожиданно для себя самой рассказала абсолютно незнакомой девушке о конфликте с Гречишиной.

Та выслушала, молча достала сигареты.

— Дымишь?

Ира кивнула и дрожащими пальцами вытащила из сумочки свою пачку.

— Безвыходных положений не бывает, — заявила, закурив, незнакомка, — даже если тебя сожрали, отыщутся две двери наружу.

— Сама так посторонним говорю, — шмыгнула носом Ирина.

Девица вынула мобильный.

— Ты Жанну Кулакову, приму из театра «Лео», знаешь?

— Слышала о ней, — уклончиво ответила Шульгина, — но за руку не здоровались.

— Кулакова однажды в такую плохую историю влипла... — сказала вдруг девушка, тыча пальцем в кнопки. — Эй, Жанка, не спишь? Это я, Маринка. Слушай, как зовут детектива? Ну, ту тетку, что тебе помогла. А, точно! Помню, что имя дурацкое. Дай-ка ее координаты... Мерси!

Вернув мобильный в сумочку, Марина велела:

— Записывай телефон и адрес. Лампа — мастер по улаживанию деликатных обстоятельств. Кулаковой здорово помогла и тебя выручит. Видишь, как полезно лить сопли в сортире. Стой ты спокойно, мне не пришло бы в голову тебя выручать...

Шульгина остановилась, посмотрела на меня и завершила рассказ:

— Я сначала пыталась дозвониться, но безуспешно — номер отключен. Решила поехать наобум. Вот и встретились.

— В четверг вечером посеяла очередной мобильник, — призналась я, — новый купила лишь через сутки, временно была без связи, вот и...

— Берешься? — перебила меня Ирина.

— Ну, дай подумать, — с тоской ответила я, прикидывая про себя: с одной стороны, нужны деньги, с другой — выслеживание вора не доставит мне ни малейшего удовольствия.

— Ты моя последняя надежда, — тихо сказала Ирина. — Кстати! Отблагодарю по-царски. Всю жизнь станешь модно одеваться.

— Где же? — улыбнулась я. — В бутике «Лам»? Он мне не по карману.

— Давай договоримся, — оживилась Шульгина, — ты находишь мерзкую скотину, а я делаю так, что становишься самой модной.

— Лучше не я.

— А кто?

— Их трое. Катя, Юля и Лиза.

— Дочери?

— Нет, Катя — сестра, Лиза — племянница,

Юля — невестка, — коротко ответила я. — Только мои услуги стоят конкретных денег. Одежда — это хорошо, но хозяин агентства предпочитает рубли, я, как и ты, всего лишь служащая.

— Договоримся, — деловито кивнула Ирина. — Сколько?

— Сначала небольшая предоплата и некая сумма на расходы, — принялась растолковывать я, вытаскивая бланк договора, — естественно, все чеки представлю.

Обсудив финансовую проблему, мы приступили к иному вопросу.

— Мне необходимо побывать в «Лам», — сказала я.

— Заходи, проблем никаких.

— Ты не поняла. Хорошо бы устроиться к вам на службу, следует стать в коллективе своей, изнутри посмотреть на ситуацию, — объяснила я.

Ирина прикусила нижнюю губу.

— Продавщицей тебя не поставить, у них возрастной ценз — не старше двадцати пяти лет.

— Можно уборщицей.

— Ставок нет.

— Швейцаром.

Ирина покрутила пальцем у виска.

— Тю, тю! Они ж мужики! И нет у нас швейцаров, только охрана.

— Официанткой.

— Кофе продавцы подают.

Я пригорюнилась.

— Придумала! — заорала Ира. — Ну-ка, встань...

Я покорно вылезла из-за стола.

— Пройдись туда-сюда, — велела Шульгина. — Фу, как ты двигаешься!

— Что-то не так?

— Все плохо! Спина колесом, голова висит, ноги волочатся. Давай еще раз. Выпрямись!

— Дальше некуда.

— Сведи лопатки, втяни живот и шагай. Раз-два! Повернись! Ну... ничего, сойдет. Беру тебя манекенщицей.

Я села в кресло.

— Спасибо за столь лестную оценку моей внешности, но совершенно не подхожу на роль «вешалки». Роста нужного нет, черты лица простоваты и лет уже не двадцать.

Ирина хмыкнула.

— Все в самый раз. Помнишь, говорила, что особым клиентам платья демонстрируют модели?

— Да.

— А теперь представь: сидит мадама пятьдесят шестого размера, морда в веснушках, на голове три волоса. Пусть ей башку в лучшем салоне налачили, больше прядей в прическе от громадного счета за нее не стало. И тут перед ней появляется девушка неописуемой красоты и принимается в одежонке дефилировать. Каковы ощущения клиентки?

— Думаю, она позавидует манекенщице.

— Точняк, — кивнула Ира, — надуется и ничего не купит. Да еще некоторые с мужиками прикатывают. Тогда совсем чума получается, может до мордобоя дойти. Поэтому в «Лам» шмотки показывают обычные бабы, вроде тебя. Мы их подбираем по типам: блондинка, брюнетка, рыжая. Завтра в десять утра явишься в «Лам» и скажешь Мадлен Гостевой: «Ирина Олеговна меня на место Раи Кричевец берет».

— Это кто?

— Кричевец? Бывшая манекенщица. Она замуж вышла, а супруг против дефилирования в коротких юбочках.

— Я про Гостеву.

— Старшая продавщица.

— Она не выгонит претендентку?

— Нет, — пообещала Ира. — Минуточку...

Быстрым движением Шульгина раскрыла сумочку, вытащила дорогой мобильный аппарат и зачирикала:

— Мадлен? Приветик! Нашла «вешалку» вместо Райки. Естественно, полное чмо. Но где же другое нарыть? Завтра ведь Калистратова приходит! О, господи, чума... Не подведет, явится в десять... Да нет, она спала с Тимофеем. Да, да, конечно. Будь с ней построже... Евлампия Романова... Верно, чудное имечко, но родное, не погонялка... Ну, пока.

— Что ты наговорила? — возмутилась я. — Обзывала меня по-всякому!

Ира спрятала сотовый и объяснила:

— У нас так принято. Начну хвалить, Мадлен насторожится.

— Кто такой Тимофей?

— Это стилист из салона «Брут».

— Но ты выдала его за моего любовника!

Ира вынула пудреницу.

— В «Лам» с улицы не попасть. Как объяснить, где я тебя нарыла?

— Ну... знакомые порекомендовали.

— Нет, не прокатит. Лишь из своих берем. Вот если с Тимой кувыркалась, то наша.

— Вдруг стилист в бутик придет?

— И что? — удивилась Ира.

— Меня не узнает! Глупо получится.

— Забудь, — махнула рукой Ирина. — Тимка перетрахал все, что шевелится. Он не помнит своих баб в лицо. Ну, подойдешь к нему, прощебечешь: «Тимусечка, пусечка, чмок, котеночек». Он сразу ответит: «Привет, кисонька, очень по тебе скучаю». И все.

— Уверена?

— Абсолютно.

— Ну ладно, — сдалась я, — в конце концов тебе виднее.

Глава 6

На следующий день ровно в десять утра я стояла навытяжку перед дамой неопределенных лет. Издали Мадлен казалась восемнадцатилетней, ее красивые, белокурые волосы блестели в свете электрической лампы, на белой коже лица играл персиковый румянец, пухлые губки кривила недовольная гримаска.

— Здрассти... — шипела Мадлен. — Да уж! Сказать нечего! Где маникюр?

— Вот, — вытянула я вперед руки.

— Где? — ехидно повторило мое новое начальство.

— На ногтях, — тихо пояснила я.

Мадлен тряхнула крашеными волосами.

— Вижу красный лак, — резюмировала она, — вульгарный, совершенно не подходящий элегантной женщине.

— Значит, с маникюром порядок, — обрадовалась я.

Выражение крайнего презрения наползло на мордочку Гостевой.

— Котеночек, — процедила она сквозь белоснежные зубы, — маникюр — это в первую очередь ухоженная кожа рук, а не намазюканные мастикой для паркета когти. Изволь сегодня же привести лапы в приличный вид! Далее — голова. Она ужасна!

Я уставилась в большое зеркало, висящее на стене.

— Волосы, похоже, вымыты хозяйственным мылом, — продолжала тем временем разбор моей внешности Мадлен. — Как ухаживаешь за ними?

— Просто беру шампунь...

— Какой?

— Детский, без слез, — быстро сказала я.

Не рассказывать же Мадлен правду? Гостева ухитрилась попасть кулаком в самую болевую точку. Я в принципе вполне довольна собственной внешностью, хотя великолепно знаю, что не являюсь удивляющей прохожих красавицей. У меня не слишком высокий рост и не особо пышный бюст. Ладно, не станем лукавить: последнего у госпожи Романовой попросту нет. Но ведь не в размере груди счастье! Еще нос у меня мог бы быть покороче, глаза побольше, губы более пухлыми. Однако в общем впечатление складывается неплохое. Но вот с волосами беда. Что с ними ни делай, торчат в разные стороны. Мне приходится мыть голову каждый день, и только при этом условии прическа смотрится относительно прилично. Я пыталась справиться с прядями и один раз сделала химическую завивку. Мастер пообещал потрясающий результат и не обманул. Когда я вышла из салона, голова выглядела, как у актрисы Николь Кидман: мелкие локоны, копной спадающие на плечи. Мой восторг длился ровно два часа, потом над Москвой разразился ливень, я вымокла до нитки. А когда шикарная прическа высохла, она стала похожа на шерсть овцы, больной гастритом. Впрочем, не знаю, случаются ли у парнокопытных неприятности с желудком, но в стаде блеющих животных я бы точно сошла за свою. Расчесать «войлок» не удалось, пришлось взять в руки ножницы и... С тех пор я щеголяю стрижкой под мальчика. Иногда подслеповатые граждане ошибаются и обращаются ко мне «молодой человек» или «паренек». Я не обижаюсь.

В общем, вы, надеюсь, поняли, что проблема с волосами у меня острая. А еще мне никак не удавалось подобрать шампунь. После любого пряди «прилипали» к голове. Я перепробовала их множество, от скромно дешевого до нагло дорогого, но толку — ноль. Нужное средство нашлось совершенно случайно.

Как-то раз я, уже сидя в ванной с намоченными волосами, стала шарить рукой по бортику. Где-то рядом, в пределах досягаемости, должна была стоять недавно купленная пластиковая бутылочка с надписью «Голышок». Глаз я не открывала, действовала на ощупь. В конце концов пальцы наткнулись на нужный объект, я выдавила порцию скользкой субстанции, слегка удивилась отсутствию запаха, вымыла голову, замотала ее полотенцем, потом вытерлась, надела халат, высушила пряди феном, посмотрела в зеркало и пришла в полнейший восторг. Волосы не выглядели подобием шлема древнего рыцаря, нет, они окружали голову пышным облаком и красиво блестели в свете лампы. Впервые примененный «Голышок» оказался чудодейственным.

Ощущая себя красавицей, я осторожно поправила прическу и тут увидела на полочке около зеркала розовую бутылочку с наклейкой «Голышок». В душе зародилось удивление. Минуточку, если детский шампунь стоит тут, то что находится на бортике ванны.

Я повернула голову, увидела разнокалиберную шеренгу средств для мытья тела и волос, схватила открытый мокрый флакон и прочитала на этикетке: «Зоошампунь «Белочка», предназначен для обработки шерсти собак неопределенной породы средней длины». Сначала мне стало смешно: что это за собака такая — неопределенной породы средней длины? Наверное, производители имели в виду мелкого двортерьера не особо буйной лохматости? Но уже через секунду веселье испарилось без следа. Это что же получается? У меня волосы, как колтуны у Полкана?

На следующий день я намеренно помыла голову шампунем для собак, но взяла иное средство — для «нежной, деликатной кожи мопса, гипоаллергенное, без красителей и запаха». Что бы вы думали? В зеркале отразился привычный ужас: три прилипшие к макушке волосинки пришлось перемывать мылом для Полкана. Теперь я использую лишь средство для двортерьеров, но, естественно, никому об этом не сообщаю. Мне немного обидно, что идеально ему соответствую. Может, я, в отличие от других людей, происхожу не от обезьяны, а от собаки-бастарда? Зоошампунь производит российская фирма, и меня, кстати, постоянно подмывает позвонить в ее офис и задать вопрос: «Почему шампунь для собак носит название «Белочка»?»

Впрочем, это ненужное любопытство, есть более острый вопрос: отчего замечательный шампунь поставляется на рынок с перебоями? Две недели назад мои запасы иссякли, и пополнить их я не смогла, поэтому заявление Мадлен о прическе напрягло.

— А брови? — продолжила критический осмотр старшая продавщица. — А губы?

— С ними-то что?

— Слишком яркие.

— Это помада.

— Цвета взбесившейся фуксии.

— Мне идет такая, — неосторожно заметила я.

Мадлен вскинула острый подбородок.

— Котеночек, заруби на своем носу: здесь я решаю, кому что идет. А сейчас...

— Ой, ой, ой! — затараторил некто в коридоре, и в кабинет начальницы всунулась белокурая голова. — Мадлен Игоревна! Ой! Ой!

— Эля, — недовольно перебила девушку старшая продавщица, — я же объясняла: просто Мадлен. Без отчества!

— Там... Там...

— Эля, говори внятно.

— Калистратова приехала!

Мадлен вскочила.

— Как? Уже? Она же собиралась заявиться в полдень.

— Сказала: планы изменились, — обморочным голосом прошептала Эля.

— Спокойно, — скомандовало начальство, — не стони! Где клиентка?

— Ей кофе несут!

— Рысью в «Бургерброт» за пирожками с лесными ягодами! Живо! Чего стоишь? — начала злиться Мадлен.

— Простите, — залепетала Эля, — куда бежать?

— В «Бургерброт», — топнула ногой Мадлен.

— Вы не поняли, — робко возразила Эля, — там сама Калистратова приехала!

Мадлен ухмыльнулась.

— Я не глухая, слышала, что ты сказала. Ступай, купи ей пирогов.

— В кафе у метро?

— Именно так. Дамочка обожает подобное дерьмо.

— Калистратова? — широко распахнула темно-серые глаза продавщица. — Она же небось черной икрой и фуа-грой[1] питается!

Мадлен, не обращая внимания на непонятливую Элю, нажала клавишу селектора.

---

[1] Ф у а - г р а — гусиная печень. Слово французского происхождения. Не изменяется по падежам: «она ест фуа-гра», «она любит фуа-гра», «она держит бутерброд с фуа-гра». — *Прим. авт.*

— Слушаю вас, — прохрипело из динамика.

— Платья для Калистратовой готовы?

— Да.

— Отлично, забирайте «вешалку».

Из аппарата понеслись странные звуки — то ли кашель, то ли карканье. Мадлен села за стол.

— Рыси в «Бургерброт», — устало сказала она Эле. — Если с утра до ночи деликатесы жрать, то в конце концов потянет пообедать на помойке.

Эля быстро повернулась на каблуках, ринулась к двери и моментально налетела на симпатичную женщину, входившую в кабинет. Лицо незнакомки отчего-то показалось мне знакомым, но уже через секунду стало понятно: мы ранее не встречались.

— Вот нахалка! — воскликнула вошедшая. — Даже не извинилась.

— Потом пообижаешься! — рявкнула Мадлен. — Бери «вешалку». Да не жуй сопли, Калистратова уже кофе пьет!

— Нам велели подготовить показ к двенадцати, — напомнила женщина.

— А теперь перевелели, — фыркнула Мадлен. — Начало в пол-одиннадцатого, имеешь шесть минут.

— Где «вешалка»?

— Вот, забирай, — дернула подбородком в мою сторону старшая продавщица.

— Эта?! — почти в ужасе осведомилась незнакомка.

— Не подходит?

— Э... э... объем...

— Заколешь по фигуре, не в первый раз.

— Длина...

— Подошьешь.

— Декольте...

— Отстань! — снова рявкнула Мадлен. — Бери, что дают, другой нет.

— Ясно, — грустно кивнула женщина. Потом повернулась ко мне и приказала: — Пошли.

Подталкиваемая в спину, я добралась до огромной комнаты, посередине которой стоял длинный стол, заваленный всякой чепухой. На высоком стуле около него сидел симпатичный парень в джинсах с париком в руках.

— Раздевайся, — скомандовала женщина.

Я замялась, и она поторопила:

— Ну, живо!

— Где кабинка?

— Чего?

— Куда идти для переодевания?

Мое новое начальство засмеялось.

— Скидывай свое тряпье тут.

— Здесь?

— Ага.

— В общей комнате?

Женщина заморгала, она явно не понимала моих чувств.

— Тут мужчина, — решила напомнить ей я. — Вон там, на высокой табуретке.

— Этот? — ухмыльнулась начальница.

Я закивала, она заржала.

— Мишк, ты мужчина?

— Не, Ань, — мирно ответил юноша, — совсем не про меня.

— Слышала? — поинтересовалась Аня. — Хватит кочевряжиться, стаскивай быстрей свой мусор, иначе Калистратова занервничает, и всем небо с рукавичку покажется.

Испытывая дискомфорт, я вылезла из футболки и джинсов.

— Бельишко у тебя не фонтан, — резюмировала Аня. — Хорошо хоть чистое.

— В «Акопуло» распродажа, — ожил Миша, — там такие прикольные стринги есть, розовые, со стразами.

— Надевай, — протянула мне ярко-синее платье Аня.

Я взяла шелковую тряпку и помотала головой.

— Не мой размер, ношу сорок второй, а здесь...

— Пятьдесят шестой, — спокойно договорила фразу Аня. — Влезай молча!

— Но буду похожа на огурец в авоське!

— Слишком много болтаешь! — гаркнула Аня. — Ты где раньше работала?

Я схватила противно шелестящую одежду и сделала вид, что не слышу вопроса. Холодная ткань противно заскользила по телу.

— Ниче, — одарил меня взглядом Миша.

Я попыталась удержать стремительно соскальзывающие с плеч рукава-фонарики.

— Хорош бухтеть, — отрезала Аня, — лучше помоги.

— Без проблем, — меланхолично согласился Миша и взял со стола коробочку с булавками. — Кого делаем? Калистратову?

— Ты потрясающе догадлив, — ехидно ответила Аня, присаживаясь передо мной на корточки. — Как только дотумкал?

— Здорово похожую нашли, — беззлобно продолжил разговор Миша. — Ваще, типа трансформер. Если парик нацепить, за Шведову сойдет!

Аня подняла на меня глаза и засмеялась.

— Точно!

Продолжая молоть языками, парочка не забывала шевелить руками. Пока Аня подшивала подол, Миша заметывал спину.

— Грудь! — вдруг всплеснула руками женщина.

— Не учи ученого, — захихикал Миша и впихнул мне в лиф здоровенные куски поролона.

— Топай осторожно, — раздавала мимоходом указания Аня, — плавно, особо лапами не размахивай, дефилируй мимо Калистратовой молча, не вздумай улыбаться, спину не показывай. Дотопаешь до стены, делай разворот через ногу.

Я хотела было уточнить, что такое «разворот через ногу», но тут Миша схватил со стола кисточку и велел:

— Не шевели губами.

— Сколько ждать можно? — крикнул из коридора чей-то пронзительный дискант.

— Пошли, — приказала Аня, пихнула меня к двери и вдруг ласково улыбнулась: — Ты ходить-то умеешь? Двигай окороками, иди вперед... налево, направо, прямо, по лестнице вверх... Ну, усе, с богом, тьфу, тьфу!

Продолжая плеваться, спутница дернула створку, я машинально вошла в комнату и, ослепленная, зажмурилась. Причем ослепла я в прямом смысле слова — слишком много в помещении оказалось всего блестящего.

— Стой тут, — прошипела сзади Аня, — ща заявятся. Не вздумай лыбиться и здороваться, ты — «вешалка»! Скажут: «Иди» — попрешь, велят стоять — замрешь. Повернешься спиной — выгоню на улицу и не заплачу за показ.

— А если прикажут вертеться? — тихо осведомилась я.

— Уволю, — пригрозила Аня и испарилась.

Я, слегка привыкнув к безжалостному освещению, начала разглядывать интерьер. Но долго изучать его не пришлось, в противоположной стене распахнулась дверь и появилась живописная группа. Впереди, приседая и кланяясь, семенила Мадлен. За ней топала чудовищно толстая дама в совершенно не подходящем ей белом шелковом костюме с обтягивающей юбкой.

Шелк — очень коварный материал, позволить носить себе шелковые вещи могут лишь стройные и ежедневно занимающиеся фитнесом девушки. Скользкая ткань подчеркивает все недостатки фигуры. Посмотрите на фото звезд Голливуда: если на них обтягивающие изделия из шелка, сразу виден живот и складочки жира. Хотите щеголять в одежде, сделанной из нитей, которые сплели трудолюбивые черви? Выбирайте фасоны с широкими юбками, ниспадающими складками, — вот драпируется шелк очень красиво. И еще совет: по возможности покупайте платье на размер больше, тогда станете казаться тростиночкой.

Но Калистратова выбрала обтягивающий фасон и сейчас до слез походила на хрюшку из культового мультика «Ну, погоди!».

— Сюда, плиз, присаживайтесь, — пела Мадлен, пододвигая к туше массивное кресло, — я рядышком, у ног.

Вымолвив последнюю фразу, старшая продавщица и впрямь устроилась на низенькой табуреточке. Теперь Калистратова могла смотреть на служащую сверху.

Я затаилась у стены, наблюдая за суматохой. Вот принесли поднос с конфетами и пирожками, налили в чашечку восхитительно ароматный кофе, подсунули под спинку дорогой (во всех смыслах этого слова) клиентки расшитую золотом подушечку, включили кондиционер, выключили кондиционер...

Наконец Мадлен, глянув на меня, просюсюкала:

— Лоретта, начинайте.

Сообразив, что старшая продавщица велит мне начинать дефиле, я, страшно боясь запутаться в подоле и упасть, очень медленно, не сгибая колен, побрела вперед.

Глава 7

— Замечательное платье, — чирикала Мадлен, пока я двигалась через зал, — единственный экземпляр, на него пошел шелк, сделанный вручную. Рисунок разрабатывал Готье, мы купили на него право. Не на Готье, конечно, ха-ха, на его эскиз. Обратите внимание на пуговицы. Штучная вещь! Выточены из кости раутского моржа и обтянуты кожей голубого пеликана. Все швы сделаны вручную, по лифу вышивка — цветы жасмина, они подчеркивают глубину цвета ткани и зрительно формируют грудь.

— Кхм, — издала Калистратова и потянулась за пирожком.

— Легкость юбки, — добавила децибелов в голос Мадлен, — делает вещь особо привлекательной, струящиеся складки прикрывают бедра. Вам-то, Ольга Сергеевна, нет никакой необходимости прятать фигуру, идеальные формы! Любой дом моды взял бы вас показывать свадебные платья. Но ведь должна быть тайна, загадка! Наденете платье и предстанете перед Николаем Егоровичем, пусть муж гадает, что там у супруги под юбкой... Это сильно освежает отношения.

— Кхм, кхм, — ожила Калистратова и схватила другой пирожок.

Я тем временем досеменила до стены и стала решать сложную задачу: как развернуться, чтобы не оказаться спиной к богатой обжоре. По счастью, на память пришли девушки, рассказывающие с телеэкрана о погоде. Они ловко ухитряются проделать фокус подобного рода. Значит, так, левая конечность вперед, правая назад, плечиком сюда... Получилось!

— Топорщится! — немедленно заявила Калистратова.

— Конечно, конечно, — заелозила на табуреточке Мадлен, — у Лоретты совсем не идеальная фигура, увы, трудно найти по-настоящему красивую манекенщицу. Вы же не пойдете на подиум? Ха-ха-ха.

Похихикав пару секунд, Мадлен замолчала, я замерла на месте.

— Ха, — коротко сказала клиентка.

— Ха-ха-ха-ха, — подхватила девушка, разливавшая кофе.

— Ха-ха-ха, — обрадованно завела Мадлен, — ха-ха-ха!

Я было тоже решила принять участие в акции веселья, но вовремя вспомнила о категорическом запрете на улыбку.

— Вы только посмотрите на Лоретту, — веселилась Мадлен, — волосы кошмар, ноги кривые, руки похожи на сучья, о носе лучше помолчу. Но приходится держать на работе. Человечество вырождается, мир полон уродов, редко встречаются красавицы вроде вас, Ольга Сергеевна!

Калистратова взяла одной рукой следующий пирожок, второй потянулась к чашке. Девушка, маячившая за спиной гостьи, быстро схватила кофейник, склонилась над столиком. Мадлен на секунду опустила глаза. Калистратова стала брать чашку, и в этот момент из волос жены олигарха выпала заколка, украшенная здоровенным блестящим камнем. Абсолютно беззвучно она свалилась на пол и улеглась на ковре под креслом, на котором восседала туша Калистратовой.

Следовало воскликнуть: «Вы потеряли невидимку!» — но я уже усвоила, что являюсь сейчас просто вешалкой и не имею права на проявление каких-либо эмоций.

Калистратова с шумом отпила кофе, Мадлен вынырнула из секундного оцепенения и понеслась дальше:

— К платью имеются туфли, сумочка и...

— Беру, — без всякого энтузиазма ответила клиентка. — Сколько?

— Пятьдесят тысяч евро, — живо ответила Мадлен.

Я постаралась не упасть. Наверное, ослышалась, старшая продавщица хотела сказать «пять тысяч». Правда, тоже невероятная цена, но ее хоть можно представить.

— Анисимова купила костюм за шестьдесят штук, — недовольно процедила Калистратова. — Считаете меня нищей? Может, мне лучше в другом бутике вещи покупать...

— Ольга Сергеевна, родная! — чуть не зарыдала Мадлен. — Платье на самом деле стоит семьдесят. И это без учета пуговиц. С ними оно на все девяносто потянет. Просто вам, как лучшей клиентке, делаем скидку.

— Да? — слегка изменив тон, спросила туша.

— Да, да! — запрыгала на табуреточке старшая продавщица. — Хотите, открою секрет?

Глаза Калистратовой блеснули, она кивнула и засунула в пасть очередной пирожок.

— Мы, естественно, — заегозила Мадлен, — никому никогда ничего не сообщаем о суммах, которые оставляют в бутике любимые посетительницы. Но... ладно, нарушу запрет. Анисимовой костюмчик обошелся всего в тридцатку.

— О! — воскликнула Калистратова.

— Абсолютно точно, уж я-то знаю.

— А!

— Остальное скинули.

— У!

— Ясное дело, Анисимова говорит сумму, которая стоит на ценнике.

— Э!

— А у вас там окажется девяносто.

— И!

— Можем поставить сто.

— Пирожки кончились, — вдруг по-детски обиженно заявила обжора.

Марлен замерла, потом вскочила на ноги.

— Кто ходил за угощением для нашей любимой Ольги Сергеевны?

— Владимир, — живо ответила девушка с кофейником.

— Сюда его, немедленно, мгновенно! — приказала Мадлен.

Я ощутила легкое недоумение. Насколько помню, в «Бургерброт» за гадкой выпечкой отправляли какую-то продавщицу. Но дальнейшие события стали казаться еще более странными. Не успела Мадлен захлопнуть рот, как в зал вошел... Миша, успевший переодеться в черный костюм с галстуком.

— Звали? — склонился он в почтительном поклоне.

— Ты ездил за специально заказанными и приготовленными по особому рецепту пирожками? — налетела на юношу Мадлен.

— Да, — потупился Михаил.

— Почему не привез сто штук? Мерзавец! Негодяй!! Болван!!! — с каждым словом, вылетавшим из
разъяренной Гостевой, Миша делался ниже ростом.
В конце концов юноша втянул голову в плечи и затрясся.

— Вон! — докончила выступление Мадлен. —
Уволен! Без права работы в других бутиках! С волчь-
им билетом! Ни в один магазин не устроишься! Улицы мести станешь! Так невнимательно отнестись к
привычкам Ольги Сергеевны! Пошел отсюда!

Миша, всхлипывая, исчез в коридоре.

— Беру, — буркнула Калистратова, — заверните.

Мадлен сделала нервный жест рукой. Я продолжала стоять, переваривая увиденное. Мне было жаль
ни в чем не повинного парня.

Мадлен округлила глаза.

— Лоретта, переодевайся!

Я вздрогнула и посеменила к нужной двери.

— Еще кофейку... — снова замела хвостом перед
клиенткой Мадлен.

— Нет, — ответила Калистратова, — курить.

— Галя, пепельницу!

Девушка с кофейником метнулась к окну, я продолжала бочком пробираться к двери.

— Душно, — заявила Калистратова.

— Пойдемте скорей в VIP-приемную, там и уго-
ститесь сигареткой, — запела Мадлен. — Кстати, еще
пирожков привезли!

Клиентка встала и повернулась спиной ко мне, я
замерла. Тяжело ступая, Калистратова испарилась за
дверью, Мадлен и Галя кинулись за ней.

— Чего тормозишь? — заглянула в зал Аня. —
Живо, рыси в пошивочную.

Спустя пару минут я вновь оказалась в комнате с
длинным столом и увидела совершенно не расстро-

енного Мишу с карандашом в руках. Тихо насвисты-
вая, парень спокойно рисовал нечто на большом лис-
те бумаги, на нем опять были рваные джинсы и футболка с малоприличным рисунком.

— Тебя же уволили, — не выдержала я, — с позором...

Миша оторвался от увлекательного занятия, одарил недоуменным взором:

— Че? Первый раз?

— Не поняла, — растерялась я.

— Ты где работала? У вас такого не было? — засмеялся юноша.

— Ну... нет... — осторожно ответила я.

— Калистратова любит почет и уважение, — начал пояснять Миша, выдергивая из платья наметку,
пока Аня вытаскивала из шкафа длинную картонку и
превращала ее в коробку. — Наша Ольга Сергеевна в
молодости работала горничной в гостинице, посто-
яльцам прислуживала. Там и сумела округить коман-
дированного из Москвы. Дело давно случилось, потом много всякого произошло. Теперь господин Ка-
листратов в списке журнала «Форбс» среди самых
богатых бизнесменов значится, а его женушка награждает себя за годы унижения. Нравится ей, когда кого-нибудь гнобят, вон гонят. Вот мы и стараемся. Меня всякий раз увольняют, с позором. Я — вечно про-
винившийся.

— А она тебя не узнает?

— Кто ж лакею в морду глядит? — фыркнул Миша.

— Хорош трендеть, — велела Аня.

Парочка принялась осторожно упаковывать вещь
в коробку.

— Блин, — неожиданно с чувством произнесла
Аня, — пуговица отлетела!

— Ща пришью, — кивнул Миша.

— Ее нет, — сердито пояснила Аня.

Я испугалась:

— Вот неприятность! Такая дорогая штука! Что же делать?

Миша и Аня переглянулись.

— Ты вообще откуда? — спросила портниха.

— Евлампия Романова, — представилась я, — можно просто Лампа. Меня Ирина Шульгина наняла. Я манекенщица!

— Отставной козы барабанщица, — хмыкнул Миша и нагнулся. — А не видно пуговицы-то... Из ментовки она, Ань. Точно! Ирка надумала позвать.

— Наверное, в зале оторвалась, — задумалась Аня и повернулась ко мне: — Сделайте одолжение, сходите и посмотрите. Вот, наденьте халат.

Отметив, что Аня перешла со мной на «вы», я кивнула и быстро пошла по уже известной дороге назад, в комнату, где почетным гостям демонстрируют одежду.

Кто-то позаботился потушить в помещении почти весь свет. Я, встав на четвереньки, принялась ползать по идеальному вычищенному ковру и с огромной радостью увидела пуговицу, лежащую под длинной консолью, на которой стояла ваза с веником из ярко-красных роз. Для того чтобы достать потерю, пришлось буквально распластаться на полу и подлезть между причудливо изогнутыми ножками.

Как раз в тот момент, когда мои пальцы дотянулись до пуговицы, дверь в зал, другая, та, через которую в помещение входят клиенты, тихо скрипнув, приоткрылась. Я вжалась в пол. Надеюсь, меня не заметят... Послышались очень тихие шаги, я осторожно повернула голову и увидела Галину, ту самую девушку, которая подливала кофе Калистратовой.

Галя нагнулась около кресла, где недавно сидела

богатая клиентка, пошарила руками по полу, подняла заколку с большим камнем, поцеловала ее, потом задрала юбку, прикрепила находку к трусикам и выскользнула в коридор. Я выползла из-под консоли и побежала в пошивочную.

— Ну, нашли? — подняла голову от коробки Аня.

— Да, держите.

— Так и знала. Где ж ей еще быть!

— Как вы догадались, что я не профессионал в фэшн-бизнесе? — Меня разбирало любопытство.

Миша рассмеялся.

— Особого ума не требуется. Ирка бесилась, ее в воровстве обвинили. Цирк! Сначала орала: «Всех урою!», а потом примолкла. Сразу допер: решила наша мамочка ментов кликнуть. А тут ты являешься — в нашем деле ничегошеньки не понимаешь.

— Белье из дерьма, — покачала головой Аня, — а у девок всегда лифчики с трусами выпендрежные. И ногти они не красят.

— Почему? — заинтересовалась я.

— К зеленому платью розовый лак идет? — хихикнул Миша.

— Ужасно.

— Во-во. Чего зря время терять, — подхватила Аня, — все равно велят перемазать ноготки.

— А уж когда ты про пуговицу понесла, — развеселился Миша, — ваще цирк!

— Они не дорогие? — осенило меня.

Аня пожала плечами.

— Дешевыми, конечно, не назовешь, только их Лика делает, все эти бивни слонов...

— Кости моржей, тюленей, — подхватил Миша, — кожа голубого ящера...

— Тоже неправда?

— Нет, конечно, — спокойно ответила Аня. —

Представляешь, на сколько платьишко тянет, если по себестоимости? Тысячи три евро: ткань, пошив, цветуечки дурацкие.

— За что же бешеную сумму платят? — вытаращила я глаза.

Миша начал бойко насвистывать бодрый мотивчик.

— За лейбл, — ухмыльнулась Аня. — Ты знаешь, куда пришла?

Я села на стул и устало ответила:

— Нет. А куда?

— А за каким фигом Ирка в ментовку обратилась? — вопросом на вопрос ответил Миша.

— У клиентки Гречишиной пропали ключи, — призналась я, — Ирина обнаружила их в своем кармане, и теперь милейшая Светлана Михайловна грозит ославить Шульгину за грабеж. Дала ей четырнадцать дней на обнаружение вора. Послушайте, не рассказывайте никому, кто я на самом деле. Кстати, не имею никакого отношения к милиции, работаю частным детективом.

Миша заморгал.

— Кем?

— Расследую преступления, но не служу в МВД.

— За деньги?

— Да, это мой способ заработать.

— Дети есть? — неожиданно поинтересовалась Аня.

— Двое, — машинально ответила я, — Кирюша и Лиза.

— А муж где служит? — продолжила любопытствовать швея.

— Я живу одна. Вернее, нас много: Катя, Юля, Сережа, Володя, сразу не разберетесь, что к чему.

— Охохоюшки, — вздохнула Аня. — Понятно, сама девку без мужика тяну.

— Баба Джеймс Бонд! — захихикал Миша. — Не имел дела с такими.

— А ты вообще с какими дело имел? — фыркнула Аня.

— Я не в том смысле, — миролюбиво ответил парень, — а в дружеском.

— Скорей уж я напоминаю Эркюля Пуаро, — улыбнулась я.

— Кого? — изумился Миша.

— Эркюля Пуаро.

— Это кто?

— Ты не читал Агату Кристи?

— А это кто?

Я укоризненно глянула на Мишу.

— Ничего себе! Неужели книги не любишь? С ума сойти, оказывается, есть люди, которые ничего не слышали о великой писательнице!

Щеки Миши окрасил легкий румянец.

— Ты о Елене Супрун чего знаешь?

— Это кто? — удивленно спросила я.

Миша скорчил презрительную гримаску.

— Оказывается, есть люди, которые ничего не слышали о гениальном модельере Елене Супрун. На мой взгляд, ты пещерная личность.

— Один — один, — кивнула я.

— Прекратите, — недовольно приказала Аня, — нашли место бодаться. Думаю, Галины происки.

— Угу, — согласился Миша, демонстрируя замечательно спокойный, беззлобный характер, — она нарочно.

— Верно.

— Больше некому.

— Ты Верку помнишь? — продолжала Аня, ловко пришивая пуговицу.

Миша заржал.

— Круто вышло.

— Вы о чем говорите? Если можно, объясните, — взмолилась я.

Аня, продолжая ловко орудовать иголкой, расплылась в улыбке.

— Есть у нас одна... Да ты ее видела, с кофейником. Галя Реутова.

— Думаю, она ключики у Гречишиной стырила и в карман к Шульгиной сунула, — подхватил Миша. — Небось предполагала: Светлана истерику закатит, прикажет своей охране нас обыскать. Ну и где найдется связочка? Супер выйдет: Ирку вон, Галку в управляющие.

— Софка ее никогда руководить не поставит, — засомневалась Аня.

— Только Галка об этом не знает, — возразил Миша. — Вышло, правда, слегка иначе.

— Так она еще что-нибудь придумает, — покачала головой Аня. — Вот стерва!

— В начальницы лезет.

— А нас чего гнобит?

— Из любви к процессу.

— Сука!

— Лесбиянка лысая.

— Дерьмо!

— Сволочь.

— Эй, вы опять говорите загадками, — остановила я разошедшуюся парочку, — ничего не понимаю, кроме ругани.

Аня наклонилась, откусила нитку, закрыла крышку коробки и тихо сказала:

— Мы с Мишелем никому про тебя словечка не

оброним. Наоборот, похвалю перед Мадлен, скажу, классная «вешалка». А ты давай, рой землю. Воду у нас мутит Галка, но самим нам с ней не справиться. Если сумеешь бутик от сучки избавить, такое тебе платье соорудим! Правда, Миша?

Парень щелкнул языком.

— Супер-пупер-офигетер! А я тебя еще постригу, лично.

— Между прочим, Мишель талантливый, — похвалила коллегу Аня.

— Да ладно, — смутился парень, — просто умею ножницы держать.

— Согласна, — кивнула я. — Красивое платье мне не помешает. Кстати, без хвастовства скажу, в своем бизнесе я тоже спец. А теперь спокойно объясните, кто такая Галя и что случилось?

— Вы там что, умерли? — ожил вдруг селектор на столе. — Где платье? Калистратова ждет!

Аня ткнула пальцем в кнопку.

— Несем! Вип-упаковку делали! — Потом она глянула на меня. — Хочешь цирк увидеть? Тогда понесли платье вместе. Кстати, там и Галька будет.

Глава 8

Коробка оказалась легкой, но неудобной, громоздкой, вдвоем ее нести было действительно сподручнее. Аня привела меня не в зал, а в другую комнату.

— Вот ваше платьице! — счастливо залепетала Мадлен. — Упаковано, уложено в лучшем виде!

Стоявший за спиной клиентки шкафообразный парень взял покупку.

— Еще подарочек, — умильно засюсюкала Мадлен. — От нашего дома моды, милая игрушка. Галина!

Девушка, ранее подававшая кофе, согнулась в поклоне и протянула Калистратовой крохотный мешочек из бархата. Впервые за проведенное в бутике время в глазах дамы вспыхнул неподдельный интерес.

— Что там? — абсолютно по-человечески спросила она.

— Галина, покажи! — велела Мадлен. — Живо, не спи!

Тоненькие пальчики девушки слегка дрогнули, но потом ловко раскрыли горловину торбочки и вытащили брелок — абсолютно копеечную поделку из железа в виде кошечки. Таких «сувенирчиков» полно в лавчонках, вольготно расположившихся в подземных переходах.

— Какая прелесть! — взвизгнула Калистратова. — Дай сюда, скорее! Валера, глянь, она не золотая!

Охранник, державший коробку, оскалился.

— Верно подмечено, Ольга Сергеевна. Благородный металл тут, похоже, и не ночевал. Да и глазки у киски из... из... Одним словом, отличная вещь.

— Конечно, — закивала Мадлен. — Господи, кого сейчас ювелиркой удивишь? У всех полно. У Нифонтовых дома ручки на дверях золотые.

— И че? — презрительно протянул Валерий. — У Ольги Сергеевны на лестнице перила платиновые, так их ейный кот уже погрыз — мягкий металл, вот и мнется.

— А эта киска, — щебетала Мадлен, решившая не обращать внимания на речи приближенной к госпоже прислуги, — выполнена художником. Эксклюзив! Модное, стильное украшение, глаза из цереброкония.

Я успешно сдержала начинающийся кашель. Мадлен врет. Камня цереброкония не существует, скорей всего киске вставили в качестве глазок куски бутылочного стекла.

— Я ее повешу на ручку сумки, — закурлыкала Калистратова, хватая бочонок из белой кожи, — вот сюда. Эй, как вас там, немедленно прицепите!

Галина, вновь согнувшись в поклоне, взяла дорогущий аксессуар клиентки и принялась украшать его. Мне стало смешно. Сумка из белой лайковой кожи, расписана она красными вензелями «КВ». Мне они ни о чем не говорят, но, очевидно, буковки — логотип пафосной фирмы, небось «бочонок» стоит не одну тысячу евро... И на нем киска за три копейки!

Но Калистратова выглядела абсолютно счастливой. Платье ценой в квартиру оставило Ольгу Сергеевну равнодушной, а дурацкий брелок привел в невероятный восторг.

— Ах, какая прелесть! Красота! Чудесно! — все закатывала глаза дама. Потом притихла и с явной тревогой поинтересовалась: — Вы только мне кошечку дарите, другим нет?

— Эксклюзив для самой любимой клиентки, — заскулила Мадлен.

— Правда? — усомнилась Калистратова.

— Девочки, — повернулась к служащим старшая продавщица, — ну-ка, скажите...

— Подарочек уникален, — залебезила Галина, — он стоит...

— Молчи! — оборвала ее Мадлен. — Право слово, разве можно говорить о цене того, что дарят от всей души?

Глаза Калистратовой повлажнели, Валера мигом открыл сумочку хозяйки, огромной ладонью подцепил крохотный, кружевной платочек и подал даме.

— Вы меня тронули до глубины души, — со слезой в голосе заявила жена олигарха.

— Мы старались! — хором ответили Мадлен и Галина.

— Валера... — бросила взгляд на охранника мадам Калистратова.

Тот протянул хозяйке кошелек. Ольга Сергеевна порылась в нем, достала бумажку в двадцать долларов и протянула Мадлен.

— Спасибо, душечка.

— Ой, не следует меня баловать, — опустила взор старшая продавщица.

— Нет, нет, вы заслужили, — не стала слушать возражений Ольга Сергеевна.

Затем она выудила из роскошного кошелька десять долларов и сказала Галине:

— Вы, да-да, именно вы, подойдите.

Приседая на каждом шагу, девушка приблизилась к богачке, получила чаевые и, пятясь, вернулась на свое место.

— Ваша щедрость не знает границ! — заявила Мадлен.

Ольга Сергеевна улыбнулась и поманила пальцем Аню.

— Иди сюда. На, хорошо поработала.

Аня приняла пять зеленых рублей и мило присела в реверансе.

— Немыслимо! — захлопала в ладоши Мадлен. — Никто не бывает к нам так внимателен!

Калистратова шумно вздохнула, выцарапала из портмоне долларовую купюру и поманила меня.

— Это уже слишком! — всплеснула руками Мадлен. — Лоретта просто ходила в красивой одежде. Да за такую работу она нас благодарить должна...

Ольга Сергеевна погрозила Мадлен толстым указательным пальцем с двумя здоровенными перстнями.

— Я иного мнения. Если хочешь, чтобы люди исправно служили, плати им, зато потом и спросить можно. Держите, девушка!

Валерий кашлянул.

— Ольга Сергеевна слишком щедрая, мы ей иногда говорим: «Станете так разбрасываться средствами, умрете в нищете».

— Прекрати, Валера, — кокетливо дернула плечом хозяйка. — Ну, предположим, разорюсь, ты разве меня бросишь?

Гигант побагровел.

— Я? Вас? Мать родную всем слугам? Звезду нашу? Счастье общее? Господи! Да я...

— Замолчи, — приказала хозяйка, — лучше вызови охранников, пусть унесут покупки.

Валера нажал на лацкан пиджака.

— Бр, бр, бр, — донеслось оттуда.

— Второй, сюда пятого и седьмого.

— Понял, — неожиданно внятно ответил невидимый собеседник, — уже пошли.

Ольга Сергеевна поднялась из кресла.

— Простите... — залепетала вдруг Галина.

Очевидно, этой реплики не имелось в уже многократно сыгранной пьесе, потому что Мадлен без всякого фальшивого сюсюканья спросила:

— Что случилось?

— У Ольги Сергеевны заколка имелась, — промямлила Галя, — в волосиках, вот тут на височке, а теперь ее нет. Извините, если бестактность допустила.

Калистратова пощупала голову.

— Валера? — растерянно поинтересовалась она.

— Верно девка подметила, — прогудел великан. — Утром со шпилькой сидели, с той, которую Николай Егорович вчерась подарил.

— И где же заколка? — изумилась Ольга Сергеевна.

— Наверное, в зале уронили, — потупилась Галина.

— Немедленно найти! — приказала Мадлен.

Галина глянула на начальницу, и во взоре девушки вдруг блеснула такая ненависть, что мне стало не по себе.

— Зови уборщиц! — забушевала Мадлен. — Пусть все помещение на карачках проползут!

Галина кивнула и ушла.

— Ольга Сергеевна, — забелела старшая продавщица, — мы вам заколочку доставим на дом.

— Нет уж, тут пока посижу, подожду, — решительно ответила Калистратова.

— Кофе! — закричала Мадлен. — Эй, ты, Лоретта, ступай на кухню.

Я юркнула за дверь, постояла там минуту, затем заглянула в комнату и заныла:

— Ой, простите...

— Что тебе? — зашипела начальница.

— Дверь в кухню заперта.

Мадлен побледнела.

— Ольга Сергеевна, сейчас, извините, секунду, мигом, в момент...

Бормоча извинения, старшая продавщица выскользнула в коридор и чуть ли не с кулаками налетела на меня.

— Какого черта! Не видишь...

— Суньте руку в карман, — перебила я ее гневную речь.

Мадлен неожиданно подчинилась и... вытащила заколку с огромным камнем.

— Это откуда? — ахнула она.

— Пока не знаю, — покривила я душой.

— Кто ее туда сунул?

— Сейчас не время задавать вопросы. Через пятьдесят минут уборщицы скажут, что в зале нет никаких драгоценностей, и тогда Валера прикажет обыскать присутствующих.

— Думаешь? — дрожащим голоском прозвенела Мадлен. — Что же делать?

— Возвращайтесь спокойно назад, — предложила я, — а заколку давайте мне. Как-нибудь купирую беду.

— Держи, — нервно кивнула старшая продавщица.

— В комнате, где сейчас сидит Калистратова, есть еще вход?

— Да.

— Где он?

— По коридору, налево, за бархатной занавеской.

— Хорошо, не волнуйтесь, и пусть сначала Галина вернется, — сказала я и пошла искать нужную драпировку.

Запутаться было сложно, никаких ответвлений узкое пространство не имело. Я благополучно достигла цели, аккуратно потянула ручку на себя и стала следить за происходящим в VIP-приемной.

Калистратова ела конфеты из большой коробки, лежавшей на столике около ее кресла. Аня и Мадлен стояли навытяжку, Валера мрачно смотрел в окно. Вскоре на сцене появились новые действующие лица — два парня в слишком строгих черных костюмах. Они унесли коробку с платьем, и в VIP-приемной вновь повисла напряженная тишина.

— Ольга Сергеевна, — пискнула Мадлен, — вам журнальчик принести?

— Нет, — сухо прозвучало в ответ.

— Может, лимонаду? — осмелела старшая продавщица.

Калистратова отвернулась к окну, а Валера так глянул на Мадлен, что та лишилась дара речи. Минуты тянулись, словно жвачка. Наконец появилась Галина.

— Нашли? — прогремел охранник.

— Нет, — прохныкала девица. — Все буквально носом пропахали, но...

— Значит, спер кто-то! — резюмировал великан. — Ну-ка, зовите всех, кто в доме есть, вместе с сумками!

— Я готова карманы показать, — живо отреагировала Галина. — Вот, гляньте, ничего! В зале были только мы, остальные туда не заходили. Заколочка выпала во время демонстрации, когда манекенщица работала, Ани не было. Кто рядом стоял?

Мадлен заморгала.

— Ты обвиняешь меня?

— Нет, конечно, просто констатирую, — пожала плечами Галина. — Около госпожи Калистратовой нас было двое. Я свои карманы вывернула. А что у вас?

Мадлен сняла пиджак и протянула Валере.

— Обыщите. В юбке и блузке ничего не спрятать, они в облипку.

Гигант осмотрел карманы.

— Пусто.

— Как? — подскочила Галина. — Совсем?

— А ты чего ожидала? — забыв на время об Ольге Сергеевне, поинтересовалась Мадлен. — Думала, заколку найдут?

Глаза Галины забегали из стороны в сторону.

— Нет... извините... очень перенервничала... отсюда и бестактность... не хотела...

— Где заколочка? — каменным тоном осведомилась Калистратова.

— Из-под земли достану, — пообещал Валера. — Ща мои пацаны тут всех обыщут!

Вот когда наступил час моего выхода на сцену.

— Извините, простите, не ругайте, — заквохтала я, втекая в комнату, — дело такое... э...

— Говори внятно! — гаркнул охранник.

— Э... э... э... — старательно изображала я страх, — а... о... у...

— Она дебилка? — прищурился Валера. — Ваще говорить не могет?

— С утра нормальной казалась, — настороженно ответила Мадлен. — Что там у тебя, Лоретта?

Я вытянула руку.

— Заколочка!

— Нашлась! — не слишком хорошо сыграла изумление Мадлен.

Галина оказалась более артистичной.

— Где ты ее взяла? — закричала она.

— В коридоре, — прошептала я. — Пошла на кухню, смотрю, блестит. Ваша?

— Наша, — оттаял бодигард. — Молодец, хвалю! Поедемте, Ольга Сергеевна, домой. Устали, наверное, изнервничались.

Калистратова встала, направилась к двери, потом вернулась к столику, взяла из коробки конфету и протянула мне.

— Держи.

— Спасибо, — закивала я, — очень польщена вашим вниманием.

Калистратова уставилась на Мадлен.

— Мне эта девушка нравится, пусть всегда тут вещи показывает.

— Ваше желание закон, — склонила голову Мадлен. — Лоретта, ты теперь старшая манекенщица. Ну, благодари скорей Ольгу Сергеевну.

Я принялась кланяться в пояс, бормоча:

— Мерси, мерси, мерси...

Калистратова ушла, Мадлен рухнула в кресло.

— А теперь все вон, — прошипела она, — хочу отдохнуть. Поговорим позднее. Есть интересная тема для беседы!

Мы с Аней ринулись в одну дверь, Галина, высоко подняв голову, пошла к другой.

— Во, блин, дурдом, — ожила Аня, вернувшись в пошивочную.

— Че, интересное пропустил? — вяло спросил Миша.

— Концерт в доме сумасшедших, — захохотала Аня и шлепнулась на диван. — Чаю хочешь?

— Да, — кивнула я.

Миша вытянул руку, включил чайник и зевнул.

— На подоконнике конфеты.

— У Лампы своя есть, — продолжала смеяться Аня, — ее Калистратова одарила, правда, сначала доллар дала.

— Один? — хмыкнул Миша.

— Ну! Целый бакс не пожалела, — веселилась Аня, — а потом шоколадку преподнесла. Кстати, ты видишь перед собой старшую манекенщицу.

— Это кто? — изумился Миша.

— Сейчас расскажу, — подпрыгнула Аня.

— Потом посплетничаете, — остановила я женщину. — Если хотите, чтобы я вас избавила от Галины, расскажите о ней все, что знаете.

Глава 9

В любом коллективе случаются дрязги. Один из служащих недоволен своей зарплатой, другой считает, что его заставляют слишком много работать, третий завидует машине первого и окладу второго. Люди сбиваются в коалиции, начинают активно дружить против кого-то. Иногда в офисе появляется личность, которая не нравится всем сразу. Если такой человек слаб, мягкодушен и незлоблив, то он становится объектом не всегда милых шуток. В особо тяжелых случаях сослуживцы травят несчастного, подставляют его и в результате подводят под увольнение. Но если неугодное лицо не собирается сдаваться и в ответ на объявленную войну начинает свои действия, тут уж жди беды.

В особенности тяжелая обстановка бывает там, где большое количество женщин, бабы более злопамятны и хитры, чем мужики. А уж если в дамском коллективе появляется симпатичный, обеспеченный, холостой мужчина, тут наверняка разыграется пьеса, достойная пера Шекспира.

Галина в свое время пыталась сделать карьеру в модельном агентстве, но встать в первый ряд у нее не получилось. Гале удалось лишь приобрести маленькую известность в узких кругах, пиком ее карьеры стали съемки в видеоклипе одного певца. Девушка надеялась, что после того, как ролик покажут по телевидению, ее заметит некий всемогущий продюсер или издатель гламурных журналов, но чуда не случилось. Еще пару лет после съемок Галя бегала по показам, но потом ей заявили в агентстве: «Твой поезд уехал, под дверью у нас стоят молодые. Чао, бамбино!»

Почти шесть месяцев Галя куковала без работы. Да и куда она могла пойти? Девушка ничего не умела, не имела достойного образования. И Реутова решила податься в продавщицы.

Многим людям, не связанным с торговлей, кажется, что стоять за прилавком очень легко. Но это не так. Во-первых, практически у всех девушек, работающих в магазинах, сильно болят ноги и спина. Вы попробуйте подефилировать по маршруту зал — склад сто раз в день, тогда поймете, отчего варикоз и остеохондроз возникают у несчастных, как сейчас принято говорить, менеджеров по продаже буквально сразу. Очень часто хозяева, желая сэкономить, особо не тратятся на рабочих или грузчиков, поэтому хрупким девушкам еще и тяжести приходится таскать. Кроме того, они вынуждены носить форменную одежду и туфли на каблуках. Владельцы бизнеса справедливо считают, что особа, топчущаяся в торговом зале, является «лицом фирмы» и обязана соответственно выглядеть.

Еще огромное значение имеет то, чем торгуешь. Если это книги, то руки продавщиц к вечеру просто отваливаются от бесконечных томов и томиков, поднятых за рабочий день, коли бытовая химия, обеспечена аллергия. Кстати, ее легко получить, и продавая мебель, которую часто изготавливают из малокачественного сырья, испускающего ядовитые испарения. Ароматы витают и в парфюмерных магазинах. Покупателям что, попрыскают на бумажку, понюхают и уйдут, а продавцам целую смену стоять в облаках запахов, вот и начинают они тихо ненавидеть духи. В обувных точках приходится присаживаться на корточки и завязывать шнурки клиентам, в залах, где торгуют одеждой, продавщицы постоянно носятся с вешалками, убирают из кабинок скомканные, часто брошенные просто на пол тряпки. Конечно, можно наняться в непафосное место, где с посетителями особо не церемонятся. Но там и зарплата в несколько раз ниже, и чаевых не дадут, и хозяин, как правило, считает продавщиц кем-то вроде собственных наложниц. Нет, в бутике лучше, но тут положено унижаться, кланяться... Одним словом, куда ни кинь, повсюду клин.

Галина не сразу попала в «Лам». Сначала она хотела освоить какую-нибудь специальность и записалась на курсы машинописи, затем бросила занятия и попыталась стать парикмахером, стилистом, дизайнером, флористом... Но везде приходилось вначале садиться за парту и выслушивать нудные лекции. Галя наивно полагала, что никаких хитростей в выбранных ею занятиях нет. Эка наука — подпиливать ногти или подстригать челку! Но потом выяснялось, что все не так просто, и Галина бросалась на другие курсы.

Через полгода бесплодных попыток девушка приуныла. И тут ей повезло — позвонила одна из подружек, тоже бывшая манекенщица, и предложила:

— Хочешь на мое место в бутик «Лам»? Шикарная точка, открыта при доме моды, торгуют и своим, и чужим. Клиентура — пальчики оближешь, богатые и знаменитые.

— А почему уходишь, если служба сладкая? — насторожилась Галина.

— Замуж собралась, — с нескрываемой радостью ответила приятельница. — Кстати, счастье свое нашла в бутике. Приехала к нам одна тетеха, я ее покупку к автомобилю понесла, водитель пакеты стал укладывать... В общем, я с этим шофером расписываюсь.

— Желаю счастья, — покривила душой Галина, которая полагала, что никогда не свяжет свою судьбу с обычным парнем. Нет, она найдет себе достойную пару! А предложение приятельницы ей подходит — в «Лам» небось ходит много богатых мужчин.

Но, очутившись на новом месте работы, Галя очень быстро сообразила: таких, как она, увы, много. Почти все служащие в «Лам» мечтали окрутить олигархов или кого-нибудь из их родственников. Между продавщицами шла настоящая драка, если к бутику подъезжал лимузин банкира Хронова, роскошная тачка бездельника Олега Крюкова, сыночка богатого папы, или каждый раз новый внедорожник звезды эстрады Кости Мишкина.

Все девушки хотели обслуживать богатых, холостых мужчин, но командовали парадом в бутике Ирина Шульгина и Мадлен Гостева. Это они приказывали:

— Хронов приехал, эй, Алина, немедленно займись!

Осчастливленная девица летела пытать счастье, а остальным приходилось лишь грызть от зависти гелевые ногти. Для получения доступа к телу выгодного жениха следовало дружить либо с Ириной, либо с Мадлен. Официально Гостева подчинялась Шульгиной, но Мадлен ухитрилась наладить хорошие отношения с хозяйкой бутика и теперь преспокойно заявляла Шульгиной:

— Я старшая продавщица, не вмешивайся в мою работу. Исполняй свои обязанности, без тебя соображу, какую девицу куда отправить.

Ирина поджимала губы и взамен не подпускала Мадлен к комнате, в которой супервип-клиенты обсуждали с модельерами будущие наряды. И еще: и Мадлен, и Ирина тоже очень хотели найти себе богатых мужиков, поэтому их «дружба» становилась все «крепче» и «крепче».

Весь коллектив служащих был поделен на «шульгинисток» и «гостевисток», между группировками шла война не на жизнь, а на смерть. Для того чтобы прижиться в «Лам», следовало стать членом одной из коалиций. Но Галина оказалась хитрее. Девица поняла: бесперспективно носить в зубах подол юбки управляющей или старшей продавщицы, надо просто выжить либо Шульгину, либо Гостеву и сесть на освободившееся место. И Галя стала действовать. Для начала она заявила:

— У меня есть жених, мы любим друг друга, собираемся сыграть свадьбу, как только накопим на квартиру. Поэтому, девочки, я совершенно не горю желанием найти себе спонсора на рабочем месте. Наоборот, хочу обслуживать женатых клиентов, меня интересуют только деньги.

Сначала девчонки не поверили Галине. Но потом увидели, что та и в самом деле несется к толстому, одышливому Ивану Ситникову, всегда приезжающему в «Лам» с женой, и совершенно не торопится обслуживать холостого молодого Крюкова. Ясное дело, Галину перестали считать соперницей.

Хорошо зарекомендовав себя среди коллег, Реутова ухитрилась понравиться и Шульгиной, и Гостевой. Как она добилась подобного эффекта, отдельный долгий рассказ. Главное, что Галина ловко лавировала между Сциллой и Харибдой, ей удалось наладить почти дружеские отношения со всеми. Но постепенно коллеги начали понимать, кто такая Галина и куда она метит.

Примерно через полгода после прихода Гали в «Лам» разгорелся скандал, свидетельницей которого стала Аня. Женщина несла платье по коридору и увидела Ирину, которая чуть ли не с кулаками кидалась на продавщицу Верочку.

— Мерзавка, дрянь, сволочь! — топала ногами Шульгина. — Немедленно вон!

Аня изумилась до крайности. Ну чем могла провиниться тихая, услужливая Вера?

Отчитав всхлипывающую девушку, Ирина ушла. Аня вынырнула из-за поворота и спросила:

— Чего случилось-то?

— На улицу выперли, — шмыгнула носом Вера.

— За что?

Верочка нервно усмехнулась.

— Кто-то распустил слух, что у меня гонорея. И я, кажется, догадываюсь кто!

— Ты не расстраивайся, сейчас эту ерунду легко вылечить, — успокоила девушку Аня.

— Да знаю, — безнадежно махнула рукой Вера, — только это все вранье. Но Ирке нашептали, вот она и взбесилась: мол, я не имею права торговать, если болею. Шульгина меня уволила. Даже выслушать не захотела, — грустно произнесла Вера.

— И кто же тебе такую свинью подложил?

— Я думаю, что здесь дело не обошлось без Реутовой, — уверенно заявила Вера.

— Не повезло тебе, — посочувствовала Аня, — хорошую службу потеряла.

Вера ушла, на ее место взяли девочку, которую порекомендовала Галя, слегка глуповатую Наденьку. Надюша была услужлива, старательна и почитала Реутову, как бога.

Спустя три месяца выгнали Лену Пруткину. Та попалась на воровстве — выходя из магазина, «запищала» в воротах. Охрана велела девушке открыть сумку и мигом обнаружила там, на самом дне, аккуратно сложенную батистовую блузочку. Пруткину уволили в тот же день. Аня лишь подивилась глупости Лены: почему та выносила украденную кофту, не сняв защиту? Специальная машинка всегда у Пруткиной была под рукой.

Вместо Лены стала работать Нина Лапшина, ее порекомендовала Галина. Нина тоже оказалась очень исполнительной и рабски преданной Гале.

Через месяц с небольшим случился новый форс-мажор. Во время работы неожиданно слетела с катушек Таня Егоншина. Татьяна стала петь, плясать, срывать с себя одежду, и все это на глазах у обомлевшей клиентки. Гостева, испугавшись до паники, вызвала «Скорую», и врачи живо поставили диагноз: Егоншина находится под воздействием наркотика. Мадлен немедленно обыскала сумку Тани и обнаружила в ней жгут, одноразовый шприц и ампулу без опознавательных знаков.

Чуть не упав в обморок, Гостева подарила клиентке, на глазах которой разыгралось безобразие, платье, а Егоншину увезли в больницу. В бутик она потом пришла за расчетом, плакала в кабинете у Гостевой и громко клялась:

— Я не колюсь! Сама не знаю, как у меня дурь оказалась!

Но подобным образом оправдываются все наркоманы. Кто же им поверит?

Егоншину вытурили, скандал замяли, в бутик, вновь по протекции Реутовой, пришла беззаветно преданная Галине Сашенька Чурсина...

Аня примолкла, глотнула воды из бутылки.

— Да, интересные у вас дела творятся, — заметила я.

— Я только после случая с Танькой догадалась, что затеяла Реутова, — продолжила Аня. — Вернее, еще раньше удивилась, когда Ленка блузку стырила и по-глупому защиту не сняла, подумала: чего не случается, ну не словила мышей Пруткина. Обычно-то охрана продавщиц не обшаривает, даже если контролька вдруг запищит. Может, она момент улучить не сумела и решила блузку так вынести, понадеялась, что мужики, как всегда, не обратят внимания, а они взяли и полезли в сумку. Но Егоншина! Она на себе всю семью тянула: мать-инвалида, сестру непутевую и брата-первоклашку. Все девки гулять, а она в аптеку — за лекарствами маме. Это, кстати, ее и погубило.

— Почему? — удивилась я.

— А Мадлен, как услышала про наркотики, — подал голос Миша, — так сразу и заорала: «Понятненько, у матери тырит. Вот сука! Той врач выписывает, а Егоншина пользуется».

— В общем, доперло до меня, — перебила парня

Аня, — что Галя затеяла выжить из «Лам» посторонних девок и поставить своих.

— И ведь получилось! — подхватил Миша. — Года не прошло, как тут большинство Галкиных прихлебалок оказалось. Она в бутике авторитет заимела.

— Решила, дело в шляпе, — вмешалась Аня, — пора пасть на большой пирог разевать. Кстати, а мы с Мишей с ней поцапались.

— По какой причине? — решила уточнить я. — Насколько поняла, вы не продавцы?

Миша кивнул.

— Точно. У нас тут иерархическая лестница. Дом пятиэтажный, на самой верхотуре, в прямом — под крышей, в мансарде, — и переносном смысле, сидят акулы модельного бизнеса. Руководит ими великий и ужасный Роберто. В миру Пузырь.

— Такой толстый? — улыбнулась я.

— Не худенький, — согласилась Аня. — Только это не прозвище, а родная фамилия. Алексей Пузырь, вот что у нашего супер-пупермодельера в паспорте стоит. Но кто ж приобретет одежонку с лейблом «Пузырь»? Смехота! Вот он и решил взять себе красивый псевдоним — «Роберто».

— Пузырь креативит, — зачастил Миша, — его эскизы на четвертый этаж спускают, там талантливые ребята сидят, они их до ума доводят. Еще есть цех, где модели шьют.

— На третьем всякая хрень, — перебила Мишу Аня, — шляпки делают, фурнитуру, тетка есть, которая из бисера креативит классные вещи, их потом хорошо раскупают. Там же рекламный отдел, бухгалтерия...

— На втором мы, — опять вклинился Миша, — VIP-отдел. Анька на мелких операциях, ну там платье примерить на «вешалке», я макияж наложить. Тебе вот усики пририсовал. Не обратила внимания?

Я потрогала губу.

— Нет. А зачем?

Аня и Миша переглянулись.

— Манекенщица должна быть слегка похожа на клиентку, — принялась посвящать меня в тайны бизнеса Аня. — Лицом, волосами, но только не жирными боками. Шмотка хорошо на швабре смотрится. Мы платье просто закалываем и айн, цвай, драй!

— А еще VIPы должны чувствовать, что они красивее «вешалки», — снисходительно заметил Миша, — поэтому Ирка подбирает таких, как ты. Извини, конечно, не в обиду сказал.

— Сама знаю, что мало похожа на Мерилин Монро. А на первом этаже кто?

— Магазин для всех, — пояснила Аня, — мультибрендовый. Один зал для Роберто, третья линия, и всякие зарубежные фирмы...

— Что? — не поняла я. — Какая линия?

Миша фыркнул.

— Ну как можно браться за работу в фэшн-бизнесе, ни фига в нем не понимая, а? Ведь сразу уличат.

— В домах моды есть *линии* одежды, — стала терпеливо растолковывать Аня. — Нулевая это элита, штучный товар, во всем мире мало найдется людей, способных купить платье, которое лично сделал... ну, допустим, Лагерфельд или Марк Джейкобс. Это очень дорого! Потом кутюрье не всякой клиентке свое произведение продаст, какая-нибудь фрау Пупкина его не получит. Платьишко надо прогулять в Каннах на красной дорожке или засветить на церемонии вручения «Оскара». Чаще всего потом одежонка отправляется в музей, ездит по выставкам. Да и не продают ее, а дают напрокат. Ладно, с нулевой линией разобрались. Теперь о первой. Она тоже дорогая, недоступная среднебогатым людям, випам, которые отовариваются в бутиках типа «Лам». Знаешь, с чего начался взлет модельеров Дольче и Габбана? Ну, по какой причине на их, не особо чтобы прямо «ах», вещах народ помешался?

Я помотала головой.

— Певица Мадонна засветилась в гламурном издании в одежде от этих итальянцев, — пояснил Миша. — Не успел журнальчик выйти, как народ кинулся в бутики. Самый прикол состоял в том, что ни Дольче, ни Габбана ничего не знали, они Мадонну в своих шмотках не видели и дико потом удивлялись.

— А Пьер Карден шил платья для Плисецкой, — протянула Аня, — он с ней дружит.

— Вот вторую линию купить можно, — затараторил Миша. — Тоже бессовестно дорого, но шмотки — пропуск в мир богатых и знаменитых. Явишься на тусню, мигом вычислят, че на тебе почем!

— Самая доступная третья линия, — фыркнула Аня, — она в мире копейки стоит, а у нас ею часто как первой торгуют. Народ пока тупой, видит лейбл «D&G» и млеет: ах, это Дольче с Габбаной! Невдомек дуракам, что на перволинейных шмотках вообще ничего не пишут, а на вторых приводятся полностью фамилии. Когда значок «D&G» стоит, значит, третья линия, самая дешевая. Ее, кстати, и подделывают. Такие умельцы есть, очуметь!

Миша захихикал:

— Тут Кельвин Кляйн в Москву приезжал, наши ему ради хохмы паленые джинсы подарили, с рынка. Так он штаны схватил и ну языком цокать — все восхищался, как отлично пираты сработали.

— Наш народ рукастый, — согласилась Аня, — в метро полно фальшивого Луи Вюиттона. У каждой второй мадам его сумочка!

— Фу, — скривился Миша, — сразу видно, что

дерьмо. Фурнитура не та, и ручки неправильно прострочены.

— Это ты знаешь, как надо, — не уступила Аня, — а другим невдомек. А часики от Шанель, белые, с брюликами? Их штампуют просто тысячами! Издали почти хорошо смотрятся.

— Давайте вернемся к Галине, — остудила я пыл собеседников.

И тут в кармане у Миши тренькнул мобильный. Парень вытащил его и глянул на дисплей.

— Вау! — воскликнул стилист и быстро заговорил в трубку: — Слава, здесь связь плохая, я сейчас в другое место перейду...

Держа кокетливый, оклеенный стразами аппарат возле уха, Миша выскользнул в коридор.

— Ага, — ответила на мой невысказанный вопрос Аня, — точно. В нашем бизнесе таких много. С другой стороны, куда им идти? Сталь варить? Или в космос летать? Мишка милый. Да все они приятные, лучше натуралов. Еще по чайку?

— Вернемся к Галине, — повторила я через пару-тройку минут, закончив чаепитие. — Она потом подставила Шульгину?

— Угу, — кивнула Аня.

— И как? — спросила я, но ответа на свой вопрос не дождалась.

Из коридора раздался вопль:

— Помогите!

Глава 10

Мы с Аней, не сговариваясь, ринулись к двери. Естественно, швея лучше ориентировалась на местности, она сразу поняла, откуда идет шум, и резво побежала в нужном направлении. Я торопилась за ней.

Аня достигла серой офисной двери и рванула на

себя хлипкую створку. Перед моими глазами возник кабинет, совсем не пафосный, без резных деревянных панелей, кожаных диванов, столов красного дерева и гобеленовых портьер с золотыми кистями. Помещение выглядело обычным, функциональным офисом, от тысяч подобных комнат его отличала маленькая деталь — на светло-коричневом ламинате, широко раскинув руки, лежала Галина. На шее девушки зияла рана, из которой выливалась кровь. Текла она странно, толчками.

— Мама... — прошептала Аня и приложила руки к лицу.

Меня затошнило, из головы вымело все мысли. Следовало взять себя в руки, вызвать «Скорую», милицию, но отчего-то язык прилип к небу, а ноги отказывались двигаться.

— Мама... — безостановочно повторяла Аня, — ой, мама, мама...

— Это не я! — вдруг произнес чей-то тоненький голосок. — Не я! Вошла в кабинет, а она здесь... здесь... здесь...

Мои глаза обратились в ту сторону, откуда раздавалось судорожное бормотание, и я увидела, что в кабинете находится Мадлен. Старшая продавщица непостижимым образом ухитрилась втиснуться между двумя серыми стеллажами. Пространства, разделявшего полки, было настолько мало, что там, наверное, поместился бы цветочный горшок с фиалками, но Гостева сумела забиться в щель.

Меня заколотило в ознобе. Мадлен походила на участницу киносъемок триллера типа «Техасская резня бензопилой». Красивый костюм старшей продавщицы был залит кровью, алые брызги попали не только на пиджак и юбку, но и окропили колготки вместе с туфлями. Но самым страшным казался скальпель, который Мадлен сжимала в правой руке. Лезвие было не длинным, наоборот странно коротким, но, несмотря на маловнушительные размеры, смотрелось орудие убийства устрашающе.

— Мама! — взвизгнула Аня, тоже приметившая Гостеву. — Она ее заколола! Довыдрючивалась Галка!

— Нет, нет, нет, — завела Мадлен, — просто вошла, а она тут...

— А ножик? — тихо напомнила Аня. — Он же у тебя в руке!

Мадлен с ужасом уставилась на свои руки.

— Нет, нет, нет!

— Как же «нет»? — гаркнула Аня. — Всем известно, она...

— Мы поругались, верно, — зашептала Мадлен, — но, поверьте: я вошла, а она тут лежит, и в горле нож. Галя хрипела, хотела что-то сказать... я испугалась прямо до безумия, а потом решила ей помочь... ну, вытащить лезвие... Ведь плохо, когда у человека нож торчит! Это плохо-плохо-плохо-плохо...

Я пыталась совладать с эмоциями и разобраться в бормотании Гостевой. Она решила облегчить страдания Реутовой и выдернула скальпель? Она что, книжек не читала, фильмов не смотрела? Если когда-нибудь вдруг найдете человека с ножом в теле, не пытайтесь ничего предпринять, только живо вызывайте врача. Иногда лезвие, хоть вам это и покажется странным, может спасти жизнь жертве — оно не дает вытекать крови. Никогда не следует бросаться помогать несчастному, если вы не медицинский работник. В ситуациях, когда речь идет о жизни и смерти, решение обязаны принимать специалисты. А то находятся сердобольные, которые из лучших побуждений начинают тормошить жертву аварии, пытаются усадить человека со сломанным позвоночником или напоить того, кто повредил пищевод с желудком.

Но Мадлен вытащила нож и мгновенно была буквально облита фонтаном крови, который вылетел из горла несчастной Гали. Если у Реутовой и имелся теоретический шанс остаться в живых, то теперь он был потерян.

— Не я, не я, не я... — повторяла Мадлен, глядя на меня полубезумным взором, — не я, не я, не я...

— А кто? — вдруг заорала Аня. — Тут же больше никого нет! И нож у тебя в руке!

Внезапно старшая продавщица сделала резкое движение, выбралась из узкой щели, одним шагом добралась до окна, швырнула туда орудие убийства и завизжала, глядя вниз:

— Не бы-ло! Не бы-ло! Не бы-ло!

Мы с Аней бросились к ней. Когда я отвернулась от окна, увидела невесть откуда взявшегося Мишу.

— И че... — начал юноша, потом он завизжал, зажал рот рукой, закатил глаза и рухнул на пол, потеряв сознание.

Жизнь в бутике наладилась не сразу.

Тело Реутовой увезли в морг.

— Эк она ее... — покачал головой врач непонятно кем вызванной «Скорой». — Прямехонько в артерию угодила одним ударом. Профессионально сработано.

— Гостева не подрабатывает киллерством, — подала с дивана голос Аня.

— Иногда любители круче профессионалов, — мирно продолжил увлекательную беседу доктор. — Так ловко убьют, что диву даешься. Вот вчера вызов был! Одна баба...

— Только не надо нам лишних подробностей! — нервно вскрикнула Аня.

— А некогда мне с вами трепаться, — заявил явно обиженный Гиппократ и ушел.

Милиция приехала на редкость быстро и лихо занялась делом. Нож подобрали, Гостеву куда-то увели, нас с Аней допросили, Мишу в истерическом припадке отправили в больницу. На дверь «Лам» повесили табличку: «Извините, закрыто по техническим причинам».

— Не повезло Мишке, — мрачно сказала Аня, когда мы с ней временно остались вдвоем, — у него сегодня свиданка намечалась. Любовь с первого взгляда. Он мне вчера все уши прожужжал, какого кавалера отхватил: богатого, красивого!

— Придет в себя и продолжит роман крутить, — протянула я. — А что нам-то делать? Может, домой пойти?

Аня поежилась.

— Плохо мне. Ты-то небось к такому привыкла.

— Нет, — возразила я. — Хотя трупы видела.

— Я тоже, — ответила Аня. — Бабушку хоронила. И маму.

— Это совсем другое.

— Верно, — согласилась Аня и замолчала.

Довольно долгое время мы сидели тихо, потом из коридора донесся командный голос:

— Все в VIP-зал! Живо, на цырлах!

— Шульгина прибыла, — вскочила Аня. — Ну, держись! Начинается народная русская забава — плясовая с мордобоем. Пошли.

Я кивнула, и мы споро побежали туда, где утром демонстрировали платье госпоже Калистратовой.

В просторном помещении вновь горели все люстры, в центре стояла Ирина в воинственной позе.

Ноги управляющая поставила на ширину плеч, одну руку уперла в бок, вторую вытянула вдоль тела.

Испуганные сотрудники, в основном женщины, жались по стеночке.

— Всем молчать! — скомандовала Ирина. — Слушать меня! Случилась ерунда...

— Да уж, — подал реплику кто-то из толпы, — просто крохотный пустячок.

— Заткнуться! — повысила голос Шульгина. — Еще одно подобное высказывание, уволю всех! Разом! Не стану выяснять, кто язык распустил!

Несчастные девушки застыли, боясь пошевелиться.

— Думаете, вы тут эксклюзивные специалисты? — почти истерически засмеялась Шульгина. — Дуры! На ваше место по десять таких просится, вам цена пятачок пучок. Кто хочет и дальше работать в «Лам»? Чего притихли? Поднимите лапы!

Закачался лес тонких рук.

— Ну и хорошо, — потеряла злобное оживление Шульгина. — Теперь внимание. Повторяю, произошла ерунда: Галина случайно умерла. Случайно! Дома! Не в бутике! И если кто из вас раскроет пасть, уволят всех.

— А милиция? — вновь ожил тот же голос. — Они разве молчать станут?

— Не твое дело, — ответила Шульгина, — не лезь в чужие проблемы. Запомните простую вещь: Мадлен уволили вчера, по ее собственному желанию.

По толпе продавщиц пролетел шепоток.

— Заткнуться, я сказала! — рявкнула Ирина. — Было именно так. Гостева у нас не работает.

— Ее сегодня Калистратова видела, — подала голос Аня. — И охранник ее, кабан толстый, тоже видел.

— Захлопнуть пасть, — повернулась к швее Ирина.

— Я-то захлопну, а Калистратова может раскрыть, — не побоялась возразить управляющей Аня.

— Вон, вон, вон! — пришла в неистовство Шульгина.

— Тихо, тихо, — раздался нежный говорок, — тихо, Ирочка. Понимаю, что болеешь за дело, но нельзя же себя убивать. Здоровье дается лишь один раз.

По тому, как посерели присутствующие, я поняла: в зал вступило самое высокое начальство.

— Вау, — зашептала мне на ухо Аня, — Софка лично заявилась. Вон она, смотри. Похоже, опять подтяжку сделала. Ну сучара, максимум на тридцать в свой полтинник выглядит. Хотя кабы мне ее деньги...

— Дорогие мои, — чирикала тем временем стройная, черноволосая девушка, подходя к трясущейся в нервном ознобе Шульгиной, — давайте простим Ирину Олеговну. Она очень волнуется, отсюда и непозволительный тон. Впрочем, подумайте! Весть о том, что в «Лам» случилось убийство, мигом разлетится по Москве. Клиенты переметнутся в иные места, бизнес временно притормозит. И кто пострадает? Я? Ирина? Роберто? Отнюдь. Мы просто заявим о ремонте здания, переделаем дизайн и снова наберем клиентуру. А кто лишится работы? Да вы, мои любимые. У кого возникнут сложности при приеме на новую службу? У вас же. Спросят, вот допустим, Яночку... Это ведь ты сейчас вопросы задавала? Ай-ай-ай, думаешь Софья Николаевна под крышей сидит и вас никого не знает? Ошибаешься, заинька! «Мне сверху видно все, ты так и знай». Хотя, думаю, ты культовую киноленту не видела и песню эту не слышала. Ладно, Яночка, придешь, допустим, ну, в «Коломбину», а там спросят: «Янусечка, где трудилась? Ах, в «Лам»? Нет, котеночек, до свидания». Получится, как писали в одной книге, которую ты тоже явно не читала: «То ли он украл, то ли у него украли, но была там некрасивая история». Не захотят с вами, запачканными в истории с убийством, связываться. Именно эти соображения и пыталась слишком страстно довести до вас Ирочка. Поняли? Не слышу!

— Да, — выдохнули служащие.

— Ай, молодцы! — умилилась хозяйка. — Очень прошу вас, помните о моем предупреждении. Нет, врать не надо, следует лишь отвечать всем честно, мол, ничего не знаю. Кстати, вы в той комнате стояли? Убитую видели?

— Нет, — в едином порыве ответили присутствующие.

— То-то и оно, — закивала Софья. — Не надо сплетничать. Просто говорите журналистам: «Ничего не видела, находилась на рабочем месте. Обратитесь за комментариями к Шульгиной». Ну, согласны?

— Хорошо, — вымолвил хор.

— Какие замечательные сотрудники! — всплеснула руками Софья. — Я всегда говорила: мы одна семья. Кстати, вам объявили приказ?

По толпе пробежал возглас удивления.

Хозяйка повернулась к Шульгиной.

— Ира, люди в курсе?

На лице управляющей мелькнуло изумление, но Шульгина быстро справилась с эмоцией и подыграла начальству.

— Еще не успела зачитать, — чуть виновато сообщила она.

— Ай, ай, ай! В десять утра подписала!

— Простите.

— Ну ладно, тогда я сама, — кивнула Софья, потом велела: — Валентин, дай приказ.

Из толпы ужом выскользнул мужчина и протянул царице лист бумаги. Софья Николаевна демонстративно откашлялась.

— Так... С сегодняшнего числа увеличивается зарплата всех продавцов, соответственно их стажу и опыту, но не меньше, чем на три тысячи рублей. Вот Жанна Емельянова, к примеру, целых десять штук прибавки получит. Повышаются оклады на всех этажах, включая охрану и уборщиц. Еще! Сегодня все могут пройти в кассу. Каждому — подчеркиваю: каждому из наших работников! — дадут премию, очень и очень хорошую. Жаль, конечно, что Ира с утра не огласила приказ, поэтому вам сейчас придется задержаться, чтобы получить деньги. Но это ведь приятная процедура, не так ли... Кассы открыты, вперед!

Девушки обрадованно загомонили и бросились к выходу, в дверях возникла суматоха.

Аня глянула на меня.

— Лучше подождать, затопчут.

Я кивнула.

— Верно, боюсь толпы.

— Эй, вы обе! — крикнула, повернувшись в нашу сторону, Шульгина. — Идите сюда.

Взявшись за руки, мы подошли к управляющей. Ирина нервно сказала:

— Вот они, Софа.

Царица мило улыбнулась, и сразу стало понятно, что ей не тридцать и даже не сорок лет. Лоб у Софьи Николаевны был гладким, словно лист бумаги, вокруг глаз не собирались морщинки, скорей всего тут не обошлось без ботокса, но на щеках и бесстрашно обнаженной шее виднелась мелкая сеточка тоненьких морщинок.

— Девочки, — заговорщицки подмигнула Софья, — я на вас рассчитываю. Ты, Аня, давно в «Лам», лучший наш работник, соответственно получишь спецприбавку. Знаю твою непростую судьбу, поэтому выписала премию в тысячу убитых енотов, а оклад возрос вдвое.

Аня захлопала глазами. Она явно не ожидала стать основной участницей аттракциона «Неслыханная щедрость».

— Что же касается нашей новенькой, — нежно пропела, повернувшись ко мне, Софья, — то она и впрямь получает статус старшей манекенщицы. Ясное дело, такая должность предполагает хорошие деньги плюс премию. Да, кстати, Ирочка... Там прибыли ящики от Майоровой, отдай их девочкам, пусть пороются и возьмут, что захотят. Хоть все.

— Идите на склад, — приказала Шульгина. — Ты, Аня, потом домой, а Лампа ко мне в кабинет.

Швея ухватила меня за локоть.

— Спасибо, Софья Николаевна, — зачастила она. — Ну спасибо, вот спасибо, прямо самое настоящее большущее спасибо!

Я, получив от Ани пинок в зад, тоже принялась кланяться в пояс, выдавливая из себя слова благодарности.

— Ой, перестаньте! — замахала руками в браслетах хозяйка. — Ты, Анечка, заслужила, а ты... э... Лампочка... хорошая девочка, красавица и умница. Ну, бегите на склад, на этот раз Майорова просто опсихела — столько нахапала!

Продолжая отвешивать чуть ли не земные поклоны, мы с Аней допятились до двери, задом открыли створку и вывалились в коридор.

— Фу... — выдохнула швея. — Кому горе, а кому радость! Теперь мы с дочкой в Испанию рванем.

— А зачем нам на склад? — полюбопытствовала я.

— Дуй к лифту, — приказала Аня и резво зашагала вперед. — Сейчас объясню. В «Лам» полно прибабахнутых приходит, но Майорова самая долбанутая. Денег у ее мужа лом, Евгения Степановна, ясное дело, не работает, дома сидит. Одурела совсем, скучно ей до икоты, вот и придумала забаву: прикатывает в «Лам» и давай отделы опустошать. Хватает без разбора все: пальто, шапки, джинсы, футболки, сумки, обувь. Наберет шмотья на кругленькую сумму — я на такую год спокойно проживу — и уезжает. Шопинг у нее день длится, Евгения все разглядывает, щупает, кофе пьет... Она, правда, эксклюзив не покупает, на первом этаже орудует.

— Почему? Ей все равно, что носить?

Аня впихнула меня в кабину и нажала кнопку с цифрой «-1».

— Нет, конечно. Иногда она и на второй поднимается. Только Майоровой главное — время провести. Классно получается! Продавщицы носятся, с полок все сметается, уезжает Евгения на трех джипах: сама в первом, во втором охрана, в третьем пакеты да коробки.

— Да уж, — хихикнула я, — мечта поэта.

— Подожди, — скривилась Аня, — сейчас продолжение будет. Через два дня шмотки назад возвращаются. Они Женьке либо не нужны оказались, либо не подошли, плохо сидят... И так по два-три раза в месяц.

— Но почему Софья разрешает ей подобное? Взяла — потом вернула...

Аня расхохоталась.

— Ты не поняла. Евгения тряпки не сдает назад, а просто возвращает. Ей деньги не нужны, говорит: «Забирайте лабуду, деньте куда-нибудь, нищим, что ли, отдайте».

— Ничего себе!

— Каждый сходит с ума по-своему.

— И вы их опять продаете?

— Нет, права не имеем, — пояснила Аня, — возврат-то не оформлен. Софка этими шмотками девок награждает. Ну, типа, ступай в подвал, возьми с полки пиджак. Но всегда предупреждает: одну вещь бери. А нам сегодня повезло по полной, нам все отдали. Сейчас такой шмотинг получим!

Глава 11

Когда я увидела, какое количество одежды висит на длинном кронштейне, у меня отвисла челюсть.

— Это можно взять просто так? — вылетел изо рта вопрос.

— Ага, — кивнула Аня.

— Бери, бери, — подтвердила полная тетка в темно-красном халате. — Софья Николаевна звонила, предупредила. Сказала: «Маргарита, пусть уносят, сколько захотят».

— Ну, пожалуй, вот это нам не надо, — заржала Аня, взяв в руки вешалку с ядовито-зелеными штанами из плотной кожи. — Тебе такое подходит?

— Нет, — помотала я головой.

— Иди с правого конца, а я с левого, — деловито предложила Аня.

— Вдруг возьму что-то крайне тебе необходимое? — засомневалась я.

— Уж не подеремся, — улыбнулась швея. — Вау, какой топик, Алиска описается от радости!

— Ройтесь, ройтесь, — закивала Маргарита, — там, на тумбе, пустые пакеты, в них, что отберете, складывайте. Вот только кролика ТАКОГО РАЗМЕРА нет.

— Ушел? — констатировала Аня.

— Веревкиной дали. Кроль ТАКОГО РАЗМЕРА лишь для нее.

— Вы о чем говорите? — залюбопытствовала я.

Аня и Маргарита засмеялись хором.

— У нас работала Катя, — пояснила швея, — хорошая девочка, но дура. Уж сколько мы ей объясняли, как с клиентами разговаривать, бесполезно. Один раз пришла в «Лам» мадам Григорьева... Еще увидишь ее, жуткая особа! Ей постоянно кажется: кругом обман, каждый надуть норовит. Наденет кофточку и заведет: «Она из хлопка? А где это сказано? На ярлычке написано? Вы уверены? Почему тогда материал не мнется?» До обморока доводит! Возьмет, например, выдернет нитки, подожжет и злится: «Вот, на конце шарик оплавился, значит, синтетика. Вам лишь бы набрехать...» Джинсы спичкой проверяет: поплюет на нее и штаны потрет. Если окрасится в синий цвет, снова скандал: «Фальшивые! Самострок! Я на вас в антимонопольный комитет заявление подам!» Поэтому Григорьеву никому обслуживать неохота. Понимаешь?

Я закивала. Встречаются порой крайне скандальные люди. Мне их жаль. Скорей всего у таких личностей несчастливая семейная жизнь и полный крах на службе. Иначе почему они вечно пытаются «построить» работников сферы бытового обслуживания или незнакомых прохожих?

Женщина, у которой есть любящий муж, дети и интересная работа, не станет свариться с продавщицей из-за качества блузки. Если вещь не подходит, она ее просто отложит в сторону и возьмет другую. Встречали иногда на улицах пожилых людей, которые орут на подростков, или теток, нарочно толкающих всех сумками на колесах? Никогда не надо ввязываться в скандал с ними, просто пожалейте несчастных. Им очень плохо. Эти никому не нужные неудачники вышли из квартиры, чтобы поскандалить с окружающими, их истеричная злоба на самом деле завуалированный крик о помощи.

— Так вот решила однажды мадам Григорьева приобрести шубу, — мирно продолжала Аня. — А в тот год весь народ помешался на крашеном кролике. Ну, в моду он по неясной причине вошел, все в манто из кроля вырядились, норки и шиншиллы в гардероб подальше запихнули. Мы пальтишки из кроличьего меха на самое видное место вывесили, в центре зала. Схватила Григорьева манто с кронштейна и давай Катьке, которая капризницу обслуживала, душу мотать: «Краска экологичная? Подкладка шелковая? Настоящий мех? Не синтетика? Очень странно шуршит. Швы хорошо обработали?» И так два часа. Словно не тужурку берет, которая к концу сезона развалится, а дом на всю жизнь приобретает. Катюша терпеливо отвечала, объясняла, показывала, щеткой кроля прочесывала, а Григорьева считала, сколько волосков в щетине осталось. В конце концов Катя притомилась и выпала в осадок, стоит, улыбается на автомате. Да, самое интересное забыла сказать! Григорьева на слонопотама похожа, шестьдесят восьмой размер у нее. Ну просто нереальных габаритов баба, за три дня не обежать! Значит, примеряет она кроличью шубейку, и так повернется перед зеркалом, и этак, все уже выяснила, ощупала, на зуб попробовала. Вдруг замирает и у Катюхи с гневом спрашивает: «Минуточку, девушка, это манто, похоже, сшито из кусочков!» Катя вынырнула из нирваны и произнесла фразу, которая стала в бутике крылатой: «Где же вы видели кролика ТАКОГО РАЗМЕРА, чтобы из одной шкурки на вас полушубок сшить?»

— И как Григорьева отреагировала? — поинтересовалась я.

Аня пожала плечами.

— Разоралась, конечно, Катю уволили. А у нас теперь все, что больше шестидесятого, называется «кролик ТАКОГО РАЗМЕРА». Ты почему водолазку не берешь?

— Она желтая, — пояснила я, — никому из наших не пойдет.

— Прихвачу себе, — деловито заявила Аня, — в школу отнесу, училке по немецкому.

Увлекательное перебирание вещей длилось больше часа, и в результате я стала обладательницей нескольких туго набитых пакетов.

— Ну, до завтра, — кивнула Аня. — Дорогу на улицу найдешь?

— Меня Шульгина просила зайти. Куда ехать надо? — спросила я, подходя к лифту.

— На второй, — пояснила Аня, — четвертая дверь слева.

Ирина встретила меня нетерпеливым вопросом:
— Ну что?

— Думаю, в истории с ключами была замешана Галина. Насколько поняла, она хотела занять руководящий пост, — ответила я своей клиентке и одновременно начальнице. — Теперь, когда Гостева убила Реутову, опасаться нечего.

Шульгина схватила со стола карандаш, повертела его и нервно произнесла:
— Не знаю, не знаю...

Я без приглашения села в кресло.

— Ну подумай сама. У Гречишиной пропали ключи с очень дорогим брелоком, а обнаружилась связка в твоем кармане. Человек, задумавший тебе навредить, полагал, что Светлана моментально вызовет Софью, а та с позором вытурит управляющую. Но случился облом. Гречишина, очевидно, неплохая тетка, она не стала затевать скандал, просто велела отыскать вора. Тогда Галина решила предпринять еще одну попытку. Ей явно было без разницы, на какую ступень служебной лестницы шагать, любая хороша, лишь бы вверх. Не получилось подсидеть управляющую, попыталась занять место старшей продавщицы. Преступники — люди привычки. Придумав некий ход, они потом используют его многократно, и Галина не исключение. Ей на помощь пришел случай. Реутова заметила выпавшую из волос Калистратовой дорогую заколку... Ну, дальнейшее известно: я просекла, что задумала Галина, и предупредила Мадлен. Честно говоря, хотела предотвратить скандал и вначале добилась успеха — Ольга Сергеевна уехала вполне довольная обслуживанием. Но дальше ситуация стала развиваться трагически. Мадлен сообразила, что к чему, и набросилась на Галину.

Ирина выскочила из-за стола и начала мерить шагами небольшой кабинетик.

— Ну... не знаю... Мы с Гостевой особо не дружили. Она постоянно вредничает, спорит, хочет меня перед Софкой в идиотском свете выставить. Мадлен — истеричная особа, чуть что — вопль, слезы. Но... Знаешь, может, тебе это покажется странным, только я чувствую за нее ответственность. Ведь номинально Гостева — моя подчиненная.

— А мне говорили, будто вы на равных.

— Практически да, — закивала Ирина, — но юридически старшая продавщица обязана отчитываться перед управляющей. У нас по-иному получилось. Долго рассказывать, отчего так вышло, только я все же являюсь начальницей и обязана не только ругать и «строить» людей, но и помогать им. Есть еще нюансик — авторитет «Лам». Представляешь, что со мной сделает Софа, если Мадлен предстанет перед судом? Знаешь, до чего она тут договорилась?

— Нет, — ответила я.

Ирина села в кресло.

— Когда народ ушел, Софка мне такой скандал закатила! Получается, я во всем виновата. Полностью, одна.

— Оч-чень интересно. Каким же образом ты могла предотвратить убийство? Насколько я поняла, тебя в момент совершения преступления в бутике не было.

— Это никого не касается, — мрачно пробубнила Ира. — Не воспитала коллектив, не разглядела разгорающегося скандала, не разрулила ситуацию, не обеспечила спокойствие, нанесла огромный моральный ущерб дому моды... и так далее, и тому подобное. В общем, разнос Софки звучал приблизительно так: дражайшая Ирочка, если желаешь и дальше работать, отмазывай Мадлен, сделай все, чтобы Гостеву освободили подчистую. Мне необходимо найти убийцу! Иначе вон выпрут, понимаешь? Все разговоры про ее вчерашнее увольнение — бред. Это версия для продавцов, чтобы клиентам говорить. Ой, боюсь, ты не сечешь фишку.

— Очень даже хорошо соображаю, что к чему, и совершенно тебе не завидую. Ситуация ясная.

— Вовсе даже нет, — заговорщицки прошептала Ирина. — Покажу сейчас тебе одну штучку...

Управляющая потянулась к своей сумке, и тут в кабинет без стука вошел красивый, уже немолодой мужчина в экзотическом наряде. На незнакомце красовались светло-фиолетовые шаровары из переливающегося материала, красная футболка с надписью «Big pig», ремень, украшенный чудовищной пряжкой, и кеды на белой платформе. Довершали образ две крупные золотые серьги в одном ухе, и длинные черные, явно крашеные волосы, стянутые в хвост.

— Ирэн, — промурлыкал мужчина, — варум[1] ты здесь? Фергессен[2] про совещание? Айн, цвай, драй, шагом марш в зал.

Ирина вскочила.

— Прости, Роберто, совсем забыла!

— Красивой девочке положено не иметь мозгов, — улыбнулся главный модельер «Лам». — Давай, шнель[3]! Я жду. Ну, идешь?

Шульгина посмотрела на меня, с ее лица уже слетело растерянное выражение испуганной женщины.

— Ступай домой, — холодно приказала она, — завтра жду ровно в десять. Опоздаешь, уволю.

Поняв, что спектакль разыгрывается для Роберто, я залепетала:

— Да, да, конечно, знаю, ни на секундочку не припозднюсь!

— Все, все, живо убирайся, да не забудь дурацкие пакеты, — напомнила Шульгина.

Я подхватила дармовые шмотки и пошла к машине.

На улице бушевало лето. Внезапно до дрожи захотелось мороженого, самого обычного: белый брикет, облитый шоколадом, и чтоб непременно на палочке. Я засунула вещи в машину, оглянулась по сторонам, увидела через дорогу парк и палатку, торгующую мороженым. Обрадовавшись, я перешла шоссе, купила эскимо и решила посидеть на лавочке под раскиди-

---

[1] В а р у м — почему (испорченный немецкий). — *Прим. авт.*

[2] Ф е р г е с с е н — забыла (испорченный немецкий). — *Прим. авт.*

[3] Ш н е л ь — быстро (испорченный немецкий). — *Прим авт.*

стым деревом. Несмотря на довольно поздний час, было очень тепло и светло, как днем, а по дорожкам с воплем носились трое мальчишек младшего школьного возраста.

— Сдавайся, гоблин! — кричал один, размахивая пластмассовым мечом.

— Смерть оркам! — вторил другой, вооруженный луком со стрелами.

— Лови Змея Горыныча! — визжал третий. — Илью Муромца не победить!

Роль всех злодеев исполняла женщина лет тридцати пяти. Она ловко уворачивалась от мальчишек и, слегка запыхавшись, отвечала в том же духе:

— Эльфы и гномы никогда не сумеют дружить с человеком! Смерть вашему братству!

Я бездумно наблюдала за расшалившимися детьми. Через некоторое время двое из них устали бегать за женщиной и начали носиться друг за другом, а вооруженный луком мальчик выпустил стрелу, которая угодила его матери или няньке точно в шею. Незнакомка взмахнула руками и навзничь рухнула в траву. Мальчишка, столь метко поразивший цель, испугался и спрятался за большое дерево. Его братья, не заметив происшествия, продолжали игру в догонялки, оглашая окрестности воинственными воплями.

Я доела мороженое, выбросила палочку в урну, пошла было к машине, потом обернулась и насторожилась. Молодая женщина продолжала недвижимо лежать на газоне, малыш с луком не высовывался из-за дерева, остальные скакали как обезьянки.

Я подбежала к женщине, наклонилась над ней и спросила:

— Вы в порядке?

— Да, — прошептала та.

Тут я увидела, что торчащая из шеи стрела вовсе

не проколола кожу, как уж было подумала, — палка с оперением имела вместо острия присоску.

— Почему вы тогда лежите? — с недоумением воскликнула я. — Подвернули ногу, когда падали?

«Раненая» хмыкнула:

— Это мой единственный способ отдохнуть. Немного поприкидываюсь мертвой и вновь начну бороться с жителями Средиземья. Только не смейтесь громко, а то мальчишки сразу прибегут. Все-таки Костик трус, знает, что от стрелы никакого вреда быть не может, но за дерево спрятался.

— Липа, Липа! — закричал вдруг один из двух бегавших на лужайке школьников. — Эй, Липа! Ты где? Вау! Вау! Вау!

Продолжая вопить сиреной, мальчишка подскочил к неподвижно лежащей женщине и спросил:

— Нянь! Эй! Ты как? Ранена? Сейчас помогу.

Маленькая грязная ручонка ловко отодрала от шеи женщины деревяшку на присоске. Няня, решив продлить минуты отдыха, продолжала лежать, не шевелясь.

— Павлуха! — завизжал ребенок. — Костян Липу убил!

Вмиг примчался брат.

— Ты че, — налетел он на того, кто держал стрелу, — ваще дурак? Мы ж договорились в голову не метить. Идиот!

Свое негодование Павлуха подтвердил затрещиной.

— Сам кретин, — занял брат, — это Костян.

— Че Костян?

— В Липу стрелял.

— А не бреши.

— Я ее не трогал!

— Врешь много, маме вечером расскажу, — пригрозил Павлуха. — Так и знай, не успеем домой прийти, заявлю: «Митька в Липу попал». Тебя накажут.

— Это Костян, — чуть не зарыдал Митя.

— Ага! А стрела у кого в руке? — голосом въедливого следователя заметил Павлуха.

— Я ее от шеи оторвал, — абсолютно честно ответил Митя. — Подошел и дернул.

— А не бреши-ка! — произнес коронную фразу Павлуха. — Где Костян? Нет его. А ты тут, со стрелой!

— А-а-а... — зарыдал Митя, получив новую оплеуху, — отстань...

Я растерянно смотрела на мальчишек. Действительно, на первый взгляд плачущий Митя выглядел виноватым: стоит со стрелой в руке, а истинный виновник, Костя, прячется за деревом, его не видно и не слышно.

— Мама у тебя комп отберет, — с явной радостью заявил Павлик.

Рыдания Мити перешли в визг, Липа бодро вскочила на ноги, издала воинственный клич:

— Ну, держитесь, эльфы, гномы и Илья Муромец, сейчас армия орков с гоблинами вам отомстит!

Слезы моментально перестали катиться из Митиных глаз.

— Ты же не скажешь маме, что я виноват? — бросился он к няне.

Липа понеслась по траве.

— У нас честная битва, — крикнула она на ходу. — Костик просто увлекся и забыл о договоренности.

— Точно, — высунулся из-за толстого ствола виновник произошедшего.

— Не стоит маму ерундой грузить, — ответила Липа. — Вперед, эльфы, гномы и Илья Муромец, вас ждут великие дела!

Дети ринулись за няней, а я в глубокой задумчивости пошла к машине.

Глава 12

Увидев содержимое пакетов, Лиза и Юлечка пришли в бурный восторг. От полноты эмоций свои чувства они начали выражать в основном нечленораздельными выкриками.

Когда я была маленькой девочкой, в нашем доме работала дворником татарка Зульфия. Она очень смешно разговаривала со своим мужем: сначала выпаливала много-много непонятных мне слов, а потом вдруг произносила «телевизор» или «колбаса». Вот сейчас диалог Лизы и Юлечки напоминал речи Зульфии:

— Вау! Топик!

— О! А! Джинсы!

— Ого! Футболка!

— Ба! Ну и ну! Юбки! Четыре штуки!

В самый разгар увлекательного занятия кто-то позвонил в дверь. Лиза и Юлечка, пытавшиеся отнять друг у друга розовый свитер с вышивкой, не обратили никакого внимания на мелодичное блямканье, идти в прихожую пришлось мне. На пороге оказался мужчина лет сорока.

— Здрассти. Рома, — вежливо представился он, — ваш новый сосед.

— Сверху, снизу или сбоку? — деловито осведомилась я. — Кстати, мое имя Лампа.

— Въехал вместо Рогачевых, — отрапортовал Рома, — я их двушку приобрел.

— Понятно, — кивнула я. — Хорошо, что зашли познакомиться. Хотите чаю? Или предпочитаете кофе?

Роман поскреб в затылке.

— Вообще-то я по делу припер.

— Чего надо? Соль? Сахар? С удовольствием выручу.

Рома замялся.

— Мы тут с Джейсоном, нас типа двое.

— Заходите вместе с сыном.

— Он вроде приятеля, — уточнил Роман.

— Отлично. Вы живете вместе? — поддержала я светскую беседу.

Особого желания пить чай с незнакомыми мужчинами я не испытывала, но если к вам пришли с намерением подружиться соседи, следует показать хорошее воспитание.

— Прошу, — заулыбалась я, — как раз кекс купила, очень свежий. У нас около подъезда тонар стоит, в нем отличный хлеб и замечательная выпечка, имейте в виду.

— Джейсону сладкое нельзя, — остановил меня Роман. — Эй, заходи, коли приглашают!

Послышалось тихое цоканье, и в холл втекло гладкое, мускулистое черное тело на длинных лапах. Огромная чемоданоподобная морда была украшена круглыми, не особо большими глазами. Зато зубы в разинутой пасти, напоминали лезвия аккумуляторных ножниц для стрижки кустарников. Собачка выглядела угрожающе, я попятилась.

— Это кто?

— Джейсон, — мирно ответил Роман, — питбуль.

— Не очень-то он на пита похож, — осторожно сказала я. — Те меньше и не такие мощные.

Рома с сомнением оглядел пса.

— Мама точняк из питбулей, а вот насчет папы не скажу. Джейсон очень умный. Слышь, приятель, ты того, поздоровайся.

Монстр сел и коротко гавкнул. Не успел он захлопнуть пасть, как из комнат на всех парах начали вылетать наши собаки. Муля, Ада, Капа, Феня, Рейчел и Рамик — полнейшие пофигисты. Услыхав звонок в дверь, ни мопсы, ни двортерьер, ни стаффиха даже ухом не повели, мол, не царское это дело — носиться в прихожую и наводить порядок. Но если в гости заявилась посторонняя собака, такое уже слишком...

— Стойте! — завопила я, пытаясь остановить стадо.

Но хитрые мопсы прошмыгнули у хозяйки возле ног, а Рамик ловко протиснулся между мной и стеной. Одна тугодумка Рейчел шла медленно, и мне удалось поймать ее.

— Прикажите Джейсону не трогать мопсих! — закричала я, удерживая стаффиху.

Но поздно. Монстр встал, поднял голову... Муля застыла на месте, оглядела нежданного гостя и, мгновенно развернувшись, шмыгнула за Рейчел. Феня упала на живот и резво заползла под галошницу, Рамик, не теряя ни минуты, юркнул в приоткрытую дверь ванной, Капа упала в разбросанную обувь и попыталась изобразить из себя кроссовки. Одной Аде было некуда деваться. Несчастная мопсиха сначала затряслась, потом изогнулась, собрала лапы в кучу и пописала на чисто вымытый пол. А я в глубине души пожалела, что памперсы не являются ее повседневным одеянием. Следовало схватить Аду, прижать к груди, утешить, но я изо всех сил держала Рейчел — собачьи бои без правил не мое любимое развлечение, а сейчас в холле легко могла начаться драка.

— Вы это, не бойтесь, — подал голос Рома. — Джейсон никого не трогает без приказа. Да и если велеть, подумает, надо ли.

Я уставилась на чудовищного пита-переростка. Тот и правда не проявлял никакой агрессии, наоборот, треугольная пасть растянулась в явной улыбке, а длинный хвост мирно ходил из стороны в сторону.

— Можно отпустить Рейчел? — слабым голосом спросила я.

Роман погладил огромную голову Джейсона.

— Конечно, они подружатся.

С некоторым сомнением я ослабила хватку, Рейчуха встряхнулась и глянула на Джейсона.

— Р-р-р, — с легким недоумением произнесла стаффиха.

Пит тихо кашлянул.

— Кхе!

Ада описалась еще раз, я пошла в ванную за тряпкой и тут же услышала странное, мерное постукивание. Через пару секунд стало понятно, откуда идет звук: Рамик, спрятавшись около раковины, трясся от страха, изредка попадая головой по «ноге» рукомойника.

— Не трусь, — велела я, — похоже, Джейсон не настроен никого сожрать. Может, и впрямь в отличие от вас пес хорошо воспитан или только что сытно поужинал.

Добыв тряпку, я вновь вышла в коридор и обнаружила там дивную картину: Рейчел мирно обнюхивала Джейсона, Феня и Муля взирали на парочку издали, Капа перестала прикидываться ботинком, одна Дюша безостановочно писалась. Надо же, сколько жидкости может скопиться в одной небольшой мопсихе!

— Пойдемте пить чай, — стараясь казаться веселой, предложила я, убрав стихийно возникшее в нашей прихожей озеро Байкал.

— У нас дело, — заявил Рома.

— Ну не стоять же в коридоре, — улыбнулась я. — Или вы боитесь мопсов?

Новый сосед вытаращил глаза.

— Этих, што ль? Ну... немного есть. Они не кусаются?

— Вы шутите?

— Какие уж тут хиханьки, — грустно ответил Рома. — Позавчера к Митьке ходил, он черепашками занимается, весь дом в аквариумах, а я в этих водоплавающих ни хрена не понимаю. Хотел одну в руки взять, прикольную такую — шея длинная, голова маленькая. Так она меня цапнула! Чуть полпальца не отгрызла.

Я решила не реагировать на идиотские речи Романа. На мой взгляд, владелец животного, смахивающего на помесь крокодила с быком, не должен пугаться даже при виде леопарда.

Получив чашку с чаем, Роман приступил к официальной части визита.

— Я животных очень люблю.

— Мы тоже.

— Джейсона мне Лора родила. Она на даче удрала, потом вернулась, и пожалте — щеночек.

— Случается такое.

— Сначала с двумя питами жил.

— У нас пять собак.

— А потом Лора померла.

— Сочувствую.

— Да нет, ей пятнадцать лет было.

— Очень солидный возраст для крупной собаки.

— Джейсон заскучал, не ел, не пил.

— Его можно понять.

— Я думал, думал и купил ему подружку.

— Питбулиху?

Роман засмеялся.

— Не! Намучился с двумя в квартире, места они много занимают. Да еще приспособились в мою кровать залазить — разлягутся, хозяину ног не вытянуть. Вот и завел ЕЕ, она мало места занимает. Только беда стряслась.

— Какая?

— Я ж переехал. Улучшил жилищные условия.

— Поздравляю.

— Спасибо, — кивнул Роман. — Пока в одной комнате живу, во второй ремонтик делаю, косметический. Неудобно.

— Ясное дело.

— Джейсон не нервничает, он умный, а она... Ну че с нее взять? Баба! В общем, в истерику впала, плакала, расстраивалась и в конце концов удрала. Депрессуха у ней приключилась, отсюда и неадекват попер. Вот поэтому к вам и пришли.

Плохо понимая, какое отношение я могу иметь к удравшей от хозяина болонке или кого он там приобрел, я тихо спросила:

— Хотите, чтобы помогла вам искать негодницу?

— Да, да, — закивал Роман и добавил: — У Джейсона шикарный нюх, живо обнаружит.

«Почему бы тогда вам вдвоем не походить по двору?» — чуть было не спросила я, но вовремя прикусила язык. Наверное, Рома боится напугать людей здоровенным питом, вот и решил прихватить меня. Я-то знаю соседей и могу спокойно сказать: «Не волнуйтесь, Джейсон мирный». Мне люди поверят, а вот новому жильцу нет. Конечно, совершенно неохота шляться по улице, но люди должны помогать друг другу.

— Сейчас только надену кофту, — кивнула я.

— На кухне тепло!

— Но мы же пойдем во двор.

— Зачем?

— Искать вашу потерю.

Роман со вкусом чихнул.

— Гав, — тихо сказал Джейсон.

Ей-богу, это прозвучало как «будь здоров».

— Она у вас в квартире, — вдруг заявил новосел.

Я растерялась.

— Конечно, нет.

— Точно здесь.

— Вы ошибаетесь.

— Я всегда бываю прав, — насупился Рома.

Действительно! Скажите, девочки, вам когда-нибудь встречался на жизненном пути мужчина, утверждающий обратное?

— Некуда ей деться! Тута она, — довершил выступление Рома, — стопудово!

— Вы намекаете, что я украла подругу Джейсона?

— Не, она сама сюда приперла.

— Каким образом?

Роман почесал подбородок.

— Дырка есть между нашими квартирами, на кухне, под раковиной, рабочие нашли. Ясный перец, заделают, но пока собирались, она туда шмыгнула.

Я постаралась серьезно отреагировать на идиотское заявление.

— Действительно, имеется небольшое отверстие. Вернее, оно крохотное. Возникло после капитального ремонта — в доме меняли трубы и плохо заделали прежний стояк. Но, Рома, собачке никоим образом сквозь него не просочиться. И потом, думаете, я бы не заметила чужую болонку, выползающую из-под нашей раковины?

— Она не болонка, — возмутился Роман.

— Ладно, чихуахуа.

— И в голову не придет такое дома держать, — занервничал хозяин Джейсона.

— Йоркширский терьер?

— Фу! Нет, конечно.

— Карликовый пинчер!

— Это еще что?

— Не все ли равно, какой породы подружка Джейсона, важно иное. Собаке, даже крохотной, не протиснуться сквозь игольное ушко.

— Она и не собака, — прогудел Роман.

А кто еще может ходить в любимых подружках у Джейсона?

— Канарейка?

— Жуть какая! — передернулся Роман.

— Так кто она? — решила я больше не гадать.

— Эфа.

Я чуть не упала со стула. Эфа! Одна из самых ядовитых змей!

— Кто?

— Эфа, — спокойно повторил Рома. — Джейсон ее обожает и теперь даже ужинать отказывается.

— Откуда вы взяли эфу? — прозапиналась я.

— Венька подарил, он ими торгует, — пустился в объяснения Роман. — Она приехала из Африки, называется ейная порода... э... Желто-красная! Во, точно! Правда, прикольно?

Я судорожно закивала. Прикольней не бывает.

— Если Джейсону разрешить, он ее отыщет, — пообещал Роман.

— Как? — шепотом спросила я.

— Нюхом, — объяснил Роман. — Так че? Вы не против?

— Начинайте быстрей, — велела я.

Гость повернулся к псу.

— Эфа... Где она? Джейс, ищи! — приказал хозяин.

Монстр шумно вздохнул, потом встал, опустил голову и медленно вышел в коридор. Я кинулась следом. Пес медленно дошел до первой комнаты, поскреб дверь лапой и ввинтился в спальню.

Юлечка и Лиза, в ажиотаже потрошившие вещи, даже не заметили гостя.

.... *Дарья Донцова*

— Зачем хватаешь зеленые бриджи? — возмущалась Сережкина жена. — Тебе размер мал!

— А тебе велик, — не сдавалась Лизавета.

— Ремешком затяну.

— Уродство.

— Мне нравится.

— Ладно, тогда синий пуловер мой.

— Он тебе в груди узок!

— Ага! Получается, Юлечке все, а мне фиг?

— Почему? Оранжевый топик, белая блузка...

— Не помешаем? — ехидно поинтересовалась я.

— Нет, — хором ответили девицы и схватились за красную шаль.

Джейсон, не обращая никакого внимания на свару, полез под кровать. Пес явно испытывал трудности — большое тело еле-еле уместилось в узкой щели.

— Вот! Говорил же, он молоток, — заликовал Рома, — нашел.

— Точно? — усомнилась я.

— Верняк, — закивал сосед, — вон что хвостом делает — радуется!

Джейсон выполз наружу. В зубах он держал... изящную дамскую сумочку.

— Ваще, блин! — возмутился Рома. — Ты че прешь?

— Не ругайте мальчика, аксессуар сделан из змеиной кожи, — пояснила я.

— Выплюнь мерзость, ищи! — приказал Рома. — Эфа наша где?

Джейсон осторожно разжал зубы, ридикюльчик шлепнулся на пол. Издав протяжный стон, пес побежал в коридор, мы с Романом пошли за «Шерлок Холмсом». Ни Юлечка, ни Лиза не обратили на происходящее никакого внимания — теперь они ссорились из-за белой бейсболки, абсолютно, на мой взгляд, ненужной вещи.

Больше часа Джейсон рыскал по квартире. Наши собаки привыкли к гостю, Рамик выполз из ванной, а Дюша прекратила писаться. Хотя, может, последнее произошло не из-за адаптации Ады к постороннему, а потому, что в организме мопсихи попросту иссякла жидкость. Я тихо радовалась, что Катя, Сережка и Вовка до сих пор не явились с работы. Неизвестно, как отреагируют домашние, узнав, что по дому ползает змея.

Глава 13

В конце концов Рома, вытирая пот со лба, сказал:

— На сегодня хватит.

— Вы уйдете, не найдя эфу? — испугалась я.

— Джейсон устал, придем потом.

— Но если ваша эфа укусит кого-нибудь?

— Не, — засмеялся Рома, — она милая.

— Милая? — с некоторым сомнением повторила я.

— С замечательным характером, — закивал Роман. — Эфа просто побудет у вас. Эй, Джейс, не дрейфь, завтра ее найдешь.

Чудовище тихо гавкнуло.

— Ну, покедова, — помахал Рома рукой.

— Постойте! — воскликнула я. — А как эфу подманить можно?

— На еду, — спокойно ответил Роман, — она очень сливочки уважает. Жирные, из пакета. Когда завтра прийти можно?

— Прямо с утра, — дрожащим голосом предложила я, — пораньше. А еще лучше у нас ночевать остаться.

Рома засмеялся.

— За фигом?

— Боюсь до трясучки. Вы уверены, что эфа у нас?

— Куда ж ей деться? — флегматично пожал плечами Роман. — Не, утром никак не получится. Днем продолжим, лады?

Я кивнула, слова не шли из горла. Роман с Джейсоном исчезли за порогом. Ноги понесли меня к книжным шкафам. Где-то тут должен стоять энциклопедический словарь. Сейчас открою на нужной странице и узнаю подробности про эфу.

Пальцы начали шуршать бумагой... Где тут статья про пресмыкающихся? Змеехвостки, змеешейки, змееяды... Вот, змеи! Глаза побежали по строчкам: «отряд пресмыкающихся... тело удлиненное, покрыто чешуей... около 3000 видов, 13 семей: удавы, ужи, морские, аспиды, гадюки, гремучие и др.».

Я шумно вздохнула: «и др.» — впечатляющее замечание. Что там дальше? «Распространены широко... Из них ядовиты, опасны для людей и домашних животных гадюки, щитомордники, эфы...» Я схватилась за сердце, потом попыталась успокоиться. Роман говорил о какой-то желто-красной эфе. Но она ЭФА! Может, змея не в нашей квартире? Хотя если неприятность вероятна, то она произойдет непременно. Это правило Лампы, и оно замечательно действует. Как же сейчас поступить?

Внезапно мне ужасно захотелось пить. Автоматически переставляя ноги, я добралась до кухни и увидела Кирюшу, маячившего около плиты.

— Привет, — весело сказал мальчик, — гляди, чего нашел!

Я потеряла на секунду дар речи: в правой руке Кирюша держал тонкую, очень длинную, черную веревку.

С воплем «Не трогай, она ядовитая!» я ринулась

на Кирика, выдрала из его пальцев противно-скользкое змеиное тело, потом живо открыла железную банку с чаем, бросила туда эфу, тщательно завернула крышку и испустила тяжелый вздох.

— Фу-у-у...

Кирюша попятился, а я заметалась по кухне, открывая шкафчики.

— Лампудель, — тихо спросил мальчик, — ты чего?

— Надо пакет найти, покрепче.

— Зачем?

— Банку в него поставлю и завяжу. А потом в зоопарк поеду.

— Когда?

— Сейчас.

Кирюша заморгал. Он явно был удивлен сверх меры, но меня колотило от страха, объяснять суть происходящего некогда. Эфу необходимо сдать в серпентарий, Роман не имеет права держать в квартире змею. Пусть сосед разозлится, но у нас дети, собаки! Куплю потом Джейсону любого приятеля на выбор: хомячка, крысу, лягушку, таракана, кота... Кого угодно, кроме змей!

— Слышь, Лампудель, — пропищал Кирюша, — вечер уже, поздно. Зоопарк не работает. И потом, зачем банка с чаем его сотрудникам?

— Там она!

— Кто? — широко распахнул глаза школьник.

— Она, — нервно повторила я, — подруга Джейсона.

— Конечно, конечно, — закивал Кирик и убежал.

Я, не теряя времени, запихнула банку в один пакет, завязала ручки. Повторила операцию, вытащила третий пластиковый мешок...

— Лампуша, — заворковал Сережка, бойким шагом входя на кухню, — как дела?

— Супер, — пробормотала я.

— Выглядишь усталой, — констатировал старший сын Кати. — Надо пойти прилечь.

Я схватила упакованную банку.

— Мне некогда!

— Давай поговорим...

— О чем?

— О твоем самочувствии, — широко заулыбался Сережа... — Кстати, вот замечательные таблетки. Из трав: валерьяна, пустырник, мята. Выпей.

— Спасибо, не нуждаюсь в лекарствах. Извини, тороплюсь.

— Куда?

— В зоопарк.

— Решила полюбоваться на милых обезьянок? — засюсюкал Сережка. — Лучше сделать это завтра. Сейчас мартышки мирно спят, и Лампуше тоже пора бай-бай.

Я нервно оглянулась.

— Ладно, сейчас объясню. Только нашим ни гу-гу, а то в доме кавардак начнется.

— Говори, родная, — с абсолютно несвойственной ему нежностью пропел Сережка, — внимателен, как никогда.

— В пакете банка, — начала я растолковывать ситуацию, — а в ней ОНА. Страшная, опасная! Кусанет, и привет.

— Ты уверена? — сдвинул брови Сережка.

— Абсолютно. Рома приводил Джейсона, тот дружит с ней, но ОНА убежала, через дырку проникла к нам.

— Откуда?

— Сверху.

— Ага, ясно. И дальше?

— Джейсон ее искал, но нашел только сумочку.

— Да ну? — ласково улыбаясь, задал очередной вопрос старший сын Катюши.

— Джейсон принял ее за приятельницу. Конечно, странно, что огромный черный Джейсон дружит с эфой, но всякое случается. В общем, схватил он Юляшкин ридикюль, тот ведь из змеиной кожи...

— Зачем негру сумка Юльки?

— Негру? В смысле африканцу? Не знаю. А что, Юлю ограбили? — испугалась я.

Сережка налил в кружку воды и протянул мне.

— На, выпей.

— Не хочу. Почему Юлька мне не рассказала про негра, который на нее напал?

— Это ты сообщила.

— Я?

— Кто говорил про Джейсона, черного, огромного? — напомнил Сергей.

— Он питбуль! Джейсон — пес!

— А за фигом ему Юлькина сумка?

Я обвалилась на табуретку. Хороший вопрос, но вот как на него ответить? Ладно, попытаюсь еще разок.

— Роман и Джейсон...

Сережка взял пакет с банкой и начал медленно разрезать пластик ножницами.

— Прекрати сейчас же! — занервничала я. — Там ужасная ОНА.

— Спокойно, — кивнул Сережка, — минуточку...

Он снял крышку и высыпал чайную заварку в раковину.

— Что ты делаешь? — завопила я. — Вон ОНА, длинная, черная!

Сережа преспокойно взял в руку змею.

— Эта?

— Да, да, да! — в состоянии, близком к истерике, залопотала я.

— Ё-мое! — протянул Сережка. — Лампудель, выпей валерьянку. Это макаронина.

Я закрыла рот, потом тихонько осведомилась:

— В смысле... изделие из твердых сортов пшеницы?

— Может, из мягких, — задумчиво произнес Сережка, — но уж точно не змея.

Нервное хихиканье вырвалось из моего рта.

— Э, нет, не обманешь! Вермишель белая!

Сережка швырнул «веревку» в раковину, подошел к плите, поднял крышку стоявшей на ней сковородки и хмыкнул.

— Тут полно таких «змей». Юлька вчера купила макароны с добавлением сока свеклы, а сегодня их на ужин сварила. Выглядят жутко. Сейчас попробую. Фу, и на вкус гадко. Ну и дрянь, совершенно несъедобно. Хочешь пожевать?

— Спасибо, — отказалась я. — Значит, Кирик держал спагетти?

— Правильно, умница. Змея тебе приснилась.

— Но Роман сказал...

— Успокойся, тебе показалось.

— Джейсон...

— Кто?

— Питбуль, пес того...

— Кобель рассказал тебе про змею? — захихикал Сережка. — Про симпатичную такую змейку, с которой коротает вечера у телика? Лампудель, прими лекарство и иди спать.

— В доме опасно находиться! В квартире прячется эфа, она покусает всех! — взвыла я. — Взрослых, детей, собак!

— Думаю, Костиным змеища поперхнется, — окончательно развеселился Сережка.

— Ну, как макароны? — спросила, входя на кухню, Юля.

— Отвратные, — ответил муж. — Тебе удалось отнять у Джейсона сумку?

Юлечка, успевшая открыть сковородку, замерла с крышкой в руке.

— Ты о чем? — спросила она у своей второй половины.

— Лампа уверяет, что час тому назад сюда приходил питбуль, чтобы одолжить у тебя сумочку. Собрался, сердешный, на тусовку, а пудреницу положить некуда, — заявил Сережка, сохраняя на лице полнейшую серьезность.

Юля покрутила указательным пальцем у виска.

— Того, да? — сурово посмотрела она на мужа.

— Помнишь, как вы с Лизой мерили обновки? — вклинилась в их беседу я, опередив Сережку, решившего еще что-то сказать.

— Ну, — кивнула Юля.

— А тут мы вошли.

— Кто?

— Я, Джейсон и Роман. Собака шмыгнула под кровать и вылезла с ридикюлем в зубах.

— Не было такого, — решительно ответила Юлечка и закричала: — Лизка!

— Чего? — всунулась в кухню девочка. — Вот народ, голову помыть не дадут.

— Когда мы вещи делили, в спальню мужик приходил? С псом? — спросила Юля.

— Совсем опсихела? Одни там были. Зачем нам в такой момент посторонние? — сморщилась Лизавета и скрылась за дверью.

— Лампудель, иди спать, — велел Сережка, — утро вечера мудренее.

— Они ничего не помнят, потому что потрошили

пакеты. В доме опасно находиться! — с отчаянием воскликнула я. — Тут поселилась змея! Страшная! Ужасная!

Супруги переглянулись.

— А еще у нас появился питбуль, который любит дамские сумки, — скривилась Юлечка. — Правда, Лампа, иди в кровать, ты переутомилась.

— Выпей валерьянки, — упорно повторял Сережка.

Юля открыла ящик буфета.

— Лучше снотворное. Держи, Лампуша, запей молоком, хорошо подействует.

— Вы мне не верите!

— Конечно, нет, — вырвалось у Сережкиной жены, но она немедленно исправилась: — То есть нет, верим, да. Ой, ты всех запутала! Спокойной ночи.

Я побрела к двери. Надо что-то предпринять, причем срочно.

— Эй, Лампецкий, — окликнул Сережка, — не видела, куда из гостиной диски со «Звездными войнами» подевались?

— Они у меня, смотрю на ночь.

— Понятненько, — хором ответили супруги и противно захихикали.

Обозлившись на глупую парочку, я заглянула в спальню к Лизе. Девочка сидела у компьютера.

— Надень резиновые сапоги, — приказала я, — и не выходи ночью в коридор.

— Угу.

— Слышишь?

— Угу.

— Лизавета!

— А? — оторвала глаза от монитора девочка. — Что? Где? Кто? А зачем сапоги?

— В доме змея.

— Прикольно, — совершенно не испугалась школьница. — Красивая?

— Заткни щель под дверью одеялом и ложись спать в сапогах! — велела я.

— Можно в ластах? — сделала скорбное лицо девочка. — Они больше по сезону, на улице жара.

Поняв, что Лиза, как и Сережка с Юлечкой, не воспринимает мои предостережения всерьез, я пошла к Кирюше и нашла его тоже у ноутбука. Выслушав мою «песню» про эфу, подросток вскочил и заорал:

— Иес, мой генерал! Дайте скафандр, проведу ночь в нем, с ружьем в руке.

— Дурак, — не выдержала я.

— Хорошее воспитание мешает адекватно ответить! — гаркнул Кирюша. — Разрешите, мэм, расстрелять гадину баллистическими ракетами?

— Вот укусит эфа до смерти, тогда не жалуйся, — пригрозила я.

— Ага, утонешь, домой не приходи, — заржал Кирюша. — Гениально, Лампудель, ты переплюнула Настьку Редькину. Игру «Ваша семья» знаешь?

— Нет, — поддержала я разговор.

— Ерунда, — начал просвещать меня Кирюшка, — в нее девчонки играют, которым стрелялки, бродилки-квесты не нравятся. Там нужно строить дом, заводить семью, детей. Так вот, прихожу на день рождения к Ваське Редькину, посадили нас за стол, папа-мама-бабушка-друзья и Настька, сестрица. Такой бубенчик, отличница, радость родителей, не то что Васька. Стали об игрушках говорить, Настюха и заявляет: «У меня в инете так круто, семья классная и бизнес...» Ну, я решил ей настроение подпортить. Уж больно она правильная да аккуратная. Послушал, послушал и добавил: «В этой игре многие берут детей на воспитание, получают от государства деньги на их содержание, потом запирают сироток в комнате, где те тихо от голода помирают, а субсидии не возвращают. Кое-кто очень на пособиях поднялся, бизнес хороший завел».

— И что, это правда? — ужаснулась я.

— Ну игра же, — не понял моей реакции Кирюшка, — понарошку голодом морят. Я думал, Настька заревет, из-за стола выскочит, а она спокойненько так отвечает: «Не, я своих с крыши сбрасываю, типа несчастный случай получился». Супер, да? Хорош бутончик! Ласковый такой!

— Суперее не бывает, — ответила я и пошла в квартиру к Вовке.

Костин долго не отпирал дверь, я уже решила, что его нет дома и собралась уходить, но тут створка распахнулась и на пороге возник зевающий майор.

— Что случилось плохого? — лениво поинтересовался он.

— Не ходи к нам.

— Почему?

— В доме змея. Огромная. Злая. Ядовитая. Эфа!

Костин с хрустом потянулся.

— Лампа! Ты являешься ко мне за полночь, вытаскиваешь из кровати и велишь не ходить из квартиры в квартиру. Но я и не собирался бродить по дому, мирно спал!

— Извини, просто хотела...

— Давай завтра поговорим, а?

— У тебя есть резиновые сапоги?

— Где-то валялись.

— Завтракать приходи в них.

— В бахилах? До бедер?

— Главное, чтобы не с босыми ступнями. Насколько я в курсе, резину змея прокусить не способна.

Вовка снова зевнул и вдруг спросил:

— Удочки брать? Отлично придумано! Посидим на краю ванны, щук половим.

— Идиот! — рявкнула я.

— Сама-то кто? — фыркнул Костин. — Разбудила посреди ночи и чушь понесла.

Потерпев полнейшее поражение и заработав репутацию психически нестабильной особы, свихнувшейся на почве просмотра «Звездных войн», я вернулась домой. Следовало хоть как-то обезопасить квартиру. Поразмыслив над ситуацией, я налила в глиняную плошечку жирных сливок, растворила в них несколько таблеток снотворного и, искренне желая эфе обпиться, заснуть, упасть в миску и утонуть, пошла в свою спальню. Собаки мирно посапывали кто в кресле, кто на полу. Я сначала тщательно заперла дверь, затем подоткнула под нее плед, внимательно осмотрела помещение, перетрясла кровать и, перекрестившись, залезла под одеяло. Наверное, не сумею заснуть, буду вскакивать от малейшего шороха... Но неожиданно дрема схватила меня в цепкие объятия.

Глава 14

Что может быть хуже стука в дверь около четырех утра? Только резкий звонок телефона. Не знаю, как у вас, а у меня в голове моментально начинают метаться панические мысли. Вот и сейчас, услыхав нытье мобильного, я резко села. Потом, подавив поднимавшийся из желудка ужас, схватила трубку и воскликнула:

— Кто это?

— Слушай внимательно, — прошептал хриплый голос.

— Вы ошиблись, — сказала я, собирая мысли в

кучку, — набирайте правильно номер, ночь на дворе, не слишком приятно просыпаться.

— Романова? — прогундосило из наушника. — Евлампия?

— Да, — отчего-то басом ответила я, ощущая, как новая волна страха прокатывается по телу. — Вы кто?

— Слушай внимательно. Мадлен и Ирина сестры.

— Что? — подскочила я.

— Гостева и Шульгина родные сестры. Одна воспитывалась в детдоме, другую удочерили, отсюда разные фамилии.

— Пожалуйста, представьтесь, — окончательно проснулась я. — Откуда знаете про мое знакомство с женщинами?

«Ту-ту-ту...» — понеслось из трубки.

Аноним прервал разговор, и я даже не поняла, кто он был: мужчина или женщина. Для первого голос высоковат, для второй грубоват.

Ирина и Мадлен сестры? Вот уж глупость! Насколько поняла, они недолюбливают друг друга, между ними идет конкуретная борьба за главенство в бутике. Хотя, к сожалению, очень часто родные люди не находят общего языка. Если вас произвела на свет одна мать, это еще не является гарантией замечательных отношений. Иногда недопонимание начинается чуть ли не с колыбели. Старший ребенок ревнует родителей к младшему, а последнему кажется, что он третирован братом или сестрой. Знала я семьи, где дети, поругавшись в подростковом возрасте, порывали отношения и забывали на всю жизнь о существовании друг друга.

Подушка стала казаться твердой, словно камень, я села в кровати, потом снова легла, затем скинула одеяло, вновь натянула его... Все безрезультатно, сон ушел. В довершение из коридора послышалось тихое покашливание. Кажется, Сережкино. Он, видимо, ходил в туалет. Нет, лучше встать, попить кофе и... В ту же секунду глаза закрылись, я упала на подушку, полежала так буквально две минуты, затем разомкнула веки и удивилась: сквозь щель в занавеске бил яркий свет. Неужели солнце успело взойти за те пару мгновений, что я провела, лежа в кровати?

Глянула на будильник. Девять утра! Невидимая рука скинула меня с матраса. Ну ничего себе! Как же так получилось? Ведь только на секундочку прикрыла глаза! Схватив халат, я ринулась на кухню и развила бешеную активность. Если надо, могу одновременно совершать несколько действий. Пробежав в десятый раз мимо холодильника, я вдруг заметила огромную записку, прикрепленную магнитом: «Собаки не гуляли, ты спала, а они всегда лают у двери. Лиза».

Ну, ясное дело, Лизавете лень шляться с псами по двору, вот она и решила под видом заботы о Лампе манкировать обязанностью. Кстати говоря, когда на днях Лизе понадобились целые колготки, она особо не церемонилась, влетела в семь утра в мою спальню и заорала во всю глотку:

— Дай скорей чулки, опаздываю на консультацию!

А сегодня не стала вызывать псов в коридор. Ей-богу, это слишком! Значит, мне еще предстоит прогулка со стаей. Следовательно, на завтрак времени не осталось. Ладно, в конце концов кофе можно выпить и не присаживаясь за стол. Кстати, где сливки?

Я порылась на полках холодильника, потом увидела на столешнице пустую мисочку с белыми каплями на дне и тут же вспомнила: змея! Вчера вечером я решила усыпить гадкое злобное пресмыкающееся и оставила для эфы сливки со снотворным, а сейчас в «поилке» пусто. Значит, незваная гостья выползала и слопала угощение. Слава богу, теперь она спокойно спит в укромном уголке. Но все же следует проявить бдительность!

Быстро выгуляв собак, я не стала вести стаю домой, а позвонила в квартиру, расположенную на втором этаже.

— Войдите, открыто, — ответил бойкий голос.

Я зашла в прихожую и закричала:

— Витя, пригрей наших собак.

Из большой комнаты через широкий проем, лишенный двери, выехала инвалидная коляска.

— Здорово, Лампец, — ответил сидевший в ней парень. — Давай сюда песиков.

Мопсы со счастливым визгом кинулись к юноше. Ловкая Капа мигом вскочила ему на колени и принялась облизывать лицо, Феня и Муля запрыгали у колес, а хитрая Ада мигом исчезла на кухне, откуда незамедлительно донеслось чавканье.

— Вот пакостница, — возмутился Витя, — до кошачьего корма добралась!

— Откуда киска? — поинтересовалась я, снимая с Рейчел ошейник.

— Ларионовы оставили, — пояснил парень, — они в Питер укатили.

Витя потерял способность двигаться в раннем детстве. Вернее, он таким появился на свет. Другой бы на его месте ныл, стонал и плакал, но Витюша оказался крепким орешком, он не собирался сдаваться. Впрочем, парню повезло с родителями, которые не сюсюкали, не жалели ребенка, не охали в его присутствии, произнося фразу: «Вот умрем мы, как жить станешь?»

Нет, мама и папа сумели дать сыну образование, теперь Витя — один из самых востребованных веб-дизайнеров. Он отлично зарабатывает, не выходя из дома, а мы, соседи, вовсю пользуемся добросердечием парня. Витя любит животных, они платят ему той же монетой, поэтому у жильцов нашей блочной башни нет проблем, куда деть на момент отъезда кошку или собаку. Еще Вите можно отдать ключи, он их точно не потеряет и вручит ребенку, пришедшему из школы. Когда у Кирюшки или Лизаветы возникают проблемы — не могут они разыскать нечто в Интернете, ребята всегда спускаются на второй этаж. А еще Витя постоянно пребывает в хорошем настроении. Недавно он женился, и молодая супруга ждет ребенка. Короче говоря, неумение ходить не сделало парня несчастным. Один раз он сказал мне: «Какой смысл лить сопли, думая о собственной ущербности? Новые ноги от этого не отрастут. Лучше потратить время на обучение полезным вещам».

— Так что у вас случилось? — поинтересовался сейчас Витя.

— Да должен прийти дядька тараканов травить, — покривила я душой, — боюсь, надышатся собаки, потом лечи их. Ты не против, если стая посидит тут, пока Катюша не вернется? Она к полудню точно придет, дежурила сутки.

— Никаких проблем, — улыбнулся Витя. — Только, пожалуйста, купи мне пачку печенья. Похоже, Дюша уже добралась до той, которая лежит на столе, и схомякала находку без угрызений совести.

Из кухни теперь доносилось громкое шуршание, чавканье стихло.

— Во, — констатировал Витя, — уже обертку вылизывает. Энциклопедического ума псина, с одного раза запомнила, где хранится вкусненькое, и теперь мигом несется в абсолютно правильном направлении. Правда, сегодня на кошкины «хрустики» отвлеклась.

— Вот нахалка! — возмутилась я.

— Ада же самая бойкая из мопсов. Впрочем, если, вернувшись, найдешь тут хладный труп хозяина, не пугайся, это Капа зализала меня до смерти.

— Надеюсь, так далеко дело не зайдет, — улыбнулась я и попрощалась с Витей.

Шульгина была в своем кабинете.

— Ты опоздала на девять минут, — постучала она идеально накрашенным ногтем по часам, украшенным брильянтами. — У нас не принято задерживаться.

— Я не являюсь сотрудником бутика, — напомнила я.

— Но продавщицы считают тебя манекенщицей. Да еще и старшей теперь, — резко возразила Ирина. — В общем, учти на будущее. Теперь рассказывай, что сделала для поисков убийцы.

— Пока ничего.

Ира вскинула брови.

— Пошел второй день после нашего разговора, и где результат? Если не сумеешь помочь, не получишь ни копейки. И я не стану оплачивать расходы. Откуда мне знать, что, скажем, в кафе ты заглядывала по делу? Вдруг просто лакомилась кофейком, а потом надумала предъявить мне чек. Может, с другими людьми подобный фокус и проходит, но меня не надуть.

Я обозлилась до крайности и резко спросила:

— Скажи, сумеет врач помочь больному, если тот не расскажет доктору о всех симптомах заболевания?

— В чем дело? — фыркнула Ирина. — Ты никак заболела?

— Здоровее слона, — успокоила я клиентку. — Просто хочу тебе объяснить: частный детектив сродни терапевту, желаешь справиться с проблемой, не скрывай от сыщика детали.

— Никак не соображу, о чем речь, — нахмурилась Шульгина. — Высказывайся конкретно, прямо, без экивоков.

— Почему ты забыла сообщить мне интересную подробность?

— Какую?

— Вы с Мадлен, оказывается, сестры.

Шульгина вцепилась пальцами в край стола.

— Вот уж чушь, — старательно изображая возмущение, громко заявила она. — От кого дурость узнала? Мы с Мадлен родственники? Ха-ха-ха! Глупее до сих пор ничего не слышала. Ну и кретинство, ха-ха-ха...

Пока Ирина изо всех сил пыталась изобразить гнев вкупе с весельем, я не отрываясь смотрела на управляющую.

Тоненькие пальчики Шульгиной вцепились в край стола с такой силой, словно он был последней надеждой, той самой соломинкой, за которую хватается утопающий. А на шее женщины быстро-быстро пульсировала внезапно вздувшаяся вена.

— Ирина, — перебила я Шульгину, — это правда. Ну, насчет вашего родства. Думаю, именно поэтому ты и хочешь помочь Мадлен. Я все никак не могла понять: вы со старшей продавщицей конфликтовали, ругались, спорили, дрались за место под солнцем, а когда Гостеву зацапала милиция, управляющая вдруг вспомнила о своей ответственности перед подчиненной. Не складывается картинка, по идее тебе бы радоваться и бить в ладоши, а ты готова платить частному детективу, желая вытащить заклятую подружку из беды. Не надо врать, иначе я не сумею помочь.

Шульгина отцепилась от стола и сгорбилась на стуле.

— Ума не приложу, где ты могла откопать сведения, — с явным трудом произнесла она. — О нашей истории не известно никому. Даже Мадлен.

— Гостева не в курсе, что вы с ней сестры?

— Она ничего не знает, — кивнула Ирина. — Все так запутано! Хотя иногда мне кажется, будто я помню ее. Вроде была в доме девочка, лежала в пеленках, и я даже, кажется, просила маму унести ее назад в роддом. Но воспоминания обрывочны, связными они становятся лишь на стадии детдома.

— Ты воспитывалась в приюте?

Ирина поежилась.

— Верно.

— Родители умерли?

Шульгина уставилась в окно, потом с некоторым сомнением протянула:

— Ну, вроде так. Кажется. Ладно, попробую объяснить. Только дай честное слово, что никому, никогда, ни при каких обстоятельствах не расскажешь правду.

— Имей я привычку трепаться о чужих делах, не работала бы детективом.

— Хорошо, не обижайся, — кивнула Ирина и сняла трубку телефона. — Сейчас, погоди, только Нелю предупрежу. Алло, это Шульгина. Мы со старшей манекенщицей отъедем в агентство. Если понадоблюсь, ищите по мобильному. Пока не знаю, когда вернусь. Наверное, к часу дня.

Затем Ирина глянула на меня.

— Поехали!

— Куда? — спросила я, идя за ней.

Шульгина ничего не ответила. Так же молча она села в машину, покрутила по кривым переулкам, припарковалась около высокого дома постройки де-

вятнадцатого века, открыла подъезд и только тогда
пояснила:

— Лучше поговорим у меня дома.

Для одинокой женщины квартира Ирины была
велика. Я, правда, не поняла, сколько в ней комнат,
но уж точно не одна и не две. Слишком много дверей
выходило в просторный холл, заставленный дорогой
итальянской мебелью. А еще здесь имелось три коридора, концы которых тонули в темноте.

— Вот сюда проходи, — велела Шульгина, и мы
оказались в кухне с помпезной обстановкой. Белые
шкафчики и столики сверкали позолотой, а под плитой нависала ярко начищенная медная вытяжка.

— Мне воспитательница, — безо всякого вступ-
ления начала Ира, — без конца повторяла: «Деточка,
тебе, конечно, не повезло, мама и папа погибли. В наших группах есть и другие дети, которые лишились
родителей, но должна сказать: лучше жить совсем без
отца с матерью, чем иметь такую семью, как у Вени
Макеева...»

Семилетняя Ирочка не была согласна с Ниной
Ивановной. Да, в приюте жили не только круглые
сироты, но и несчастные ребята, чьих папу с мамой
лишили родительских прав. Веня Макеев и был из
таких. Его мамаша регулярно приходила к ограде детдома и, прижав страшное, опухшее, часто разбитое
лицо к железной ограде, начинала выть:

— Сыночка отдайте! Ох, лишили кровиночки...
Веня-я! Родной!

Перепуганный Макеев кидался к Нине Ивановне
и начинал судорожно рыдать. Мать-алкоголичку, регулярно избивавшую сына, малыш боялся до одури.

— Не хочу к ней! — кричал Веня, обхватив вос-
питательницу. — Ты же меня не отдашь?

Нина Ивановна живо утаскивала взволнованного ребенка подальше от окон и вызывала милицию. Заканчивался визит любящей мамаши всегда одинаково: парни в форме заламывали бабе руки и запихивали в «раковую шейку». Веня исходил слезами, а Нина Ивановна бормотала сквозь зубы:

— Носит же земля подонков, и ведь не берет ее ничего. Зимой босиком ходит и хоть бы хны.

— Авось помрет скоро, — подала однажды реплику нянечка. — А Вене, глядишь, счастье привалит, найдется для него хорошая семья.

— Такие до ста лет скрипят, — возразила Нина Ивановна, — а потом от повзрослевших детей алименты требуют.

По сердитому тону воспитательницы Ирочка, присутствовавшая тогда при разговоре, поняла, что Веня, несмотря на наличие мамы, вовсе даже не счастливый, как ей раньше казалось, и очень постаралась перестать завидовать мальчику. Правда, черное чувство все равно вползало в душу, очень хотелось иметь родного человека, пусть даже такого, как вечно пьяная и всеми презираемая родительница Макеева.

Шульгиной повезло. Она попала в замечательный детский дом, где сирот не били, не унижали, не морили голодом, а пытались привить детишкам хорошие манеры и дать им образование. Нина Ивановна от всей души любила воспитанников. Но она была, если можно так выразиться, мамочкой общего пользования, а Ире хотелось иметь свою личную маму, пусть даже и не такую замечательную и правильную, как воспитательница.

Лет в шесть Ира поняла, что у нее есть шанс обрести семью. В интернат иногда приходили бездетные пары и выбирали для себя ребенка. Далеко не все хотели взять пеленочного младенца, кое-кто не желал

возиться с крохой, предпочитал взять младшего
школьника. Ирочка, увидав, как в комнате игр появ-
ляются незнакомые люди в сопровождении директрисы, моментально старалась показать себя с лучшей стороны — хватала веник, совок и начинала деловито подметать пол или ловко стирала невидимую
глазу пыль с подоконника. Еще у Шульгиной был хороший слух, ее постоянно хвалила учительница му-
зыки, и сиротка, завидя потенциальных родителей,
принималась тоненьким голоском выводить рулады.
Но, увы, старалась Ира впустую — на нее не обращали внимания. Один раз, правда, черноволосая женщина взяла своего мужа за руку и указала глазами на
Ирочку. Супруг окинул девочку взглядом и что-то
спросил у директрисы. Но та помотала головой, и пара потеряла интерес к Шульгиной.

Шли месяцы, Ира взрослела и один раз спросила
Нину Ивановну:

— А почему я новой маме никак не нравлюсь?

Воспитательница постаралась перевести разговор на другую тему, но Ира упорно повторяла вопрос, и в конце концов женщина ответила:

— Ирочка, люди выбирают здоровых деток.

— А я больна?

— Нет, мое солнышко, — стала путано объяснять
ребенку Нина Ивановна, — ты в принципе ничем не
страдаешь, но вот в твоем анализе крови... Ой, боюсь,
не поймешь. В общем, всякое может случиться, понимаешь?

— Я умру? — испугалась Ира и зашмыгала носом.

Находившаяся в тот момент в комнате нянечка
шумно вздохнула и глянула на Нину Ивановну с явной укоризной.

— Ну и глупость тебе лезет в голову! — громко

ответила воспитательница. — Нет, конечно... Знаешь, детка, мы лучше потом поболтаем, сейчас мне надо в столовую сходить.

Ире не понравилось поспешное бегство Нины Ивановны. Девочка подошла к нянечке и шепотом спросила:

— Я совсем-совсем инвалид?

— Нет, — очень тихо ответила та, — здоровее многих.

— А Нина Ивановна про какой-то анализ говорила.

— Она перепутала.

— Да? — с недоверием протянула Ира, твердо уверенная, что жить ей осталось считаные часы.

— Ступай, почитай книжку, — велела нянечка.

Ира послушно отправилась в библиотеку, потом на ужин, затем старательно умылась, почистила зубы, легла в кровать, попыталась заснуть, но не сумела. Пару часов девочка лежала тихо, слушая, как мирно сопит соседка по комнате. В конце концов ей надоело маяться, она встала с кровати и пошла в туалет.

Глава 15

Ирочка редко бродила по коридорам интерната ночью, и сейчас ей стало не по себе. Дом словно вымер, двери спален закрыты, стоит не только тишина, но и темнота, лишь у входа в туалет горит крохотная лампочка. Девочка ощутила себя маленькой песчинкой, абсолютно одинокой, никому-никому не нужной, и к ее глазам подступили слезы. Ира вошла в комнату, где были установлены эмалированные умывальники, и зарыдала горько, безнадежно.

— Это кто тут сопли льет? — послышался нарочито сердитый голос, и на плечо девочки легла большая ладонь.

Малышка обернулась, за спиной стояла нянечка.

— Чего хнычешь? — повторила вопрос та.

Ирочка прижалась к женщине и стала жаловаться на жизнь:

— Меня никто не берет домой... вчера шефы привозили конфеты, девочкам достались «Мишки», а мне карамельки... по рисованию мне поставили три... разорвались чешки для танцев, и Вера Сергеевна, кладовщица, новые не дала, сказала — не положено, велела старые зашить... Катя Орел меня «приютской» обзывает и бьет...

Нянечка гладила Иру по волосам.

— Эх, горе. Дам тебе «Мишек», нашла повод для рева. Тройку исправишь, и завтра я поговорю с Верой Сергеевной, она тебе новые тапки выдаст. Если же Катя Орел опять дразниться станет, спокойно ответь: «Грешно смеяться над детьми без родителей. В нашем интернате полно ребят, у которых родственники внезапно умерли, под машину попали или какое другое несчастье случилось». Ну и гадкая девочка эта Катя Орел, из нее вырастет, наверное, злобная, никому не нужная тетка. Господь наказывает тех, кто издевается над сиротами. Она замуж никогда не выйдет, вот!

— А еще меня никто не хочет своей дочкой сделать, — высказала главную беду Ира.

— Может, скоро положение изменится, — возразила нянька.

— Нет, не возьмут меня, — прошептала девочка, — я больна страшной смертельной заразой.

Женщина сердито нахмурилась.

— Ребенка с инфекцией отправляют в больницу, а ты в нашем доме живешь, ешь со всеми в одной столовой, спишь в общей спальне. Разве больной такое разрешат?

— А Лена Бородина? — напомнила Ира. — Она тоже со всеми везде ходила, а потом умерла!

Нянечка перекрестилась.

— Земля ей пухом, бедная девочка. У Леночки был рак крови, им нельзя, как свинкой, заразиться.

— Значит, и у меня то же самое? — испугалась Ира. — Точно, Нина Ивановна говорила про анализ. Я умру, как Бородина...

Слезы водопадом покатились из глаз малышки.

— Ты здорова, — слегка растерянно попыталась утешить воспитанницу нянька, — завтра отведу к нашему доктору, пусть Инна Петровна тебе сама все скажет.

— Ага, — прошептала Ира, — помните, когда Ленку в больницу увозили, Инна Петровна на весь коридор орала: «Бородина, не хнычь, у тебя просто грипп, сделают уколы и вернешься к нам здоровенькой». И где Ленка? Обманула ее наша докторша, и меня обманет.

— Ира, какие плохие слова, — вспомнила о педагогике няня.

— Извините, — привычно ответила девочка и заплакала еще горше.

Нянька потопталась у рукомойника, потом сказала:

— Пошли.

— Куда? — вытерла кулачком глаза Ира.

— Покажу кой-чего, — пояснила женщина, — глянешь и успокоишься.

Шульгина покорно двинулась за ней, а та дошла до конца коридора, открыла большой шкаф, на дверце которого было написано красными буквами «пожарный кран», пошарила рукой по стене, и вдруг открылась ниша, где на крючках висели ключи.

Детдомовка разинула рот. То, что в коридоре есть труба, к которой в случае появления огня подсоединят брезентовый шланг, девочка знала. В интернате иногда проводили учения: вдруг начинала выть сирена, и дети организованно, без сутолоки и паники, покидали здание. Но ключи! Ира даже не предполагала, что в стене есть тайник.

— Что это? — ахнула воспитанница.

Нянечка взяла самый первый ключик.

— Вдруг пожар начнется ночью, а часть кабинетов заперта, как открыть? Поэтому тут висят дубликаты. Ты о них подружкам не рассказывай, иначе мне от директора влетит, могут даже уволить.

Ира прижала ладони к лицу и затрясла головой:

— Никогда, никому, честное слово!

— Иди сюда, — поманила девочку женщина, закрыв дверцу тайника.

Очень тихо они вдвоем дошли до комнаты самой Наины Львовны, директрисы. Няня отперла дверь, оглянулась и шепнула:

— Сюда.

Испуганная Ира шмыгнула в комнату. До сих пор она ни разу не бывала в кабине, где работала Наина Львовна, и сейчас испытывала настоящий ужас.

— Стой тут, — приказала нянька.

Она чувствовала себя здесь уверенно, открыла первый ящик письменного стола, добыла оттуда новый ключ и отперла громадный шкаф. Перед глазами обомлевшей Ирочки предстали папки, плотными рядами занимавшие полки.

— Вот, — удовлетворенно сказала нянечка, вытаскивая один скоросшиватель, — читай, чье имя на обложке.

— Ирина Шульгина, — озвучила девочка. — Это я?

— Ты, — кивнула няня, потом быстро пролистнула странички и ткнула пальцем в нужный абзац: — Теперь здесь смотри.

«На вид здорова, — прочитала вслух девочка, — температура нормальная, вес, рост...»

— Вас раз в полгода осматривает доктор, — напомнила нянька, — и еще все дети диспансеризацию проходят.

— Ага, — кивнула Ира.

— Ты сейчас видишь запись терапевта, последняя сделана месяц назад. Опусти глаза ниже... Ну, что там?

— «Диагноз: практически здорова».

— Поняла? — радостно осведомилась нянька. — Никакого рака!

— Но Нина Ивановна что-то про анализ крови говорила... — растерялась Ира.

Приведшая ее в кабинет женщина нахмурилась.

— Понимаешь... уж извини, но ты некрасивая: веснушки на носу, глаза маленькие, и еще не особо хорошо учишься, вот люди и не желают тебя удочерять. Тем, кто решил ребенка из детдома взять, подавай принцессу: умницу, красавицу, отличницу.

— А если б сами родили, у них какая девочка получилась бы? — вдруг прищурилась Ира.

Нянечка спрятала папку в шкаф.

— Сама о том же думаю. Вот вчера были Ермаковы. Он толстый пузан, служит инженером, она страшная, как война, глаза в разные стороны, бухгалтер. Пришли и заявили — хотим такую дочку: волосы кудрявые, глаза голубые, ротик бантиком, и чтобы талантливая — пела бы, танцевала, рисовала, на скрипке играла, обязательно чтобы послушная была, вежливая, воспитанная, отличница... Сидят, пальцы загибают.

А я на них смотрю и удивляюсь: люди, вы на себя-то в зеркало смотрели? Добро, родная кровиночка не отпочковалась, а то получилась бы она толстой в папу, кривой в маму и дурой в обоих родителей. Странный народ, непременно Василису Прекрасную хотят.

— Значит, меня не возьмут, — печально подвела итог Ира.

— Лучше не надеяться, — после легкого колебания ответила няня. — Учись хорошо, вырастешь — станешь, допустим, доктором, замуж выйдешь, деток заведешь.

— А что это за папки были? — поинтересовалась Ирочка, когда они уже вернулись в коридор и ее спутница вешала ключ на место в пожарный шкаф.

— На каждого ребенка заведено личное дело, — пояснила женщина, — туда вся информация о нем помещена. Когда, где, от кого родился, чем болел, какие ближайшие родственники имеются. Если полагаешь, что доктор специально наврал, написал в карте «здорова», желая тебя успокоить, то это не так. В документе необходимо указывать правду, а сами дела строго-настрого запрещено показывать воспитанникам. Я нарушила служебную инструкцию, смотри, не выдай меня случайно, иначе лишусь работы.

Ира закивала. Она и в самом деле не обмолвилась ни одной живой душе о ночной прогулке с няней по интернату. Девочка успокоилась и по поводу своего здоровья. Однако у нее появился новый повод для раздумий: каким образом исхитриться и попасть одной в кабинет директора? Если личные дела содержат исчерпывающие сведения о воспитанниках, то в Ирином должны быть имена родных, мамы и папы.

Удобный случай представился лишь через несколько лет. На июль и август детей вывозили в лагерь, и здание интерната пустело, в него приходили рабочие, делавшие в отсутствие воспитанников небольшой ремонт.

Ира очень любила месяцы каникул, ей нравился лагерь и восхищала возможность целыми днями носиться на свежем воздухе. Представьте теперь, как расстроилась семиклассница, когда двадцать девятого мая врач, осматривавший детей перед отъездом, заявила:

— Шульгина, иди в бокс, у тебя ангина.

— Нет, я здорова, — стала отрицать очевидное Ира.

— Горло болит?

— Ни чуточки, — лихо соврала девочка.

Но докторша не дала себя обмануть, она даже не глянула на градусник, который хитрюга явно не держала под мышкой, и велела:

— Хватит спорить, отправляйся в изолятор.

— Все уедут, а я тут останусь... — заныла Ира.

— Задержишься на недельку, — не дрогнула терапевт. — Вылечим ангину, и отправишься на дачу, а сейчас шагом марш в лазарет!

Ира зарыдала, но врач оказалась непреклонной. На следующий день все дети уехали в лагерь, а Шульгина тосковала в боксе. При ней оставили няню, не очень довольную ситуацией практикантку Светлану, студентку четвертого курса педвуза, поручив девушке кормить больную, давать лекарства и ставить градусник. Света с надутым видом исполняла возложенные на нее обязанности, ей присмотр за школьницей был явно в тягость.

В четверг Света приволокла Ире стопку книг и неожиданно ласково спросила:

— Ты боишься одна оставаться?

— Нет, — храбро ответила семиклассница.

— Давай дружить, — предложила Света.

— А чего ты хочешь? — поинтересовалась практичная Ира.

Практикантка захихикала.

— Мы с Вовкой, моим женихом, надумали в кино пойти, на последний сеанс.

— Ступай, — милостиво разрешила Ира.

— Вернусь поздно.

— Ничего.

— Ты не испугаешься?

— Я уже взрослая!

— Ну, спасибо, — заликовала Света. — Слышь, Ира, мне учиться всего ничего осталось, потом сюда работать приду и найду способ отблагодарить тебя.

Ира кивнула и принялась за чтение. Главным для нее в тот момент было не продемонстрировать охватившую ее радость. Не зря старая няня, та, с которой она однажды путешествовала по интернату, любит повторять: «Не плачь от горя, вдруг оно потом радостью обернется».

Так ведь и вышло! Сначала Ира ревела из-за ангины, а теперь оказывается, что именно из-за болезни перед ней открывается возможность посещения кабинета директрисы: в здании детдома вечером не будет никого, кроме Шульгиной.

Школьница с огромным трудом дождалась ухода Светланы и кинулась к пожарному крану. Запасные связки висели на том же месте, а в первом ящике стола в директорском кабинете обнаружились ключи от шкафа. Наина Львовна особо не прятала их, грозной начальнице и в голову не могло прийти, что кто-нибудь из воспитанников посягнет на святая святых и начнет нагло рыться в ее письменном столе.

Вздрагивая от каждого шороха, Ирина нашла свое личное дело и стала внимательно изучать его. Сначала шли сведения о родителях — Роза Михайловна

Шульгина и Олег Семенович Шульгин скончались, причем даты их смерти совпадали. Умная Ирочка мигом сделала логический вывод: папа с мамой погибли в катастрофе, может, упали с самолетом или разбились на машине. Честно говоря, причина, по которой родители ушли из жизни, девочку не особо волновала, она не помнила ни маму, ни папу. Ей было важно иное: родителей нет в живых.

Затем Ира увидела запись в следующей графе: «Сестра — Нина Олеговна Шульгина, взята на удочерение».

Ирина уронила папку, потом подняла ее и стала читать скупые строки о неизвестной ей девочке. Получалось, что таинственная Нина появилась на свет незадолго до смерти родителей.

Ирочка была предусмотрительной, при себе у нее имелись ручка и тетрадь, куда школьница тщательно перекопировала всю информацию, которая содержалась в ее деле. Задача оказалась непростой, выполнила ее Ира к трем утра.

Не успела девочка вернуться в лазарет, как в палату заглянула Света. Распространяя запах вина, студентка шепотом спросила:

— Эй, Шульгина, дрыхнешь?

— М-м-м, — протянула Ира, делая вид, будто только-только, на зов, проснулась.

— Спи, спи, — затараторила Света, — я тебе тут гостинец принесла, пирожное из буфета.

Когда успокоенная практикантка ушла, Ира села и при свете полной луны стала перечитывать тетрадь. Вопросы толпой теснились в голове...

В советское время существовало четкое разделение приютов. Одни назывались «Дом малютки», и туда попадали груднички, чаще всего те, от кого отказались непутевые матери. До трех лет несчастные дети жили в одном месте, потом их переводили в другой дом.

Большинство советских педагогов и педиатров было против такой системы. Специалисты говорили о тяжелых психологических травмах, которые получают трехлетки, отрываясь от места, которое они считают родным. Но заведенный порядок не менялся. Иногда, правда, удавалось организовать так называемые экспериментальные площадки. Детдом Наины Львовны был из их числа. Сюда детей привозили в пеленках, а потом, повзрослев, ребята просто переходили во «взрослый» корпус. Следовательно, Нину должны были доставить вместе с Ириной. Во времена детства Шульгиной действовала инструкция, запрещавшая разделять кровных родственников. Братья и сестры оказывались всегда вместе. Но никаких документов Нины в шкафу Наины Львовны не нашлось, Ира тщательно изучила все полки, просмотрела папки на «Ш», затем на «Н» и «О», даже заглянула в скорбное место, обозначенное словом «умершие», но нигде не обнаружилось ни листочка про Нину. Значит, ее никогда не доставляли в приют?

Имелось еще одно обстоятельство, насторожившее Иру. Она хорошо знала детдомовские порядки и была в курсе того, с какой неохотой Наина Львовна отдает новым родителям одного ребенка, если у него есть сестра или брат. Директриса всегда старалась уговорить приемных родителей забрать двух детей, и чаще всего ей это удавалось. Но Нина уехала к новой маме одна.

Следующий момент. Не все интернатские знали о себе правду, воспитатели рассказывали кое-кому из детей: «Мама и папа еще вернутся, они сейчас далеко, оставили тебя временно». Однако ребята хорошо понимали: если им рассказывают про возможность встречи с родственниками, следовательно, они сидят за решеткой. Взрослые старательно «закапывали» истинную причину того, почему дети оказались в детдоме, но невесть откуда школьники знали: мать Коли Пикалина убила в порыве ревности своего мужа, а потом выбросилась из окна, папа Ларисы Губиной в белой горячке задушил жену и нынче отбывает срок на зоне, у Лены Петкиной родители шизофреники. Вот только о Шульгиной не ходило никаких слухов...

Ирина замолчала и уставилась в окно.

— Но почему ты решила, что Мадлен твоя сестра? — изумилась я.

Шульгина схватила висевший на стуле платок и закуталась в него.

— На улице тепло, а дома зябко... Понимаешь, с той самой детдомовской поры целью моей жизни стало отыскать исчезнувшую Нину. Пыталась ее вспомнить, все-таки я старше сестры на несколько лет, но никаких четких картин не возникало. Смутно, как в тумане, видела комнату — огромную, с массивной мебелью. Стол такой высокий, что страшно, кресла, как горы, громадные. А еще постоянно натыкаюсь мысленным взором на птицу, странную такую, с головой женщины. Вроде, это картина, но почему-то не разноцветная, а желто-белая. И только подумаю про птичку, сразу слышу голос — мужской, низкий, но не бас, скорей баритон, — который очень громко читает стихи: «У нашей Нюши два глаза и уши. Закрой глазок, откройся роток, вложи в него пирожок, поднимается хвосток, дерни за перо, не улетит оно, приоткроется дверь, ты туда смотреть не смей, просто заходи и у чудища проси: «Отдай скорей, ничего не жалей».

— Мне отец тоже на ночь иногда стихи читал, —

вздохнула я, — и многие из них до сих пор наизусть помню. Про маленьких феечек, которые сидели на скамеечке, про Шалтая-Болтая и королевскую конницу. Столько всего позабыла, а совершенно ненужные стихи остались в голове навсегда. Недаром говорят, что детские воспоминания очень крепкие.

Глава 16

Ирина грустно глянула на меня.

— У меня практически нет воспоминаний.

— А стихи?

Шульгина пожала плечами.

— Уж и не знаю, откуда их взяла. Приятно думать, что имелся у меня папа, который читал маленькой дочери книги. Самое интересное, едва кто-нибудь произнесет имя «Нюша», как во мне словно магнитофон оживает. В «Лам» работает Анна, она с Мишей тебя вчера для Калистратовой одевала. — Так вот, когда она на работу пришла, представилась Нюшей. Ну и пошло, поехало, я чуть ума не лишилась. Крикнет кто из наших: «Нюша, готовь «вешалку», клиент едет», — а у меня моментально в голове бубнить начинает: «У нашей Нюши два глаза и уши...» Закончилось дело тем, что собрала весь коллектив и прочитала лекцию о поведении на службе. Категорически запретила всякие прозвища и ласковые уменьшения имен: Нюша, Шура... Только, Анна и Александр! Мол, работаете в престижном месте — соблюдайте приличия.

— Хорошо быть начальницей!

— Иногда очень, — согласилась Ирина.

— Как же ты нашла сестру?

Шульгина тяжело вздохнула.

— Долго рассказывать. Удалось, конечно, не сразу, потом зацепила ниточку и потянула. В конце концов узнала: Нину удочерили некие Гостевы, дали ей имя Мадлен. Сам процесс поисков тебе неинтересен. Любопытно иное: узнала, что Мадлен, как и я, плавает в мире фэшн-бизнеса, только карьера у нее не столь удачно складывается, она просто продавец в бутике «Крис». Я ей предложила к нам перейти, с повышением. Ясное дело, Мадлен с радостью согласилась. Только людям свойственна неблагодарность — Мадлен осмотрелась, пообвыклась, поняла: мое место более сладкое — и начала войну.

— Гостева, значит, так и не знает о родстве? — еще раз уточнила я.

— Нет, — тихо ответила Ира.

— Как же ты ей сделала предложение о работе? Шульгина пожала плечами.

— Просто — мы столкнулись на фэшн-неделе. Вернее, я, конечно, подготовила встречу, но у Мадлен создалось впечатление, что она случайная. Поговорили немного, и я спросила: «Не хочешь в «Лам» старшей перейти?» Ничего особенного, многие таким образом карьеру сделали, порой случайная беседа меняет судьбу кардинальным образом.

— Но почему ты не открылась Мадлен?

Ирина встала, включила чайник, потом с усмешкой спросила:

— А как бы ты отреагировала на ситуацию? Жила ты себе спокойно, выросла под крылом любящих родителей, и вдруг, бац, появляется невесть кто и объявляет: имя твое не настоящее, мама с папой посторонние люди, давай знакомиться, дорогая сестричка! Твоя реакция?

— Ну... не знаю... Попросила бы документы, подтверждающие правоту слов...

— Так их нет! — скривилась Ирина. — Есть лишь

ненормальная на первый взгляд бабуся — Сильвия Альбертовна Кроткина. Только не спрашивай, каким образом я нашла старуху, не один год был на поиски потрачен, случай помог.

— А это кто такая?

— Кроткина? В год, когда умерли наши с Ниной родители, она работала в городском отделе опеки, если я правильно называю учреждение. В общем, Кроткина — та самая чиновница, которая оформляла удочерение Нины. От нее я фамилию «Гостевы» и услышала.

— Странно, однако, — покачала я головой.

— Что тебе не нравится?

— В обязанности дамы входило оформление бумаг на усыновление?

— И на удочерение. Верно, именно так.

— Думаю, через ее руки прошло много детей.

— Естественно, — дернула плечиком Ирина.

— И женщина запомнила Гостевых?

Шульгина раскрыла золотой портсигар.

— А что тут удивительного?

— Ира, раскинь мозгами. Кроткина пропустила через себя сотни судеб, имя маленькой Нины мелькнуло в ее служебной деятельности давно. И тетка до сих пор помнит детали той истории? Способна сразу назвать фамилию удочеривших девочку людей и новое имя, которое они дали ребенку?

Шульгина сердито раздавила в пепельнице недокуренную сигарету.

— Большинство людей навсегда запоминают значимые ситуации: свадьбу, юбилей, развод, появление на свет наследника. Спустя десятилетия они могут назвать цвет платьев гостей и перечислить полученные подарки. Удочерение — одно из таких — очень ярких — событий. Или ты несогласна?

— Абсолютно верно. День, когда чужой малыш навсегда стал твоим, забыть невозможно. Думаю, Гостевы не выкинули его из головы. Но для Кроткиной-то это был рядовой, рабочий момент. Ей с какой радости держать в голове сведения о Нине и ее новых родителях?

Ира растерянно глянула на меня, потом решительно заявила:

— У Сильвии Альбертовны великолепная память и... Ну, там было не совсем чистое дело.

— Да?

Шульгина кивнула.

— Наши с Ниной родители умерли, хотя... там тоже имелась вначале странность.

— Какая?

Ира вытащила новую сигарету.

— Я не только искала Нину, но еще пыталась обнаружить могилы мамы и папы. Однако ни на одном столичном кладбище Шульгины не были похоронены. Я самым старательным образом объехала все погосты, включая те, где давно запрещены захоронения. В конторах имеются книги учета, и везде я слышала в ответ: «Вы путаете, Розы и Олега Шульгиных тут нет». Это показалось мне странным.

— Да уж... — бормотнула я.

— Но потом судьба свела меня с Кроткиной, — не обращая внимания на мой комментарий, продолжила Ирина, — и все встало на свои места. Понимаешь, бесплодие — огромная проблема.

— Верно.

— Тысячи пар мечтают о малыше, здоровом бутузе, но такие дети в приютах редкость. Круглая сирота из хорошей семьи не встречается почти никогда. Как правило, в интернатах обитают брошенные в младенчестве дети. А кто их рожает? Маргиналки, малолетки, наркоманки... Неизвестно, что из деток вырастет, генетику никто не отменял. Гостевы дружили с Кроткиной, вот и попросили ее посодействовать. Сильвия контактировала со всеми директорами приютов, а с нашей Наиной Львовной крепко дружила. Ну и предложила той: если объявится нормальный младенец, пусть он в обход очереди достанется Гостевым. Те люди со связями, не бедные, потом помогут интернату. Игорь Гостев служил в каком-то НИИ, он мог посодействовать, скажем, с ремонтом. Наина Львовна пообещала выполнить просьбу подруги и не забыла о своих словах, когда в приют привезли двух девочек, Нину и Ирину. Их родители погибли в экспедиции — оба были геологи и разбились, изучая какую-то гору. Их дети, две дочери, остались с няней. Никаких родственников у Шульгиных не имелось, их тела не стали перевозить в столицу, да и некому было заниматься этим делом. Молодая пара упокоилась в Сибири, девочек сдали в детдом. Наине Львовне удалось отдать крошечную Нину Гостевым. Как уж они разобрались с очередью, ожидавшей детей, и с бумагами, теперь трудно сказать, но Игорь и Вероника обрели дочь.

— А тебя Гостевы не взяли? — тихо поинтересовалась я.

Ира помотала головой.

— Нет.

— Почему?

— Кто ж знает? Наверное, побоялись, что не справятся с двумя детьми, может, материальное положение не позволило.

— Но ты только-только сказала: Игорь работал в НИИ, был обеспечен.

Ирина встала и принялась шагать между окном и столом.

— Не знаю! Какая разница, почему меня оставили в детдоме? Не захотели! Важны совсем иные факты.
Мадлен — моя сестра, единственная родственница.
Я не решилась сразу рассказать ей правду, не желала
пугать. Наивно полагала: поработаем вместе, подру-
жимся и вот тогда... Но вышло иначе: у нас не сложи-
лось теплых отношений, и, хотя Мадлен по моей ре-
комендации попала в «Лам», она затеяла со мной
борьбу. Я не отвечала на военные действия, пыталась
спустить дело на тормозах. Потом появилась Галя
Реутова, и Мадлен поняла: новая продавщица хитрее
всех, готова делать карьеру, что называется, идя по
головам, может утопить обеих начальниц...

Поразмыслив над ситуацией, несколько дней назад Мадлен пришла к Ирине и сказала:

— Извини, если вела себя с тобой по-хамски.

— Да ладно, — ответила Ира, — я не в обиде.

— Раз так, давай вместе Реутовой отпор дадим, —
предложила бывшая врагиня, — надо объединиться,
иначе она нас сожрет.

Ирина, несмотря на долгую жизнь в фэшн-бизнесе, сохранила порядочность и интеллигентность,
Шульгиной не по душе интриги и подковерные игры.
Предложи ей дружить против Реутовой кто другой,
получил бы решительный отказ, но к Мадлен-то у
нее было особое отношение. Ира обрадовалась — вот
он, шанс сблизиться с сестрой — и мигом ответила:

— Конечно. Только давай разработаем план.

Мадлен приложила палец к губам.

— Здесь болтать не надо. Давай в понедельник
вечером попьем кофе в «Вог».

— Не могу, иду на показ. Лучше в среду.

— Черт! Не получится! Явится Левкина, а она
шмотье примеряет до полуночи.

Новые союзницы сверили свои ежедневники и обнаружили, что плотно пообщаться вне работы сумеют лишь в начале июня, когда основная масса клиентов улетит из Москвы в дальние края, а модные показы сойдут на нет до осени.

— Ничего! — воскликнула Гостева. — Лучше поздно, чем никогда. Кстати, Софка тоже из Москвы отвалит, останемся сами по себе и вышвырнем Реутову.

Шульгина закивала, она приняла решение. Сейчас, взявшись с Мадлен за руки, надо избавиться от Галины, а потом, празднуя успех, сказать Гостевой: «Я твоя родная сестра, выслушай меня внимательно».

Но Реутова опередила коллег. Сначала она крупно подставила Иру, а потом взялась за Мадлен...

Шульгина замолчала, повертела в пальцах портсигар, затем, отшвырнув дорогую вещь, словно конфетный фантик, вдруг заявила:

— Мадлен не убивала Галину.

— Она конфликтовала с Реутовой, — напомнила я.

— Нет, наоборот, — не согласилась Ира. — Галина скандалила с Мадлен, а та просто ставила Реутову на место.

— Мадлен хотела выжить Галину.

— Верно, но мирным путем, демонстрируя Софке, которая невесть почему обожала Галю, полную несостоятельность ее любимицы, неумение обслуживать клиента, то есть доказывая профнепригодность Реутовой. Никто не собирался ее уничтожать физически. Мы же нормальные люди. И потом, в «Лам» и не такое случалось. Приходили сюда совершенно отмороженные бабы, однако никто их ножом не резал, иные способы имеются для избавления от дур и негодяек. Мадлен не могла убить Галину.

— Ты полагаешь?

— Абсолютно уверена. Ее подставили.

— Кто?

— Да та же Реутова! — выкрикнула Ирина. — Она это специально придумала, чтобы Гостеву убрали с должности старшей продавщицы.

— Уж больно радикальный способ, — вздохнула я. — По-твоему выходит, что Галя вошла в кабинет, полоснула себя по горлу ножом, потом всунула кинжал в руки оторопевшей от ужаса Гостевой, упала и умерла. Ну, положим, Реутова своей цели добилась, Мадлен посчитали убийцей и арестовали. Но какой ценой! Галина-то на том свете. Вот уж славно получилось: врага растоптала, только порадоваться победе не получилось.

— Ты несешь чушь! — воскликнула Ирина.

— Просто связно оформила в словах твое предположение, — отбила я мяч.

— Не так дело было!

— А как?

— Кто-то впихнул в кабинет к Гостевой Галю, перерезал ей горло и убежал, а Мадлен вошла в кабинет, увидела распростертое тело и заорала.

Я вспомнила мальчиков, игравших с нянькой в парке, и невольно продолжила:

— Гостева решила помочь несчастной, Мадлен показалось, что необходимо вытащить нож из горла. Она выдернула лезвие, кровь моментально взметнулась фонтаном, и тут вбежал народ.

— Вот! — торжествующе отметила Шульгина. — Она так кричала от страха!

— Хм, приемлемая версия, — согласилась я.

Почему я сразу не обратила внимания на эту деталь — крик? Мы побежали в кабинет, когда понеслись вопли. Отчего Мадлен визжала?

— Я бы тоже взвыла, если б обнаружила в кабинете труп! — стукнула кулаком по столу Ирина.

— Понятное дело, — кивнула я. — Зачем Мадлен звать на помощь, если она убила Галину? Наоборот, не стоило бы поднимать шум. Следовало очень тихо уйти и ждать, пока мертвую Реутову найдут.

Ирина с восхищением посмотрела на меня.

— Ты профессионал! Мне подобная мысль в голову не пришла.

— Значит, имелся некто с ножом... — задумчиво заговорила я.

— И он подставил Мадлен! — обрадованно закончила мою мысль Шульгина.

— Подожди, — остановила я управляющую, — давай рассуждать спокойно, без ажиотажа. Убита Реутова, и вполне вероятно, что кто-то за что-то хотел отомстить ей, а Мадлен попала в ситуацию случайно. Ну-ка скажи, продавщицы любили Реутову?

Ирина скривилась.

— Софка ее обожала, и Роберто тоже, со швеями у нее нормальные отношения сложились. Галка наверх лезла, поэтому пыталась нас с Мадлен отпихнуть. С продавщицами она раньше лихо разделалась. Гостева, не разобравшись, что почем, Лену Пруткину, Таню Егоншину и Веру Залейко уволила. Я, между прочим, необходимые листы подписывала, ни о чем таком не думая, а когда сообразила, какая игра идет, — поздно было. В «Лам» полно ставленниц и подружек Реутовой стало, они за нее горой, мы с Мадлен в волчьей стае оказались.

— У тебя есть координаты Егоншиной, Пруткиной и Залейко?

— Да.

— Давай.

— Адреса и телефоны на работе. А зачем они тебе?

— Ну, пока у нас есть три женщины, которые могли затаить злобу на Реутову, — пояснила я, — надо поболтать с ними. Понимаешь, нам необходимо понять принципиальную вещь: Реутову убили, чтобы от нее избавиться, или Реутову убили, чтобы подставить Мадлен.

— Поехали в «Лам», — решительно поднялась с места Ирина.

Глава 17

Не успела я войти в бутик, как сидевшая в торговом зале девушка возмущенно воскликнула:

— Вот она! А вы врали, что не торгуете подобным!

Я попятилась было в коридор, но тут Аня, по непонятной причине стоявшая в зале с платьями в руках, быстро ответила:

— Это наша манекенщица.

— И что? — надула хорошенькие губки покупательница. — Не продается? Хочу!

Аня округлила глаза, я уже совсем было решила спасаться бегством, но тут из глубины бутика выпорхнула сама хозяйка и бросилась к клиентке:

— Зоечка! Солнышко!

— Софа! Котик! — заворковала та в ответ.

Началось активное лобызание, в конце концов объятия разомкнулись.

— Зоечка, ты за сарафанчиками? — просюсюкала Софа.

— Хотела пару блузок присмотреть, — капризно протянула Зоя. — У меня беда.

— Беда? Папа?

— Что — папа?

— Заболел?

— Нет, конечно, — отмахнулась Зоя. — При чем тут папа?

— Какая же беда стряслась? — осторожно полюбопытствовала Софа.

— Николя уехал в Вену на три дня. Мне скучно!

Софья расцвела в улыбке.

— Ужасно лишиться мужа! Хотя кое-кто мечтает остаться одной... на три дня, больше не надо.

— Мне скучно, — повторила Зоя, — решила пошопиться.

— У нас все из последних коллекций, — закивала Софа. — Эй, вы там, принесите лучшее!

— Уже глядела, — плаксиво перебила Зоя и ткнула в меня пальцем. — Ничего, кроме этой. Но ее не продают!

Софа с изумлением глянула в мою сторону.

— Хочешь забрать... э... как вас там...

— Евлампия, — угодливо ответила я.

— Евлампию? — закончила вопрос Софа. — Спокойно подарю ее тебе. Пользуйся, сколько хочешь, потом вернешь.

Я испытала утроенное желание немедленно удрать из «Лам». Кто их знает, зачем манекенщица понадобилась избалованной особе?

— На фиг мне эта дура? — взвизгнула Зоя. — От своей прислуги некуда деваться! В доме целый полк, носятся по этажам, словно электрические тараканы, никакого покоя. Чистят, моют, скребут, готовят... Только в комнату войдешь, несутся на всех парах: «Зоя Павловна, чайку, кофейку, супчику, конфет, телик включить, под ножки пуфик поставить, тапочки погреть?» Просто не знаю уже, куда деваться! Ну не врубаются люди: хочу посидеть одна, в тишине. Есть же на свете счастливые женщины: пришли, а дома никого, сами себе чай нальют и сядут перед телевизором, ждут, пока муж приедет, ужин приготовит. Мне не ваша Евстахия нужна, я блузку хочу!

— Какую, солнышко? — заулыбалась Софа.

— Ту, что она показывает, — объявила Зоя.

Хозяйка окинула меня взглядом.

— У тебя чудесный вкус, милая, — похвалила она посетительницу. — Роберто долго мучился над кофтой. Тут особый крой, его тайна.

— А вот та сказала, что она не продается, — топнула ножкой Зоя.

Софа сдвинула брови.

— Кто посмел заявить подобное? Эй, как вас там, немедленно запакуйте вещь!

— Это... — начала было я и тут же, получив пинок от Ани, замолчала.

— Что такое? — брезгливо поморщилась Софа. — Выполняйте.

Мы с Аней выбежали из зала.

— Бред, — воскликнула я, — это моя кофта.

— Ясное дело, — хмыкнула Аня, — у нас подобного нет. Снимай скорей.

— Она не новая.

— Зоя не заметит.

— Воротник слегка потерся.

— Это модно.

— Я в ней полдня ходила.

— Ерунда, сейчас поглажу, духами сбрызну, и будет супер. Ярлычок пришить — пять минут. Ну, чего тормозишь?

— Блузка стоила три копейки!

— Стаскивай живей, — поторопила Аня. — Желание клиента — закон. Наденешь футболку, принесу со склада.

Пришлось подчиниться. Спустя десять минут моя затрапезная кофточка, отглаженная, опрысканная дорогим парфюмом, снабженная ярлычком с надписью «Роберто», улеглась в шикарную коробку и отправилась к новой владелице.

Аня принесла мне обещанное.

— Держи, — улыбнулась швея, — выбрала самую симпатичную.

Я натянула майку.

— Ну как?

— Замечательно, — одобрила Аня, потом расхохоталась во весь голос: — Ну и дура же эта Зоя! В особенности классно у нее получился пассаж про мужа, который после работы к плите встанет. Эй, Мишаня, тебе понравится жена, которой следует суп на диван подавать?

Миша, молча расчесывавший парик, уронил его и в полном ужасе воскликнул:

— Нет, конечно! Просто удавлюсь, если увижу дома бабу. Фу, не пугай так! И вообще, нашли идиотскую тему для разговоров. Лучше гляньте, какую я сегодня тушь достал...

Наманикюренные пальцы Миши вытащили из сумки странного вида бутылочку.

— Удлиняет, подкручивает и одновременно увеличивает объем ресниц, — завел Миша. — Три в одном, классная вещь! Смывается водой!

— Простой? — удивилась я.

— Супер, да? — прищурился стилист.

— Ничего хорошего, — пожала плечами Аня. — А если заплачешь?

— Кто же с макияжем рыдает? — резонно возразил парень. — Если уж так необходимо несчастный вид изобразить, то можно просто похныкать, прикинуться. Всему вас учить надо. Вот ты, Лампа...

— Евлампия! — гаркнуло из коридора.

Я вытянулась в струнку.

— Слушаю!

Аня живо схватила коробку и кинулась к двери, Миша мгновенно занялся париком. В комнату вошла Ирина.

— Сколько тебя звать можно? — сурово спросила она, глядя на меня в упор. — Звонила на мобильный, не берешь. Если купила телефон, то отчего им не пользуешься? Таскаешь трубку для понта? Выключенной?

Я вытащила сотовый.

— Ой, он разрядился...

— Вот координаты, — отчеканила Ирина, — немедленно позвони и выясни, кто из уволенных девок уволок домой складные стулья с VIP-балкона. Их рук дело, больше некому. Боже, как тяжело без Мадлен!

Резко повернувшись, Ирина ушла. Я глянула на листок. Лена Пруткина, Таня Егоншина и Вера Залейко жили в разных концах Москвы. Хотя было бы странно надеяться найти их в одном доме.

— Поздравляю, — кокетливо протянул Миша.

— С чем? — удивилась я.

— Дурочка, — улыбнулся Миша, — если Ирка кому задания дает, значит, полюбила. Давай, лапки в ручки и на рысях к телефончику. Начинай с Таньки.

— Так считаешь?

Миша закивал.

— Наши ее тут за приличную держали, а она оторва, каких поискать. Если набухается, совсем из реальности выпадает. Даже ко мне приставала.

— Спасибо за совет, — поблагодарила я и пошла к двери.

— Лампа, подожди! — окликнул Миша, поднялся со стула и протянул мне пузырек, сделанный из матового стекла с синими вкраплениями. — Вот, пользуйся. Ходил вчера на презентацию нового аромата, там раздавали бесплатно. Приятный запах, но не для меня. Вначале роза, потом лаванда, фиалка, а в шлейфе корица. Подобное сочетание хорошо молодой красивой женщине, такой, как ты. Не грусти, случится и у тебя праздник.

— Ты такой милый... — вылетело из меня. — Духи, наверное, дорогие?

— Бесплатно достались, ненужное отдаю, — ухмыльнулся Миша и снова принялся расчесывать парик.

Я спустилась к машине. Разговор с уволенными продавщицами не предназначен для чужих ушей, а в «Лам», похоже, их слишком много, торчат из каждой стены. Поэтому лучше воспользоваться мобильным, сидя в хорошо закрытом автомобиле. Только вот беда, вчера забыла зарядить сотовый, и сейчас он просто бесполезный кусок пластмассы. Впрочем, не стоит унывать из-за ерунды, давно хотела приобрести зарядное устройство в автомобиль. Сейчас куплю и опробую.

Проехав пару кварталов, я увидела вывеску «Хозяйственный рай» и моментально припарковалась у порога.

В торговом зале оказалось всего двое людей — молоденькая продавщица и мужчина лет сорока приятной наружности. Я встала у прилавка и начала рассматривать всякие мелочи, лежащие под стеклом.

Посетитель тем временем спросил:

— У вас есть краска?

Юное создание за прилавком лениво кивнуло и поинтересовалось:

— Какую надо?

— Дельтаплан покрасить, — пояснил мужчина.

На лицо девушки наползла задумчивость.

— Ага, — протянула она наконец, — понятно. Имеем нужное.

Продавщица подняла руку и сняла с полки большую банку.

— Вот, берите.

— Подойдет? — засомневался покупатель.

Девица с тоской посмотрела на любителя воздушных прогулок.

— Вы читать-то умеете?

— Вроде да, — без тени улыбки ответил мужчина.

— Тогда чего спрашиваете? — снисходительно ухмыльнулась продавщица. — Тут ясно написано: «Универсальная краска, подходит для всех поверхностей, легко ложится на железо, бетон и камень». Ваш этот, как его... денто... динта...

— Дельтаплан, — подсказал хозяин летающего устройства.

— Ну, не важно. Он из чего? Железный, бетонный или каменный?

Я крепко сцепила зубы, боясь рассмеяться, и принялась себя уговаривать: «Лампа, стой спокойно, разглядывай зарядку, к тебе диалог не имеет никакого отношения. И потом, не все знают, что такое дельтаплан. Девушка никогда не слышала заковыристое слово и явно полагает, что покупатель ведет речь о сарае».

Мужчина осторожно поправил очки и абсолютно серьезно ответил:

— У меня их три, на выбор. Один железный, второй бетонный, третий каменный.

Наверное, он думал пошутить, рассчитывал, что девушка по ту сторону прилавка сейчас засмеется. Но продавщица без тени улыбки заявила:

— Ну и хорошо, вам одной банки на все хватит. Какая площадь? Если больше двадцати квадратных метров, то нужно взять упаковку под значком «Биг».

— Давайте ту, что на прилавке, — откровенно ухмыльнулся дядечка, — вполне подойдет.

Когда посмеивающийся покупатель ушел, продавщица обратила свой взор на меня.

— Мужики все жадные! — воскликнула она. — Нет бы с запасом взять! А вам чего?

— Зарядное устройство для сотового, — сдавленным голосом ответила я, — вон то, черненькое.

Телефон ожил мгновенно, едва я воткнула в него штекер со шнуром, который присоединила к прикуривателю. Решив воспользоваться советом Миши, я набрала сначала номер Егоншиной. Услышала тихое «алло» и попросила:

— Можно Таню?

— А кто ее спрашивает? — полюбопытствовала ответившая на звонок немолодая женщина.

— С бывшей работы беспокоят, из бутика «Лам».

— Зачем?

— Мне нужно поговорить с Егоншиной.

— Ее нет.

— Когда лучше позвонить?

— Через два года.

— Не поняла, — удивилась я. — Вы, простите, кто?

— Меня зовут Анна Сергеевна, я тетя Татьяны.

— Понимаете, очень надо побеседовать с ней.

— Девушка, — слегка сердито ответила Анна Сергеевна, — я же сказала: нет ее и в течение двух лет не будет. Сидит Таня.

— Где?

— На зоне.

— Ой!

— Вот вам и «ой», — горько подхватила Анна Сергеевна. — Говорено сто раз было: Таня, не пей, плохо кончится. Вот и получилось... Напились они с подружкой по брови и с косых глаз у какой-то прохожей сумку отняли. И ведь не разбойница, нормальная девочка... Все водка, проклятая! Ну зачем ее продают?

— Давно Таню арестовали?

— Да почти сразу, как она от вас уволилась, — пояснила Анна Сергеевна. — Между прочим, обиду алкоголем заливала, ее ни за что выгнали. Новую работу найти трудно, вот Танюша и приклеилась к бутылке. Если надобность имеете, то через два года звоните.

— Спасибо, — ответила я и отсоединилась.

Так, Егоншина отпадает. Может, она и ненавидела Реутову, но убить ее никак не могла. У Татьяны самое лучшее алиби: в тот момент, когда Галине перерезали горло, Егоншина сидела за решеткой. Теперь попытаемся побеседовать с Леной Пруткиной.

На сей раз на звонок отозвался мужчина.

— Скажите, Лена дома? — вежливо спросила я.

— Здесь такой нет, — быстро ответили мне, потом понеслись гудки.

Я вздохнула и повторила попытку.

— Алло! — рявкнул тот же голос. — Говорите!

— Извините, опять к вам попала.

— Набирайте правильно номер.

— Я не нарочно.

— Ну и нечего тогда приставать, — схамил незнакомец и отсоединился.

Очень медленно и аккуратно я потыкала в кнопки.

— Слушаю! — заорал дядька.

— Опять вы? — вылетело у меня. — Простите.

— Разуй глаза, кретинка! Или руки у тебя крюки, что ли?

— Пожалуйста, не сердитесь, лучше назовите свой номер телефона.

— Чего ради?

— Тогда давайте скажу тот, который набираю. Если он не соответствует вашему, значит, в телефонной компании технические неполадки.

— Ладно, — неожиданно мирно согласился собеседник, — говори.

Я назвала цифры.

— Это мой телефон, — сообщил мужчина.

— А Лена где?

— Понятия не имею, квартиру сняли и живем.

— Куда хозяева подевались?

— Вот е-мое! Ща, погоди. Натка, поди сюда...

Издалека донеслось шуршание, шепоток, потом веселый девичий голосок спросил:

— Вы Ленуську ищете?

— Да.

— Зачем она вам?

— Мы подруги, и я хотела...

— Как тебя зовут? — не дала договорить девушка.

— Евлампия Романова.

— Что-то не слышала про такую от Пруткиной, — протянула Ната.

— Мы работали в бутике «Лам».

— Вон оно как... — похолодел голос Наты. — Нечего сюда трезвонить!

— Пожалуйста, подскажите, где Лена? — взмолилась я. — Очень надо ее найти. С ней все в порядке?

— Не волнуйтесь, — ехидно ответила Ната. — Думаете, выперли Ленку и она плачет до сих пор? Фиг вам! Очень хорошо, что бортанули Пруткину, а то тухнуть бы ей в «Лам» до пенсии. Хотите знать, где Ленуська?

— Да, да!

— В Италии.

— Где?

— В городе Милане, — торжественно произнесла Ната. — С Пруткиной сказка случилась. Дали ей в «Лам» расчет, и пошла она с горя в ресторан, итальянский. Решила: гори фигура синим огнем, раз со службы турнули, можно спагетти с жирной подливкой в свое удовольствие поесть. Ну и начала макарончики трескать, две порции умяла, третью заказала. На Ленуську от стрессов всегда жор нападает. Не успел официант очередную тарелку подать, как подходит к столику парень и представляется: «Меня зовут Маурицио, работаю в компании, которая производит макаронные изделия. Вижу, вы фанат спагетти? Прямо как моя мама. Можно присесть?» В общем теперь наша Лена живет в Милане, работает в фирме супруга, давным-давно ваш мерзкий «Лам» позабыла, а свою московскую квартирку нам сдала. Ситуация понятна?

— Более чем. Скажите, давно Лена вышла замуж?

— Если надумали подарок послать, — заерничала Ната, — то сильно опоздали, в марте они расписались.

Я положила сотовый на сиденье. В принципе Милан не так далеко от Москвы, время в пути часа три, максимум четыре самолетом. Пруткина могла спокойно прибыть в родной город, живенько расправиться с Галей и умчаться в аэропорт. Вопрос: зачем девушке, удачно устроившей свою жизнь, получившей вследствие увольнения и мужа, и хорошую работу, и, похоже, вполне обеспеченную жизнь в Италии, убивать бывшую коллегу? Нет, Лену можно спокойно вычеркивать из списка. Пожалуй, наоборот, Пруткина должна испытывать к Галине благодарность: не выпихни ее Реутова за борт, она бы не пошла с горя наедаться макаронами и не обрела счастья.

Теперь в списке осталось лишь одно имя. Я набрала номер и тут же услышала тихий отклик:

— Алло...

— Можно Веру?

— Это я, — ответила девушка.

— Вы?

— Да.

— Вот здорово! Я Евлампия Романова, можно просто Лампа. Нам очень нужно поговорить.

— О чем? — поинтересовалась Вера. — Вы откуда?

— Из бутика «Лам».

Вера помолчала, потом так же тихо сказала:

— Если хотите, чтобы вернулась, то это невозможно.

— Верочка, давайте изложу проблему при личной встрече. Готова приехать, куда скажете, в любое удобное вам время.

— Можете прямо сейчас, сюда.

Я бросила взгляд на листок бумаги с адресами уволенных продавщиц.

— Осенний бульвар?

— Нет, проспект Вернадского.

— Вы переехали? Но телефон остался прежним.

Вера засмеялась.

— Вы звоните на мобильный, и я не дома, в клинике лежу. Когда доберетесь до места, звякните. У входа есть парк, а в нем тихое кафе.

— Вам можно выходить на улицу? — проявила я заботу.

— Даже нужно, — усмехнулась Вера. — Только подкатывайте до восьми вечера, после ужина корпус запирают.

— Явлюсь намного раньше, уже лечу! — заверила я и завела мотор.

Глава 18

Вера оказалась права: в маленьком парке обнаружилась крохотная и совершенно пустая кафешка. Не ожидая ничего хорошего, я заказала капуччино с булочкой. И моментально получила вкусный, ароматный, горячий напиток и свежайшую выпечку. Впившись зубами в плюшку, я на минуту забыла обо всем на свете — слойка, пухлая завитушка с корицей, сверху щедро обсыпанная сахарной пудрой, словно выпала из моего детства, такими торговали в нашем школьном буфете.

— Жутко вкусно, да? — весело спросил внезапно незнакомый звонкий голос.

Я распахнула зажмуренные от удовольствия глаза. Около столика стояла симпатичная шатенка с короткой стрижкой. Нежная, тонкая шея плавно перетекала в точеные плечи, под ними высилась пышная грудь, ниже торчал огромный живот, прикрытый нежно-розовым платьем на пуговицах. Вере скоро предстояло рожать.

— Кого ждете? — улыбнулась я. — Мальчика или девочку?

Молодая женщина очень осторожно опустилась на стул.

— Обоих, — ответила она.

— Двойня?

— Точно, — кивнула Вера. — Если честно, я в шоке. Ну совсем не ожидала такого! Мы с Геной на одну девочку рассчитывали, а потом — бабах — двое. Ну, что ни делается, все к лучшему. Генка мне сразу предложение сделал, мы расписались. Оказывается, мама моего мужа из двойни, я и не знала. Он меня вообще с ней не знакомил, боялся, не понравлюсь. А теперь замечательно получилось, сразу двух бабушек имеем, одна из них врач. Не всякая молодая мамочка так устроится. Квохтают надо мной, на руках носят, уже дежурство расписали, кто когда и сколько с внуками сидеть станет, чуть не передрались, каждая хочет больше времени с детьми проводить. Ну, теперь понятно, что я в «Лам» уже не вернусь.

— Почему решили, что вас назад зовут? — тихо спросила я. — Хотите кофе? И булочку? Они тут замечательные.

Вера прижала руки к необъятному животу.

— О господи, опять они драку затеяли... Нет, спасибо. Кофе мне доктор запретил, а о плюшках лучше не напоминайте, я их до смерти люблю, но уже и так на танк похожа. Лягу в кровать, ног не вижу.

— Это живот, вот появятся детки и снова превратитесь в тростиночку, — с видом умудренной матроны заявила я.

— Ох, сомнительно, — протянула Вера, — еще три месяца ждать. Интересно, в кого превращусь?

— Думала, роды вот-вот, живот такой большой.

— Это из-за двойни, — отдуваясь, сообщила Вера. — Ох, сил уже никаких не осталось такую тяжесть таскать. Что же касается «Лам», то очень хорошо знала: Реутова не справится с работой, ее выгонят и ко мне прибегут.

— Почему?

Вера ехидно заулыбалась.

— Вы, наверное, новенькая, из отдела кадров?

Не желая пока ничего рассказывать о себе, я издала некий звук, который можно было принять как «да» или «нет», по желанию.

— Реутова при всей своей хабалистости, — спокойно продолжала Вера, — очень наивная. Она полагала, что справится с работой консультанта, но это только на первый взгляд легко. Многие думают, что уж тут трудного, бабам шмотки всучить, спой песню про моду, расскажи о всяких примочках, типа курток-трансформеров, и греби от идиоток чаевые. Но на самом деле продажа одежды очень сложное дело.

Я сделала заинтересованное лицо.

— Да?

Очень давно Вовка Костин, объясняя мне, каким образом нужно разговаривать со свидетелями и с людьми, которые могут владеть нужной информацией, сказал: «Главное, найти у человека некую болевую точку и нажать на нее. Обнаружить подобную педаль не просто, и пользоваться ею следует умело. Допустим, собеседник увлеченный садовод, следовательно, заведи разговор о посадках, к тебе проникнутся доверием. Если точно в курсе, что старичок, от которого надо кой-чего узнать, зюгановец, ругай современные порядки, если нужный человек член общества любителей поэзии Бернса, скажи, что обожаешь слушать волынку. Абсолютное большинство людей испытывает тягу к тем, кто разделяет их увлечения или ненавидит один и тот же объект». Я совет Костина приняла к сведению и сейчас стараюсь изобразить заинтересованность.

— Да, — закивала Вера. — Одежда — это наше второе «я». Продавец должен четко понять, что хочет человек, и объяснить ему, как стать прекрасней. Не следует совать в нос тетке, всю жизнь предпочитавшей коричневый цвет, розовую блузку и твердо заявлять: «Я ношу такие, мне нравится». Покупательницы в «Лам» — публика особая, моментально ответят: «Тебе нравится, ты и носи, а мне живо тащи вон ту, темненькую». Надо поступать иначе.

— Как же? — на этот раз с неподдельным любопытством поинтересовалась я.

Вера улыбнулась.

— Существует много путей. Ну, допустим, приносишь то, о чем попросили, но прихватываешь и розовую кофточку. Вешаешь в кабинке, потом всплескиваешь руками: «Ой, простите, случайно с кронштейна взяла. Это не ваш любимый цвет. Сейчас унесу. Правда, интересный крой? Блузка в единичном варианте. Смотрите, она в тон вашего румянца. Как нет румянца? Щеки такие нежные! Ой, и правда нет... Надо же, это розовый цвет, оказывается, так сильно освежает. О-о-о, у вас глаза стали яркие...» Через полчаса покупательница уйдет в розовой кофте, а в следующий визит потребует: «Где Вера? Пусть меня она обслуживает». Ясное дело, все довольны. Я получаю хорошие чаевые, «Лам» распродает коллекцию, а дама, отказавшись от мрачного цвета, выглядит моложе.

— Понятно, — закивала я. —.Вон тут какие тонкости...

А моя собеседница продолжала пояснения:

— Реутова с первого дня позавидовала моим заработкам, ну и расстаралась, все сделала, чтобы меня выперли. Такие сплетни распустила: у Залейко гонорея! Я, если честно, особо не переживала, уже беременная была, все равно уходить в декрет. Но никому о своих планах не рассказывала, за фигом нервничать. Тихо слиняла, устроилась в бутик «Каск», они мной страшно довольны, через три года назад ждут. Что, Реутову выгнали? Некрасиво получается: работала я отлично, но как слухи полетели, меня вон выставили, Галину слушали, а сейчас, когда поняли, что не следовало Веру на Галю менять, назад зовете. Так что натворила ваша красавица? Небось нахамила какой-нибудь Калистратовой? Реутова не умеет людей обслуживать!

Я повертела в руках чашку.

— Понимаете, Вера, с Галей случилась неприятность.

— Сперла чего и попала в ментовку? — радостно поинтересовалась будущая мать. — Совсем не удивительно!

— Галя заболела.

— Вау! Надеюсь, тяжело?

— Вообще-то, она умерла, — осторожно продолжила я.

Вера широко распахнула серые глаза.

— Умерла в смысле... умерла?

— Ну да.

— На тот свет отправилась?

— Верно.

Будущая мать растерянно затеребила бумажную салфетку.

— Вот черт, — протянула она, — а я про нее гадости болтала. Собственно, правду говорила, но как-то нехорошо. Под машину попала?

— Нет, ее убили.

— Где?

— В «Лам».

— Кто? Ну и ну!

Я поманила официантку, заказала себе еще кофе и начала вводить Веру в курс дела. Молодая женщина молча выслушала меня, потом погладила свой живот и спокойно спросила:

— Думаете, я прирезала Галку?

— Что вы, нет, конечно!

Собеседница облокотилась о стол.

— Понимаю ход ваших мыслей. Реутова сделала все, чтобы Залейко уволили, вот та и решила отомстить. В принципе верно, мне было очень обидно, когда пинок под зад получила, причем ни за что. Потеряла работу лишь в результате Галкиных интриг, но мстить, да еще так жестоко, не в моем характере. Нет, я не трогала Реутову. Во-первых, не могу убить человека, психологически не способна на подобное. Во-вторых, не обладаю нужными для этого навыками. Думаю, такое трудно не только морально, но и физически. В-третьих, киллеру предстояло мгновенно скрыться, а как я проделаю подобный трюк с животом? Кстати, знаете, куда удрал тот, кто убил Реутову?

— Нет, — пожала я плечами, — не задумывалась над этим вопросом.

— Галину прикончили в кабинете Мадлен?

— Так.

— Вы, когда вбежали туда, увидели, что Гостева стоит с ножом, а из шеи Реутовой толчками выливается кровь?

— Ну да.

— Понимаете, о чем это свидетельствует?

— Реутову убили, спасти ее уже вряд ли можно было, на шее повреждена крупная артерия или вена.

Вера усмехнулась.

— Вы сами сказали: кровь выливалась фонтанчиками. А почему именно так, не струйкой тихо текла?

— Не знаю, — ответила я. — Да и какая разница?

Вера погладила живот.

— Вы учились в институте?

— Да.

— Небось прогуляли лекции по судебной медицине.

— У меня диплом консерватории по классу арфы, — кашлянула я[1].

Вера моргнула.

— Понятно. Если кровь из раны выливается неравномерно, следовательно, сердце еще работает. Убийство случилось за пару минут до того, как Мадлен в кабинет вошла. Она, по идее, должна была столкнуться с преступником на пороге, но этого не случилось. Почему?

— Понятия не имею.

Собеседница сложила руки на огромном животе и заговорила совсем по-дружески.

— Надо уметь делать правильные выводы из увиденного и услышанного. Расскажу тебе историю.

---

[1] История Евлампии Романовой рассказана в книге Дарьи Донцовой «Маникюр для покойника», издательство «Эксмо».

В феврале я шла домой после работы. Живота еще не было, с виду стройная девушка в джинсах и короткой курточке. Из признаков беременности лишь сильнейший токсикоз. Крутило меня по-черному, от всего тошнило, но, слава богу, после семи вечера. Уж не знаю, по какой причине так повезло, других целыми сутками выворачивает, а меня лишь с девятнадцати до полуночи. Но как! Не передать словами! Основной моей задачей в тот период жизни было долететь до дома, чтобы не на улице, не при всем честном народе скрутило. В общем, вылезла я из автобуса и несусь вперед, чувствую, сейчас начнется, а до квартиры еще минут пять ходу. Тороплюсь, дышу глубоко и вдруг слышу: «Девушка, подождите, на улице темно, давайте вас провожу». Я, естественно, не отвечаю, бегу дальше. Еще в автобусе идиота приметила, он все приставать пытался, то куртку мне отряхивал, то на ногу наступал. Очень хорошо знаю: с подобными кретинами лучше не начинать общаться, скажешь ему: «Отстаньте, видите кольцо на пальце?» Моментально ответит: «А я вас замуж не зову, просто поговорить хочу». Не отвяжется потом. Вообще-то думала, сойду на остановке, а парень дальше поедет, таким без разницы, к кому приставать. Но он за мной поперся. Короче говоря, бегу, борюсь с тошнотой, он следом идет и зудит: «Девушка, скажите, где тут дом пятнадцать? У меня там бабушка живет, несу ей пирожки от мамы. Ну обернитесь! Я тихий, словно Красная Шапочка...» Ну не болван ли?

— Встречаются подобные экземпляры! — улыбнувшись, кивнула я.

Вера одернула верхнюю часть платья.

— Шел он за мной, бубнил, я не выдержала, остановилась, обернулась, глянула ему в лицо, но ничего сказать не успела — так затошнило. Пришлось за дерево хвататься! Ну... дальше понятно?

— Да.

— Знаешь, как дурак отреагировал? — засмеялась Вера. — Сначала подождал, пока меня выворачивать перестанет, а затем воскликнул: «Девушка, я такой ужасный внешне?» Вот тебе классический пример неправильной оценки обстоятельств. Бабу тошнит от токсикоза, а он что предположил? И ты так же. Решила, что убийца должен был убежать, и на том закрыла тему. А вовсе нет!

— Куда же он делся?

Вера сложила руки на животе и сцепила пальцы в замок.

— Ну, если принять во внимание, что Мадлен вошла сразу после убийства... Он мог, например, влезть в шкаф и сидеть там тихо-тихо, а затем, выждав момент, удрать.

— У Гостевой в кабинете гардеробов нет!

Вера хихикнула.

— Есть.

— Нет, я хорошо помню комнату. Она небольшая, из мебели стеллаж, стол, рабочее кресло, стул и какой-то комодик. Все.

Будущая мама улыбнулась.

— Если подойти к стене справа от окна, то увидишь небольшую круглую ручку. Потянешь ее — откроется ниша. Мадлен туда верхнюю одежду вешает и все такое.

— Откуда ты все знаешь? — восхитилась я. — Про пульсирующую кровь и работающее сердце, например...

Вера поманила официантку.

— Принесите воды без газа... Мой муж на оперативной машине водителем служит, наслушался всего. Придет домой и рассказывает. А нишу-шкаф я в кабинете Мадо случайно увидела, когда она... ну, в общем, не важно. Уверена: не могла Мадлен Гостева убить. Ты не в ту сторону скачешь.

— А куда бежать надо? — в тон собеседнице спросила я.

Вера схватила поданный стакан с минералкой, залпом осушила его и очень тихо сказала:

— Думаю, не столько Реутову убить хотели, сколько Мадо подставить. Хотя я не исключаю и того, что Галю на роль жертвы выбрали за вредный характер. Она со всеми перелаялась, ее в «Лам» терпеть не могли, кроме тех, кого она сама туда пристроила. Не ищи убийцу среди окружения Реутовой, зря время потеряешь. Ситуацию разыграли против Гостевой. Человек, задумавший преступление, хорошо знал Мадо, понимал, что она непременно рухнет рядом с трупом без чувств. Гостева панически боится крови, что, учитывая ее историю, неудивительно. Наверное, преступник предполагал такое развитие событий: он убивает Реутову и прячется в шкафу, Мадо входит в кабинет, видит повторение кошмара и падает без сознания, тогда нужно выйти наружу, вложить нож в руку старшей продавщицы и скрыться. Но получилось иначе — Мадлен сама выдернула орудие убийства, закричала, ворвалась ты, прибежали люди. Пока шла суматоха, преступник ухитрился ускользнуть. Кстати, о нише. Большинство продавщиц о существовании этого гардеробчика и не догадываются. Вышло не так, как рассчитывал негодяй, но главная цель достигнута: Мадо арестовали. Тебе следует заняться биографией Гостевой.

Высказавшись, Вера встала.

— Ну, пойду.

— Ой, подожди, я ничего не поняла!

— Говорила не по-китайски. Могу повторить основную мысль: хотели наказать не Реутову, а Гостеву, ищи мерзавца в жизни Мадлен.

— Пожалуйста, не уходи! — взмолилась я.

— Что еще?

— У меня куча вопросов.

— И по какой причине я должна отвечать на них?

— Насколько поняла, у вас с Гостевой были нормальные отношения?

Вера кивнула.

— Да, если это можно назвать отношениями. Мадлен уважала меня за умение работать, часто ставила другим в пример, один раз вытащила из большой неприятности. Клиентка мерила платье и разорвала подол, а к нему кружево пришито, дорогое, ручной работы. По закону, если товар не оплачен, ответственность в случае порчи изделия несет магазин. За кружево с меня могли бешеные деньги снять, пришлось бы полгода бесплатно работать, чтобы расплатиться с «Лам». Я приуныла, а Мадо внезапно сказала: «Главное, молчи». Схватила ножницы, покромсала подол в лохмотья и другой клиентке платье показала. Та в экстаз впала: вау, здорово, оригинальное решение, кружево в лапшу порублено. Купила «шикарный» туалет и небось рассекала в нем по тусовкам, хвасталась стильной обновкой.

Глава 19

Я схватила Веру за руку.

— Мадлен спасла тебя от большой неприятности, отчего ты не хочешь ей помочь? Долг платежом красен!

— Что ж мне теперь, носиться по Москве и орать: «Гостева не виновата!»? — скривилась собеседница.

— Достаточно рассказать все мне.

— Ты о чем?

— По какой причине Мадлен боялась крови?

Вера скосила глаза к окну.

— Это не моя тайна. Гостева однажды в истерику впала, я случайно рядом оказалась. Некрасиво болтать о том, что узнала ненароком. Спроси у Мадо, она расскажет, если захочет.

— Гостева в следственном изоляторе, — напомнила я.

Вера пожала плечами, встала и пошла к выходу, я кинулась за ней.

— Постой!

— Ну?

— Пожалуйста, не уходи.

— Мне пора, скоро ужин.

— Давай тут поедим.

— Кошелек в палате оставила.

— С радостью угощу тебя, заказывай любое блюдо.

— Не привыкла жить за чужой счет.

— Ладно, поешь в клинике, я подожду в коридоре.

— В отделение не пускают посторонних, — равнодушно выронила Вера и дернула дверь.

Понимая, что Залейко не желает больше общаться, я от отчаяния воскликнула:

— Всегда считала неблагодарность восьмым смертным грехом!

Вера обернулась, ее серые глаза начали темнеть.

— Кто неблагодарная? — сердито спросила она.

— Да ты, — топнула ногой я. — Сейчас можешь помочь Гостевой, направить расследование в нужном направлении, но, очевидно, ужин в клинике тебе важнее чужой жизни. Приятного аппетита, Верочка, кушай с удовольствием!

Молодая женщина слегка покраснела.

— Но я не имею права разглашать чужие тайны. Я благодарная и еще порядочная в придачу.

— О каких секретах может идти речь, если Мадлен угрожает немалый срок! — зашипела я, подходя к Вере. — Ясное дело, в конце концов я все узнаю, но потрачу кучу времени, а Мадо будет оставаться за решеткой. Ты бывала в СИЗО?

— Нет, — слегка растерянно ответила Вера.

— Жаль, а то бы поняла, что там минута годом кажется. Сто человек в камере, жарко, душно, грязно, окно не открыть, воздуха нет, целые сутки под потолком горит яркая лампа, в унитаз с ревом несется вода, еда отвратительная, товарки по несчастью неуправляемые матерые уголовницы или впавшие в истерику первоходки. Конвой способен применить силу... Конечно, я сгустила краски, специально взяла побольше черной, но ведь и белой в тюремной жизни мало.

— Прекрати, — устало сказала Вера, возвращаясь к столику. — Я правда кошелек оставила, а есть очень хочется.

— Садись, угощаю ужином.

Вера опустилась на стул.

— Ладно, расскажу, хоть и буду чувствовать себя натуральной сплетницей, — вздохнула Вера. Я незаметно включила в кармане диктофон и подперла подбородок кулаками. Всегда крайне внимательно слушаю собеседников, но лучше еще и сделать запись. — Два года назад мы с Мадо отправились на выездное обслуживание...

В «Лам» обслуживаются самые разные люди. На первый этаж легко попадет любой человек, так сказать, с улицы, бутик ведь торгует не только пафосными изделиями модельера Роберто. А еще тут случаются распродажи, поэтому внизу постоянно клубится народ, правда, откровенно бедные люди в «Лам» не заглядывают. А вот на второй этаж, в VIP-зону, пускают далеко не всех. Вип-клиенты тоже разделяются на категории: одних обслуживают в небольшой гостиной, другим устраивают показы шмоток на моделях, причем «вешалок» специально подбирают не самого юного возраста и не традиционной для этой профессии внешности. Манекенщице с параметрами 90-60-90 нечего делать в «Лам», она только станет действовать на нервы некоторым богатым клиенткам. Глянет какая-нибудь пышнотелая мадам на стройную фигурку и, ощутив прилив черной зависти, уйдет из бутика, не оставив там ни копеечки.

Имеется еще одна категория покупателей — очень малочисленная, не способная оставлять в кассе тысячи «убитых енотов». К таким Мадлен, прихватив с собой помощницу, выезжала на дом. Отчего не особо богатых клиентов обслуживали наилучшим образом? В категорию «выездных» попадали звезды шоу-бизнеса, кино и театра. Им наряды доставались с огромной скидкой, кой для кого уникальное платье, вручную расшитое бисером или пайетками, стоило столько, сколько футболка на Черкизовском рынке. Почему? Право, наивный вопрос. Нацепив роскошную обновку на пафосную вечеринку, звезда непременно попадет в поле зрения репортеров, фотографии поместят глянцевые еженедельники, и там непременно укажут: «Ася Веткина в наряде от Роберто». Для тусовщиц это сигнал: следует немедленно нестись в бутик «Лам». Кстати, Роберто потом тиражирует платье, шьет партию из дешевого материала и спускает на первый этаж, где улыбчивые продавщицы начинают объяснять наивным бабам:

— Вот, обратите внимание, нарядная вещь, кстати, точь-в-точь такую приобрела Веткина. Журнал на столе лежит, посмотрите. Звезды выбирают Роберто!

И ведь не врут, только слегка недоговаривают. Платье на первом этаже сляпали из искуственного, а не натурального шелка, вышивка сделана не вручную, а на машине, пуговицы выполнены из пластика, хоть они и похожи на фурнитуру от Сваровски, которая украшает эксклюзив. Но на фотографии разница незаметна. Посетительницы первого этажа видят другое: вот же она, главная героиня телесериала, стоит в этом самом наряде на сцене, сжимая в руках приз. Можно приобрести шмотку и ощутить себя такой же богатой, знаменитой и счастливой, словно Веткина.

Каждая вещь, даром отданная кумиру миллионов, потом приносит огромную прибыль. Поэтому самые почетные клиентки «Лам» не мадам Калистратова и иже с ней, сидящие на горе денег, а какие-нибудь певички вроде Леси Бреко из группы «Куклы».

Кстати, именно к Лесе и направилась в тот памятный день Мадлен. Гостева прихватила с собой Веру и полдороги объясняла продавщице хитрости обслуживания на дому.

— Главное, ничему не удивляйся, дома и квартиры у людей бывают странные. У Анели Моркиной, например, пол стеклянный, а под ним аквариум, Сюзи Шумская прибила ковер к потолку, а у Ивана Колкина ходит по комнатам абсолютно голая горничная. Что ни увидишь, оставайся спокойной, улыбайся, и все. Начнут угощать чаем, не смей отказываться, предложат бутерброды с дерьмом, ешь с аппетитом. Впрочем, Бреко нам даже воды не нальет.

— Капризная? — с легкой опаской осведомилась Вера, которой до сих пор не доводилось выезжать ни к кому на дом.

Мадлен погрустнела.

— Хуже, бесшабашная. Ездила к ней полгода назад, привезла платье — этой Лесе премию присудили, обещала в нашем изделии на вручении появиться. И чего она отмочила...

— Неужели не надела?

Мадлен закатила глаза.

— Хуже. Вышла на сцену в платье от Роберто.

— Не понимаю, — растерялась Вера, — как договорились, так и поступила. В чем ужас?

Мадлен скривилась.

— Леся отрезала рукава — сама ножницами откромсала. И еще часть подола спереди отчекрыжила. Я, когда ее увидела, чуть не умерла. Стоит, краса ненаглядная, спереди мини, сзади макси, один рукав короче другого, нитки торчат. И, как назло, такой успех! По всему глянцу демонстрация: Леся в безумном платье и подпись «сделано Роберто». Пришлось потом у всей третьей линии подол и рукава отгрызать. Но платья вмиг улетели.

— Так отлично, — пожала плечами Вера, — цель достигнута, прибыль получена.

Мадлен нервно вздрогнула.

— Да уж... А мой инфаркт не в счет. Интересно, что эта обезьяна сегодня придумает?

В квартиру Бреко Вера вошла, морально готовая ко всему. Но ни ковров на потолке, ни аквариумов в полу, ни обнаженной прислуги в апартаментах не оказалось. Уютная буржуазная обстановка, самые обычные драпировки и простой паркет успокоили продавщицу. Леся была мила, особых капризов не выказывала, деловито померила платья и даже не наорала на Веру, когда та случайно уколола звездное тело булавкой.

— Значит, через неделю жду вон то, красное, — подвела итог Леся. — Хотите кофе?

— Да, — быстро ответила Вера, вспомнив наставления, полученные по дороге от Мадлен.

Бреко весело улыбнулась.

— Тогда через десять минут идите в гостиную.

Продолжая удерживать на лице приветливую гримаску, Леся ушла.

— Ой, не к добру это все... — зашептала Мадлен. — Никогда она такой ласковой не была! Явно задумала гадость.

— Да нет, — стала успокаивать начальницу Вера, — не может быть. Мы закончили, договорились, теперь кофе глотнем и домой.

— Нет, нет, — бубнила Мадлен, — пакость у бабы на уме! И...

Договорить старшая продавщица не успела, на пороге появилась горничная.

— Прошу вас, — поклонилась она, — сюда, налево по коридору.

Мадлен вошла первой в услужливо распахнутую дверь. Вера чуть замешкалась, она несла большой портплед с образцами и, сообразив, что его надо оставить за порогом, спросила у прислуги:

— Куда можно повесить вещи?

— Давайте мне, — мило предложила прислуга и освободила продавщицу от ноши.

Вера вступила в гостиную и тут же услышала нечеловеческий вопль, который издала Мадлен. Девушка бросилась к начальнице, но, сделав один шаг, обомлела.

На светлом паркете, головой к большому окну лежала Леся. Шея хозяйки неестественно вывернулась, на лице с широко распахнутыми глазами застыло выражение недоумения. Но самым страшным в открывшейся картине была кровь, залившая тело убитой, пол и кусок ковра.

Громко крича, Мадлен пятилась к двери.

— Шкаф, — вылетало из рта старшей продавщицы, — шкаф, шкаф... Мама Ника! Мама Ника! Шкаф! Где шкаф?

Несмотря на жуткое зрелище, Вера сохранила остатки самообладания, поэтому она схватила окончательно потерявшую разум Мадлен и прижала к себе со словами:

— Тише, тише, все хорошо.

Но Гостева стала выдираться из объятий.

— Шкаф, — твердила она, — шкаф, шкаф...

— Помогите! — закричала Вера. — Девушка, горничная! Сюда, скорей! Надо звать милицию! Эй, кто-нибудь, на помощь! Мадлен, секунду, я сейчас...

Продолжая одной рукой прижимать к себе начальницу, Вера вытащила из кармана сотовый.

— Положи мобильный на место, — весело прозвенел звонкий голосок.

Вера в полном ужасе оглянулась и увидела еще более страшную картину. Окровавленный труп Леси преспокойно сел, а потом начал подниматься. Мадлен, тоже наблюдавшая за оживлением мертвеца, издала странный звук и стала заваливаться. Вере с огромным трудом удалось удержать старшую продавщицу от падения, а потом усадить ту в кресло.

Леся, громко смеясь, спросила:

— Здорово?

— Что? — еле слышно проблеяла Вера.

— Суперский розыгрыш?

— Вы живы?

— Дошло наконец! — заржала Леся. — Покойники не ходят и не разговаривают.

— Но кровь...

Бреко развеселилась еще сильней.

— Она бутафорская. Машка!

— Звали? — всунула голову в гостиную прислуга. По спокойному лицу девушки Вера сразу поняла: та была в курсе забавы, задуманной хозяйкой.

— Убери тут живо, — приказала Леся. — Кстати, вот...

В руках у Веры оказалось несколько бумажек.

— Это чаевые, — как ни в чем не бывало заявила певичка. — Нет, супер получилось. Ты, кстати, молодец, а та, вторая, совсем плохая.

Вера с тревогой глянула на Мадлен. Старшая продавщица сидела в кресле неподвижно, руки ее вцепились в подлокотники, глаза не моргали, спина выпрямилась, словно у балерины.

— Надо вызвать врача, — испугалась Вера.

— За фигом? — удивилась Леся.

— Мадлен плохо.

— Ерунда.

— Она в шоке.

— Глупости! — дернула плечиком Леся. — Просто плесни ей в лицо холодной водой. Машка!

— Я тут, — откликнулась горничная.

— Приволоки чашку с минералкой, — велела Леся. Прислуга умчалась.

— Вы всегда издеваетесь над людьми? — вскипела Вера, забыв о профессиональной вежливости.

— Просто пошутила, — сверкнула глазами Леся. — Между прочим, сегодня первое апреля! Забыла?

Вера вздрогнула.

— Верно.

— Я им розыгрыш приготовила, — начала злиться Леся, — суперски все придумала, и че? Где радость? Вас сама Бреко веселила!

У Веры не нашлось достойного ответа. В гостиную с бокалом вернулась прислуга. Не успела Вера ахнуть, как Леся схватила хрустальную емкость и выплеснула воду в лицо Мадлен.

Старшая продавщица вздрогнула и разрыдалась.

— Фу, — скривилась Бреко, — ваще дура! Машка, выпри их вон, пусть сопли где угодно льют, но не у меня в квартире.

Высказавшись, хозяйка ушла, а горничная, свысока глядя на Веру, приказала:

— Уводи эту, раз вести себя не умеет!

Кое-как Вера дотащила Мадлен до машины и впихнула старшую продавщицу в салон. Состояние начальницы внушало опасения. Мадо постоянно бормотала:

— Мама Ника... нет... папа... нет...

Вера не знала, как поступить. Мадлен не могла сесть за руль, а девушка не умела водить машину. Позвонить в «Лам», рассказать о произошедшем, попросить помощи? Или срочно вызывать врача? Поколебавшись недолгое время, Вера вынула мобильный, и тут Мадлен вроде бы вполне осознанно спросила:

— Я где? Мама жива?

— Ты очнулась? — обрадовалась Вера. — Мы в машине. Бреко — идиотка! Она нас разыграла!

— Разыграла? — растерянно протянула Мадлен. — Ничего не произошло?

— Нет.

— Все живы?

— Да, — довольно сердито ответила Вера. — Сегодня, оказывается, первое апреля, и эта дура надумала пошутить. Сейчас довольна до обалдения. Суперский, по ее мнению, прикол получился.

Мадлен откинулась на спинку кресла.

— Чуть не умерла, когда кровь увидела.

— Я тоже, — подхватила Вера. — Жуть! Жидкость оказалась бутафорской, а выглядит натуральнее некуда.

— В тот раз все по правде случилось, — прошептала Мадлен. — Они оба умерли: и мама Ника, и папа Игорь. Вся комната красная была, даже на потолок кровь попала!

— В какой прошлый раз? — разинула рот Вера. — Ты о чем?

Мадлен сжала пальцы в кулаки, потом прижала их к лицу.

— Больше не могу! Надо рассказать! Меня это мучает! В душе пожар, словно колючая проволока внутри!

— Железка не способна вспыхнуть, — машинально отреагировала на услышанное Вера.

Мадлен неожиданно засмеялась.

— Запросто! Раскаленные колючки поворачиваются и жгут тебя, жгут... Шкаф помогает. Я люблю гардероб.

Вот тут Вера перепугалась по-настоящему.

— Давай вызовем врача? — засюсюкала она.

Мадлен перестала хохотать.

— Я не сумасшедшая, — тихо сказала она, — хоть и нормальной, наверное, не назвать. Просто случилось в моей жизни... нечто... Ты можешь меня выслушать?

— Лучше тебе пойти к психотерапевту, — дрожащим голосом посоветовала Вера.

Мадлен прижала руки к груди.

— Проволока ворочается... — жалобно протянула она, — больно... Шкафа нет! Выслушай меня!

Вера вздрогнула, старшая продавщица снова стала похожа на безумную.

— Слушай, — зло повторила Мадлен. — Молча! Иначе не выйдешь из машины, двери заблокированы.

— Не волнуйся, — стараясь не демонстрировать испуг, отвечала Вера, — говори спокойно.

Глава 20

Несмотря на психически ненормальный вид, говорила Мадлен вполне внятно. Она методично рассказала Вере о своем детстве и юности.

Гостевой повезло с родителями, она была любимым, долгожданным ребенком в семье научных работников Вероники и Игоря.

Обычно малыши, рожденные родителями после лечения от бесплодия, обречены на тяжелое детство. Мама Мадлен оказалась совсем иной. Она охотно приглашала приятелей дочери, устраивала шумные вечеринки, поездки на дачу, походы в горы, в лес, на рыбалку. Мадлен умела кататься на велосипеде, ловко плавала, посещала спортивные секции и вполне прилично училась.

Родители хорошо зарабатывали, семья имела весь набор обеспеченного советского человека: просторную, четырехкомнатную квартиру, дачу, машину и продуктовый паек. Игорь Гостев занимал некий пост на режимном предприятии, вроде был ученым секретарем. Однако, где работал папа, что он делал, Мадлен совершенно не волновало. Она знала лишь одно: ее отец — гений. Об этом ей часто говорила мама, именно в таких словах: отец — гений.

Можно, конечно, обвинить Мадлен в эгоизме, но, скажите честно, кто в четырнадцать лет знает детали о работе родителей? Хорошо, если подростки правильно назовут место службы предков, абсолютное большинство школьников ответит обтекаемо: «Папа, он, того, ну, в общем, в конторе сидит, а мама детей учит».

Мадлен попросту не задумывалась о родителях. Они имелись и должны были существовать всегда, как солнце, небо, звезды. Мы же в курсе, что когда-нибудь наша Вселенная исчезнет, но об этой перспективе не размышляет никто, кроме, может быть, узкой категории специалистов. Вот и Мадо, ясное дело, знала: папа и мама смертны, но то, что они на самом деле когда-нибудь уйдут из жизни, девочке не приходило в голову. Она наивно полагала, что счастье продлится вечно. Да и не казалась ей ее жизнь особо удачной — на Мадо свалилась безответная любовь к однокласснику, и мир представал перед ней в черно-фиолетовом цвете.

В мае месяце, двадцатого числа, Мадлен в самом отвратительном настроении плелась из школы домой. Предстоящие летние каникулы не радовали. Первого июня они с мамой уедут на дачу, и прощай, любовь. Целых три месяца Мадо не увидит своего Ромео, пусть он и не обращает никакого внимания на Джульетту, но все равно хорошо было даже находиться с ним рядом, можно наблюдать за ним исподтишка.

Еле сдерживая слезы, Мадо добралась до родной квартиры, всунула ключ в замочную скважину и удивилась: дверь оказалась незапертой, просто прикрытой. Девочка не насторожилась, ей вообще не было свойственно думать о плохом. Наверное, мама забыла запереть замок. Нехарактерное поведение для Вероники, но ведь всякое случается. Мадлен сняла туфли, помыла руки и крича: «Я пришла!» — отправилась искать маму.

Квартира у Гостевых была, по советским понятиям, огромная, около двухсот квадратных метров. Четыре комнаты и кухня разделялись длинными, извилистыми коридорами, стены которых занимали бесконечные шкафы с книгами.

Не обнаружив маму ни на кухне, ни в гостиной, ни в спальне, ни даже в своей комнате, которую в семье по привычке называли детской, Мадо подошла к двери отцовского кабинета и остановилась около тяжелой дубовой створки. Не то, чтобы папа запрещал заходить туда, Мадо не раз бывала в кабинете и великолепно знала его внутреннее убранство: сплошные стеллажи с толстыми томами, письменный стол, пара кресел и кожаный диван. Но папочке не очень нравилось, если к нему врывались без спроса. И еще он не любил, когда Мадо в отсутствие родителей рылась в письменном столе, а ей в детстве из любопытства нравилось заглядывать в ящики.

Школьница постучала по филенке.

— Мам, ты тут?

Никакого ответа.

— Пап, мама здесь? — на всякий случай поинтересовалась Мадлен и, решив, что соблюла все приличия, потянула дверь на себя.

Увиденная картина ошеломила. Всегда аккуратно прибранная комната была разгромлена, повсюду валялись порванные, скомканные бумаги, книги, ручки, карандаши. Содержимое ящиков письменного стола лежало на ковре, который почему-то из нежно-зеленого стал местами бордовым. Но больше всего Мадо поразили стеллажи. Один отсек с книжными полками оказался непостижимым образом отодвинут в сторону, а в том месте, где он обычно находился, зияла ниша. Плохо понимая, что случилось, Мадо решила заглянуть туда, для этого ей надо было обойти двухтумбовый, похожий на танк стол, который стоял в самом центре кабинета. Школьница обогнула рабочее место папы и увидела два тела. Ника и Игорь лежали скрючившись, а вокруг темнели бордовые пятна.

Дальнейшее помнилось Мадлен смутно. Вроде она бросилась к родителям, попыталась обнять маму, потом закричала. Откуда ни возьмись появились двое мужчин, которые начали приближаться. И только тут до девочки дошло: в квартире грабители, они убили маму с папой, а сейчас хотят убить и ее.

Завизжав от ужаса, Мадлен вскочила в нишу и дернула за стеллаж. Полки неожиданно послушно встали на место, в шкафу-тайнике воцарилась темнота и тишина. Девочка ощутила себя в безопасности и внезапно потеряла сознание.

Потом была больница, в которой она провела много времени. Затем осиротевшую Мадлен поместили в интернат. Что может быть хуже для домашнего, избалованного ребенка, чем оказаться на попечении государства? Да еще детдом Мадо попался неудачный — там откровенно травили тех, кто отличался от членов стаи. Гостевой доставалось ото всех: от учителей, воспитателей и одноклассников. Каждый норовил при любой возможности напомнить: «Тут тебе не дома, нечего выпендриваться, профессорская дочка».

Мадлен затаилась. Она понимала, что нужно просто перетерпеть какое-то время, и она снова окажется дома. Девочка знала: в интернате держат лишь до получения паспорта, а потом вали на все четыре стороны, дальше живи самостоятельно. Но у Мадо имелась квартира, которую никто не мог забрать, и еще была няня Настя. Анастасия жила в скромной однушке около Гостевых и помогала Веронике по хозяйству. После несчастья с родителями Настя не бросила Мадо — приходила к девочке в больницу, а потом навещала в детдоме.

— Забери меня отсюда, — однажды заплакала Мадлен на плече у бывшей домработницы и няни.

Анастасия горестно вздохнула.

— Так уж пыталась. Не дают!

— Почему? — захлюпала носом Мадо.

— Не подхожу на роль приемной матери, — пояснила Настя. — Во-первых, не замужем, во-вторых, мало зарабатываю. Ничего, тебе не долго осталось, вернешься домой, я вроде тетки тебе стану, никто нам не указ будет. Потерпи, Мадюня, сцепи зубы...

Школьница послушалась Настю и с достоинством вынесла все испытания. А их было много. Кроме неприятностей в детдоме, имелись еще другие малоприятные вещи. Милиция активно вела поиск убийц Гостевых, и Мадлен часто вызывали к следователям. Те каждый раз были новыми, незнакомыми, но вопросы они по большей части задавали одинаковые: расскажи, что увидела в тот день; говорил ли папа раньше о тайнике: где он работал, чем занимался, куда клал документы; обсуждали ли мама и папа дома служебные дела...

Мадлен ощущала себя полнейшей идиоткой, потому что на большую часть вопросов вынуждена была отвечать «нет». Очень некомфортно понимать, что ты ничего не знаешь о жизни родителей. Но сотрудники милиции Мадлен не осуждали. Более того, в глазах некоторых из них мелькала откровенная жалость, многие следователи угощали сироту конфетами и бутербродами.

На один из допросов пришел врач с чемоданчиком. Он прикрепил к телу Мадлен какие-то присоски с проводочками и начал выяснять всякую ерунду.

— Ты в Москве родилась? — спросил, например, он.

— Да... — удивленно ответила Мадо.

Дядька в белом халате два часа подряд задавал ей нескончаемое количество вопросов, среди которых имелись откровенно идиотские, типа: «Летала ли ты в космос?»

— Он сумасшедший? — поинтересовалась Мадо после того, как врач собрал аппаратуру и ушел.

— Просто такой он у нас странный, — улыбнулся милиционер, — сами его побаиваемся.

Больше Мадлен на допросы не вызывали. Спустя довольно длительное время ей сообщили, что убийца Игоря и Вероники Гостевых пойман, его приговорили к расстрелу. На заседания суда Мадо не ходила, преступника в глаза не видела, запомнились лишь его странное имя — Аристарх и столь же необычная фамилия — Задуйветер.

— Этот Аристарх — конченый человек, — объяснил Мадлен сотрудник милиции, — уголовник со стажем, вор и мерзавец. Он правильно рассчитал: у профессора Гостева должны быть деньги, ну и влез в квартиру. Перед тем как совершить преступление, Задуйветер тщательно изучил распорядок дня семьи и понял: лучшее время для грабежа одиннадцать утра — ты в школе, папа и мама на работе, а по вторникам домработница Настя уходит надолго по магазинам. Но в тот день, как назло, твой папа почувствовал себя плохо, у него внезапно поднялась температура, и он, позвонив жене, поехал домой. Твоя мама отпросилась у своего начальства и кинулась ухаживать за супругом. Домой они прибыли с интервалом в десять минут. Игорь Гостев первым. Он сразу прошел в кабинет, увидел уголовника и хотел поднять шум, Аристарху пришлось убить не вовремя появившегося хозяина квартиры. Едва преступник расправился с жертвой, как в кабинет мужа влетела взволнованная Ника, и ее постигла та же участь.

Когда Мадлен вернулась в родную квартиру, она обнаружила там полнейший порядок, чистоту и полное отсутствие любых фотографий и документов родителей. Исчезло все: альбомы, куда Ника старательно вклеивала снимки, сделанные на отдыхе, письма мамы к папе, его ответы. Даже молочные зубы Мадо, которые Ника хранила в круглой коробочке из сердолика, испарились неведомо куда.

Мадлен решила пойти в милицию и попросить вернуть архив, но только тут сообразила, что не понимает, куда идти. К следователю ее возили на машине, стекла которой прикрывала сосборенная белая занавесочка. Ни названия улицы, ни номера дома, куда она входила, Мадо не знала. На всякий случай девушка сбегала в районное отделение, потопталась в узком коридорчике, посмотрела на полы, устланные рваным линолеумом, оглядела плохо покрашенные двери и поняла: нет, ее доставляли не сюда. Тогда Мадлен проходила по широким помещениям с высокими потолками, а в райотделе головой легко задеть свисающую сверху лампочку.

Куда подевался архив, Мадо так и не узнала, от прежней жизни ей остались квартира и Настя, которая выполнила данное сиротке обещание, заменила девушке если не мать, то хотя бы родную тетку. Мадлен пошла работать продавщицей, закончила вечерний техникум и стала делать карьеру за прилавком. После ужасного происшествия у Мадо остался страх — она панически боялась крови, поэтому никогда не смотрела приключенческое кино. И еще: примерно раз в неделю Мадлен залезала в шкаф и сидела там в темноте, уткнув голову в колени, зажав уши руками. Шкаф служил замечательным антидепрессантом: если у Мадо случались неприятности, она опять же ныряла в гардероб. Спустя полчаса сидения на дне от усталости, гнева и злости не оставалось и следа. Это было единственное место, где она могла расслабиться, этакий странный кабинет психологической разгрузки. Да что там психологические проблемы! В шифоньере у нее утихала и головная, и зубная боль. Подобным целебным действием обладали все шкафы и шкафчики. Имелось лишь одно исключение — тайник в папином кабинете, тот самый, куда Мадлен влезла в день гибели родителей. Девушка никогда больше не приближалась к нише, не открывала ее, да и вообще в кабинет старалась не ходить.

Устроившись на работу в «Лам», Мадлен увидела в отведенном ей помещении небольшое углубление в стене и оборудовала шкаф. Посторонние люди и не подозревали о его существовании, а Мадо, понервничав или устав во время тяжелого рабочего дня, находила время посидеть за закрытой створкой и реанимировать себя...

Вера замолчала и стала методично доедать салат с креветками.

— Вот ужас! — абсолютно искренне воскликнула я. — Эта вредная Леся Бреко случайно ткнула спицей в самую болезненную точку Мадлен.

Вера кивнула и продолжила:

— В тот день Мадо с трудом довела машину до «Лам». В кабинет я ее буквально внесла, хорошо хоть, никто по дороге не попался, иначе не избежать бы идиотских расспросов. Мадлен сразу бросилась к шкафу. Мне прямо не по себе стало, когда увидела, как она впихивается в крохотный отсек, пробормотав: «Иди, Вера, спасибо за помощь! Надеюсь на твое умение держать язык за зубами».

Я ушла, занялась делами. Потом гляжу — Мадлен по торговому залу носится, веселая, энергичная. Видно, шкафы на нее как сильное лекарство действуют. Вот так! Ой, ну надо же, снова драку затеяли! Как поем, дети так толкаются...

Вера положила ладони на свой большой живот.

— М-да-а, история тягостная, — сказала я. — Еще хорошо, что Мадлен сумела сохранить адекватность и поправилась. Другой подросток мог навсегда остаться в психиатрической лечебнице. Но родителей Мадо убили давно, отчего ты решила, что та старая ситуация связана с сегодняшним днем?

— Я знаю, — тихо сказала Вера, — мне Мадлен сказала.

Чайная ложечка выпала из моих рук и, зазвенев, улеглась на пол.

— Гостева, находясь в СИЗО, ухитрилась связаться с тобой?

— Нет. Она мне раньше говорила, за день до убийства Реутовой, — нехотя призналась Вера. — Просто я не считала нужным сообщать тебе это, сразу пришлось бы всю историю раскрывать, но раз уж ты ее из меня вытянула...

Я подняла столовый прибор, положила на скатерть и сердито сказала:

— Вера! Мадлен не могла за день до смерти Реутовой знать о том, что Галю зарежут, а коли она заранее оказалась в курсе, тогда можно говорить о причастности Гостевой к преступлению.

— Нет, — замотала головой собеседница, — не так!

— Тогда как? — еле удержавшись от крика, спросила я. — Слушай, давай-ка ты перестанешь говорить намеками, а?

— Ладно уж. Расскажу и остальное, — кивнула Вера.

Глава 21

В тот день поздно вечером — теперь можно сказать, что как раз накануне дня убийства Реутовой, — Вере позвонила на сотовый Мадо.

Настроение у нее было ужасным, старшая продавщица сразу воскликнула:

— Вера, мне очень плохо!

Залейко удивилась звонку. Ее с Гостевой не связывали никакие отношения, имелось лишь одно общее воспоминание — про злополучную поездку к Бреко. Но ни Вера, ни Мадлен никогда к нему не возвращались и дружбы не завели. С какой стати старшая продавщица вдруг звонит уволенной подчиненной?

— Очень плохо, — тихо повторила Мадлен, — не с кем поговорить.

— Могу я чем-то помочь? — из чистой вежливости осведомилась Вера.

— Да, — ответила Мадо. — Я знаю, ты умеешь держать язык за зубами, спасибо, никому не рассказала о той истории. Только тебе и могу сообщить правду, приезжай.

— Куда? — растерялась Вера. — Когда?

— Ко мне, запиши адрес: Пыхов-Церковный переулок... Поторопись, пожалуйста! — ажиотированно воскликнула Мадлен.

— В Москве есть такая улица? — удивилась названию Вера.

— Ясное дело, раз я на ней живу, — буркнула Мадо. — Это в самом центре, совсем недалеко от метро «Маяковская». Надо пройти в сторону Садового кольца, потом налево, вперед, направо...

— Извини, никак не получится, — перебила бывшую начальницу Вера.

— Мне очень плохо, — выдохнула Мадо, — помочь некому.

— Я беременна, — пояснила Вера, — срок большой, живот огромный. И вообще, я в клинике нахожусь, корпус заперт.

— Вон оно что... — всхлипнула Мадо. — Прости, не знала.

— Ерунда, — ответила Вера.

— Я умру, — вдруг очень спокойно, буднично заявила Мадлен. — На днях скончаюсь.

— Ты заболела? — насторожилась Вера. — У тебя обнаружили опухоль? Не отчаивайся, медицина идет вперед семимильными шагами, сейчас успешно лечат...

— Меня убьют, — оборвала собеседницу Мадо.

— Как? — воскликнула Вера, совершенно не желавшая уточнять способ, которым может воспользоваться киллер, просто именно это слово сорвалось с языка.

— Не знаю, — нервно ответила Мадо. — Отравят, удушат, застрелят... во всяком случае, сумеют лишить жизни.

Вера попыталась успокоить Мадлен. Она сообразила, что старшая продавщица впала в истерику, ее, видимо, вновь напугали, вот ей крышу и снесло.

— А ты не пробовала в шкафу посидеть? — вспомнила беременная про радикальное психотерапевтическое средство Мадо.

— Я из него звоню, — вздохнула та.

Вере стало не по себе.

— Попробуй объяснить, кто или что тебя напугало?

Мадлен помолчала и с легкой усмешкой в голосе сказала:

— Было крайне наивно полагаться на твой приезд. Спасти меня невозможно, все равно убийца достанет, из-под земли вынет. Вероятно, моя смерть покажется всем самоубийством. Я повешусь, вскрою вены, утоплюсь, отравлюсь, вывалюсь из окна... Очень прошу тебя об одной услуге: если узнаешь, что Гостева лишила себя жизни, не верь, меня убили. Обязательно скажи об этом следователю, который станет заниматься делом.

— Кто тебя убьет? — окончательно перепугалась

Вера. — За что? Клиентка оскорбилась? Надеюсь, не Калистратова? Хотя тогда пристрелили бы сразу.

— Нет, не в том дело, — со смешком ответила Мадо. — Знаешь, очень странно: похоронишь прошлое, думаешь, оно крепко завалено могильной плитой, ан нет, вот он, призрак, вылез из гроба, ходит рядом, протягивает к тебе костлявые лапы. Никогда не следует стрелять в привидение из рогатки, потому что оно ответит пушечным залпом!

В ухо Веры полетели частые гудки — Мадо отсоединилась. Представляете состояние беременной женщины? Верочка не знала домашний номер Мадлен, а на звонок по мобильному старшая продавщица не откликнулась. Ночь Вера провела в тревоге, утром позвонила в «Лам», узнала, что Мадлен на месте, обслуживает VIP-клиентку, и успокоилась. И вот сегодня пришла я и сообщила о происшествии в бутике.

— Дай мне адрес Мадлен, — попросила я.

Вера встала из-за стола.

— Записная книжка в палате, скину адрес на мобильный эсэмэской.

Я вернулась в машину и стала ждать характерное попискивание, но сотовый молчал. Спустя полчаса, я решила напомнить Вере о себе, взяла телефон и обнаружила, что он отключен от сети. Сначала я испугалась: вдруг мой новый аппарат сломался? Но уже через мгновение поняла, что он просто не успел как следует зарядиться.

Только подсоединила шнур к телефону, тот принялся безостановочно чирикать. Я уставилась на экран и похолодела: что случилось дома? Мне звонили восемнадцать раз! А вот и сообщения от Катюши: «Ты где?», «Все в порядке?», «Ответь, пожалуйста!», «Лампа, отзовись!», «Немедленно, срочно, не задерживаясь ни секунды, позвони!».

Я принялась тыкать пальцем в кнопки, сердце колотилось, словно пойманный лев о прутья клетки.

— Алло! — закричала Катюша. — Лампа? Наконец-то!

— Что случилось? — в панике выдохнула я.

— Ты спала?

Неожиданность вопроса удивила до предела, я была готова услышать что угодно, кроме него.

— Ну да, естественно.

— Давно проснулась? — с тревогой затараторила Катя. — Давление в норме? Голова кружится? Слабость есть? Аппетит? Немедленно отвечай и сообщи адрес! Живей! Почему выключила телефон? Ну не глупо ли!

Я растерялась еще больше. Катюша совершенно не истеричный человек, ей не свойственны перепады настроения. Может, она переутомилась? Подруга слишком много работает, надо спокойно отреагировать на ее легкую неадекватность. И я начала рапортовать по пунктам:

— Встала не помню когда, часов... э... около девяти, давление сто двадцать на восемьдесят, здоровье в порядке, спасибо зарядке, аппетит замечательный, бодра, весела. Телефон не выключала, сам скончался, забыла его зарядить. Мой адрес по прописке...

— А не ври-ка! — другим, более деловым тоном перебила меня Катя. — У тебя никогда выше чем девяносто на шестьдесят давление не бывает, и не ешь ничего. Значит, ты не попадала в больницу?

— Нет, конечно, с какой стати! Совершенно здорова.

Из трубки снова понеслась сбивчивая речь, и чем дольше я слушала подругу, тем больше мне становилось не по себе.

Катюша закончила свою смену, сдала дежурство и уже хотела ехать домой, но тут в ординаторскую с воплем: «Вашего сына с женой привезли!» — влетела старшая медсестра.

Клиника, в которой работает Катюша, принимает не только плановых больных, но и тех, кого доставила «Скорая помощь». Врач Романова, испугавшись до крайности, побежала в приемный покой, где и обнаружила Сережку с Юлечкой. Сын с невесткой выглядели целыми, но ни на какие вопросы они не реагировали. Спустя некоторое время Катя поняла: дети просто спят, очень крепко. Сотрудники «Скорой» рассказали замечательную историю. Их вызвали в офис к внезапно потерявшей сознание сотруднице. Когда машина приехала к недужной, ее муж сообщил, что супруга спустя некоторое время после завтрака стала жаловаться на сонливость и усталость, а затем внезапно положила голову на рабочий стол и отключилась. Во время рассказа Сергей безостановочно зевал, а когда доктор начал осматривать молодую женщину, муж попросил:

— Можно отвезти ее в больницу, где служит хирургом моя мама?

— Без проблем, — ответил врач и продолжил свои манипуляции.

Измерив давление, прослушав и простукав больную, доктор повернулся к Сергею, и обнаружил, что парень... похрапывает, откинувшись в кресле. В больницу «Скорая» привезла сразу двоих.

Сильно встревоженная Катя поместила детей в реанимацию, и тут ей позвонили из школы: Лиза и Кирюшка мирно заснули на экзамене. Плохо понимая, что происходит, Катерина пыталась соединиться со мной, но сотовый противно бубнил: «Абонент находится вне зоны действия сети...»

Окончательно перепугавшись, Катюша побеспокоила Костина, но трубку взял не Вовка, а сотрудник его отдела Леша Капельников.

— Тебе Костин сильно нужен? — спросил он.

— Да, — крикнула Катя.

— Может, через часок звякнешь?

— Он так занят? — не успокаивалась Катюша. — Немедленно вытащи майора с совещания!

Леша кашлянул:

— Вовка в своем кабинете.

— Тогда почему к телефону не подходит?

— Понимаешь, он спит, — замямлил Леха. — Приехал на службу, зевал, зевал, потом сказал: «Прилягу на секундочку, голова кружится».

Катя потеряла дар речи. Получалось, что на всех членов семьи, кроме нее самой, напал сон. Было от чего растеряться! А еще подругу страшно волновала моя судьба, на телефонные звонки я по-прежнему не отвечала, на эсэмэски тоже, и воображение разворачивало перед хирургом картины одна страшнее другой: Лампа заснула за рулем и попала в аварию, свалилась с моста в реку, упала лицом на столик кафе и облилась горячим чаем, лежит в чужом подъезде на грязных ступеньках, в луже под забором, в лесу на муравейнике...

— Слава богу, хоть ты в порядке, — причитала Катюша.

Я кашлянула.

— Катюша... э... дай слово, что никому не расскажешь... пообещай молчать.

— Хорошо, — быстро согласилась подруга.

— Вчера к нам пришел новый сосед Роман с питом Джейсоном... — завела я вчерашний рассказ, которому не поверили домашние.

Надо отдать должное Катюше, она не стала кричать, охать или ругать меня, не сочла сумасшедшей, как остальные, а просто начала быстро задавать уточняющие вопросы.

— Решила усыпить эфу и растворила в сливках снотворное?

— Ага.

— Много?

— Ну, не помню... достаточно... таблеток десять, наверное.

— Понятно. Утром все захотели выпить кофе со сливочками, не нашли пакет в холодильнике, увидели плошку... Все, пока!

— Ты куда? — заорала я.

— Лампа, — торопливо пояснила Катя, — несись домой и попытайся обнаружить эту эфу. Только осторожно! Купи сачок, а еще лучше найди змеелова.

— Где?

— Не знаю. В газете бесплатных объявлений, — быстро тараторила Катя. — Юлю, Сережку и детей задержат в клинике до завтра, сейчас попробую выяснить, что с Вовкой, но в любом случае времени мало. Змею необходимо поймать. Ой!

— Что случилось? — быстро спросила я.

— Собаки! Скорей несись домой! Пресмыкающиеся опасны для псов!

— Я отвела стаю к Вите, на второй этаж.

— Фу, — шумно выдохнула Катюша, — уже легче. Действуй.

— Хорошо, — прошептала я. — Катюша, не выдавай меня! Представляешь, как все обозлятся?

— Оставлять плошку со снотворным на видном месте не самая лучшая идея.

— Верно, но я очень хотела по-тихому избавиться от змеи, ведь боялась за жизнь всех наших.

Катя хмыкнула.

— Интересно, как бы повела себя Юля, увидав ранним утром на столешнице труп эфы? Думаю, тихо справиться с проблемой никак бы не вышло.

— Прости, я дура.

— Не грызи себя, — стала успокаивать меня Катюша, — доза лекарства не очень большая, сливок в кофе много не наливают, скоро народ проснется. Ясное дело, никому даже не намекну на истинное положение вещей, что-нибудь придумаю.

— Спасибо, ты настоящий друг.

— Ищи змеелова! — донеслось из трубки.

Я в растерянности посмотрела на телефон. Легко сказать да трудно сделать, но не стоит отчаиваться, дорогу осилит идущий, труден лишь первый шаг. Успокоив себя народной мудростью, я решительно тряхнула головой, включила мотор и медленно покатила вдоль тротуара, ища газетный киоск.

Стеклянный «домик» обнаружился возле автобусной остановки. Я купила толстенную газету объявлений, отложила в сторону часть, посвященную автомобилям, и углубилась в увлекательное чтение раздела «Услуги». Надо же, мне и в голову не приходило, чем могут заниматься люди! «Мою и вычесываю злых кошек», «Мирю невесток со свекровями любой степени тяжести», «Поменяю ваше плохое настроение на хорошее без доплаты», «Продаю билеты на электричку и метро. Дешево». Последнее сообщение очень удивило. Всегда считала, что проездные документы необходимо покупать в кассах на вокзале или у суровых тетенек, сидящих за маленькими окошками в подземке.

Глаза быстро бежали по строчкам. «Убираю квартиру навсегда», «Две красавицы-блондинки — 90-60-90-18 — украсят ваш день рождения, доставят удовольствие гостям, безупречный внешний вид, ум, музыкальность, знание анекдотов на любые темы, владение караоке, приемами борьбы, хороший аппетит». Я еще раз перечитала второе объявление. Ну и ну! Зачем звать на свои именины каких-то посторонних шикарных блондинок? Лично меня подобные гости не обрадовали бы! Впрочем, кроме этого вопроса, имеются и другие. Что такое 90-60-90-18? Если с первыми тремя цифрами ясность имеется, то 18 ставит в тупик. Что у красавиц такого размера? Язык? И потом, приди мне в голову бредовая идея позвать в гости развеселую парочку, то явно бы насторожилась, прочитав о владении приемами борьбы и хорошем аппетите. А вы бы согласились посадить за стол незнакомых девиц, которые сначала продемонстрируют «безупречный внешний вид», а затем, размахивая восемнадцатисантиметровым языком, начнут безостановочно петь и рассказывать анекдоты? Впрочем, это цветочки. Когда орган без костей устанет, очаровашки, применив приемы самообороны, вытурят гостей и хозяев, а потом используют еще один свой талант — хороший аппетит и сметут в два рта все угощенье. Да уж, замечательный получится праздник, незабываемый. Останется лишь пригласить фотографа. А вот, кстати, и его объявление: «Съемка любых торжеств, деликатное запечатление первой брачной ночи, рождения ребенка, похорон и поминок, а также фото операций и других знаковых моментов. От вас только оплата, остальное мое дело».

Я заморгала и моментально увидела раздел, посвященный оккультным услугам. «Чищу карму», «Встреча с дорогими умершими», «Экскурсия в рай и ад. Вы увидите всех родственников, включая домашних животных», «Установка связи с потусторонним миром»[1].

---

[1] Все объявления подлинные, взяты из реальной газеты. — *Прим. авт.*

Увлекательное чтение прервало мелодичное потренькивание, пришла эсэмэска от Веры, а вскоре после этого раздался звонок. Думая, что она хочет подтвердить отправку сообщения, я, не отрывая взора от газетной полосы, взяла трубку и быстро сказала:

— Получила, спасибо.

— Что? — недоуменно ответил сладкий тенорок. — Простите, мне нужна Лампа.

— Слушаю.

— Это Миша.

— Какой?

— Вот здорово! — рассмеялся собеседник. — Вроде как вместе теперь работаем.

Я спохватилась.

— Извини, пожалуйста, увлеклась объявлениями и выпала из жизни.

— Ничего, — еще больше развеселился парень. — Чего ищешь, машину или квартиру?

— Змеелова, но пока ничего даже похожего нет.

— Зачем тебе такой специалист? — изумился Миша.

Я вздохнула и, решив особо не вдаваться в подробности, ответила:

— У соседа эфа живет, она из террариума удрала и к нам заползла.

— Вау, прикольно!

— Веселее не бывает! — рассердилась я. — Хочешь со мной змейку половить?

— Нет, спасибо, — живо среагировал Миша, — они такие противные, я их натурально боюсь.

— Зачем звонишь и откуда взял номер?

— Ой, ну не злись! Я ж не знал про эфу, — запел Миша. — Обидеть не хотел! Змея в квартире — это круто!

— Говори по делу, — остановила я не к месту разболтавшегося стилиста.

— У тебя плохое настроение? Не дуйся, котик. Кстати, купил шикарную, новую, пока неизвестную в России косметику, — зачастил Миша, — будешь в восторге. Ложится супер. Завтра приезжай к шестнадцати.

— Ты позвонил, чтобы сообщить о пудре?

Миша захихикал.

— Нет. Сказал же: завтра приезжай на работу не к десяти. Около «Лам» идет стройка. Не видела?

— Нет.

— Экая ты нелюбопытная, — попенял стилист. — Башню возводят, элитный комплекс. Мы, может, туда переедем!

— И что?

— Электричество завтра отрубят, бутик сможет начать принимать клиентов лишь после четырех часов. Полдня выходных! Шоколадно получилось! Я с утра отправлюсь в СПА-салон: массажик, банька, маски с водорослями. Оттянусь по полной. Ну понимаешь, вот козлы!

— Кто? — почти потеряла я нить разговора.

— Да строители, — стал объяснять Миша, — нет бы заранее предупредить, за день хотя бы, люди бы спланировали свои дела. А так явились под самый конец рабочей смены и заявили: «Завтра света не будет». Роберто обозлился — страх смотреть! Сначала меня расчехвостил...

— За что?

— Под горячую руку ему подвернулся, — фыркнул Мишка. — Потом, правда, угрызся совестью и подарил рубашечку. Ой, такую прикольную! Розовую, в синий горошек. Завтра покажу. Стебная шмотка, только рукав плохой, на манжете. И как наш Робби не допер, что лучше было бы на резинке? Короче, я с обновкой и гимором: велено всех обзвонить и предупредить. Поэтому чао-какао, болтать недосуг, только до буквы «Р» дошел. Одна радость, завтра в СПА покайфую. А ты чем займешься?

— Поскольку среди объявлений пока не вижу ни одного от змеелова, стану сама ловить эфу, — безнадежно ответила я.

— Классная перспектива, — хмыкнул Миша. — Желаю удачи.

Я шмыгнула носом. Отчего-то у меня запершило в горле.

— Ага, и тебе хорошо массаж сделать.

— Никак плачешь? — удивился Миша.

— Нет, — кашляя, ответила я, — полный порядок. Завтра в шестнадцать полюбуюсь на твою новую рубашку.

Глава 22

Изучив газету вдоль и поперек, я приуныла. Среди массы самых невероятных услуг не нашлось предложения человека, промышляющего ловлей змей. На некоторое время я вновь испытала прилив злости: новый сосед Рома настоящий гад — упустил ядовитое пресмыкающееся и уехал невесть куда вместе с Джейсоном. По идее, именно он должен заниматься поисками своей эфы, но вся «радость» досталась Лампе. Есть ли в Москве некие центры, занимающиеся отловом кобр и им подобных, и куда теперь нестись? В зоопарк? Он уже закрыт. Конечно, он будет работать завтра, но мне необходимо поймать эфу сегодня, пока домашние надежно спрятаны в больнице!

Звонок мобильного вырвал из мрачных мыслей.

— Слышь, Лампа, нашла змеелова? — вновь услышала я голос Миши.

— А ты померил новую рубашку? — решила я проявить вежливость.

— Позвонил тут нашим, — пропел Миша, проигнорировав мой вопрос, — и вышел на нужного человечка, пиши телефон.

— Нашел охотника за эфами? Огромное спасибо, прямо не знаю, как благодарить, так меня выручил...

— Ой, ерунда, — кокетливо протянул Миша, — ваще не о чем говорить. Пять минут потратил. Только я того френда не знаю. Пончик сказал, он слегка долбанутый на мозг.

— Другого все равно нет. Записываю номер, — оживилась я. — Как его зовут?

— Ириска.

— Повтори, пожалуйста.

— Ириска.

— Каких только фамилий не встречается! — восхитилась я. — А как по имени?

— Ириска, — терпеливо повторил Миша, — больше ничего не знаю. Наши так его зовут. Погоняло такое.

— А это мужчина или женщина? — изумилась я.

— Ириска это Ириска, — без тени раздражения ответил неконфликтный стилист. — Звони спокойно и скажи, что номерок дал Пончик.

Ощущая себя полнейшей идиоткой, я подчинилась указаниям, услышала произнесенное нежным голосом «Алло» и попросила:

— Сделайте одолжение, позовите Ириску. Ваш телефон подсказал Пончик.

— У аппарата, — пропел голосок. — Ты Лампа? В принципе знаком с проблемой, Пончик объяснил. Пятьсот евро. Согласна?

Я была готова на любые условия Ириски.

— Да! Когда приступите?

— Хоть сейчас. Но у меня нет машины.

— Говорите скорей адрес! — завопила я.

— Ленинградский проспект. Подходит?

— Замечательно, я там живу.

— Метро «Динамо» знаешь?

— Конечно.

— Там есть автобусная остановка и газетный киоск.

— Хорошо, уже мчусь.

— Эй, эй, погоди! — занервничал Ириска. — Как ты меня узнаешь? Народу у метро полно. Скажи номер машины, сам подойду.

Путь до нужного места занял на удивление мало времени. Пораженная отсутствием пробок, я докатила до «Динамо» в кратчайший срок и припарковалась около ярко-оранжевого павильона с надписью «Пресса».

Ириска оказался прав — около здания метро клубилась толпа. Обнаружить в ней незнакомого, но нужного мне человека было бы крайне трудно: люди сновали разные, но одновременно какие-то одинаковые — на каждом втором джинсы и бейсболки, у всех сумки. Интересно, кто из них Ириска? И вообще, какова его половая принадлежность?

Из-за автобусной остановки вынырнула высоченная фигура, и я улыбнулась. Нет, совершенно зря назвала толпу однородной, попадаются порой на московских улицах оригинальные личности. Вот сейчас вижу парня, бритого наголо или абсолютно лысого, рост у него под два метра, в плечах, как говорили раньше, косая сажень. Уже своими гигантскими размерами юноша выбивается из толпы, плавно текущей ко входу в подземку. Но, очевидно, великану показалось мало обращать на себя внимание своим размером, он решил еще выделиться за счет одежды. И вполне преуспел!

Большое тело окутывала ярко-красная мантия, завязанная на могучей шее трогательным бантиком. При каждом шаге одеяние распахивалось, демонстрируя миру голые, волосатые, кривые ноги. Брюк юноша не носил, видимо, принципиально. Ботинок, кстати, тоже. Здоровенные ступни защищали лишь вьетнамки, самые простые, резиновые. На щиколотках красовалось множество браслетов, такие же украшения имелись и на руках. Правой дланью колоритная личность сжимала перевозку — пластиковый ящик с решетчатой дверкой, в каких совершают путешествия кошки и мелкие собаки. Через плечо у парня болталась ярко-синяя сумка, к которой прикреплялись пластмассовые коробочки, смахивающие на мыльницы. Но самой поразительной деталью экипировки были небольшие грабельки, украшенные атласными разноцветными лентами, которые гигант крепко держал в левой руке.

Завороженная видом парня, я с огромным интересом наблюдала за тем, как двухметровый экземпляр топчется около остановки. Любопытно, кого он ждет?

На ветровое стекло начали падать мелкие капли, великан вздрогнул, вытащил из сумки розовую панаму и водрузил на лысую голову. Я невольно поежилась и обернулась к заднему сиденью посмотреть, лежит ли там зонтик. Вечно забываю его дома!

Резкий звук заставил вздрогнуть, я оторвалась от поисков и увидела, что несуразная личность стучит в окно моей машины. Слегка поколебавшись, я опустила стекло и быстро сказала:

— Принадлежу к православной церкви и не покупаю никакую религиозную литературу.

— Ты Лампа, — скорей утвердительно, чем вопросительно заявил великан. И продолжил: — Мне так и сказали: «На всю голову долбанутая, реакции странные». Я Ириска. Можно сесть вперед? Сзади Мауса укачивает.

— П-пожалуйста, — промямлила я.

Ириска с шумным сопением начал устраиваться в кресле. Перевозку он поставил на колени и сейчас пытался решить сложный вопрос: куда деть ноги?

Я наблюдала за его потугами, ощущая гамму эмоций. Этот невероятный Ириска боялся затеряться в толпе? Сомневался, сумею ли отыскать его среди тех, кто толчется возле метро? Он давно смотрел на себя в зеркало? На смену изумлению пришло возмущение. Выходит, Мишка, договариваясь с Пончиком, назвал меня долбанутой? Да он те же слова сказал про Ириску! Сумасшедший змеелов абсолютно уверен в своей психической адекватности? Да парень не способен нормально сесть в машину!

— Поставь перевозку на заднее сиденье, — стала я руководить процессом, — и отодвинь кресло, сбоку есть рычажок.

— Мауса тошнит сзади, — пояснил Ириска.

— Многим котам плохо в автомобиле, — решила я наладить контакт с психом.

— Маус не кот.

— И некоторые собаки плохо переносят дорогу, — улыбнулась я. — По счастью, нам добираться недолго, пробок вроде нет...

— Маус не пес, — меланхолично перебил меня Ириска.

— А кто он? — изумилась я. — Хорек? Хомяк? Ручная крыса?

— Маус — это Маус, — с достоинством ответил Ириска. — Важен не внешний вид, а бамбо!

— Что? — подскочила я. — Бамбук?

Ириска, сумевший наконец скрючить свои «циркули» под торпедой, нараспев ответил:

— У каждой сущности есть облик и бамбо, часто они не совпадают. Только достигшие просветления и четко понявшие свой Дао соединяются в единое, превращаются в бамболи. Но, как правило, имеется огромная река, разделяющая грани. Маус — восьмое преображение светлого. Понятно?

— Нет, — машинально ответила я и тут же обозлилась на себя.

Следовало воскликнуть «да» и закрыть тему, сейчас же услышу долгую лекцию, заработаю головную боль. Ириска протяжно вздохнул.

— Трудно объяснить в двух словах простую истину. Чем она проще, тем длиннее объяснение. Ладно, попытаюсь. Вон стоит девушка в зеленой юбке. Красивая?

— Очень, — согласилась я.

— Это облик, — закивал Ириска, — он мил. Ты видишь его, а я способен уловить бамбо, суть красавицы. На самом деле она чудовище, жадное, злое, эгоистичное. Увы, люди оценивают друг друга лишь внешне, бамбо открывается позже.

Я завела мотор. Давно заметила: вся философская заумь, высказанная плохо понятными обычному человеку словами, как правило, сводится к простым истинам — мы все умрем, жить надо так, чтобы не стало стыдно перед теми, кто останется. Ириска может продолжать философствовать, ничего нового не услышу: внешний облик человека не соответствует его внутреннему содержанию, красивая душа часто прячется в теле чудовища и наоборот. Осталось разобраться, кто такой Маус.

— Немедленно остановись! — вдруг крикнул Змеелов.

Я послушно нажала на тормоз.

— Разве можно? — с укором покачал головой Ириска.

— Что не так?

— Ты не попросила сущность дороги о помощи! Надо спеть кантра, прогнать духов, приманить удачу!

— Сколько времени займет церемония?

Ириска пошевелил толстыми пальцами.

— Если краткий обряд, то час.

— С ума сойти! Поехали так.

— Ты торопишься?

— Да, очень. Кстати, перед началом поимки змеи тоже потребуется просить всякие сущности об удаче?

— Ты абсолютно права.

— В течение шестидесяти минут?

— Верно.

— Тогда начинай прямо сейчас.

— Это невозможно.

— Почему?

— Нам не будет удачи, злые Жи начнут хватать за подол, — с самым серьезным видом заявил Ириска.

Я собрала в кулак все свое терпение и ласково попросила:

— Уважаемый Ириска, ты начинай кланяться богам, а я займусь дорогой.

— Ох, плохо будет...

— Не волнуйся.

— Злые Жи уже беснуются, — Ириска задергал носом, словно учуявшая запах вкусного мяса собака, — они расправляют крылья.

— Ты лучше о змее побеспокойся и помни о пятистах евро, — нашлась я. — Просветленная бамбо —

это, конечно, замечательно, но мерзкая плоть жаждет кушать!

— Ты сломила мой дух, — объявил Ириска, — он пал на колени. Хорошо, начинаю.

Мысленно перекрестившись, я поехала вперед. Очень надеюсь, что Ириска, несмотря на явные психические проблемы, хороший змеелов. Вам кажется странным, что я решила воспользоваться услугами сумасшедшего? А где альтернатива? В моем ближайшем окружении нет ни одной личности, способной справиться с ядовитым пресмыкающимся.

Пока я занималась аутотренингом, Ириска начал активные действия. Сначала он вытащил из сумки нечто, похожее на теннисный мяч, только с дырками, потыкал в него коричневой палочкой, из отверстия повалил сизый дым со странным запахом. Я подергала носом и начала кашлять. Было полное ощущение, что горит сахарная вата, от шарика несло жженым рафинадом и прелым сеном. На Ириску «аромат» никак не подействовал. Змеелов вынул из одной пластиковой коробочки, висящей поверх сумки, табакерку, вдохнул находящийся в ней белый порошок и, забыв вытереть кончик носа и запачканные ноздри, заголосил.

— Шао! Дао! Каааа! А-а-а-а-а!

Меня стало подташнивать. Несчастный Маус, похоже, тоже испытывал неудобство — из перевозки послышались шуршание, стоны, кашель...

Ириска приоткрыл оконо, выставил наружу грабельки с лентами и, закрыв глаза, откинулся на сиденье.

— А-а-а-а, — заунывно выводил он.

— У-у-у-кха, кха, кха-у-у-у, — вторил несчастный, страдавший от нарушения работы вестибулярного аппарата Маус.

Мне внезапно захотелось присоединиться к хору. Помимо воли хозяйки, рот разинулся.

— О-о-о, — завыла я и тут же осеклась.

От бело-синей машины, припарковавшейся впереди у светофора, шел патрульный, повелительно размахивая бело-черным жезлом.

— Черт! — вырвалось у меня.

Ириска приоткрыл один глаз.

— Говорил же, что злые Жи вышли на охоту, — почти радостно отметил он.

— Это не злые Жи, а жадное ГАИ, — возразила я.

Ириска закрыл очи и впал в нирвану, милиционер повелительно постучал в стекло. Я приоткрыла окно.

— Сержант Мамонтов, ваши документы.

Я протянула инспектору кожаную обложку со всем необходимым, но мужчина вдруг чихнул и спросил:

— Курим?

— Нет, — живо ответила я. — И не пьем!

Мамонтов шумно потянул носом воздух.

— Травка?

— Не знаю, — честно призналась я, — в мячике что-то горит. Эй, Ириска, чего там тлеет?

— Как его зовут? — насторожился гаишник.

— Ириска, — ответила я и только сейчас поняла ужас ситуации.

Как бы вы на месте гаишника отнеслись к пассажирам автомобиля, которые выставили в окно украшенный тесемками садовый инвентарь и вдыхают едкий дым с непонятным травяным ароматом? Если принять во внимание, что один из участников действа лысый гигант в алой мантии и браслетах на всех конечностях, а водитель зовет своего спутника Ириской, то положение становится трагичным. У инспектора, правда, есть выбор: вызвать психиатрическую помощь либо отправить пассажиров странной машины к наркологу — для определения количества дури в организме.

— Че, прямо так в паспорте и стоит — Ириска? — откровенно заржал патрульный. — А ты, наверное, кис-киска!

— Мое имя Евлампия, — ответила я и закашлялась.

— Приколько, — ухмыльнулся сержант и заорал: — Колька, иди сюда.

Глава 23

Из патрульного автомобиля вылез полный парень, вразвалочку подошел к коллеге и недовольно спросил:

— Чего еще, Дим?

— Во, знакомься, — вновь заржал Дима, — сладкая парочка, Еврампия и Ириска. С граблями, курильницей и прочей хренью! Приехали, перцы, вылазьте.

— Мое имя Евлампия, — отчеканила я, — вот паспорт!

Николай взял бордовую книжечку.

— А у тебя, парень, бумаги есть? — обратился Дима к Ириске.

Змеелов спокойно вынул из сумки основной документ гражданина.

— Так и вправду она Евлампия, — протянул с легким изумлением Коля.

— Ты сюда глянь! — завопил Дима. — Очуметь! Зззра Зззамду Фатдуллаевинокаевич Ясность шестой. Ты чего мне сунул?

— Паспорт, — с достоинством ответил Ириска.

— Кто такую хрень выдал?

— Отделение милиции, — не выказал никакого волнения Ириска. — Кстати, вот.

— Это чего? — слабым голосом поинтересовался Дима, беря белую книжечку. — Маус Константинопольский фон Реутов Патриций седьмой. Он кто? Где находится?

— Бамбо проживает в созвездии Ориона, — ласково пояснил Ириска, — сущность в перевозке.

Дима заглянул в пластиковый короб.

— Это хорек!

— Мангуст, — поправил Ириска. — Особый.

— Так, ясно, берем их, — скомандовал Коля.

— У нас документы в порядке! — завозмущалась я.

— Торчки чертовы, — сплюнул Дима. — Смотри, у этой Карамельки нос в порошке.

Ириска шевельнул правой бровью.

— Я не употребляю дурь, это противоречит принципам братства Экнима. Порошок — мел.

— Ха! Скажи кому другому, — подпрыгнул Дима.

Ириска открыл табакерку.

— Понюхайте сами!

Патрульные стали рассматривать белую горку.

— Похоже, не врет, — резюмировал Коля. Потом он ткнул пальцем в содержимое «табакерки», облизал его и закивал: — Точно, мел.

— Дай посмотреть, — велел Дима и, повторив действия коллеги, разочарованно заявил: — Мел. А где кокаин? Колитесь, голубки, куда спрятали?

— Все равно найдем! — азартно воскликнул Коля. — Вылазьте.

— Злые Жи, — укоризненно покачал лысым черепом Ириска, обращаясь к гаишникам, — надо верить людям. Раз люди говорят, что не употребляют стимуляторы, то это так.

Дима и Коля начали смеяться. Ириска нахмурился, потом хлопнул в ладоши и запел:

— Шао! Дао! Каааа! А... а... а... а... а!

— У-у-у-у-у-кха-кха-у-у-у, — полетело из перевозки.

— И-и-и, — неожиданно для самой себя завыла я.

Дима и Коля вытянулись, их лица приобрели сначала недоуменное выражение, потом патрульные взялись за руки и хриплыми баритонами заголосили в унисон:

— Э.. э.. э.. э!

— Поехали, — приказал Ириска.

Я повиновалась, перестроилась во второй ряд и глянула в зеркало. Дима и Коля маячили посередине проспекта с раскрытыми ртами. Они продолжали держаться за руки и раскачивались из стороны в сторону. На проспекте начинала стихийно образовываться пробка. Поющие гаишники имели успех, о котором мечтают все шоумены: водители тормозили, кое-кто останавливался, выходил наружу и начинал хлопать в ладоши. Дима и Коля продолжали выступление.

— Что ты с ними сделал? — испугалась я.

— Они попробовали мел из пещеры Цзы, — не проявил никакого волнения Ириска, — споют рапсы и успокоятся. Все нормально.

— Рапсы?

— Верно. Если впервые трогаешь мел Цзы, всегда исполняешь рапсы.

— Долго?

— Нет, всего полчаса. Потом Као отпускает, и тело успокаивается.

Решив не уточнять, кто такая или кто такой Као, я поинтересовалась:

— Они не заболеют?

— Наоборот, — успокоил Ириска, — очистятся. Некоторые после рапсов даже просветляются.

— Странное у тебя имя, — улыбнулась я.

Ириска пожал плечами.

— Мне нравится, хотя испытал некоторые трудности при получении паспорта.

Мирно переговариваясь, мы добрались до нашего дома и вошли в квартиру. Ириска открыл перевозку, из короба лентой вытек темно-коричневый грациозный зверек.

— Маус, работай, — приказал хозяин.

Очаровательное животное тенью заскользило по квартире.

— Он точно найдет эфу? — шепотом спросила я.

— Непременно, — ответил Ириска, — Маус великолепен.

Спустя полчаса мангуст вернулся с пустыми руками. Вернее, с пустой пастью.

— Змей нет, — подытожил Ириска.

— Ты уверен?

— Да.

— Вдруг Маус ее упустил?

— Невозможно. Мы с ним пять лет жили в Индии, я зарабатывал заклинаниями змей. Эфа в квартире отсутствует, — важно сообщил Ириска. — Кстати, Као сейчас подсказывает: пресмыкающегося и не было. Као никогда не ошибается.

— Она кто? — попятилась я.

— Као? Это Као!

На меня навалилась тоска. Ох, неспроста Ириска показался психом, он и есть сумасшедший. Надеюсь, бедные Дима и Коля, попробовавшие неведомый порошок из его табакерки, уже пришли в себя, мне же придется сейчас платить невменяемому Ириске большую сумму, иначе он не уйдет. Денег жаль до слез, но еще сильнее хочется избавиться от малоадекватного великана, способного погружать людей в транс. Приедет Катюша с работы, а тут я, торчу посередине гостиной и ною:

— У-у-у-у...

Тяжело вздыхая, я пошла в спальню, где храню «сейф» — коробку из-под печенья. Понадобилось некоторое время, чтобы отсчитать необходимые купюры. Сжимая бумажки в руке, я вышла в коридор и обнаружила его пустым, входная дверь стояла нараспашку.

— Ириска! — окликнула я и помчалась к лифту.

Когда выскочила из подъезда, ярко-красное пятно мелькало в дальнем конце двора.

— Ириска, стой! — закричала я на бегу.

Великан обернулся:

— Случилась беда? Пришли злые Жи?

— Нет, ты забыл деньги.

— Они не нужны.

— Но мы же договаривались.

— Змеи нет, я не беру плату просто так.

— Ты приехал!

— И что? Прощай, Евлампия!

Помахав мне рукой, Ириска исчез в подземном переходе, я отправилась домой. Может, великан и псих, но он не мошенник и не обманщик. Приятно, конечно, не разочаровываться в человеке, но что делать с эфой?

Остаток вечера мы с Катюшей провели, пытаясь решить эту сложную проблему.

— «Мангусты отличные охотники, — читала Катя вслух статью из журнала, — они легко справляются с огромными кобрами, обладают поразительным чутьем. В Индии мангустов держат в качестве домашних животных. Если во дворце или в хижине поселяется это млекопитающее, ни одно пресмыкающееся не вползет даже во двор, а те змеи, которые раньше

находились поблизости, спешно покидают гнездо».
Знаю! Придумала!

— Что? — обрадовалась я.

— Сейчас, — побежала к телефону Катя, — минуточку! Где он у меня? Вот, Котов... Алло, алло, Сергей Петрович? Это Катя Романова. Нам очень нужна ваша помощь! Найдите мангуста! Конечно, живого...

Еще через два часа милая, улыбчивая женщина внесла в наш дом очень симпатичного зверька, весело сверкающего бусинками черных глаз.

— Это Ларри, — сказала она, — а я Наташа. Ларри — спокойный, хорошо воспитанный, ходит в лоток, очень любит молочное, за йогурт душу продаст. С ним никаких хлопот, походит по квартире, освоится и ляжет спать. Но если учует змею — а он ее непременно унюхает, — то берегись, зараза. Не успокоится, пока не поймает.

— Здорово, — заликовала Катя.

— А если он ее не обнаружит? — решила я проявить недоверие.

Наташа улыбнулась.

— Такое невозможно.

— И все же? Сколько Ларри тут проживет? — ворчала я.

Наташа почесала переносицу.

— Обычно хватает трех дней. За этот срок змея либо ловится, либо уползает.

— К соседям? — подпрыгнула я. — Есть ли возможность направить ее на шестой этаж к Монголовым? Алексей Борисович ужасно орет при виде наших мопсов, пытается ударить их зонтиком, портфелем или пакетом. Думаю, у Монголова эфе будет хорошо, как с родными.

— Лампа! — укоризненно воскликнула Катя.

— Шучу, — быстро сказала я.

— Змеи пугливы, — пояснила Наташа, — эфа скорей всего вернется к хозяину, или Ларри ее слопает.

— Как мы объясним нашим присутствие Ларри? — поинтересовалась я у Кати, когда приветливая Наташа ушла.

— Просто, — пожала плечами подруга. — Оставили на передержку. Ой, какой милый! Дам ему йогурт, сливочный...

На следующий день ровно в десять утра я звонила в дверь соседки Мадо. На лестничной клетке имелось всего две квартиры, поэтому никаких сомнений не было: если Настя жива, то она обитает за створкой, неаккуратно выкрашенной темно-коричневой краской.

Едва я ткнула пальцем в звонок, как из запертой квартиры донеслось:

— Кто там?

— Простите, Анастасия дома? — спросила я. — Меня прислала Мадлен.

Обшарпанная деревяшка дрогнула, образовалась щель, сквозь которую виднелась железная цепочка и небольшая часть лица.

— Чего надо? — спросил надтреснутый голос.

— Вы Анастасия?

— Верно.

— Простите, не знаю вашего отчества. Мадлен просто сказала «Настя».

— Она меня по батюшке не кличет, — слегка помягчела старуха. — Ты откуда?

— Впустите, пожалуйста, не на лестнице же разговаривать.

Бывшая домработница Гостевых не пошевелилась. Я начала торопливо объяснять:

— Мадлен арестована, ее подозревают в убийстве, я могу помочь вашей воспитаннице. Не бойтесь, не имею оружия, не хочу вас грабить. Вот мое удостоверение.

— Де-тек-тив Ев-лам-пия Ро-ма-но-ва, — по складам прочитала Настя, глядя в раскрытую бордовую книжечку. — Из милиции, что ли?

— Вроде того, — кивнула я, — только не состою на государственной службе, работаю за деньги, в частном агентстве. Меня нанимают для распутывания особо сложных дел.

Бабушка молча изучала документ, я постаралась подавить вздох. Зря пустилась в ненужные объяснения, Насте много лет, следовало подтвердить: да, из милиции. Вот тогда она бы без проблем впустила меня внутрь и стала спокойно отвечать на вопросы.

— Говоришь, за деньги служишь? — внезапно уточнила Настя.

— Пожалуйста, не закрывайте дверь! — взмолилась я. — Мадо попала в плохую историю, если ей не помочь, ее обвинят в убийстве. Вы, наверное, любите свою воспитанницу. Насколько я поняла, долгие годы помогали по хозяйству ее матери Веронике?

— Значит, деньги за работу получаешь? — настойчиво повторила Настя.

Я окончательно пала духом. Люди, чья молодость и зрелость прошли при Советской власти, абсолютно уверены: служить следует за идею. Тот, кто озабочен деньгами, нехороший человек, капиталист, с ним ни в коем случае нельзя связываться. Я сглупила, представившись частным детективом.

— Чего молчишь? Отвечай, — потребовала домработница.

— Все люди получают заработную плату, — попыталась я выкрутиться из сложного положения, — кроме тунеядцев, которые не желают ходить на службу.

— Тут кино показывали, — перебила меня Настя, — про мужика. Он за хорошие деньги брался людей из беды выручить. Ты из этих?

— Да, — безнадежно ответила я, — вы правы.

Дверь захлопнулась, я прислонилась к стене и начала себя ругать. Молодец, Лампа, договорилась со старушкой! Надо во что бы то ни стало попытаться понравиться Насте. Но как? Минуты бежали, а в голову не приходило никакое достойное решение проблемы. Когда я, окончательно приуныв, решила уходить, створка неожиданно распахнулась, на пороге возникла кряжистая фигура, облаченная в темнокоричневое шерстяное платье с белым кружевным воротником.

— Входи, — приветливо кивнула домработница, — извини, продержала на лестнице, переодевалась. Это хорошо, что деньги получаешь. За маленькую зарплату никто стараться не станет, а при виде хорошего вознаграждения побегут скоренько. Ступай за мной на кухню, там и пошепчемся.

Обрадовавшись столь замечательному повороту в развитии событий, я побежала вперед по длинному коридору за хозяйкой, которая, несмотря на преклонный возраст, проявляла редкостную прыть. С молниеносной стремительностью старушка внеслась в крохотное пространство, набитое шкафчиками, ловко включила чайник, вытащила из сушки кружки, схватила с подоконника вазочку, наполненную ванильными сухариками, спихнула с табуретки толстого, апатичного кота...

На секунду мне показалось, что у бабуси не меньше десяти рук, с такой скоростью совершались действия. Вот кот обладал иным, прямо противоположным, характером. Шмякнувшись на линолеум, он не рассердился, зевнул во всю пасть и тут же мирно задремал, положив крупную морду на лапы.

— Садись, — велела Настя. — Чего молчишь? Говори.

Я откашлялась.

— Вы служили домработницей у Гостевых...

— Нет, — живо перебила Настя, — никогда не была в прислугах, работала на заводе, чертежницей.

— Но у меня иные сведения, — решила я настоять на своем, — слышала, будто помогали Веронике по хозяйству.

— Помогала, — охотно согласилась Настя.

Я вздохнула. Наверное, Насте не нравится слово «домработница», хотя ничего обидного в нем нет. Этот термин обозначает женщину, которая работает по дому, не лентяйничает, не спит до полудня, не бездельничает, а трудится. Ну что плохого? Ладно, попробую подъехать с другой стороны.

— Вероника, очевидно, была счастлива иметь такую помощницу по хозяйству.

— Я ей не помогала.

— Только что говорили обратное!

Настя осторожно поправила кружевной воротничок.

— Дом наш ведомственный, квартиры завод давал лучшим сотрудникам. Чем предприятие занималось, не спрашивай, я подписку о неразглашении давала и ничего не скажу. Хотя времена изменились, все с ног на голову перевернулось. Шла тут недавно мимо здания, чуть не заплакала: проходная нараспашку, входи любой, какая-то реклама на фасаде. Наш директор, Федор Михайлович, мигом бы помер, доживи он до сегодняшнего дня. Режимный завод, муха мимо охраны пролететь не могла, а нынче такой бардак...

Я поудобнее устроилась на табуретке. Очень хорошо знаю: хочешь получить нужную информацию, не перебивай человека, включи спокойно диктофон в кармане и кивай. Правда, встречаются порой люди, из которых сведения приходится буквально клещами вытаскивать. Но Настя, слава богу, принадлежит к обширной категории, любящей поболтать о себе родной.

Глава 24

— Игорь и Ника работали в конструкторском отделе, — пулеметом строчила Настя, — молодые, красивые, талантливые. Считалось, что Игорек умнее жены, но я-то знала: не так обстоит дело, просто Ника не хотела выпячиваться. Она отлично понимала: супруг должен впереди скакать, на белом коне, а жена сзади, в тележке ехать. Если местами поменяться, ничего хорошего не выйдет, мужики бабам успеха не прощают. Каким бы умным-преумным мужик ни уродился, все равно желает впереди идти. Те женщины, которые об этой особенности знают, семью сберегают, а другие разводятся...

Настя хорошо помнила, как подружилась с Никой. Над вчерашней студенткой тогда посмеялись коллеги. В субботу, когда Гостева завершала свою первую рабочую неделю, ее вызвали в цех, и начальник смены, грозно сдвинув брови, поинтересовался:

— Вы новенькая? Вероника Гостева?

— Да, — робко ответила Ника.

— Что же так неаккуратно работаете!

— Я совершила ошибку? — испугалась юная конструкторша.

Начцех совсем помрачнел.

— Сейчас покажу, какое изделие вышло по сделанным вами расчетам. Несите, ребята.

Послышалось сопение и громкие голоса.

— Осторожней, Ваня, уронишь!

— Ох и тяжелая, дрянь!

— Кому такая штука нужна?

Ника в ужасе вытаращила глаза, многочисленные рабочие повысовывались из-за станков, кое-кто начал хихикать. По широкому проходу четверо парней, одетых в замасленные комбинезоны защитного цвета, тащили... гайку — здоровенную, причудливо вырезанную железку около трех метров в диаметре.

— Вот, — громко заявило начальство, — полюбуйтесь! Отлично посчитали!

Из глаз Ники брызнули слезы.

— Это я? По моей вине? Какой ужас! Простите! Не понимаю, как такое могло получиться. Что теперь делать? Увольняться?

— Не дрейфь, девушка, — загудел один из фрезеровщиков, — никто тебя не турнет, поставь рабочему классу... кхм... чаю с тортом, и все путем будет.

— И с соленым огурцом, — подхватил чей-то бойкий голосок. — Все-таки первая неделя заканчивается. А про гайку забудь! Со всеми бывает!

Раздался хохот, Ника прижала ладони к щекам, в ее глазах металось недоумение. Настя, которая принесла в цех чертежи, пожалела молоденькую конструкторшу. Подошла и тихонько сказала ей:

— Дурят тебя, гайка деревянная, они ее давным-давно сделали, под железную покрасили, и каждый раз, когда новенький приходит, со склада притаскивают. Нашли забаву!

Ника благодарно посмотрела на Настю.

— Спасибо, испугалась до жути.

С тех пор Вероника всегда очень вежливо здоровалась с Настей и, стоя в очереди в буфете, кричала той:

— Иди сюда, я на двоих занимала.

Настя не оставалась в долгу и пыталась давать

молодой хозяйке Веронике практические советы. Не успевала Ника пожаловаться: «Игорь испортил пиджак, уронил на лацкан кусок масла», — как Настя восклицала: «Надо вывести пятно, пока свежее. Возьми две промокашки, положи одну сверху, вторую под ткань и прогладь утюгом, основная часть жира уйдет».

Настя обладала хорошей памятью, у нее в голове хранилось множество всяких полезных мелочей. Представляете, как обрадовалась Ника, когда, получив ордер на квартиру, узнала, что теперь они с Настей станут соседями?

Чертежница живо превратилась в своего человека в семье Гостевых. Очень скоро она узнала все детали биографии Вероники и Игоря. Молодые люди приехали в Москву из Сибири, поступили в МГУ, закончили университет с отличием и попали на завод. Директор предприятия собирал талантливую молодежь, привечал нужных специалистов, выбивал для них московскую прописку, квартиры и прочие блага.

Ника и Игорь поженились студентами. Как все молодые пары, не имеющие близких родственников, они нуждались, экономили на всем и не могли позволить себе ребенка. На пятом курсе Вероника забеременела и без колебаний сделала аборт. Рождение малыша могло сильно помешать жизненным планам. Гостева сначала хотела получить диплом, устроиться в Москве, а уж потом родить ребенка. Муж полностью поддержал жену.

— Куда нам сейчас младенец? — воскликнул он. — Мы не можем его содержать. И потом: квартиры нет, комната в общежитии крохотная, пеленки постирать проблема, соседи станут злиться...

Ника сбегала на операцию и забыла о казусе. Карьера Гостевых складывалась успешно, и, когда они обрели собственные хоромы, Игорь сказал:

— Ну теперь можно и о наследнике задуматься.

Супруги перестали предохраняться, но желанная беременность никак не наступала. В конце концов пара пошла к врачу. Муж и жена сдали все необходимые анализы, обследовались у специалистов и выслушали вердикт:

— Оба здоровы, никаких препятствий к зачатию ребенка не имеется.

Ника обрадовалась, а зря — забеременеть ей так и не удалось. Настя очень хотела помочь подруге и посоветовала ей обратиться к бабке-травнице. Вероника, уже понявшая, что официальная медицина помочь не сможет, понеслась в деревню. Старуха-колдунья сообщила про сглаз и велела обойти десять церквей. Напомню, в СССР богомольцы были отверженной частью населения. За посещение храма легко можно было вылететь с работы. Игорь испугался, когда Ника собралась в поход, и вначале запретил супруге даже думать о паломничестве, но жена так плакала, что муж дрогнул и буркнул:

— Ладно, но ходить по храмам в Москве нельзя. Настучат в партком, беды не оберемся.

Вероника согласилась. Пара взяла отпуск и поехала вроде как на экскурсию по России. Гостевы сели на теплоходик и отправились по Волге. Пока основная масса пассажиров носилась по музеям провинциальных городов, супруги шли в местный храм. Приказ знахарки они выполнили, но толку это не принесло.

Колдунья, к которой Ника явилась с претензией, лишь развела руками и спросила:

— Аборт делала?

— Да, — призналась Вероника.

— Душа невинно убиенного младенца обижена, — заскрипела бабка. — Не хочет она, чтобы другие на свет явились, не пускает, стоит у божьего престола со скрещенными руками. Проси у нерожденного ребеночка прощения.

Ночью Нике приснился кошмар: маленькая девочка, вся в белом, тянет к ней руки и жалобно шепчет «мама». Но стоило женщине протянуть к малышке руки, как та цепко ухватила ее за ладонь, притянула к себе и заорала: «Убийца, не видать тебе счастья!»

Вероника проснулась с криком и внезапно поняла: ей никогда не родить ребенка. Некоторое время Гостева пыталась заполнить пустоту — завела кошку. Но симпатичная Мурка не прожила даже года, свалилась с подоконника и разбилась насмерть. Ника поплакала и купила собачку. Но и судьба болонки оказалась трагична — песик попал под машину.

Насте было очень жаль Нику. Подруга поблекла, постарела и почти перестала улыбаться. Игорь особо от отсутствия ребенка не страдал, его пугало состояние жены. Он пытался развеселить супругу и один раз предложил:

— Давайте съездим «дикарями» на юг? Настя, ты как?

Сказано — сделано. Вместе взяли отпуск и двинулись на машине в Крым. Насте каникулы понравились до невероятности. Палатки поставили прямо у моря и купались сутки напролет. Первые три дня друзья провели в одиночестве, но потом с шоссе съехал «Москвич», и сидевшие в автомобиле мужчина и женщина вежливо осведомились:

— Если тоже расположимся тут, не помешаем?

— Крым общий, — приветливо ответил Игорь.

Вот так Гостевы познакомились с Сильвией Кроткиной и ее приятелем Володей. Впрочем, Владимир через некоторое время поругался с любовницей и исчез из жизни Гостевых, а Сильвия осталась. И очень скоро Ника поняла: Господь сжалился над ней, послал женщину, которая поможет стать матерью. Нет, Кроткина не была гинекологом и не обладала паранормальными талантами. Просто Сильвия работала в органах опеки и занималась оформлением бумаг для семейных пар, которые решили взять младенца на воспитание.

После небольшого колебания Игорь согласился стать отцом брошенного кем-то ребенка. Гостев очень любил жену и был готов на все ради ее спокойствия и счастья. Сильвия, имевшая большие контакты с директорами домов малютки, пообещала подобрать здорового младенца без каких-либо родственников. Ника очень хотела сохранить тайну, она никому не рассказывала о своих планах, в курсе была только Настя, но чертежница умела крепко держать язык за зубами.

Гостевы мечтали о мальчике, но, как назло, подходящих младенцев не находилось. Вернее, несчастных деток было много, но Сильвия не советовала усыновлять их. У одного имелись бабушка и дедушка, у другого проблемы со здоровьем, третий вроде подходил по всем статьям, но об его отце не имелось никаких сведений, а мать пила горькую с молодых лет.

— Не торопитесь, — увещевала Сильвия, — нужен младенец из приличной семьи, рожденный здоровыми родителями, не отягощенный патологической наследственностью. Представьте кошмар: взяли мальчика, растите спокойно, а тут невесть откуда заявляется баба и орет: «Ваш сыночек — мой племянник, пустите обнять кровиночку!»

— Разве официальные органы не обязаны сохранять тайну усыновления? — изумился Игорь.

Сильвия кивнула.

— Конечно, нельзя ничего рассказывать, только

встречаются недобросовестные людишки, готовые ради денег развязать язык. Впрочем, с родственниками справиться легко, можно пожаловаться в милицию. Хуже с болезнями. А ну как мальчик пить начнет? Опасно брать дитя от алкоголиков, я верю в генетику.

— Что же нам делать? — приуныла Ника.

— Ждать, — спокойно ответила Сильвия. — Рано или поздно попадется нормальный вариант. Был у меня случай: в автокатастрофе погибла вся семья — мама, папа, бабушка, а ребенок выжил.

— И часто подобное происходит? — поинтересовался Игорь.

— Редко, — нехотя призналась Сильвия. — Но ведь случается!

Ника опустила голову, Насте стало жаль подругу до слез. Примерно через год Настя стала свидетельницей семейной ссоры Гостевых. У чертежницы был ключ от квартиры друзей, она спокойно могла зайти к ним в дом. При Советской власти существовал дефицит почти всех продуктов, и Ника с Анастасией давно договорились: если одна увидит в магазине хорошее мясо или рыбу, то покупает сразу для двоих. Чертежнице в тот день попались замечательные импортные куры, уже потрошеные, аккуратно упакованные в мешочки. Продавщица проявила милосердие и отпустила Насте целых четыре птички. Вне себя от радости Настя полетела домой, положила две тушки в свой холодильник, а оставшиеся понесла к Нике.

Не успела Настя запихнуть «улов» в морозилку, как из прихожей послышался шум. Чертежница хотела крикнуть: «Ребята, мне так повезло!» — но радостное восклицание замерло в горле.

Игорь Гостев, считавший, что в квартире никого нет, заорал:

— Ты сошла с ума!

— Милый, — заплакала Ника, — выслушай!

— Не хочу! — бесновался Игорь. — Только посмей! Я уйду из дома!

— Пожалуйста!

— Заткнись! — перешел на визг супруг.

Насте стало не по себе. Конечно, у нее с Гостевыми возникли совершенно родственные отношения, но бывают в жизни даже самых близких людей моменты, когда свидетели не нужны. Меньше всего Насте сейчас хотелось, чтобы муж с женой увидели ее. Чертежница запаниковала, а потом поступила более чем глупо — нырнула под кухонный стол, прикрытый свисающей до пола скатертью, и затаилась там, почти не дыша. Настя очень надеялась, что пара пойдет сначала в ванную мыть руки, потом поставит чайник, затем отправится в спальню переодеваться в домашнее, а чертежница потихоньку ускользнет, оставив друзей скандалить. А еще Настя была изумлена до крайности: конечно, Ника и Игорь порой выясняли взаимоотношения, но никогда муж так не кричал на жену. Что же натворила Вероника?

Расчет Насти не оправдался. Гостевы не отправились ни в ванную, ни в спальню, они прошли на кухню. Игорь продолжал бесноваться.

— Дай хоть слово сказать! — взмолилась Ника. — Никто ничего не заподозрит. Нас никак не связать вместе, никаких ниточек.

— При желании найти можно, — вдруг очень тихо ответил Игорь. — Начнут рыть, и каюк. Ты готова к последствиям?

— Мы это уже обсуждали.

— Теоретически, а теперь можем изучить на практике, — почти шепотом продолжил Игорь.

— Обычное дело: родители умерли, ребенка в приют... — протянула Ника.

— Их двое, и одна девочка уже взрослая.

— Пять лет, совсем малышка! И потом, мы возьмем младенца.

— Не хочу! Боюсь! Именно так! Считай меня трусом! — вновь заорал Игорь. — И это нечестно!

— Почему? Как раз правильно, — твердо стояла на своем Ника. — Да, двоих мы не можем взять, но хоть одну спасем. Они...

— Молчи, не надо ни имен, ни фамилий!

— Хорошо, но мы вне подозрений, — гнула ту же линию Ника. — Подумаешь, учились с ней вместе! Сколько народу на курсе было?

— Тьма, — ответил Игорь.

— Вот! А еще она фамилию сменила, когда замуж вышла, — с жаром говорила Ника. — Ну смотри, все чисто. Мы не дружили, никто не скажет ничего. Если вдруг спросят, удивимся: как? Это она? Не может быть! Вот совпадение! Ну пожалуйста, успокойся. Мы просто берем младенца. Ничего сверхъестественного.

— Опасно.

— Нет!

— Что будет с ребенком, если с нами случится, как с ними?

— Это невозможно, — твердо ответила Ника, — мы ляжем на дно.

— Бросим дело всей жизни?

— Пока да.

— Из-за младенца? — снова взревел Игорь.

Повисла тишина, потом Ника четко, словно диктор Всесоюзного радио, сказала:

— Они заплатили жизнью, наш долг продолжить дело. Но ради успешной работы следует пока зарыться в песок, подождать, затаиться, иначе можем пойти за ними. Спустя пару лет внимание ослабеет, и тогда снова начнем. Когда собаки бегут по следу, дичь должна спрятаться. Вот и мы...

— Ты нелогична, — перебил муж жену. — Брать ребенка в этой ситуации самоубийственно. Какого черта они вообще рожали?

— А почему мы мечтаем о малыше? — спросила Ника. — И они так же рассуждали.

— Я теперь никого не хочу, — отчеканил Игорь. — Если с нами, как с ними, случится, какой будет судьба ребенка?

— Мы ляжем на дно.

— А вдруг они нас выдадут?

— Нет, — решительно ответила Ника, — уже бы пришли! Нет, они не такие. В особенности она! Думаю, оба давно умерли, ведь яд с собой носили.

— Зря детей оставили, — зло буркнул Игорь, — уходить следовало вместе, и их тоже забрать с собой.

— Не каждый способен на такое!

— Она подумала, каково будет дочкам в детдоме и в жизни потом?

— Мы обязаны взять младенца! Наш долг перед ними...

— Нет! Через мой труп! — завопил Гостев. — Я сказал — нет!

Послышались горькие рыдания.

— Ну, ну, милая, — мигом растерял всю агрессивность мужчина, — успокойся и подумай: это действительно очень опасно. Вдруг начнутся вопросы: почему удочерили именно ее? Может, их связывает дружба? И мы же хотели мальчика!

— Нам не дождаться ребенка, — устало ответила Ника, — сам видишь, все варианты неподходящие. Больного урода брать нельзя, малыша, у которого могут обнаружиться родственники, тоже.

— Ладно, ладно, пусть будет по-твоему, — вдруг тихо и как-то обреченно проговорил Игорь.

Ника глубоко вздохнула.

— Милый, спасибо. Ничего опасного в этом, правда, нет! Дети зарегистрированы под фамилией Шульгины, настоящую не знает никто. Леонид говорил...

— Без имен! — нервно перебил жену Игорь.

— Хорошо, — прошептала супруга и засмеялась, четко произнося «Ха-ха-ха».

С каждым новым «ха» у Насти сильней сжималось сердце и в голову впивалась боль.

— Тебе надо лечь в кровать, — заботливо велел Игорь, — пошли, выспишься и придешь в себя.

Раздались шаги, потом заскрипела дверь в спальню. Настя, с трудом встав на онемевшие от сидения под столом ноги, опрометью ринулась к выходу. Чертежнице удалось незамеченной вернуться к себе.

Очутившись дома, Настя плюхнулась на диван и попыталась осмыслить услышанное. Для начала приходилось признать: она знает не все о жизни ближайших друзей, у Игоря и Ники имеются тайны, о которых они не собираются распространяться. А еще супруги удочерят девочку, и почему-то сей факт невозможно взволновал Игоря. Чертежницу начало мучить любопытство, но ей оставалось лишь ждать, пока Ника сама заведет разговор.

Глава 25

Спустя неделю Ника прибежала к Насте и воскликнула:

— Сильвия нашла нам дочку!

— Вроде хотели мальчика, — напомнила чертежница.

— Без разницы! — подпрыгнула подруга. — Берем крошку!

— Она здорова?

— Абсолютно.

— Кто родители? — проявила приличное в данном случае любопытство Настя.

Ника сверкнула глазами.

— Геологи, хорошие, работящие люди, не алкоголики, не наркоманы. Они в горах погибли, младенца в детдом сдали.

— И сколько лет малышке?

— Скажешь тоже! — засмеялась Ника. — Не лет, а месяцев. Малышка совсем!

— Ну и ну... — покачала головой Настя. — Странное дело!

— Что тебе не нравится? — насторожилась подруга.

— Дочка в пеленочках, новорожденная, а мать в экспедицию поперлась...

Ника закашлялась, потом, справившись с приступом внезапно налетевшего коклюша, пояснила:

— Вроде отец малышки собирался докторскую защищать, осталось лишь ерунду проверить. Не все мужья готовы уступить отпрыску роль главного в семье, вот у Шульгиных так и получилось. Олег потребовал, чтобы Роза отправилась с ним, жена побоялась скандалить с мужем. Девочку оставили с няней. Роза полагала, что отлучка будет кратковременной, но, увы, экспедиция завершилась трагически. Точных подробностей не знаю, да они и не интересны, важно другое: младенец из хорошей семьи и абсолютно здоров.

— У этих Шульгиных был один ребенок? — продолжала расспросы Настя.

— Да, — слишком быстро ответила Ника и отвела глаза в сторону. — Наконец-то нам повезло! Значит, так, сейчас оформлю декрет и скоро начну воспитывать дочь.

— Народ на работе удивится и шептаться начнет, — протянула Настя, — разговоры пойдут, где, мол, Гостевы новорожденную откопали.

— Нет, — засмеялась подруга, — я полная, а ты всем скажешь, что беременная, просто никому из суеверия рассказывать не хотела. В гости никого с работы звать не будем, опять на тебя рассчитываю, объявишь нашим любопытным: Ника на сохранении. Затем Игорь объявит о рождении дочери и сообщит: «Жена уехала с младенцем в деревню, ребенку полезен свежий воздух». Ну а через год никто и не поймет, какого возраста девочка, скажу, очень крупной получилась. Я очень на тебя надеюсь!

— Конечно, — кивнула Настя.

Малышке дали необычное имя Мадлен. Девочка оказалась замечательной, не ребенок, а коробка шоколадных конфет, никаких проблем с ней не имелось. Мадо хорошо развивалась, слушалась маму и папу, любила Настю. Девочка на лету схватывала знания, у нее была на редкость светлая голова, в особенности хорошо ей давалась математика. Уже в четыре года Мадо освоила основные арифметические действия и легко щелкала задачи.

— Академик растет, — вздыхала Настя.

Ника обожала девочку до беспамятства. Она заваливала Мадлен игрушками, одеждой, сладостями.

— Избалуешь, — осторожничала Настя.

— Любовью испортить нельзя! — парировала Ника.

То ли Вероника была права, то ли Мадлен оказалась уникальным ребенком, но девочка не превратилась в капризницу. Ее любили все: воспитатели в саду, учителя в школе, дети и их родители. Ника оказалась права и в другом случае. На работе особо не заинтересовались изменениями в семье Гостевых. Игоря поздравили, коллеги подарили паре коляску, и все. Когда Ника вышла на работу, ее особо не расспрашивали.

Потекли абсолютно счастливые годы. Настя ощущала себя теткой Мадлен и очень часто занималась с девочкой. Своей семьи у чертежницы не получилось, и она не считала себя одинокой, ведь у нее имелись Игорь, Ника и Мадлен.

Когда Мадо собралась идти в первый класс, Ника сказала подруге:

— Увольняйся с завода, нечего тебе глаза над чертежами портить. Мы заработаем на жизнь, а ты веди хозяйство.

Настя с радостью согласилась. С тех пор они начали жить одной семьей. Денег Гостевы Насте не платили, подруга стала родственницей. Бывшая чертежница взвалила на свои плечи хозяйство: готовила, убирала, стирала, носилась за продуктами, водила Мадо в школу. А Ника покупала Насте красивую одежду, украшения и любила ее как сестру. То, что на ночь Настя уходила в свою квартиру, абсолютно не меняло ситуацию.

Говорят, что беда подкрадывается к человеку незаметно. Подходит к нему сзади и высыпает на голову содержимое мешка с несчастьями. Но с Гостевыми случилось иначе, горе сначала предупредило о себе.

Двадцать восьмого апреля — число запомнилось Насте на всю жизнь — она вела Мадо из школы.

— Купи мороженое, — попросила девочка.

Настя кивнула, и они со школьницей встали у ларька. Впереди топталось несколько человек, желавших приобрести лакомство. Настя молча ждала своей очереди и вдруг кто-то тихо сказал ей прямо в ухо:

— Не поворачивайся, Настя, стой спокойно. Передай Веронике.

В ту же секунду в руку Насти впихнули бумажку. От неожиданности женщина сжала кулак, а потом обернулась. От ларька быстрым шагом удалялся стройный, невысокий мужчина в малоприметном, сером костюме. На ногах у него были рыжие туфли на небольшом каблуке. Удивление Насти было столь велико, что она, купив эскимо, отошла с Мадо в сторонку, села на скамейку и развернула бумажку. Изумление стало безграничным. На листке не имелось никакого текста, там красовался нарисованный цветок вроде ромашки, но только ярко-красного цвета.

Вечером, когда Ника вернулась с работы, Настя протянула ей послание.

— Странная история со мной сегодня приключилась, — начала она рассказ. — Стою у киоска и вдруг слышу шепот: «Передай Веронике». Ты понимаешь, о чем идет речь?

Подруга развернула клочок и окаменела.

— Эй! — испугалась Настя. — Очнись!

Но Вероника не отреагировала. Пару минут она остановившимся взором глядела на бумажку, потом с огромным трудом выдавила:

— Бред какой-то! Тебе повстречалась сумасшедшая.

— Записку передал мужчина.

— Значит, псих, — поправилась Ника. — Выброси ерунду в помойку.

Как ни старалась подруга изобразить искренное удивление и полнейшее равнодушие, Настя очень хорошо поняла: случилось нечто экстраординарное.

Иначе почему у Ники трясутся руки и дрожит нижняя губа?

Ночью Настя никак не могла заснуть, забылась лишь после трех. Но не успела она погрузиться в сладкую дрему, как чья-то рука потрясла ее за плечо.

— Кто? Что? — подлетела над постелью Настя.

— Тише, — шикнула Ника.

— Мадо заболела? — испугалась бывшая чертежница.

— Нет, — шепотом ответила Ника. — Послушай, если со мной и Игорем случится нехорошее, ты ведь не бросишь Мадо?

— Конечно, не брошу. А что может произойти? — оторопела Настя.

— Не знаю, — вздохнула Ника. — Всякое бывает: люди под машину попадают, в катастрофах гибнут, умирают от болезней.

— Не всем на роду написаны трагедии. И вы молодые, здоровые.

— Верно, — согласилась Ника, — но отчего-то мне тревожно.

— Из-за рисунка? — рискнула спросить Настя.

— Если уж Амалия решилась... — начала Вероника и тут же замолчала.

— Ну, говори, — поторопила Настя.

— Не о чем.

— Кто такая Амалия?

— Амалия? Понятия не имею.

— Ты же произнесла секунду назад: «Если Амалия решилась».

— Я?

— Ну да.

— Тебе показалось, — твердо ответила Ника.

Настя схватила подругу за руку и вздрогнула — у той были ледяные пальцы.

— Я могу помочь!

— Нет, — неожиданно ответила Ника, — лучше тебе ничего не знать.

— Расскажи, — настаивала Настя, — станет легче.

— Это вряд ли, — дернула шеей подруга, — слишком тяжелая ноша, давит на плечи, к земле пригнула.

— Ты ее сбрось!

— Невозможно, — безнадежно выдохнула Вероника. — Впрочем, после твоего обещания не оставить Мадо стало лучше.

Неожиданно Ника обняла Настю, прижала к себе и глухо сказала:

— Никогда тебе не говорила, а зря, наверное. Ты для меня особый человек. Спасибо за все!

— Прекрати, — перепугалась Настя.

— И прости, коли что не так, — медленно договорила Ника.

— Лучше расскажи о своей тревоге, — потребовала Настя. — Беда, поделенная на двоих, делается легче вполовину.

Ника встала, дошла до двери, потом обернулась.

— Хорошо! Только нам надо остаться вдвоем. Давай в понедельник с утра? Я могу на работу к полудню пойти.

— Заметано, — согласилась Настя.

Но в понедельник поговорить не удалось. А на следующий день Игорь и Ника погибли от рук грабителя.

Настя не позволила себе заболеть от горя, она активно стала участвовать в организации похорон Гостевых. Материальные расходы взял на себя завод, но убирать в квартире друзей следы кровавого преступления, собирать одежду для покойных, а главное, заботиться о Мадо пришлось Насте.

Самым тягостным оказался день погребения. Как назло, он выдался замечательным — солнечным, ласковым. На кладбище, где собрались почти все коллеги погибших, весело пели птички, и Настя с огромным трудом удерживалась от истерического вопля. Хотелось задрать голову в небо и заорать: «Почему?»

Процедура прощания затянулась. Сначала говорили речи, в которых обещали никогда не забывать убитых и помогать их дочери, потом гробы под музыку оркестра опустили в могилы, холмики завалили цветами.

Настя машинально фиксировала: вот венок от месткома, а этот от парткома, букет кладет секретарь директора, гирлянду разворачивают рабочие... Среди знакомых лиц появилось неизвестное. Невысокий мужчина, в неприметном сером костюме приблизился к свежим могилам. На голове у товарища сидела шляпа, по тем годам непременный атрибут одежды инженерно-технического работника (пролетариат массово носил кепки). Но не головной убор привлек внимание Насти. Директор завода, партиец старой закалки, осуждающе относился, как он говорил, «к попам» — борода и усы вызывали у него гнев, поэтому на предприятии у всех мужчин были гладковыбритые щеки. Лицо незнакомца, старательно укладывавшего сейчас на глиняные комья четыре чахлые гвоздички, покрывала буйная растительность, а глаза прятались за большими, сильно затемненными очками. Ясное дело, мужчина был не из заводских.

Настя занервничала. Всех малочисленных приятелей Гостевых она великолепно знала, и бородачей среди них не водилось. Чертежница окинула внимательным взором фигуру мужчины и увидела на его ногах рыжие ботинки на небольших каблуках, обувь выглядела слишком маленькой и изящной.

Словно почувствовав чужой интерес, незнакомец быстро сделал несколько шагов в сторону и слился с толпой. Настя кинулась за ним. Но пока женщина протолкалась сквозь толпу, неизвестной личности и след простыл...

Дальше начался кошмар. Настю просто затаскали по допросам. Она, правда, прикинулась полудурой и все бубнила: «Ничего не знаю, служила у Гостевых домработницей. Кого угодно спросите: сумки таскала, за девочкой присматривала, в курсе дел хозяев не была».

Следователь сразу ей сказал:

— Мы вас не подозреваем, просто хотим найти убийцу.

Но Настя стояла на своем: ее хата с краю. Женщина хорошо понимала — в жизни подруги имелась тайна. Из-за нее и погибли Гостевы. Мужчина, который сначала всунул в руку Насти записку, а потом пришел на кладбище, знает правду, но рассказывать о бородаче нельзя. Очевидно, секрет страшен, лучше молчать. И еще: Настя надеялась, что ей отдадут на воспитание Мадлен. Чертежница наивно полагала, что раз родители погибли, но есть женщина, готовая взять ребенка и заботиться о нем, государству выгодней вручить Мадо Насте, чем тратить деньги на содержание сироты.

Как же Настя ошибалась!

— Одинокой, не работающей женщине никто не позволит воспитывать девочку, — заявили в ответ на ее просьбу в органах опеки.

— Но я ведь о ней забочусь с рождения, — попыталась объяснить ситуацию Настя.

— Мы обязаны оградить сироту от посягательств! — рявкнул чиновник. — У девочки есть квартира.

— У меня тоже, — разозлилась Настя. — И я уже устроилась на работу.

— Закон не на вашей стороне, — нахмурилась бабища, решавшая судьбу Мадо.

Мадлен отправилась в приют, а Настя пошла на службу. Она терпеливо ждала, когда ее воспитанница «отсидит срок» в детдоме и вернется в родную квартиру.

Абсолютно неожиданной для Насти стала поимка бандита, зарезавшего Гостевых. Сотрудники милиции постарались и нашли негодяя, человека со старомодным именем Аристарх и со смешной фамилией Задуйветер.

Настя пошла на суд. Убийца произвел на Анастасию странное впечатление. Казалось, он совсем не переживал за свою судьбу, весьма охотно рассказывал, как готовился к преступлению, вычислял богатую квартиру по окнам.

— У кого деньги есть, — вещал Задуйветер, — те ремонт сделали, рамы снаружи чистые, белые.

И вот судья, сурово нахмурившись, спросил:

— Как же вы узнали про тайник, отодвигающийся стеллаж с книгами, о котором не слышали ни дочь, ни домработница Гостевых?

Задуйветер быстро пояснил:

— Через бинокль за ихней фатерой наблюдал. Завсегда так поступаю. Негоже на хазу неподготовленным переть, можно схоронку не найти. Сначала устраиваюсь в соседнем доме на лестнице или на чердаке, зырю в увеличилку. Стекла у меня хорошие, немецкие. Главное, терпеж. Рано или поздно лох в нужное место заглянет. Высмотрел я Гостевых, понял, как полки съезжают, и пошел на дело. Но не повезло, пришлось хозяев убирать. Сами виноваты, не в нужный час вернулись!

Настя, никогда не имевшая дел с уголовным миром, ужаснулась деловитости Аристарха. Но оконча-

тельно ее поразило поведение убийцы после оглаше-
ния приговора. Услыхав слова «высшая мера наказания», Задуйветер не изменился в лице, не зарыдал, не
устроил истерики. Он с легкой усмешкой кивнул и
вдруг сказал:

— Спасибо, граждане судьи, авось на том свете
свидимся!

Подобная наглость заставила Настю сжать кулаки. Спустя довольно длительное время на имя Мадлен пришло казенное письмо. Настя вскрыла послание и вздрогнула. Внутри лежал бланк с сообщением
о том, что приговор приведен в исполнение.

Глава 26

— Ужасная история! — абсолютно искренно воскликнула я.

Настя кивнула.

— Да.

— Вы рассказали Мадо про бумажку с цветком и
тайну ее матери?

Настя вскочила и забегала по кухне.

— Сначала нет. Мне не хотелось тревожить девочку, которая и без того перенесла тяжелейшее ис-
пытание. И потом, убийцу же нашли, следовательно,
никаких секретов — Задуйветер замыслил грабеж.

— Ясно, — протянула я, удивляясь несообрази-
тельности Насти. Разве вор станет предупреждать о
своих намерениях?

— Только, выходит, я опять в неведении осталась, — вздохнула Настя, — а Мадлен что-то узнала.
За день до ареста она по телефону разговаривала. Тихонько так, почти шепотом. Спиной к двери стояла,
лицом к окну, а я по коридору шла. Слышу — бубнит
что-то. А потом погромче воскликнула: «Амалия, вы

ошибаетесь в отношении Ирины!» И снова «бу-бу-бу»...

Если бы не имя «Амалия», Настя и внимания не обратила бы на разговор, а так она насторожилась и решила допросить Мадо.

— С кем шушукалась? — поинтересовалась чертежница.

— По работе, — обтекаемо ответила Мадлен.

Настя сделала вид, что вполне удовлетворена ответом. Но спустя два часа спросила:

— Сколько же у тебя человек под началом?

— Все продавщицы, — ответила Мадо.

— Их много?

— Полно.

— Трудно тебе?

— Нелегко, — улыбнулась воспитанница. — Такие есть кадры! Учишь их, учишь, а толку ноль. Хозяйка потом на меня орет.

— Вот сволочь! — рассердилась Настя. — Если какая-нибудь Амалия плохо человека обслужит, при чем тут ты?

— Я старшая и отвечаю за подчиненных, — спокойно пояснила Мадлен. — Почему ты упомянула это имя — Амалия?

— Сама не знаю, — живо ответила Настя. — А у вас работает женщина по имени Ирина?

— Так зовут Шульгину, управляющую, — автоматически сообщила Мадлен, — но она мне не подчиняется. Еще на складе Ира Еремина есть. А почему ты спрашиваешь?

— Ой, каша горит... — бросилась к плите Настя.

Мадо исподлобья посмотрела на няньку и ничего не сказала.

На следующее утро Мадлен встала очень рано и неожиданно спросила у Насти:

— Ты ведь дружила с моей мамой?

— Да, — кивнула Настя.

— А почему я совсем не похожа на нее?

Настя чуть не подавилась кофе, меньше всего ей хотелось ворошить прошлое и рассказывать про удочерение.

— Внешность разная, зато характер один, — нашлась она.

Мадлен хмыкнула, потом вынула из сумки фотографию.

— Гляди.

Настя, у которой к старости слегка ослабело зрение, удивилась.

— Это что?

— Снимок с корпоративной вечеринки. Вон на ту женщину посмотри.

— Это же ты в парике. Такая прическа тебе не идет, сильно старит.

— Очки надень! — велела воспитанница.

Настя выполнила просьбу Мадлен и поразилась еще больше.

— Не пойму никак. Вроде ты, но старше. Хотя нет, конечно, другая женщина, толще намного. Но лицом сильно похожа. Зачем она парик дурацкий нацепила?

— Волосы родные, — тихо протянула Мадлен. — Я ведь тоже темно-русая, просто давно крашусь в блондинку. Знаешь, как в семьях случается — дети вбок идут! Двое в мать, двое в отца, а пятый в тетю.

— В тетю? — повторила Настя. — У нас родственников нет.

Мадо взяла снимок, впилась в него взглядом и вдруг сурово заявила:

— Родители наделают глупостей, а детям разгребать.

— Кто? Что? — принялась задавать вопросы Настя.

— Ты ведь слышала имя Амалия?

— Нет.

— Не ври!

— Ну... один раз, — призналась Настя, — случайно.

— Это она на фото, — прошептала Мадо.

Насте стало холодно.

— Немедленно рассказывай, где взяла снимок!

— Амалия дала.

— Откуда ты ее знаешь? — завопила нянька. — Что за секреты?

Мадо сняла с вешалки сумку.

— Кашу заварили Игорь и Ника, а ты им помогала, молчала. Мне правды не сообщали. Я ведь не родная кровь, меня взяли из детдома.

— Неправда, — попыталась солгать Настя.

Мадлен вдруг засмеялась.

— Я не в обиде, жить в семье намного лучше, чем в приюте. Игорь и Ника дали мне счастливое детство, только вот имели ли они право на ребенка? Бог, он все видит, наверное, поэтому и не позволял Веронике забеременеть, но она решила обмануть Господа. И каков результат? Еще хуже поступили мои настоящие родители. Ника совершила в некотором роде благородный поступок, пригрела сиротку, а биологические папа с мамой... И теперь прошлое мстит!

— Мстит? — непонимающе повторила Настя. — О чем говоришь?

Мадо, не моргая, уставилась на нее.

— Может, и не врешь. Наверное, не знаешь.

— Я всегда говорю правду! — возмутилась Настя.

— Раньше часто лгала.

— Нет!

— Молчала об удочерении.

— Нельзя же ребенку подобное сообщать, — отбивалась Настя. — К тому же тайна не моя, Никина.

— А Амалия? Не сказала, что ее видела?

— Я о ней ничегошеньки не знаю! Ника лишь разок упомянула имя, когда листок с красным цветком увидела, который мне в руку сунули.

Мадо засмеялась.

— И про бумажку смолчала, правдивая наша.

— Я ничего не знаю, — заплакала Настя. — Ты была маленькой, когда Игоря и Нику убили. О чем можно беседовать со школьницей?

— Но потом девочка выросла! — напомнила Мадо.

— Верно, только я не хотела бередить прошлое.

— А оно само проснулось. Ладно, прости меня, ты ни при чем, — вдруг нежно протянула Мадо. — Я тебя люблю.

Настя кинулась обнимать воспитанницу.

— Девочка, дорогая! Расскажи мне, что такое ты узнала?

— Вечером, — пообещала та, — сейчас некогда. Постараюсь пораньше с работы прийти.

— Пирожок испеку, — засуетилась Настя, — с капустой.

Мадо пошла к двери, потом повернулась.

— Настя, ты ни в чем не виновата. Никто не виноват, кроме них! Ясно?

— Нет, — честно ответила старуха.

Мадлен усмехнулась и ушла.

Весь день Настя провела в тревоге. Поджидая воспитанницу, она выполнила обещание — завела тесто и испекла кулебяку, но любимица так и не вернулась. Часов около десяти вечера позвонил мужчина и официально-каменно осведомился:

— Вы Кислова Анастасия?

— Да, — холодея от ужаса, ответила Настя. Она

моментально сообразила: с Мадо случилась огромная беда.

— Гостева Мадлен Игоревна вам знакома?

— Да, — прошептала Настя. — Что с ней? Она жива?

Внезапно голос человека на том конце провода резко потеплел:

— Не волнуйтесь, Гостева нормально себя чувствует, полный порядок.

У Насти отлегло от сердца. Больше всего старуха боялась дорожных аварий. С тех пор, как воспитанница села за руль, Настя места себе не находила от тревоги, первое время постоянно трезвонила Мадлен с одним и тем же вопросом:

— Ты нормально добралась?

Мадо злилась и в конце концов запретила Насте дергать ее.

— Я на работе, не имею права отвлекаться. У беды быстрые ноги, если произойдет авария, тебе мигом позвонят, я в паспорт записку вложила, там номер группы крови и просьба: «Немедленно сообщите о происшествии Кисловой Анастасии». Не волнуйся, первая узнаешь, если со мной что случится.

— Типун тебе на язык! — рассердилась нянька, но безостановочно звонить Мадо перестала.

— Полный порядок, — повторил незнакомец. И добавил: — Гостева арестована. Приезжайте за вещами, записывайте адрес. Кстати, прихватите для Мадлен Игоревны немного продуктов, ну там кусок курицы или булочку.

Ничего не понимающая Настя на трясущихся ногах отправилась в отделение милиции, где ее встретил молодой парень, по виду студент-первокурсник, серьезно назвавшийся Петром Михайловичем. Он вел себя подчеркнуто корректно, обещал передать Мадо нехитрую еду, которую прихватила нянька, вручил Насте сумку Мадо и кой-какие мелочи, бывшие у старшей продавщицы при себе во время ареста. Настя чуть не разрыдалась, увидав золотые украшения, кожаный пояс и красивый платок, который Мадо перед уходом на работу завязала на шее. Но больше всего ее потряс кружевной лифчик, лежащий в пакете.

— Хорошо хоть трусы не отобрали, — обронила старушка.

Петр Михайлович склонил голову.

— У нас свои порядки. Острые, режущие, колющие предметы никак нельзя.

— С какого бока к ним бюстгальтер причислили? — поинтересовалась Настя. — Им уколоть или разрезать никого нельзя.

— Там в чашечках металлические вставки, — пояснил юноша. — Когда передачу собирать станете, положите простое белье, без железных прибамбасов. А еще вам записка, вот. Только вы ее при мне прочитайте.

Настя схватила бумажку. «Настенька, я не виновата. Никогда не смогла бы зарезать человека ножом. Это не я. Но получается, что я. Только это не я! Поверь, не я! Обними Амалию, скажи, чтобы не скучала. Передай мои приветы Ире. Я сейчас вспоминаю Нику, она была права, когда говорила: «Если в жизни случилась беда, ее посадили в огороде давно». Я не виновата! Пожалуйста, объясни это Ире, пусть она знает. Отдай ей Амалию, тебе будет трудно с собакой. А Ира нам непременно, обязательно поможет, выручит. Целую, целую, целую! Меня скоро отпустят. Пусть Ира бережет Амалию. В ежедневнике, в сотовом, есть расписание ее прививок. Непременно найди. Это очень, очень, очень важно».

У Насти после прочтения записки закружилась голова.

— Можете сказать, кто такая Амалия? — вдруг резко спросил Петр Михайлович.

— Вы открывали чужое письмо? — возмутилась Настя.

— Это предписывается правилами, — невозмутимо ответил юноша.

— Там же ясно сказано, Амалия — наша собака!

— А какой породы?

Неожиданно старуха поняла: Петр Михайлович ей не верит. Он подозревает Мадлен во лжи, а воспитанница явно не хочет говорить милиции правду.

— Я не обязана обсуждать с вами нашего пса, — резко ответила Настя, — уж он-то точно ничего не совершал.

— Странная кличка для кобеля — «Амалия», — протянул Петр Михайлович.

— У нас сука.

— Почему тогда сказали «Он ничего не совершал»?

— Мне пора, — вспыхнула пенсионерка.

— Еще вопрос. Кто такая Ирина?

— Понятия не имею.

— Но Мадо уверена в обратном, предлагает вам отдать ей Амалию. Вот тут, прочитайте еще раз.

Настя встала.

— Я арестована?

— Нет, конечно.

— Могу уходить?

— Да, совершенно свободно.

— Тогда прощайте.

— Вы не ответили на мой вопрос, — напомнил Петр Михайлович. — Кто такая Ирина?

— Спросите лучше у Мадлен, у меня плохая память с возрастом стала. Не помню ничего, ни имен, ни фамилий, ни телефонов, — выкрутилась Настя.

— Как же собаку отдадите? — откровенно ухмыльнулся парень.

— Великолепно сама с ней справлюсь, — отрезала Настя и ушла.

— Вы очень сильный человек, — сказала я, выслушав рассказ старушки. — А еще вы очень быстро соображаете. Большинство людей на вашем месте растерялось бы. Такой стресс: сначала известие об аресте воспитанницы, потом визит в отделение и письмо, выданное в последний момент. Этот Петр Михайлович точно рассчитал: увидит бабушка записку и мигом все расскажет.

— Если бы Мадо захотела, она бы сама с ним поделилась своими секретами, — горько сказала Настя. — Я сразу сообразила: девочка просит предупредить о своем аресте Амалию, и еще она считает, что Ира способна ей помочь, выручить из беды. Вот только у меня никаких связей ни с одной, ни с другой нет. Слышала лишь их имена: Амалия и Ирина. Но где они живут? Какой у них номер телефона? Даже фамилий не знаю. Мадо хотела мне рассказать что-то, но не успела. Пока понимаю лишь одно: Мадо не убивала ту женщину... э...

— Галину Реутову.

— Да. Она ее не убивала. И еще: беда эта не из сегодняшнего дня, она каким-то образом связана с прошлым Мадо, с гибелью Ники и Игоря.

— Похоже на то, — согласилась я.

— Но почему Мадлен решила, что я знаю телефон Амалии? — продолжала недоумевать Настя. — И кто такая Ира?

— Думаю, Шульгина, — тихо ответила я. — Вы можете назвать близких друзей Мадлен?

— У нее их нет.

— Совсем?

Настя кивнула.

— Мадо все время проводила на работе, ей очень хотелось сделать хорошую карьеру. Конечно, с ее способностями следовало пойти учиться в институт, но материальное положение не позволяло, пришлось идти работать. Мадлен мечтала открыть свой магазин, искала спонсора, но ей не везло. Правда, крутились вокруг нее всякие мужчины, но толку от них! На службе Мадо была строга, требовала от подчиненных отличного выполнения обязанностей, а подобных начальников не любят. Мадлен очень одинокий человек, хотя с виду и кажется веселой, удачливой, обеспеченной. Но на самом деле у нее часто случаются депрессии, и она старательно экономит на всем.

Внезапно меня осенило.

— Настя, вы имеете мобильный телефон?

— Да, — гордо ответила старушка, — мне его на день рождения Мадо подарила. Вот, смотрите...

— Дорогая модель, — оценила я сотовый, — навороченная, полно всяких функций, камера, фотоаппарат, блютуз, диктофон, ИК-порт, быстрый набор, интернет... Мне, кстати, преподнесли на Новый год похожий. Пока в нем разобралась, чуть не поседела, до сих пор половину функций не освоила. А вы? Всем пользуетесь?

Настя положила телефон на стол.

— Умею набирать номер и отвечать на вызов, — призналась она. — Хотела Мадо отругать — ну зачем столько денег на глупость потратила? Мне следовало купить наипростейший вариант. Но прикусила язык. Нехорошо обижать человека, подарок сделан от чистого сердца.

— Вы сказали воспитаннице, что не разобрались в меню?

Настя хмыкнула.

— Не люблю идиоткой казаться. Старость не обязательно означает немощь и глупость. Я каждый день зарядку делаю, потому и бегаю, а не таскаю ноги. Еще ум тренирую — кроссворды решаю, вот в маразм и не впала.

— Значит, вы не сказали Мадо про свои проблемы при пользовании мобильным? — повторила я вопрос.

— Нет, — нехотя призналась Настя. — Но не разобралась в нем не потому, что дура, просто не успела прочитать до конца инструкцию, слишком толстая.

— Мадо не спрашивала, изучили ли вы аппарат?

— Поинтересовалась.

— А вы?

— Сказала, что телефон замечательный, очень удобный.

— Теперь понятно. Мадо подумала, вы сумеете вытащить номер.

— Какой? Откуда?

— Вам ведь отдали сотовый Мадлен?

— Да, вместе с украшениями, поясом и платком.

— Можете показать мне его?

Настя резво сбегала в комнату и быстро принесла аппарат.

— Смотрите... — принялась я объяснять старушке суть. — Вы сказали, что вечером, накануне ареста, услышали, как Мадо разговаривает по телефону и называет собеседницу «Амалия». Так?

— Верно.

— Следовательно, либо ваша воспитанница звонила ей, либо та набрала номер Мадо. Третьего не дано.

— Ну... так, — согласилась Настя. — И что?

— В памяти телефона хранятся номера как принятых, так и сделанных звонков. Вот, глядите: меню, звонки, выбор, непринятые вызовы, принятые, набранные номера, длительность разговора. Если прозвонить по всем телефонам, мы непременно отыщем Амалию. Мадо была уверена: вы хорошо изучили аппарат — и дала понять, где искать ее координаты. Если разрешите на время забрать аппарат, то я непременно найду Амалию.

— Уноси, что хочешь, — прошептала Настя, — только выручи Мадо.

Глава 27

Обращали ли вы внимание на то, что наша жизнь похожа на сообщающиеся сосуды? Если в одном месте прибудет, в другом непременно убудет. В отношении меня это правило срабатывает стопроцентно, именно поэтому никогда не поднимаю случайно найденных вещей и денег. Ну их, пусть ждут другого человека, а то возьму десять рублей и потеряю потом тысячу. Есть на свете некая таинственная сила, регулирующая потоки удачи и невезения. Вот и сейчас я попала под ее воздействие.

Выбежав из подъезда с телефоном Мадо в руке, я кинулась к своей машине. Наконец-то сумела выйти на след человека, который прольет свет на темную историю! Сейчас поеду домой и в спокойной обстановке начну обзвон. Всунув ключ в замок зажигания, я повернула его и услышала крайне неприятный для любого автомобиля звук: «Цык-цык-цык». Моя «букашка» не хотела заводиться. Через пятнадцать минут я поняла, что пора вызывать мастера, и позвонила нашему механику Валере.

— Лады, — меланхолично ответил тот, — езжай домой на метро, разберемся.

Я побежала к подземке.

У Катюши полно благодарных пациентов, тех, кого она не только удачно прооперировала, но и тщательно выходила. Катюша — очень ответственный человек, она никогда не уйдет домой, если ее больному плохо, будет сидеть в клинике ночь, день, ночь... Кое-кто, поправившись, даже не говорит врачу Романовой «спасибо», наверное, считает подобное поведение обычным, но большинство бывших пациентов начинает дружить с Катюшей. Валера из числа последних, а у мужчины сеть автосервисов и теперь у нас нет никаких проблем с «колесами». Стоит лишь позвонить Валере и заныть: «Не заводится», — как услышишь в ответ: «Не волнуйся! Разберемся».

Все. Теперь можно забыть о беде. Валера, имеющий запасные ключи от наших автомобилей, решает проблему, а спустя некоторое, как правило очень короткое, время звонит владельцу и сообщает: «Таратайка у подъезда, счет в бардачке, оплати, когда сумеешь». Стоит ли уточнять, что деньги мы отдаем лишь за запчасти?

В вагоне метро оказалось относительно свободно, на диванчике даже нашлось свободное место. Я втиснулась между двумя мрачными мужиками, закрыла глаза и начала дремать. Интересно, почему под землей на меня всегда наваливается сон? Может, от духоты? Мне кажется или раньше в столичном метро имелось больше воздуха? И не стояло отвратительное амбре? Сейчас омерзительно воняет. На данном этапе до моего носа долетел запах перегара...

— М-м-мужчина... ик... ик... ус-ступите мне место, — раздался хриплый голосок.

Я раскрыла глаза и увидела худенькую девушку в мини-юбке и ярко-красной кофте. Красавица основательно выпила, на ее полудетском личике гуляла глуповатая улыбка, коротко стриженные волосы стояли дыбом, а помада с губ размазалась по подбородку и щеке.

Вагон шатало. Есть такие машинисты, которые ведут состав, не задумываясь о пассажирах, — то гонят во весь опор, то тормозят с такой силой, что несчастные люди падают или бьются головами о двери. Очевидно, сейчас поездом управлял именно такой лихач. Бедная пьяная девочка из последних сил цеплялась за никелированную палку, прикрепленную под потолком бешено скачущего по рельсам вагона.

— М-мужчина, — жалобно ныла она, — ик... ик... место... мне... пжлста...

Один из моих соседей хмыкнул и с язвительностью сказал:

— Видите надпись: «места для пассажиров с детьми и инвалидов»?

Я опустила глаза. Некоторые люди начисто лишены умения посмотреть на себя со стороны. Занудливый тип сейчас пытается поставить на место хлебнувшую лишка девушку, объясняет ей про детей и инвалидов. А сам? Вроде без костылей и младенцев. Если пьянчужка не имеет права на диванчик, то и дядька не должен им пользоваться.

— Вы инвалид? Или молодая мать? — продолжал ерничать мужчина. — По какой причине я должен освободить для вас сиденье?

— По состоянию зздоровья, — прошептала бедолага.

Другой мой сосед крякнул и поднялся.

— Садитесь, девушка.

— Мерс-с-си, — выдавила девчонка и обрушилась на диванчик.

— Алкогольная зависимость у женщин практически неизлечима, — не успокаивался зануда.

— У меня не зависимость, — не открывая глаз, ответила девица, — а привязанность.

Пассажиры захихикали, но скандальный дядька не утих.

— Кто тебя замуж возьмет? Я точно не соглашусь!

— И слава богу, — пробормотала пьянчужка. — С таким жить, лучше удавиться. Граждане, горе у меня!

— Какое, деточка? — мгновенно залюбопытствовала очень аккуратная бабушка в светло-сером плаще.

— Я вчера у Димки ночевала, — охотно пояснила девушка, — а утром он говорит: «Как мне надоело тебя провожать, по ресторанам водить, на такси катать...»

— Вот мерзавец! — живо отреагировала старушка. — Сперва попользовался, а потом оскорблять начал.

— Мужики — козлы! — вступила в разговор потная тетка, обвешанная пакетами. — Им только одно подавай — жрачку.

— Нет, — протянула женщина помоложе, сидевшая наискосок от меня, — сначала потрахаться!

— У моего по возрасту одна радость осталась — картошка с салом, — вздохнула тетка.

— И чего дальше было? — затормошила девушку бабуля.

— «Цветы покупать, — говорит, — в лом, подарки носить, вечно тебе улыбаться и матерью твоей восхищаться осточертело. Все! Конец!»

Из глаз девушки потоком полились слезы, пассажиры начали ее утешать.

— Не плачь!

— Мужики, как автобус, один ушел, второй появился.

— Ну их в задницу!

Пьяница вытерла лицо рукавом кофты и довершила рассказ:

— «Все, конец! — говорит. — Давай немедленно поженимся, охота спокойно жить, а то все деньги на тебя потрачу!»

В вагоне воцарилось молчание.

— Замуж так звал? — с удивлением спросил зануда.

— Прикинь, а? — повернулась к нему девушка.

— Козел, — ответил дядька, — ваще без понятия. Присутствующие вновь стали жалеть несчастную.

— Найдешь другого.

— Наплюй!

— Попадется богатый!

— Не жадный лучше.

— Митька нормальный, — оскорбилась девица, — во, че подарил!

Она вытянула вперед руку — на безымянном пальце сверкало кольцо со здоровенным бриллиантом.

— Настоящий? — выдохнула тетка с сумками.

— Да, — подтвердила соседка, — очень дорогая вещь, не надо ее людям показывать, опасно.

— А еще квартиру, — добавила девушка и вытащила из сумки ключи. — Во, звенят!

— Так чего ревешь? — всплеснула руками старушка. — Радоваться надо!

— Горе у меня, — топнула ногой девушка, — большое.

— Какое? — гневно спросила тетка. — Что за беда может быть у молодой бабы с брюликами и новой жилплощадью?

— Счастья нет, — грустно ответила девушка, — замуж не хочу, свобода милей... ик... Прощайте, приехала...

Продолжая икать, девица вскочила и ринулась в открывшиеся двери. В вагоне наступила напряженная тишина. Баба с сумками глянула на старуху, та лишь махнула рукой.

— Нет, скажите, чего ей для счастья не хватает? — не выдержала молодая женщина. — Мы вшестером в одной комнате!

— Это ерунда, — вздохнула старушка, — кабы дуре мой артрит...

— Или начальника-гада, — вклинился в беседу зануда.

Я встала и двинулась к выходу. У каждого своя радость. Лично мне для полного счастья сейчас необходимо отыскать Амалию. И очень надеюсь, что у нас дома никого не будет.

Распахнув дверь, я хотела крикнуть: «Есть кто живой?» — но фраза застряла в горле.

Весь пол в прихожей был усеян ботинками, сапогами, тапками... Кто-то из наших искал обувь в галошнице и, найдя необходимое, умчался по делам, оставив жуткий кавардак. Решив не убирать безобразие до возвращения негодника, я пробралась на кухню и остолбенела. Шкафчики открыты, пакеты с крупой разорваны, по плитке разбросаны сухофрукты, фантики от конфет, остатки губки для мытья посуды...

Ноги подкосились, я села на табуретку. Можно было бы предположить, что в отсутствие хозяев в квартире повеселились собаки, но наши псы никогда не позволяют себе подобных асоциальных действий. И потом, я же отправила всю стаю на второй этаж, к Вите. Пока по дому ползает эфа, мопсам, стаффихе и двортерьеру лучше не оставаться одним в квартире. Надеюсь, мангусту... Ларри!

Я начала бегать по комнатам в поисках зверька, выкрикивая на разные лады его имя, и чем дольше искала животное, тем больше ужасалась. У Кирюши в спальне перевернуто постельное белье, подушка сгрызена, по полу мотаются белые перья. У Лизаветы открыт шкаф, на ковре лежали джинсы, футболки, белье, косметика.

К Юлечке и Сережке я даже побоялась заглянуть, хватило вида Катиной спальни, в которой на полу громоздились не только вещи и занавески, но даже многочисленные медицинские справочники. У меня опустились руки. Нет, очень хорошо знаю, что сдаваться нельзя никогда, ни при каких обстоятельствах, но как успеть убрать квартиру до возвращения домашних?

— Господи, — донесся из коридора вопль Юли, — Сережа! Ты только глянь!

Я втянула голову в плечи. Ну, началось...

— Офигеть, — подхватил Сережка, — вау! А в ванной!

Я вздрогнула, в санузел зайти не успела. Значит, пронырливый Ларри добрался и туда. Интересно, куда подевался мангуст? Не успела я подумать о зверьке, как что-то теплое, нежное, шелковистое коснулось руки. В кресле около меня мирно сидел невесть откуда взявшийся Ларри.

— Шампунь, — голосила Юля, — весь вылился в ванну, бутылочки разрезаны...

— Нет, — возразил Сережка, — разгрызены.

— Полотенца в лохмотья!

— Мой халат! И пена для бритья!

— Слышишь? — шепотом спросила я у Ларри. — Ладно, в шкафах ты орудовал в поисках змеи. Но шампунь зачем испортил?

Ларри скромно опустил глаза.

— Безобразник! — возмутилась я. — А кухня... Сильно подозреваю, что ты съел все конфеты!

Мангуст шумно вздохнул, потом поскреб меня лапой.

Я удивилась.

— Это как понять?

Ларри сунул мне под блузку сначала голову, а потом быстро улегся на животе.

— Ну ты наглец! — восхитилась я. — Сначала напакостничал, а теперь прячешься. Неужели сообразил, что не выдам тебя? Мне не с руки рассказывать про эфу.

Дверь в комнату распахнулась, на пороге возникла красная от гнева Юля.

— Лампа, — закричала она, — сию секунду объясни, кто испортил все средства в ванной!

— Это не я! — вырвалось из моего рта.

— Никто и не утверждает, что ты грызла пластиковые упаковки и жрала мыло, — пошла в разнос Юлечка.

— Матерь божья! — загремело из комнаты супругов. — Мой архив!

Я постаралась сделаться незаметной.

— Юля, — орал Сергей, — беги сюда!

— Сейчас мы с Лампой придем, — ответила жена.

— Меня не звали, — напомнила я. — Кстати, сама только-только пришла и поражена не меньше вашего.

— Где собаки? — взвизгнула Юля. — Может, они взбесились?

— Стая ни при чем, — бросилась я защищать псов, — их дома нет!

— Куда же подевались? — поинтересовался Сережка, появляясь за спиной жены. — На танцы отправились?

— Нет, в гости.

Сергей вытаращил глаза.

— К кому?

— Отвела их к Вите. Ему скучно, целый день один, — затараторила я, — вот, подумала, пусть собакам порадуется.

Юля и Сережка переглянулись, и из них посыпалось:

— Лампа, колись!

— С чего мы все заснули посередине дня?

— А теперь везде разгром...

— Немедленно отвечай!

И тут, в самый неподходящий момент, Ларри ожил под кофтой. Я попыталась прижать юркого мангуста, но тот довольно больно оцарапал мне кожу.

— Ой! — вылетело из горла.

— Ты чего корчишься? — нахмурился Сережка.

— Живот болит, похоже, съела несвежую сосиску, — соврала я.

— Ой, гляди, — протянула Юля, — он у нее ходуном ходит.

Юлечкин указательный палец ткнул в мою сторону.

— Похоже, сосисочка-то живая, — ухмыльнулся Сергей, — вон как под кофтой в желудке вертится.

Я хотела удержать Ларри, но зверек вылез наружу и без всякой опаски уставился на Юлечку.

— Крыса! — подскочила последняя.

— Мангуст, — обиделась я за Ларри. — Очаровательный, милый и умный, теперь с нами поживет.

— Офигеть не встать, — вымолвил Серега. — Он дикий?

— Нет, ручной, — бросилась я прояснять ситуацию, — ходит в лоток, обожает молочное...

— А еще шампунь, мыло, косметику, вещи, — добавила Юля.

— Занавески и книги, — подхватил Сергей. — Зачем нам мангуст?

— Змею ловить, — брякнула я и захлопнула рот. Но поздно. Слово, как известно, не птичка.

— Кого? — спросила Юля и, не дожидаясь моего ответа, запрыгнула с ногами на диван. — У нас тут пресмыкающиеся ползают?

— Немедленно отвечай, — принялся трясти меня Сергей.

Я собрала в кулак все мужество и рассказала про эфу.

— Катастрофа, — обморочным голосом прошептала Юля, узнав правду, — беда. Надо немедленно уезжать из дома.

— Куда? — спросил более трезвомыслящий Сергей.

— Например, в гостиницу, — воодушевленно ответила Юля.

— Нас не пустят с собаками, — робко возразила я, — а еще имеется Ларри.

— Он-то останется тут! — заорала Юля. — Ладно, если не отель, тогда... тогда... тогда... к Машке Родионовой. Сейчас, сейчас... Алло, Машуня, привет. Как дела? Отлично! Слушай, пусти переночевать. Как кого? Нас. Всех. Да, да, и собак тоже. Всего на недельку. А-а-а! Прости, не знала. У Родионовой ремонт.

Последняя фраза адресовалась уже нам с Сережкой. Я тихонечко вздохнула. Юлечка очень умная, но иногда ей свойственна наивность. Тем временем девушка связалась с другой подругой.

— Наталь, привет. Как дела? Супер. Слушай, нам жить негде. И собакам тоже, всего семь дней. А-а-а, ясно! У Наташки тоже ремонт.

Я уставилась в потолок, молча слушая, как Юля беседует с Олей, Ксюшей, Леной, Светой, Галей, Олесей, Ниной... И представляете, все они одновременно затеяли обновление жилища. Одна Ксения оказалась оригинальной: к ней приехала в гости свекровь с мужем и двенадцатью внуками. Ясное дело, нам в ее квартире уже не осталось места.

— Просто ремонтомания какая-то! — обозлилась Юля. — Значит, снимаем квартиру.

— Милая, — нежно сказал Сережа, — думаю, пресмыкающееся уползло. Мангусты — отличные охотники, а змея не дура, учуяла его запах и тю-тю.

— Пока лично не увижу труп гадины, не поверю! Нужно предпринять меры защиты, — засуетилась Юля, — срочно! На антресолях есть спальные мешки. Лампа, снимай их и раздай всем. На ночь устраиваться, как туристам! Лечь и закрыть до горла «молнию». По дому ходить в резиновых сапогах и плащах! На руках перчатки! Серега, иди к этому Роману и выясни, не вернулась ли эфа домой. Задраить щели! Заткнуть окна! То есть наоборот, но это не важно!

Закипела работа, в которой активное участие приняли вернувшиеся Кирюшка с Лизаветой, Катя и даже Костин.

— Спать надо в противогазе, — предложил последний.

— Душно будет, — предостерегла Катя.

— В самый раз, — нервно ответил Вовка, — вы, как хотите, а я надену. Вдруг эта дрянь ко мне в квартиру приползла.

Около одиннадцати вечера домашние наконец успокоились и попытались расслабиться. Выглядели все, конечно, странно: в резиновых сапогах, плащах и перчатках. На собак, вернувшихся из гостей, Лиза натянула толстые, стеганые комбинезоны, а на лапы им надела ботинки, в которых животным предписывается выходить во двор в особый мороз.

— По-моему, девочке жарко, — заметила Катюша, наблюдая, как Ада, вывалив язык из пасти, пытается на расползающихся лапах пройти по коридору.

— Пар костей не ломит, — философски заметила Лиза, — у нас в квартире змея.

— Она уползла, — возразила я. Мне просто хотелось приободрить членов семьи. — И потом, эфа не способна перекусать всех, у нее яда лишь на одного хватит, остальные могут спать спокойно.

Юля метнула в меня убийственный взгляд.

— Романа дома нет, — напомнил Сергей, — члены местной сыскной бригады — коллеги Лампуделя, пенсионерки на лавочке — сообщили, что соседушка отбыл вместе с псом Джейсоном в неизвестном направлении.

— Сбежал от змеи, — подвел итог Кирюшка, — боится.

— Вовсе нет, — попыталась я рассуждать логично, — Роман давно живет с эфой, они дружат.

— Всем спать! — приказала Юля. — Не верю я в хорошие отношения с ползающей гадиной.

Глава 28

Очутившись в своей комнате, я занялась важным делом — изучением набранных Мадо номеров и принятых ею звонков. Хорошо, что аппарат Гостевой выпустила та же фирма, которая произвела и мой мобильный, поэтому я смогла подзарядить телефон Мадлен и теперь спокойно лазила по закоулкам его памяти.

Итак, начнем. 693... «Здравствуйте, вы позвонили в бутик «Лам», если вам известен номер нужного абонента, наберите его в тональном режиме или дождитесь ответа оператора». Так, понятно, едем дальше.

788... «Здравствуйте, вы позвонили в салон красоты «Сим», если вам известен...» Это тоже не то! По следующим двум номерам никто не ответил, в ухе раздавались обычные гудки. Я решила не отчаиваться и упорно тыкала в кнопки. Очень скоро выяснилось: в тот день Мадо звонили с работы, из косметического кабинета и неких фирм, похоже, выпускающих женскую одежду. Сама она сделала всего три звонка: один в «Лам», другой по номеру, который сейчас не отвечал, а третий принадлежал ресторану.

Я еще раз попыталась позвонить туда, где никто не отзывался, и опять неудачно. Ну что ж, теперь изучим телефонную книжку. Но никого с именем «Амалия» в ней не нашлось, контакты Мадо были беспорядочны, и разобраться в них могла лишь хозяйка: «Кики 2», «Лев с речки», «Расчет денег Таня», «Пуговицы», «Идиотка», «Не давать баксы». Я последовательно нажимала на кнопки и вежливо спрашивала:

— Можно Амалию?

Отвечали по-разному. «Лев с речки» милым женским голосом пропел:

— Вы ошиблись номером.

«Идиотка» грубо рявкнула:

— Разуй глаза!

«Не давать баксы» густым басом попытались кадриться:

— Зачем тебе Амалия? Настоящий мужик лучше, приезжай, киска!

Более того, у «не давать баксы» имелся определитель номера, и противный парень немедленно начал названивать мне, хамски восклицая:

— Зая, поторопись! У меня для тебя кой-чего припасено.

В конце концов я устала и выключила мобильный. Стрелки часов подобрались к двум, пора и на боковую. Хотя сумею ли как следует отдохнуть? Лечь предстояло в спальный мешок, а кто хоть раз пользовался им, великолепно понимает, как неудобно подобное ложе — на живот не перевернуться, а я не умею спать на спине.

Проклиная всех пресмыкающихся, я кое-как впихнулась в тесную нору, стала застегивать «молнию», больно прищемила палец и начала злиться на Романа. Упустил змею, а сам удрал! Хорош гусь!

Дверь в мою комнату скрипнула, я затряслась. Вот оно! Эфа ползет сюда!

— Лампа, ты спишь? — спросил голос Юлечки.

— Фу, напугала. Нет.

— Возьми Рейчел.

Я с трудом расстегнула плохо поддающуюся «молнию» и села.

— Куда надо брать стаффиху?

— К себе, в мешок.

— С ума сойти, мне и одной в нем тесно!

Юлечка села на кровать.

— Лампуша, нужно быть милосердной! Собаки не могут спать в ботинках и попонах.

— Ладно, — согласилась я, — хорошо. Беру мопсов, Мулю и Аду.

— Они уже у Кирюши.

— Тогда Феню и Капу. Еще лучше получается, Капуся совсем маленькая.

— Их забрала Лиза.

Я прикусила губу, из оставшейся пары двортерьер — стаффиха лучше выбрать первого.

— Давай Рамика!

— Он с Вовкой.

— Какие хитрые, оставили мне самую здоровенную соседку. Пусть Вовка поменяет Рамика на Рейчел!

Юлечка хихикнула.

— Он откажется. Видишь ли, Рамик единственный мальчик в стае, Костин сказал, что ему морально неудобно в мешке с девочкой.

Я потрясла внезапно отчаянно заболевшей головой.

— По-моему, мужчина не должен спать с мужчиной. Рамик просто меньше, Рейчел весит больше меня. Погоди, а с тобой кто?

— Сережка, — серьезно ответила Юля, — у нас один мешок.

— Слушай, — обрадовалась я, — давай махнемся не глядя. Забирай Рейчел.

Окончание фразы я благоразумно проглотила. Ну не говорить же Юлечке, что ее муж по объему меньше стаффихи! Правда, Сережка храпит, зато Рейчуха оглушительно пукает, что, на мой взгляд, намного хуже.

— Ну уж нет, — возразила Юля, — я Серегу на Рейчел не обменяю. Хватит спорить!

Я капитулировала. Совместными усилиями мы впихнули ничего не понимающую собаку в спальник.

— Немедленно надень сапоги и плащ, — приказала, отдуваясь, Юлечка.

— Лягу в мешок и плотно застегнусь.

— Все равно, в такой ситуации лучше перебдеть, чем недобдеть.

— Жарко.

— Лучше потной и живой, чем мертвой в прохладе.

Спорить со впавшей в раж Юлей невозможно, и пришлось мне устраиваться в мешке, предварительно облачившись в резиновые боты и оригинальную «пижамку». Юля с трудом застегнула «молнию».

— Змейка заедает, — констатировала она. — Ой, совсем забыла!

Быстрым движением жена Сережки вытащила из

кармана ярко-красную шапочку для плавания, живо натянула ее на голову Рейчел и ласково произнесла:

— Спите спокойно.

Мы с Рейчухой остались вдвоем.

— У-у-у, — обиженно завыла стаффиха. Она ненавидит шапки, платки и прочие аксессуары, скрывающие уши.

— Молчи лучше, — велела я, — и сдвинь лапы! Разлеглась, словно поросенок на блюде.

Стаффиха примолкла, но пинаться не перестала — наглая собака явно пыталась отвоевать для себя побольше пространства, и ей это с блеском удалось. В считаные секунды несчастная Лампа была засунута вбок, а Рейчел, устроившись относительно вольготно, захрапела. Я попыталась выпрямить руку... Куда там! Безуспешно попинав издающую заливистые рулады Рейчел, я устала и немедленно уснула.

Будильник прозвонил, как всегда, в семь. Я попыталась поднять руку, чтобы ударить часы по «голове» и отвоевать для себя еще пару минут сладких сновидений, но рука отказалась подчиниться хозяйке.

Морфей улетел прочь со скоростью вспугнутой мухи, меня обуял ужас. Все, парализовало, допрыгалась, Лампа! Интересно, сумею ли позвать на помощь? Я открыла глаза и испустила дикий крик. А как бы вы поступили на моем месте, увидев около себя лицо то ли китайца, то ли слишком загорелого европейца с разинутым ртом, из которого вырывается заливистый храп? В довершение картины на мужике красовалась ярко-красная шапочка для плавания. Я умерла и попала в ад? Господи, что случилось? Конечно, кое-кто в подобной ситуации мог подумать о количестве опустошенных накануне бутылок, но я практически не употребляю алкоголь и не сумею выпить столько, чтобы улечься под одеялом с подобным типом.

Ужас захлопнул пасть, раскрыл глаза... и я узнала Рейчел. Мгновенно в голове ожили воспоминания, страх ушел, зато напомнило о себе тело. Руки и ноги практически не шевелились, мне было отвратительно жарко, потно, душно.

— Что случилось? — всунул в спальню голову Вовка. — Чего кричала? О, вы отлично смотритесь вместе, просто сладкая парочка.

— Спасибо, — выдавила я сквозь зубы, — и тебе резиновые сапожки к лицу.

Костин исчез, а я попыталась расстегнуть «молнию», но безуспешно. Рейчел принялась выть.

— У-у-у... — давило мне в уши.

— Замолчи.

— У-у-у...

— Сейчас вылезем.

— У-у-у...

Второпях я слишком резко дернула бегунок и сломала ноготь. Отчего-то ерундовая неудача показалась крайне обидной.

— Юля, Сережка, Вовка, кто-нибудь, выньте нас! — заголосила я под неумолчный вой Рейчел, явно мечтавшей выйти во двор пописать.

— Ну зачем так кричать? — сердито спросила, входя в комнату, Юля. — В чем проблема?

— «Молния» не расстегивается.

Юлечка стала дергать змейку. Безрезультатно. На помощь жене пришел Сережка, затем в комнате появились Кирюша, Лизавета и Костин. Естественно, каждый принялся давать советы.

— Тяни!

— Вниз ее!

— Вверх лучше!

— Дерни в сторону!

Но мешок не собирался расстегиваться.

— Наверное, Лампа плащ прищемила, — осенило Вовку, — попробуй вытащить материал.

— Не могу пошевелиться, — призналась я, — руки-ноги не действуют.

— Ноги тебе ни к чему, — начал раздражаться Вовка, — хватит рук!

— Не кричи на Лампушу, — решила пожалеть меня Лиза, — надо разрезать мешок.

— Но он испортится, — живо напомнила хозяйственная Юлечка.

— Если не трогать спальник, испортится Лампа, — вступил в беседу Кирюшка.

Мне внезапно стало смешно. Происходящее напоминало сцену из мультика про Винни-Пуха. Кирюша почти дословно цитирует медвежонка, а Юля исполняет роль Пятачка. Только в фильме симпатичные персонажи вели речь о воздушном шарике.

— Ей совсем плохо, — испугалась Лиза. — Наверное, давление поднялось. Смотрите, покраснела и рожи корчит.

— Несу ножницы! — завопил Кирюша и мухой вылетел в коридор.

Пока мальчик бегал на кухню, оставшиеся предприняли еще одну попытку освободить пленницу.

— Вечно с тобой ерунда какая-нибудь случается, — отдуваясь, резюмировал Костин, — остальные спокойно из спальников вылезли.

— Еще и виновата... — надулась я. — Мне дали испорченный спальный мешок.

— Во! — заорал Кирюша, врываясь назад. — Ну, кромсаем...

Сережа взял ножницы.

— Осторожно, — испугалась я.

— Будь спок, — прищурился парень и попытался воткнуть лезвия в ткань.

Но не тут-то было. Мягкий по виду материал не желал прокалываться.

— Он что, железный? — в легком недоумении спросил Сережка.

— Ничего делать не умеете! — воскликнул Вовка, выхватил ножницы и попробовал сделать разрез, но ткань просто проминалась.

— Если память мне не изменяет, — протянула Юлечка, наблюдая за бесплодными попытками майора, — то эти замечательные во всех отношениях мешочки нам с пятидесятипроцентной скидкой продала фирма «Доктор По». Мы им придумали замечательную пиар-кампанию, наши идеи очень их хозяину понравились.

— Вместо того чтобы предаваться ненужным воспоминаниям, лучше принеси секатор, которым курицу разделывают, — оборвал жену Сережа, но Юлю не так легко сбить с толку.

— Повторяю, — спокойно продолжала она, — спальники заполучили в фирме «Доктор По».

— И что? — буркнул Костин.

— А у них слоган «Льву не по зубам».

— Не понял, — рявкнул Сережка, — где секатор?

— Спальники сделаны с применением новых, космических, технологий, — мирно вещала Юля, — из материала, который идет на производство скафандров. Уж не знаю, правда это или нет, но на фирме хвастались, что ткань невозможно разорвать, разодрать или расцарапать. Отсюда и слоган про хищника.

Сережка присвистнул.

— Действительно. Вспомнил: металлические, очень тонкие нити образуют паутину, которая практически не поддается механическому воздействию.

— Мне теперь всю жизнь в спальнике с Рейчел лежать? — совсем испугалась я.

— Вечно тебе в голову всякая ерунда лезет, — прошипел Костин. — Между прочим, я опаздываю на работу. Какая глупость — верить рекламе... Тащите секатор, не стойте с раскрытыми ртами!

Домашние развили бурную деятельность, но, увы, ни острейшие ножницы, которыми полагается кромсать птицу, ни лезвие для пластика, ни здоровенные кровельные «чикалки», невесть откуда оказавшиеся в ящике с инструментами, не помогли — ткань даже не помялась. Это был тот самый уникальный случай, когда рекламный слоган не обманывал. Очутись я сию секунду в лапах кровожадного льва, он бы не сумел выковырнуть Лампу из спальника, удовольствовался бы откушенной головой, которая торчит снаружи.

— Невероятно, но факт, — констатировал Кирик, — ни фига не получается.

— Можно дырки прожечь, — задумчиво предложил Сережка.

— Каким образом? — заинтересовался Кирюшка.

— Паяльником, — высказал креативную идею старший брат. — Разогреть его, потыкать в мешок, получится перфорация.

— Не согласна! — заорала я.

— А если поджечь? — засуетилась Юлечка. — Может быть, это металлизированное полотно не выносит высокой температуры.

— Эй, вы забыли, что внутри мешка два живых существа, — напомнила я. — Мы с Рейчел тоже не выносим высоких температур.

— Что за дурацкая идея заползти в мешок! — завозмущалась Юля. — Теперь все опоздают на работу.

— Это ты придумала, — мрачно напомнила я.

— Нетушки, — ехидно ответила Юлечка. — Вернее, да, насчет спальников моя мысль, но все аккуратно со своими справились, а ты испортила «молнию», запихнув в нее плащ, и в результате...

— Уже едут, — возвестил Вовка, возвращаясь в спальню.

— Кто? — хором спросили присутствующие.

— МЧС, — пояснил Костин. — У них имеются замечательные резаки, которые машины кромсают и бетонные плиты крошат. В секунду Рейчел вынут!

— А меня оставят? — обиделась я. — Вы решили лишь стаффиху спасти?

— Ну, и тебя заодно, — кивнул Вовка.

И тут затрезвонил мой мобильный. Без тени смущения Лизавета схватила трубку.

— Алло, нет, не Евлампия. Она не может подойти, ее вместе с Рейч в мешке заклинило. Спальном. Ну... не знаю, может, через час, через два... А кто ее спрашивает? Миша? Откуда? Манекенщица вам нужна? Погодите.

Лизавета подошла к кровати и приложила сотовый к моему уху.

— Слушаю, — воскликнула я.

— У тебя там чего происходит? — пропел Миша. — Какой мешок? Зачем ты в него залезла, дурочка противная!

— Потом объясню. Я, к сожалению, на самом деле попала в идиотскую ситуацию, лежу вместе с Рейчел в обнимку, даже пошевелиться не способна.

— Надеюсь, твоя спутница роскошная блондинка, — хихикнул Миша, — я, как ты понимаешь, не по этой части... О-о-о... а-а-а!

— Что случилось? — заволновалась я, вслушиваясь в крики, которые издавал стилист.

— Вот черт! — донесся голос Ани. — Мышь по

комнате прет! Наглая какая! Ща я ее туфлей пристукну...

— А-а-а, не убивай! — колотился в истерике Миша. — Она живая, просто выгони! О-о-о...

Вопль оборвался, в ухе застыла тишина.

— Эй, вы живы? — испугалась я.

Почувствовав нервное напряжение хозяйки, Рейчел попыталась вырваться из мешка, не сумела и громко завыла:

— У... у... у...

— Замолчи, — зашипела я, пытаясь понять, что происходит в бутике. — Аня, Аня, ау, отзовись!

— Все путем, — ожила трубка, — кинула в дебильную мышь банку с сахаром и, понимаешь, попала! Она лапки отбросила, а Мишка в обморок завалился. Очень он у нас трепетный, не способен даже таракана раздавить. Во второй раз сегодня ему валерьянки наливать приходится.

— Почему во второй? — вскинулась я. — В «Лам» грызуны стаями ходят?

— Ты ничего не знаешь?

— А что случилось?

— На Шульгину бандит напал, вчера поздно вечером. Она с какой-то тусовки возвращалась, вошла в подъезд, а там грабитель. Налетел, ударил по башке, драгоценности забрал, деньги, сумку. Ирка без сознания упала. Ваще! Сволочь!

— Не может быть, — прошептала я.

— Подонок! — кипела Аня. — Мразь! Хочешь кого обобрать, скажи по-человечески: «Дай кошелек», — мигом все с деньгами расстанутся. Идиотов мало из-за рублей собой рисковать. Зачем по башке-то лупить? Ума нет? Если найдут, то за убийство пойдешь...

— Безнадега, — послышался издали слабый голос Миши, — менты даже не пошевелятся. Протокол

составили, дело открыли и забыли. Потом в архив
спихнут. Небось наркоман это был, они от ломки
звереют.

— Она умерла? — робко спросила я.

— Жива, — горестно ответила Аня. — Жуткое дело!

— Наверняка это была баба, — вновь подал голос
Миша, — они злые. Ни один мужик так себя не пове-
дет.

— Шульгина в больнице? — прервала я стилиста.

— Ага, к ней никого не пускают. В Склифе лежит, в реанимации, — пояснила Аня. — У нас, ваще,
бардак, ты сегодня не приходи: Сонька орет, Роберто
огнем плюется! Во дела: Реутову зарезали, Мадлен
арестовали, Ирку ограбили.

— Кто тут в рабочее время посторонними разго-
ворами занимается? — завизжал высокий голос.

— Чума, — зашептала Аня, — Сонька приперла.
Сиди дома, нечего тут маячить, позвоню, когда пона-
добишься.

— О какой манекенщице шла речь? — полюбопытствовала Лиза, кладя мобильный на тумбочку.

— Ерунда, — обтекаемо ответила я, — рабочий
момент. Может, попытаться пассатижами «раскусить»
«молнию»? Очень жарко, тесно, и в туалет охота.

Глава 29

— Девочки, кушать! — крикнула из кухни Юлечка.

Стая, бойко цокая когтями, понеслась завтракать.
Рейчел, понявшая, что сейчас начнется раздача вкусной каши с мясом, взвыла еще пуще и принялась с ут-
роенной силой пинать меня всеми четырьмя лапами.

— Дайте ей еду, — заорала я, — скорей!

— Уже несу, — откликнулась Юлечка и засюсюкала: — Ах ты мое солнышко, ешь, ешь, бедняжка.

Перед мордой стаффихи оказалась миска, наполненная гречкой. Урча от восторга, Рейчел принялась заглатывать угощенье, изредка она кашляла, и тогда комья каши сыпались внутрь мешка. Мне стало обидно. Конечно, о собаке следовало позаботиться, но ведь я тоже проголодалась.

— Дайте воды, — потребовала я.

— Сейчас, — закивала Юлечка и убежала, унося пустую миску.

Стаффиха сыто рыгнула.

— Ваши манеры, мадемуазель, далеки от идеала, — вздохнула я. — Не вздумайте испортить воздух, мы задохнемся.

— А вот и водичка, — заквохтала где-то под моим ухом Юля, — пей, ласточка...

Слегка удивленная ее нежным тоном, я скосила глаза и увидела в руках у Сережкиной жены круглую никелированную миску.

— Пей, душенька, — пропела Юля, подставляя собаке емкость.

— Воду следовало дать мне! — обозлилась я.

Миска переместилась влево.

— Пожалуйста, — совершенно спокойно заявила Юля. — Хотя, думаю, лучше будет умыться после того, как тебя вынут.

Я хотела сказать, что хочу пить, а не совершать водные процедуры, но тут в комнату вошли двое мужчин.

— Что у вас случилось? — весело осведомился один.

— Лампа не может вылезти из мешка, — затараторила Юлечка. — Заклинило «молнию», а ткань, из которой сделан спальник, особо прочная, абсолютно не режется.

— Сейчас поглядим, — мрачно буркнул второй мужчина. — Юра, вынимай ГС сто десять.

Но Юра вместо того, чтобы подчиниться, сначала пару раз медленно моргнул, потом с изумлением спросил:

— Леш, а зачем она в спальник вперлась?

— Вопрос не ко мне, — еще сильней помрачнел Юра.

— Лампа змею боится, — бойко пояснила Лизавета. — Пресмыкающиеся по ночам не спят, ползают, ищут, кого бы укусить.

— Так в Москве живете, — напомнил Юра, — не в степи. Вот там всякой нечисти полно.

— Вынимай ГС, — поторопил Леша, — хватит трепаться.

— А она всегда с собакой спит? — не успокаивался Юра.

— Да, — кивала Лиза.

— Чего только в жизни не бывает! — восхитился Юра.

Алексей, потерявший надежду заставить своего коллегу работать, сам раскрыл здоровенный чемодан, вытащил из него нечто, похожее на ножницы, только с длинными и широкими лезвиями, подошел ко мне и хмуро велел:

— Голову отверните.

Я живо повиновалась. Леша легко воткнул суперрезак в «молнию» и начал ловко «перекусывать» звенья змейки. Чем дольше он работал, тем больше изумлялся ничего не делающий Юра.

— Вау, Леха, она в плаще! Резиновом! И в сапогах! Дамочка, вам не жарко? И зачем так странно оделись? Неужто в самом деле от змеи прятались?

Я молчала. Какой смысл вступать в разговор с идиотом? Лизе и Юлечке ситуация казалась крайне смешной, обе девицы безостановочно хихикали. Сережа и Вовка решили не принимать участия в шоу, они преспокойно ушли из моей спальни, а Кирюша нежно обнимал крайне испуганную Рейчел, приговаривая:

— Ну тише, тише, сейчас все закончится.

Леша очень быстро справился с проблемой. Стаффордшириха выпрыгнула из наконец раскрытого мешка, я с огромным трудом села. Руки, ноги, спина, шея — все затекло.

— Ну и зачем она в таком виде улеглась? — продолжал недоумевать Юра. — Неудобно ж! И собаку можно на коврике устроить.

— Хорош трендеть, — оборвал его Леша, — пошли!

— Вчерась одна бабушка, — весело сообщил Юра, пока Алексей укладывал чудо-ножницы назад в чемодан, — к двери прилипла.

— Это как? — заинтересовался Кирюша.

Юра радостно пустился в объяснения:

— Ее соседи по лестничной клетке ремонт сделали, створку поставили новомодную, из стеклопластика. Я таких еще не видел, суперская вещь. Только ее спецлаком обрабатывают, от всяких там царапин. Сначала дверку устанавливают, затем мажут составом и хозяев предупреждают: «Не трогайте сутки, а то прилипнете». Створка прозрачной кажется, а на самом деле обман, ниче сквозь нее не видать, но впечатление создается. Ну, ушли мастера, а бабка-соседка решила, что через пластик можно подглядеть, чего в чужой квартире творится. Подшлепала к дверке, щурилась, щурилась, а потом к ней прислонилась, сначала лбом. Ясное дело, приклеилась. Захотела голову оторвать и руками уперлась. Цирк!

— А дальше что случилось? — с любопытством спросил Кирюшка.

— Два часа стояла, пока мы не приехали, — бурно радуясь, заявил Юра, — еле-еле отскребли бабульку, наверное, временно она потеряет охоту за соседями подглядывать.

— Пошли, — рявкнул Леша, — я еще хочу где-нибудь кофе глотнуть.

— А вот еще случай, — не успокаивался гиперобщительный Юрий. — Одна девочка палец в кран сунула, ну в носик, откуда вода течет.

— Вот дура, — хмыкнула Лиза.

— И не говори, — заржал Юра. — Ну, засунула, а потом дерг, дерг, и ничего! Тоже пару часов куковала, пока мы не явились. Пробки в городе, сразу не приехать. Вам повезло, мы на соседней улице были, там эта дурочка и живет.

— Надо совсем идиоткой быть, чтоб палец в кран запихать, — заявил Кирюша. — Ни одному нормальному человеку подобное на ум не взбредет. Лишь дурам.

— Да ей годик всего, — пояснил Юра. — Хотя люди такое творят, не поверишь! Был у нас случай...

— Ну вот что, — окончательно вышел из себя Леша, — ты тут хоть до вечера стой, а я поеду, очень кофе охота, видел за углом забегаловку. Когда закончишь язык тренировать, спускайся, но не забудь — времени у нас всего час на отдых.

— Давайте мы вас завтраком угостим, — засуетилась Лизавета, — пошли на кухню.

— Спасибо, — сразу согласился Леша, — есть совсем неохота, а вот кофейку выпью, со сливками.

— Так я вам еще про один случай расскажу, — затараторил Юра. — Ну прикол! Приезжаем...

Когда все покинули мою спальню, я встала и побежала в ванную. Больше всего на свете мне хотелось как следует вымыться и продолжить обзвон людей, чьи номера телефонов хранились в мобильном Мадо. Вчера мне не удалось соединиться со всеми, может, сегодня повезет? Все-таки глупость многих людей поражает! Ну зачем прижиматься лбом к чужой двери? Неужели непонятно, что вход в свою квартиру никто не сделает прозрачным? А палец, засунутый в кран? Впрочем, во втором случае пострадавшей всего год, в ее возрасте подобное поведение простительно. Но бабушка! Хотя не зря же придумали поговорку «что старый, что малый».

Продолжая предаваться философским раздумьям, я вошла в ванную и попыталась умыться, но не тут-то было. Из крана вытекли только капли. Похоже, опять засорилась мелкая решеточка, которая «разбивает» струю. Хоть и утверждают, что в столице существует тщательный контроль за чистотой воды, но я регулярно вытаскиваю из этой сеточки песчинки. Придется и сейчас то же самое проделать.

Но рассекатель оказался чистым. Я попробовала открыть кран побольше, но из него продолжало меланхолично капать. Очевидно, внутри никелированной трубки застрял достаточно крупный камешек.

Решив выковырнуть нечто мешающее воде течь, я засунула в кран палец, ничего не нащупала... и вдруг поняла, что не могу вытащить его обратно. Несколько минут пыталась освободиться из плена, потом осознав бесплодность попыток, позвала:

— Кирюша!

— Чего кричишь? — спросил моментально прибежавший мальчик.

— Тише, пожалуйста, не шуми!

— Вовсе и не думал! — возмутился Кирюшка.

— Я тебя не ругаю.

— Сама заорала.

— Не вопи, сделай милость, лучше помоги.

— Что случилось?

— Палец не вынимается, — осторожно сообщила я. — Только не кричи.

Кирюша уставился на кран, потом заорал во все горло:

— Лампа застряла!

В ванную моментально принеслись Лиза, Юля и оба спасателя. Хорошо хоть Сережа и Вовка успели уехать на работу.

— А зачем она его туда впихнула? — начал бурно радоваться Юра. — Вот это прикол! Суперский случай!

— Неси отжиматель, — приказал Леша.

— Офигеть! — веселился Юра. — Только-только про девочку рассказывал! Вы че, попробовать решили? Проверить, залезет палец в дырочку или нет? Стебно вышло! А вот еще был случай: мальчишка зимой перила железные надумал полизать, и прилип. Вы так не делайте. Хотя сейчас июнь.

Под неумолчную болтовню Юры, бодрое хихиканье Юли с Лизой и откровенный смех Кирюши, Алексей ловко вызволил меня из плена.

— Больше так не балуйтесь, — мрачно посоветовал он, — никогда.

— Спасибо, — ответила я и, забыв умыться, ушла к себе в спальню.

Не успел в моих руках оказаться телефон Мадо, как в комнату всунулся Кирюшка.

— Лампуша, — заискивающе сказал он, — проспонсируй ребенка, дай ему сто рублей, а...

— Нет, — ответила я, — ты получил карманные деньги на эту неделю, следует экономно расходовать средства.

— Ну не сердись, — заныл Кирик.

— Я и не злюсь!

— Не хотел всех в ванную созывать.

— Однако из-за твоего вопля туда примчались все и начали ржать. Ведь просила не орать! — потеряла я напускное хладнокровие.

— Лампушечка, прости, — взмолился Кирюша.

— Не стоит так унижаться из-за ста рублей.

— Мне очень неприятно, я...

— Извини, занята сейчас, потом поговорим.

Кирик, опустив голову, вышел в коридор, но уже через мгновение вновь открыл дверь.

— Я виноват! Хочешь, исправлю ситуацию со змеей? Успокою всех? Избавлю квартиру от эфы?

— Попытайся, — язвительно ответила я. — Можешь взять в помощники Ларри. Мангусту полезно размяться, он уже натренировался на конфетах с печеньем и подушках, теперь готов к работе.

Кирюша хмыкнул и исчез, а я занялась телефоном. На сей раз повалила удача.

— Алло, — пропел тихий голосок.

— Это квартира?

— Да.

— Можно Амалию?

— Кого?

— Амалию.

— Здесь таких нет.

— Вы уверены?

Незнакомка рассмеялась.

— Конечно, живу одна, и мое имя не Амалия.

— Простите, вы знаете Мадлен Гостеву?

— Старшую продавщицу из «Лам»?

— Верно. Так знакомы с Мадо?

— Кто вы такая и почему задаете подобный вопрос?

— Видите ли, я разыскиваю некую Амалию, она в хороших отношениях с Мадо. Если общаетесь с Гостевой, то могли слышать что-нибудь об этой Амалии.

— Я с Мадлен дружбу не вожу, — отрезала женщина. — Являюсь клиенткой «Лам», Гостева сообщает мне о начале продажи новой коллекции. Я доступно объяснила ситуацию? Друзья продавщицы мне неведомы.

— Спасибо, — пробормотала я, понимая, что мысли об удаче явно зря забрели в мою голову, — извините.

— Ничего, милочка, — снисходительно ответила дама, — люди довольно часто совершают бестактности.

Шумно вздохнув, я набрала еще один номер и опять услышала мелодичное:

— Алло.

— Можно Амалию? — с некоторой опаской поинтересовалась я.

— Амалию? — переспросил голос, который отчего-то показался мне знакомым.

— Да, да, именно ее.

— Это я.

— Вы?

— Совершенно верно. Слушаю вас.

— Меня зовут Евлампия Романова и...

— Быстро же ты до меня добралась, — немедленно заявила собеседница. — Ловко! Насколько понимаю, желаешь договориться о встрече?

Я слегка растерялась. Похоже, мое имя известно Амалии, и она совершенно не удивилась звонку.

— Думаю, нам следует побеседовать как можно быстрей, — говорила тем временем женщина, — на работу тебе сегодня не надо, значит, записывай адрес маленького кафе, народу в нем прорва, но лучше встретиться в толпе, так будет безопасней. Уж поверь!

— Хорошо, — живо согласилась я, — называйте время.

— Через полтора часа успеешь?

— Надеюсь, не опоздаю.

— Я подожду. Да, еще! Когда увидимся, изобрази удивление, воскликни громко: «Вот неожиданность! И ты здесь? Давай вместе кофейку попьем». Я сомневаюсь, что за нами следят, но следует соблюсти осторожность. Случайная встреча двух знакомых ни у кого особого подозрения не вызовет.

— Ладно, — вновь согласилась я. — Эй, секундочку! А как мы друг друга узнаем, если в кафе полно посетителей?

Внезапно Амалия звонко рассмеялась.

— Не переживай, разберемся.

— Я буду в джинсах и...

— Не стоит описывать свой прикид, — перебила Амалия и отсоединилась.

Глава 30

В зале и в самом деле небольшой кофейни клубился народ. Дешевая, расположенная прямо у метро ресторация имела успех не только у местных жителей, но и у пассажиров подземки.

Я оглядела гомонящую толпу и впала в уныние. Каким образом здесь могут найти друг друга две незнакомые женщины? Может, Амалия решила подшутить надо мной? Я полезла в карман за телефоном и тут же услышала крик:

— Лампа! Вот неожиданность? Ты как сюда попала?

Мои глаза переместились вправо, и я ощутила досаду.

Ловко лавируя между столами и стульями, с широкой улыбкой на лице ко мне спешила... Аня, швея из бутика «Лам».

— Как здесь оказалась? — спросила она, приблизившись.

— Случайно.

— Пошли за мой столик, я устроилась в укромном уголке.

— Здесь можно найти такой?

Анна засмеялась.

— Ага, за пальмой, шикарное место. Ну, не стой, раз уж случайно столкнулись, можем поболтать.

— Извини, — нервно озираясь ответила я, — ни минуты нет.

— Чего тогда сюда заглянула?

— По ошибке. Перепутала со входом в метро, — ловко соврала я.

Что же теперь делать? Общительная Аня не оставит меня в покое. Я, конечно, могу выйти из кафе, потоптаться недалеко от входа, подождать, пока швея выпьет кофе, и снова пойти в зал. Но как поступит Амалия, сообразив, что госпожи Романовой нет? Вот не повезло!

— Лампа, — потянула меня за рукав швея, — не стой столбом. Здесь классный капуччино и отличные пирожки.

— Никак не получится пообщаться, — сладко заулыбалась я, — пора бежать. Пока. Целую.

— Ты не поняла? — усмехнулась Аня. — Это я.

— Великолепно тебя узнала, но...

— Я — Амалия, — почти прошептала Анна. — Здравствуй, Лампа, мы же договорились о встрече.

— Здравствуй, — на автопилоте вылетело из меня, но потом дошла суть услышанной фразы, и из горла вырвался вскрик: — Амалия? Ты?

Аня быстро наступила мне на ногу, я постаралась справиться с изумлением. Швея вновь заулыбалась.

— Ну, попьем кофейку?

— Давай, — закивала я.

— Иди сюда, — приказала Аня.

Я, плохо понимая, что происходит, последовала за ней, увидела здоровенную пальму, а позади нее крохотный столик, рассчитанный на двух стройных посетительниц.

— Садись, — отрывисто велела спутница, — тут нас не видно и не слышно. Ну, живее.

Я юркнула за мощное растение.

— Заказала тебе капуччино, но он, наверное, остыл, — улыбнулась Аня, усаживаясь напротив.

— Ты Амалия?

— Уже можно перестать удивляться.

— Не могла даже и представить, что это ты.

— В жизни случаются неожиданности.

— Но почему живешь под чужой личиной?

Аня пожала плечами.

— Полнейшая чушь. Я Анна Амалия.

— Двойное имя в России редкость, — покачала головой я.

— Амалия — это фамилия, — пояснила Аня, — очень просто. Ты — Евлампия Романова, я — Анна Амалия.

Я заморгала, собеседница погасила улыбку.

— Ладно, — сказала она, — надо выручать Мадо. Гостева не виновата, ее подставили. Сволочи!

— Кто? — подскочила я.

— И Шульгину они попытались убрать.

— Кто? — тупо повторила я.

Анна побарабанила пальцами по столу.

— Когда ты в «Лам» появилась, я справки навела и поняла: сумеешь дорыться до правды. Честно говоря, полагала, что поможешь Ирине, выполнишь ее просьбу и уйдешь. Реутова кашу замутила, очень уж Галке хотелось начальницей стать, вот и решила конкуренток убрать — сначала ключики у Гречишиной стырила и Ирке в карман сунула. Верно рассчитала, стервятина: найдут пропажу у Шульгиной, последней несдобровать, выгонят без суда и следствия. Только она во внимание характер Светланы Михайловны не приняла. Та не способна с людьми ругаться, вот облом и случился. Гречишина просто потребовала найти вора, поэтому Ирка тебя и наняла. Это, так сказать, крупный план событий, первое дно коробки.

— А кольцо? — перебила я Аню. — То, что пропало из примерочной. Его тоже Реутова прибрала? Чтобы начальницам неприятность доставить?

— Галка не была дурой, — с легким недовольством ответила Аня. — Воровство наказуемо. Приди ей в голову идея украсть перстень, она бы его потом или Мадо, или Шульгиной подбросила. Тут иное. Я своими глазами видела.

— Что?

Амалия отхлебнула кофе.

— У Ирки кавалер имелся. Вернее, у нее их тьма перебывала. Шульгина расчетливая, совсем иная, чем Мадо. Хоть они и сестры, но совсем не похожи. Гостева тонкая, нежная, а Шульгина бой-баба, наверное, на нее так детдом повлиял. Но сейчас не время психологией заниматься. Ирка очень мужиков любит, только не следует считать ее нимфоманкой, в другом дело. Она лишь с обеспеченными связывается. С женатыми.

— Вот уж странность! — вырвалось у меня. — Лучше найти себе холостого и отвести в ЗАГС.

Аня скривилась.

— Кто тебе сказал, что Ире охота замуж? У нее другие цели. Шульгина надеется собственный бизнес заиметь, ищет спонсоров, потому и открыла охоту на сластолюбца со штампом. Такой любовнице, чтобы шум не подняла, что угодно даст. Но бог шельму метит. Ирка попрокидывается ласковой, а затем зубки скалит, требует мани-мани на свою лавчонку. Да не получается, ерундой мужики отделываются. Один парень ей тачку отдал, уж не знаю, как жене ее исчезновение преподнес, другой мебель в квартиру купил и в кусты. Никто Шульгиной бизнес приобретать не хочет. А годы идут, товарный вид теряется, скоро наша Ирина в тираж выйдет. Ну и попутал черт, надумала Шульгина таки замуж сходить. Нашла кандидатуру — Шмелева Александра Георгиевича. Он ей по всем пунктам вроде бы подходил: доктор наук, богатый, светский, холостой... Да потом выяснилось: все не так. Доктор наук? Верно, но преподает какую-то хрень, вовсе не ученый с мировым именем, а профессоров у нас, как собак нерезаных. Даже академиков тьма. Рекламные объявления погляди, там сплошь члены-корреспонденты всяческие услуги предлагают. Денег у Шмелева нет, мужик существует за счет любовниц, бабы его в тусовку привели. Альфонс! И спереть то, что плохо лежит, может. В тот день, когда перстень пропал, Шмелев за Ирой заехал, они еще не разругались...

Зашел в «Лам» кавалер Шульгиной и заныл:

— Солнышко, нам на прием идти, а у меня рубашка совсем вид потеряла.

Управляющая схватила вешалку с сорочкой.

— На, пойди примерь.

Но все кабинки в тот момент оказались заняты. Потом из одной выпорхнула дамочка, та самая, что

затем объявила о пропаже кольца. Александр Георгиевич шмыгнул за дверь, вышел он наружу отчего-
то не скоро и налетел на Аню.

— Безобразие! В кабине меня ослепило вспыш-
кой!

— Чем? — удивилась швея.

— В переодевальне ведется видеонаблюдение,
сработала яркая лампа, — топал ногами альфонс.

— Милый, успокойся, — бросилась к любовнику
Шульгина, — у нас не подглядывают за клиентами.

— Точно? — недоверчиво протянул Шмелев.

— Стопроцентно, — заверила Ирина. — На первом этаже в торговом зале, правда, установлены ка-
меры, но на втором и в VIP-гостиной нет. Тебе показалось.

— Ладно, — смягчился ухажер.

Аня быстро забыла об инциденте, вспомнила о
нем лишь после того, как клиентка подняла шум,
требуя кольцо. Швея сразу смекнула: растеряха, бро-
сив драгоценность, выбежала из примерочной, в
комнатку следом вошел Шмелев, увидел дорогущий
перстень и присвоил его. Выйдя в торговый зал, хит-
роумный Александр Георгиевич закатил скандал, убе-
дился, что видеонаблюдение в примерочных не ведут, и успокоился...

— Ты ничего не сказала начальству? — спросила я.

— Нет.

— Но почему?

— Какое мое дело? — пожала плечами Аня. —
Сами разберутся. Да и доказательств воровства нет,
одни догадки, за руку Шмелева я не хватала.

— Это ты мне звонила и сказала о родстве между
Ириной и Мадлен! — догадалась я.

— Ум некоторых людей поражает. Ты угадала.

— Зачем сообщила информацию? Откуда сама знаешь? — начала я сыпать вопросами.

Анна отодвинула чашку на середину стола.

— Совсем запуталась. И устала очень. Трудно служить ангелом-хранителем у чертей. Только чтобы тебе меня понять, придется выслушать длинную, почти фантастическую историю.

— Рассказывай, — кивнула я.

Аня прищурилась.

— Выключи мобильный.

— Пожалуйста.

— Теперь вынь из кармана диктофон, — спокойно продолжила Амалия.

Пришлось вытащить звукозаписывающий аппарат и демонстративно нажать на кнопку «Выкл.».

— Жила-была девочка, — тоном бабушки-сказительницы завела Аня, — родилась она в Караганде, звали ее простым именем Валечка...

Я превратилась в слух. Обязательно приобрету второй диктофон и стану носить его в потайном кармане. Странно, что до сих пор ни разу не сталкивалась с такой бдительной особой, как Аня.

Валя с раннего детства демонстрировала различные таланты и отлично училась. Получив золотую медаль, выпускница уехала в Москву, поступила без особых проблем в институт и стала изучать точные науки. В Караганде имелось много этнических немцев, Валины родители, Марта и Иосиф Амалия, были из их числа. Впрочем, в семье говорили по-русски, от предков Валентине достались лишь врожденная аккуратность, стремление к порядку да странная фамилия.

Валечка успешно получила красный диплом, поступила в аспирантуру и стала писать диссертацию под руководством профессора Леонида Зорина. Несмотря на серьезные научные регалии, Леонид был молод, хорош собой, а в женщинах ценил в первую очередь ум, поэтому Валечка, очень талантливый математик, привлекла его внимание, и скоро весь факультет гулял на свадьбе. Через девять месяцев, как по заказу, на свет появилась дочка Анечка.

В раннем детстве Аня ощущала себя совершенно счастливой, но потом мама и папа начали ссориться. Сути разногласий, случавшихся между родителями, дочка не знала. Она просто понимала: дома поселилась гроза, мама часто плачет, а отец теперь возвращается с работы за полночь. Затем Валя и Леонид развелись, разменяли квартиру и расстались навсегда. Папа никогда не приходил навещать дочь и денег на ее содержание не давал.

Как-то раз подросшая Аня спросила у мамы:

— Может, мне отыскать отца и попросить о помощи?

— Ни в коем случае, — отрезала Валя.

— Почему? — проявила упрямство Аня.

Валя густо покраснела.

— Не надо, и все!

Аня со всей подростковой горячностью ринулась в бой:

— Он обязан платить.

— Нам хватает, — протянула мама, — давай прекратим неприятную беседу.

— Ну уж нет! — топнула ногой Аня. — Почему вы развелись? Я имею право знать.

— Случился обман, — обтекаемо ответила Валя.

— Ах он гад! — закричала Аня. — Теперь точно к нему поеду!

— Успокойся.

— Давай адрес!

— Анечка, — попыталась утихомирить дочь Валентина, — папу не вернуть, он вновь женился, у него есть дочь, и лучше нам держаться подальше друг от друга. Я специально после развода устроилась на такое место работы, чтобы с ним не сталкиваться, даже согласилась на должность с меньшим окладом.

— Обязательно разыщу отца, — упорствовала Аня. — Красиво получается: одну семью бросил, другую завел. Изменил тебе, бросил меня. Но я не фантик от конфетки! Не желает общаться, ну и пусть, но деньги давать обязан. По закону! Мама, нельзя жить беззубым слизнем. Я с него стребую все, до копейки. Урод! Козел!

— Анечка, — тихо сказала Валя, — ты ошибаешься.

— В отношении козла? — фыркнула дочь. — Ладно, он кобель. И не спорь. Как еще назвать мерзавца, который от законной жены налево побежал?

— Анечка, — робко перебила разбушевавшуюся девочку мама. — Это не он меня обманул, а я его.

Младшая Амалия поперхнулась гневными словами. И некоторое время с крайним изумлением смотрела на смущенную маму.

— Ты от мужа... того? — спросил наконец подросток. — Да не может быть.

Валя судорожно закивала.

— Был грех. Вот, смотри.

Аня вытаращила глаза, наблюдая за мамой, а та встала, вынула с полки толстый том с названием «Решение задач», перелистнула страницы и протянула дочери тоненькую книжечку.

— Читай. Хотела открыть тебе правду в день шестнадцатилетия, но раз уж так вышло...

Анечка схватила свидетельство о своем рождении, в графе «отец» там стояло короткое слово: «неизвестен».

— Это что? — выронила бумажку девочка.

— Леонид Зорин никакого отношения к тебе не имеет, — покрывшись красными пятнами, стала растолковывать ситуацию Валентина, — я выходила за него замуж уже беременной, на маленьком сроке. Кто твой отец, не знаю!

— Так не бывает, — отрезала Аня.

Ее мать опустила глаза.

— Случается порой. Понимаешь, я непьющая, мне от водки делается плохо. А тут попала в компанию... Долго рассказывать не стану, да и плохо помню произошедшее, думала, пью слабенькое вино, а оказалась клюква на спирту. Через месяц задержка. Кто там в гостях был, с кем я... того... самого... не восстановить.

— Понятненько, — прошептала Аня, глядя во все глаза на маму. — Ну ты даешь!

— Аборт делать не хотела, — не обращая внимания на дочь, продолжала та, — вот и выскочила замуж за Леню, обманула его. Зорин плохого не заподозрил, да только ложь раскрылась.

— Как?

— Случайно, — пожала плечами Валя. — Анализ крови у тебя взяли, Леня удивился, что группы не совпадают, пришлось признаться. Он сразу на развод подал и потребовал метрику поменять. Вот так. Очень прошу, никогда про него не спрашивай, имя «Леонид Зорин» забудь, а меня попробуй простить.

Анечка бросилась к маме на шею.

— Ты самая любимая, мне папа не нужен.

Валя закивала.

— Спасибо, солнышко.

Целый год потом жили счастливо, затем мама заболела. Начались больницы, операции. Анечка сначала надеялась, что врачи поставили неверный диаг-

ноз, потом поверила в лекарства, но через два года
стало понятно: мама долго не протянет. Когда Ане
исполнилось двадцать лет, Валя в очередной раз оказалась на операционном столе. Хирург вышел к девушке и мрачно сказал:

— Больше недели не протянет. Разрезали и за-
шили. Матери, ясное дело, правду говорить не стоит.
Будем колоть сильные препараты, страдать не будет.

Анечка, работавшая швеей, взяла отпуск и стала
сиделкой мамы.

Валентина, как и обещал доктор, находилась в
полузабытьи, но один раз, ночью, медсестра отчего-
то не пришла делать инъекцию, и она очнулась. Сказала вдруг дочери:

— Я умираю.

— Что ты, — замахала руками Аня, — придет же
глупость в голову! Поправишься!

Больная поморщилась.

— Сейчас сбегаю за сестрой, — вскочила Аня.

— Сядь, — велела мама, — не суетись. Знаешь
ведь, близок конец.

— Мамулечка...

— Не перебивай, — остановила дочку Валя. —
Грех у меня на душе, тайна великая. По идее, должна
была во время операции скончаться, но Господь в живых оставил. Хочет, чтобы душу облегчила, призналась. Твой отец...

— Знаю, знаю, — закивала Аня, решившая, что
находившаяся долгое время под воздействием силь-
ных препаратов мама потеряла память, — ты мне рассказывала.

— Замолчи, — строго велела Валентина, — сил
мало осталось, не следует их зря тратить. Обманула тебя: твой отец Леонид, никаких пьяных сборищ в моей
жизни не было. Я честная женщина.

Аня потрясла головой.

— Ничего не понимаю.

— Сейчас разберёшься, — пообещала мама, — слушай.

Глава 31

Леонид Зорин не только читал лекции студентам, он ещё был большим учёным, работающим на оборону. Группа математиков, физиков и химиков разрабатывала невероятную вещь — костюм под кодовым названием «крылья». Самолёт не способен безнаказанно проникнуть в тыл противника, его непременно заметят и собьют. Поэтому во всём мире военные мечтают получить маленького и бесшумного воздушного лазутчика, который смог бы пролететь на нужную территорию, и чтобы засечь его было практически невозможно.

Вот над решением этой задачи и трудился коллектив Леонида Зорина. Следовало разработать шлем с кислородной маской, позволяющей дышать на большой высоте, термокостюм, выдерживающий холод до минус 55 градусов. Кроме того, требовались такая система ориентации, с помощью которой солдат-лазутчик попадёт точно в заданное место, миниатюрные, но мощные двигатели, крылья, ручка управления высотой и скоростью... Представляете глобальность задачи?

Над подобной экипировкой работали учёные во многих странах мира. Российские специалисты не отставали, а кое в чём опережали западных коллег.

Валечка знала, чем занимается муж, но сама в разработке костюма не участвовала. Женщина воспитывала дочку, будучи супругой руководителя важного проекта, ходила на службу раз в неделю, её математические таланты были не востребованы, диссертация пылилась на полке.

Осев дома, Валя сделала классическую ошибку многих жен — она вся ушла в ребенка, перестала интересоваться проблемами мужа. Леонид тоже отдалился от супруги, прекратил рассказывать ей о работе, а если Валечка, спохватившись, приступала к расспросам, отмахивался, говоря:

— Дорогая, у нас секретные разработки, не имею права их разглашать. Ты не принадлежишь к нашей группе, сидишь совсем в другом отделе.

Валечку подобное положение вещей вполне устраивало. В тот период жизни самым главным существом на свете для нее стала Аня. Девочка часто болела, в детский сад ее было не отдать, на работе Валя фактически просто числилась. Потом Аня пошла в школу, и в первый год, самый ответственный, Валечка бросила все свои силы на обучение девочки палочкам и арифметическим действиям. Короче говоря, о Леониде жена начисто забыла. Нет, Валя исправно вела домашнее хозяйство, готовила, гладила, стирала, убирала квартиру. Но когда муж возвращался домой, супруга не встречала его вопросом: «Как у тебя дела на работе?» Нет, она сразу начинала выкладывать семейные новости: «Анечка получила пять по арифметике, а вот с пением у нас беда. Может, мне сходить, поговорить с учительницей? Ведь хор не главное!»

Основной темой для разговора у Вали теперь всегда была Анечка. Леонид вроде не обижался, он охотно поддерживал беседу о любимой дочери и, если позволяло время, занимался с ребенком. Валечка ощущала себя счастливой. Ну что еще надо женщине, даже если Господь одарил ее замечательным математическим талантом? У нее есть все — хороший муж, уютная квартира, полный холодильник, а главное — дорогая дочка. Чтобы никоим образом не ущемить Анечку, Валя отказалась стать матерью во второй раз, тайком от Леонида сделала аборт. Она хотела, чтобы вся любовь родителей досталась одной Ане.

Счастье лопнуло внезапно. В один далеко не прекрасный день Валечке позвонила незнакомка. Едва жена профессора взяла трубку, как из нее донеслось:

— Леонид изменяет вам с Аллой Мадиной. Если хотите убедиться, приезжайте сегодня на работу после десяти вечера, найдете голубков на пятом этаже, в лаборатории.

Валя растерянно посмотрела на противно пищащую трубку. Сначала она решила не обращать внимания на странный звонок, но потом в голову полезли разные мысли. Полгода назад Леонид заболел гриппом и, чтобы не заразить жену, переехал спать в кабинет, а выздоровев, так и остался на том диване. Валечка не расстроилась, она даже вздохнула с облегчением, оставшись одна на супружеском ложе, — Зорин сильно храпел, а еще он мог до пяти утра читать в постели книги, и свет лампы мешал Вале спать. И только сейчас Валя задала себе вопрос: а почему Леня не вернулся в спальню? Затем в ее голове родилось новое недоумение: а когда муж проявлял к ней естественный интерес? Получалось, что последний раз свои супружеские обязанности Леонид выполнял то ли в январе, то ли в феврале, Валечка никак не могла точно вспомнить месяц. Окончательно растерявшись, она села на кухне за стол и попыталась «причесать» тяжелые мысли. Когда Леонид приходил домой до девяти вечера? Где он проводит время? На работе? А почему?

Справившись с подкатывающими рыданиями, Валя, оставив Анечку на попечении соседки, помчалась вечером на работу. Дверь в лабораторию была не заперта, она распахнула створки и замерла. Около большого стола, лицом к двери, сидела молодая эффектная блондинка, позади девушки, нежно обнимая ее за плечи, стоял Леонид. Парочка была настолько поглощена обсуждением какой-то проблемы, что поначалу не заметила появления Вали. Жене пришлось громко кашлянуть, лишь тогда муж поднял на нее глаза.

— Что ты тут делаешь? — изумился Зорин.

— Я работаю в этом здании, — медленно ответила Валя. — Или забыл? У тебя новая аспирантка? Познакомь нас!

Леонид поджал губы, а Валя подошла к блондинке, протянула ей руку, энергично встряхнула липкую белую кисть девицы и делано ласково пропела:

— Я жена Лени. Вот зашла за супругом. Дорогой, нам пора, дочка Анечка соскучилась по папе. Думаю, девушка способна самостоятельно запереть лабораторию.

— Езжай домой, — сухо ответил муж, — мне нужно закончить расчеты.

— Это можно сделать завтра, — не дрогнула жена.

— Я пойду, Леонид, — быстро сказала девушка, которую звали Аллой, — уже поздно.

— С каких пор аспиранты обращаются к научному руководителю по имени? — прошипела Валя.

Алла стала нервно перебирать бумаги.

— Сиди, — велел аспирантке Зорин, потом обратился к жене, — а тебе лучше уйти.

— Нет, — топнула ногой разошедшаяся Валентина, — наоборот: ЭТА уберется прочь! Я живу с тобой не первый год, у нас ребенок, семья. Тебя потянуло на новенькое? Но со мной подобный фокус не пройдет, придется выбирать — либо я, либо она. Только подумай хорошенько: я тебе отдала свою молодость и ни разу ничем не запятнала твою честь, а эта дрянь легла под женатого мужчину...

Алла вскочила и выбежала в коридор, Леонид схватил жену за плечо.

— Дура!

— Правильно, — жалобно протянула Валя, — поймали на измене, теперь надо себя оправдать, а меня унизить. Начинай!

Горькие слезы не дали Валечке продолжить речь.

— Мы просто коллеги, — тихо сказал Леонид, — работаем вместе.

Валя кивнула и заплакала еще горше. Зорин обнял жену.

— Пошли.

Супруги спустились вниз и сели в машину. Леонид завел мотор, но поехал не в сторону дома, он привез жену в парк и неожиданно предложил:

— Погуляем?

— Ладно, — после некоторого колебания ответила Валя.

Пара пошла по дорожкам.

— Давно мы с тобой никуда не ходили, — вздохнул Зорин.

— Ты постоянно на работе, — язвительно ответила жена.

— А ты занята Аней, — огрызнулся муж.

Валентина остановилась, глянула на супруга, потом развернулась и быстро пошла назад.

— Стой, — бросился за ней Леонид.

— Если ты меня разлюбил, — прошептала Валечка, — нашел другую, то нечего упрекать мать, которая воспитывает ребенка!

Профессор взял жену за руку.

— Выслушай меня и попробуй понять.

— Хорошо, — кивнула Валя, — начинай.

Она ожидала жалких оправданий, но Леонид говорил совсем не об Алле, и через пять минут Вале стало страшно. Невероятно страшно. Неимоверно страшно! Она-то наивно полагала, что супруг завел любовницу, но правда оказалась намного хуже.

— СССР — империя зла, — вещал Зорин, — Вторая мировая война была развязана с согласия Сталина, который позволил Гитлеру напасть на Польшу. А сколько людей погибло во время революции? Вырезали лучших, уничтожили генофонд. Вспомни про сталинские репрессии, лагеря. Хорошо, тиран скончался в пятидесятых, а то неизвестно, что бы случилось дальше! Во времена Хрущева было не лучше, он гнобил всех, кто имел личное мнение, и творил глупости, поднимая целину, сея кукурузу там, где ей не вырасти. При Брежневе пика достигла гонка вооружений. Миллиарды тратятся на оборону, наращивает обороты страшный молох. Получается замкнутый круг: мы создаем ракеты, американцы делают лучшие ракеты, мы придумываем еще более современные ракеты, американцы разрабатывают совсем неимоверные ракеты... Куда это заведет?

— Капиталистический мир ненавидит соцстраны, — повторила пропагандистский лозунг Валя, — мы должны защищать свой народ.

— Ерунда! — вскипел Леонид. — Народ влачит существование в нищете, съезди в любую деревню да погляди. На бытовом уровне беда: нет ничего, запрещено все, граждане СССР обязаны лишь работать ради мифического светлого завтра. Но человеку жить надо сегодня! У нас нет и намека на социализм, мы живем в тоталитарном государстве. Капиталистическая система более человечна. Если на планете установится один строй, исчезнут непомерные расходы на оборону, вот тогда образуется общество свободных, счастливых граждан.

Нет нужды приводить здесь всю пламенную речь профессора. Говорил он долго и нервно, важна суть. Валечка чуть не лишилась чувств, узнав, чем занимается Зорин: желая приблизить счастье человечества, он передавал спецслужбам США результаты секретных научных исследований, причем не только свои. Леонид создал тщательно законспирированную группу активно работающих соратников. Профессор завербовал их среди своих учеников, самое активное участие в деле принимал Игорь Гостев, бывший аспирант Зорина. Алла тоже работала на чужую страну.

— Теперь понимаешь, отчего мы засиживаемся по ночам? — блестя глазами, восклицал Леонид. — Скоро наш костюм — крылья для десантников — приблизит конец коммунизма.

— Ты сумасшедший, — прошептала Валя, — предатель!

— Нет, спаситель человечества, — на полном серьезе ответил муж. — Мы работаем не за деньги, а за идею. Ради благополучия детей! Да, меня нет рядом с Аней, но внуки будут гордиться дедом, сумевшим победить красную чуму.

— А если вас поймают? — прошептала Валя.

— Маловероятно.

— И все же?

Леонид гордо вскинул голову.

— У нас с Аллой есть яд, мы примем его в момент ареста. Лучше умереть, чем выдать товарищей!

— У вас с Аллой... — медленно повторила Валентина. — А о нас с Аней ты подумал? Вы с Аллой умрете, а мы? Какова судьба жены предателя и его дочери? Хочешь спасти человечество, погубив родных? Чем ты лучше Сталина?

Домой супруги вернулись чужими людьми. Слово «развод» произнесла Валя, она же настояла на том, чтобы вытравить всяческое упоминание имени Леонида из жизни Ани.

— Или будет по-моему, — решительно заявила Валя профессору, — или я сдам вас КГБ. Делай что хочешь, но оформи девочке метрику с прочерком в графе «отец». Я готова прослыть падшей женщиной, которая вышла замуж, будучи беременной от другого. Это последнее, что ты сделаешь для нас, потом исчезни навсегда из жизни Анечки. Очень рада, что, выходя за тебя замуж, я оставила себе фамилию своих родителей! И не смей присылать алименты, не возьму!

Каким образом Леонид выполнил ее требование насчет метрики, Валя не знала, но она получила нужный документ, развод, уволилась с работы и зажила отдельной жизнью.

Спустя некоторое время после разрыва с Валентиной Леонид женился на Алле. До Вали иногда долетали слухи, их приносила Татьяна Стефаненко, самозабвенная сплетница, старая дева, не имеющая ни детей, ни мужа. Ей, очевидно, нравилось мучить людей, поэтому она стихийно превратилась в подругу Вали, звонила бывшей жене профессора и тараторила:

— Ну как ты там? Переживаешь? Не расстраивайся, отольются ему твои слезки! Подумаешь, фон-барон, не мог, видишь ли, чужую дочь воспитывать. Кстати, они с Аллой зарегистрировались. Теперь ходят, взявшись за ручки!

От сладко-фальшиво-ласковой Стефаненко позже Валентина узнала, что у профессора родилась дочь Ирина.

— Вот везет же людям! — многократно повторяла Татьяна. — Живут хорошо, Ленька над бабой трясется. На правильную лошадь Алка поставила, теперь сыром в масле катается. Дачу им дали. Кстати, она опять беременная.

— Кто, дача? — зло поинтересовалась Валентина Амалия, которой хорошее воспитание не позволяло послать прилипчивую Стефаненко по нужному адресу.

— Хи-хи-хи, — противно завела сплетница. — Алка, конечно. Скоро ей второй раз рожать.

Валя швырнула трубку на рычаг. На душе у бывшей жены профессора начали скрести когтями кошки сомнений. Правильно ли она поступила, лишив Анечку отца? Вон Алла второго на свет производит, не боится. Вдруг Валя перестраховалась и лишилась не только собственного счастья, но и разрушила судьбу дочери? Наверное, Зорин отлично законспирировался.

Вскоре опять позвонила Стефаненко и заявила:

— Девка у них родилась! Ниночкой назвали, здоровенькая, крепенькая, вес...

Горло Вали сжала невидимая рука, потом ледяные пальцы разжались.

— Пошла ты! — рявкнула бывшая супруга Зорина. — Не смей мне больше звонить!

— Мы же подруги, — удивилась Стефаненко.

— Нет! — проорала Валечка и бросила трубку.

Слава богу, наконец-то она решилась избавиться от гадкой бабы, столько времени мучившей ее.

Но примерно через два месяца Стефаненко снова побеспокоила Амалию.

— Тут такое случилось... — затараторила она.

— Какое? — мрачно поинтересовалась Валя.

— Леонид погиб.

— Не может быть! — воскликнула в ужасе Амалия.

— Ага, и Алла с ним. Они взяли отпуск, — захлебываясь, вещала Стефаненко, — отправились в горы и там попали в лавину. Сегодня директору сообщили. Вот кошмар!

— Да уж... — только и сумела выдавить из себя бывшая жена профессора.

— Это еще не все! — взвизгнула Таня. — Их похоронить нельзя!

— Почему? — испугалась Валентина.

— А что погребать? Тел не нашли, в снегу остались.

— Может, потом обнаружат, когда растает.

— Ха, в горах такое не случится. Замуровало их на тысячу лет.

Валя поежилась.

— А дети?

— В приют отправятся, — равнодушно ответила Стефаненко, — родственников у Зориных нет.

Через неделю к Валентине приехал симпатичный человек, одетый в неброский костюм. Назвавшись Иваном Ивановичем, он предъявил удостоверение работника собеса и сказал:

— Ваш муж, Леонид Зорин, трагически погиб.

Валентина Амалия сумела сохранить лицо. Она была хорошим математиком, умела логично мыслить и делать правильные выводы. Иван Иванович мало походил на работника отдела социального обеспечения. В этой отрасли трудились практически одни женщины. Удостоверение у гостя было новенькое, пахло искуственной кожей. А еще Иван Иванович имел военную выправку и цепкий взгляд.

— Я не замужем, — хладнокровно ответила женщина.

— Да? — с деланым изумлением вскинул брови Иван Иванович. — А у нас в документах значится: Валентина Амалия, супруга Леонида Зорина. Вам положено пособие в связи со смертью кормильца.

— Произошла ошибка, — очень стараясь казаться равнодушной, ответила Валентина, — мы давно в разводе, никаких отношений не поддерживаем.

— Как же так? — всплеснул руками Иван Иванович. — А ребенок? Неужели Зорин дочери не помогал?

— Анна не от Леонида, — выдала давно заготовленную версию Валечка, — потому и разбежались. Никакие алименты мне не положены, пособие тоже. До свидания.

Иван Иванович ушел, а Валентина на следующий день поняла: за ней следят. «Топтунов» было несколько, они регулярно менялись и упорно ходили следом. Вот тут Валя окончательно сообразила: ни в какие горы Леонид с Аллой не ездили, они попали в руки сотрудников КГБ, и сейчас бойцы невидимого фронта пытаются понять, причастна ли товарищ Амалия к противозаконной деятельности бывшего супруга.

Спустя месяц наблюдение сняли. Валентина облегченно вздохнула, поняв: она с блеском выдержала проверку и может жить спокойно.

Глава 32

Аня взяла чашечку, залпом выпила холодный капуччино и продолжила рассказ.

— После смерти мамы я осталась совсем одна. У нас не было родственников, и мама не заводила особых друзей...

Трудно жить на свете никому не нужной. Аня, правда, имела хорошую работу, но сослуживцы, даже самые милые, не способны заменить семью. Анечке очень не хватало мамы, но ведь ее не вернешь. Сначала девушка просто грустила, потом на нее навалилась бессонница. Стоя один раз у окна и глядя на безлюдную ночную улицу, Аня внезапно подумала: «Что с моими сестрами? Они живы? Где сейчас сироты? Конечно, общей крови у нас половина, но все равно мы родные души».

Так и не сомкнув в ту ночь глаз, Аня решила начать поиски девочек. Ей досталось от родителей умение мыслить последовательно, и девушка очень хорошо понимала: сирот, не имеющих близких, сразу поместят в детдом.

И Амалия начала действовать. В советские времена купить красивую одежду являлось почти нереальной задачей, а Аня работала в ателье. Многие женщины обращались к портным. К хорошим мастерам, как правило, стояла очередь. У Анечки имелись вкус и легкая рука, сшитые ею вещи идеально «садились» на любую, даже очень проблемную фигуру. Среди ее постоянных заказчиц были разные дамы, в частности, Елена Сергеевна, супруга одного крупного милицейского начальника. К ней-то и обратилась Анечка с просьбой посодействовать в поисках девочек-сироток. Швея придумала вполне правдоподобную историю, объясняющую, по какой причине она ищет детей, но Елена Сергеевна даже не стала ее выслушивать.

— Ой, прекрати! — замахала она руками. — Раз тебе надо, то попрошу кое-кого. Мужа дергать не стану, хватит его секретарши для решения проблемы.

И Аня узнала: Ирины и Нины Зориных ни в одном приюте нет. Зато имелись Ирина и Нина Шульгины, родители которых, геологи, погибли где-то на просторах Сибири. Совпадал возраст — пять лет и младенец. Удивляло еще одно совпадение: родители Шульгиных исчезли бесследно, их не хоронили в Москве. Папа и мама Зориных, по официальной версии, сгинули в лавине, да так в ней и остались. Иногда, родственники пропавших подобным образом людей приобретают место на кладбище и возводят памятник, оборудуют символическую могилу, чтобы было где помолиться за упокой души, поплакать, куда приносить цветы. Но ни у Шульгиных, ни у Зориных близких, кроме крошечных дочерей, не имелось.

Анна еще раз прибегла к услугам Елены Сергеевны и выяснила невероятную деталь: люди с именами Олег Семенович и Роза Михайловна Шульгины никогда не жили в Москве, брака не регистрировали, детей на свет не производили. Чистые фантомы. Зато Ирина Зорина родилась в столичной клинике, в три года пошла в детсад, а в пять пропала в никуда, ее имя исчезло из всех списков. Нина Зорина тоже появилась на свет в столичном роддоме, к ней, как ко всем новорожденным, прикрепили патронажную медсестру, но спустя короткое время карточка ребенка из регистратуры испарилась. Кстати, все медицинские документы Иры, находившиеся в той же поликлинике, тоже пропали без следа. Получалось, что Ира и Нина Зорины родились и... растворились. А Ира и Нина Шульгины не появлялись на свет, зато оказались в детдоме.

Дураку было ясно, что случилось. Леонида и Аллу поймали, но шума поднимать не стали. Признать факт измены Родине со стороны видных ученых, работавших на оборону, было невозможно, поэтому арест произвели тихо, а исчезновение пары объяснили смертью в горах. Леонида и Аллу, наверное, расстреляли, а детей сдали в приют. Для того чтобы девочки никогда не узнали правды о родителях, желая стереть с лица земли воспоминание о Зориных, сотрудники КГБ поменяли сироткам фамилию, а вот имена оставили (пятилетней Ире трудно было бы объяснить, что она теперь, допустим, Катя).

Так ли на самом деле размышляли «особисты», или имена сиротам оставили в результате чьей-то оплошности, Аня не знала. Главным для нее явилось иное — ее сестры живы, только их разделили: Ирина воспитывалась в детдоме, а потом, получив скромную комнату в коммуналке, начала самостоятельную жизнь, Нину удочерила бездетная пара, Игорь и Вероника Гостевы. Добыть информацию об удочерении было не просто, на помощь пришла все та же Елена Сергеевна. Генеральша, отчаянная модница, ради обновок была готова на многое, а Анечка, мечтавшая познакомиться с единственно родными на всем свете людьми, обшивала жену милицейского начальства на дому и даром. Желая получить очередное замечательное вечернее платье, Елена Сергеевна напрягла кое-каких людей и сообщила Анне координаты новой семьи Нины.

Услыхав фамилию «Гостевы», Аня вздрогнула. Предсмертный рассказ мамы навсегда врезался в память девушки. Повествуя о разговоре с мужем в парке, мама обронила фразу, что Леониду помогали бывшие аспиранты, в частности Игорь Гостев.

Сейчас Аня спокойно, припоминая мельчайшие детали, рассказывала о проделанной работе по поиску сестер. Я с большим уважением смотрела на швею. Может, она выбрала не ту профессию? Вон как ловко сумела разузнать необходимое.

Боясь ошибиться в своих подозрениях, Аня отправилась в институт, где долгие годы преподавал Зорин, и, наладив контакт с секретаршей ректора, желавшей иметь новые платья, получила доступ к личным делам студентов. Очень скоро в архиве отыскался Гостев, он с первого курса «прикрепился» к кафедре, которой заведовал Леонид Зорин, под его руково-

дством писал курсовые, диплом, защитил кандидат-
скую.

Аня выяснила место работы Игоря и отправилась в отдел кадров. Новенькие юбки, платья и кофты хотели абсолютно все, швея из элитного ателье
была дорогой гостьей в любом учреждении, и Амалия
выяснила: Игорь и его жена Ника работают в строго
засекреченном отделе, у них незапятнанная репута-
ция. В анкете супругов имелась информация, что супруги взяли из детдома младенца, Нину Шульгину, дочь
погибших геологов, дав девочке необычное имя —
Мадлен. Естественно, они этот факт не афширова-
ли, а начальница отдела кадров никому о нем не со-
общала.

Круг замкнулся, сестры были найдены, но Аня
не спешила кидаться к ним с объятиями. Да, она потратила много сил, времени и, чего греха таить, денег
на поиски, однако внезапно ее начали мучить сомне-
ния. Имеет ли Амалия право нарушать устоявшуюся
жизнь Ирины Шульгиной и Мадлен Гостевой? Во-
первых, сестры не подозревают о существовании друг
друга...

— Э, нет, — перебила я Аню, — Ира сумела отыскать в своих бумагах упоминание о Нине!

— Но я-то и понятия не имела о ее разыскной
деятельности, — пожала плечами Аня. — Уже потом,
много лет спустя, когда Шульгина вдруг пригласила
в «Лам» Гостеву, подумала об этом.

А еще Аня не знала, как рассказать Ире и Мадо
истину об общем отце. Следует ли наносить людям
тяжелую травму? Мадлен абсолютно счастлива в семье Гостевых, а Ирина уверена: ее родители погибли
в геологической экспедиции. Каково будет Шульгиной узнать о родителях-предателях, расстрелянных
после закрытого судебного процесса? А Мадо? Мож-

но ли сообщать подростку нелицеприятную правду? Не всякий взрослый человек способен переварить подобные сведения, и чем Аня докажет свое родство с Ириной? С Мадлен было бы легче, по странной прихоти судьбы, Мадо походила на Аню, словно близнец. Если положить рядом фото Гостевой и снимок Анны в том же возрасте, их не отличила бы родная мать.

— То-то мне твое лицо показалось знакомым, — пробормотала я.

Аня усмехнулась.

— Я сейчас сильно располнела и не крашу волосы, опять же стригу их коротко. Убери у меня килограммы, сделай блондинкой, нарасти пряди, и пожалуйста, Мадлен Гостева, только старше по возрасту. Случается иногда, что дальние родственники более похожи, чем близкие. У Ирки с Мадо ничего общего, а я прямо копия второго ребенка Аллы. Забавно...

Я удержала тяжелый вздох. На мой взгляд, ничего веселого в истории семьи Зориных нет. Если человек хочет принести счастье всем обитателям земного шара, ставит перед собой столь глобальные цели, то, как правило, начисто забывает о своей семье и детях. И еще. Пламенные человеколюбцы, борцы за правду, справедливость, азартные революционеры готовы умереть за свои идеалы. Это их личный выбор, он достоин уважения. Но очень часто в «ножницы» попадают и ближайшие родственники бунтарей, а ведь жены и дочери не собирались класть свои жизни на алтарь революции, ну не готовы они погибнуть ради мифического светлого будущего. Только борцы за свободу и справедливость крайне жестоки по отношению к ближайшему окружению. Примеров не счесть, вспомним хотя бы жену Сталина, Надежду, покончившую жизнь самоубийством. Вот и Зорин вначале поступился интересами Вали и Ани, а потом утащил за собой на тот свет Аллу, оставив Мадо с Ирой сиротами.

Анна между тем продолжала свой рассказ. Довольно долго она мучилась сомнениями, потом решила подождать, не встречаться с сестрами. Вдруг еще какая-то информация всплывет, какие-то факты... Ане хотелось, чтобы разговор с ними был более доказательным.

Дабы не ощущать себя одинокой, старшая сестра стала незримо участвовать в жизни младших. Амалия купила хороший бинокль и по вечерам поднималась на чердаки домов, расположенных напротив зданий, где жили Мадо и Ирина, и наблюдала за ними, научилась быть незаметной на улице, подходила иногда к сестрам довольно быстро. Если честно, Шульгина ей не слишком нравилась. Девушка, несмотря на юный возраст, вела себя вольно, часто не ночевала в коммуналке и меняла кавалеров. Причем все они были намного старше любовницы и явно содержали ее. А Мадо ходила в школу и, похоже, очень любила Нику и Игоря, которых считала мамой с папой.

Подглядывая за сестрами, Аня не испытывала никакой вины. Ей так хотелось иметь семью, что она была рада иллюзорной близости, которая возникла благодаря биноклю.

Иногда Аня представляла себя сидящей за столом вместе с Гостевыми, разыгрывала в мыслях сцены семейных трапез. А в отношении Ирины почему-то подобных мыслей не возникало.

Как-то раз, увидав, что Ника и Мадо вместе вышли из подъезда, Аня не утерпела, спрятала бинокль и ринулась за парой. Мать с дочкой поехали в ГУМ и начали бродить по отделам, Аня ходила за ними. Из обрывков разговоров девушка поняла, что особой цели у них нет, просто они так проводят свободное время. Амалия настолько приблизилась к «объектам», что до нее долетал аромат духов Ники и запах шампуня, которым пользовалась Мадлен. На секунду Аня закрыла глаза, ей представилась замечательная картина: вот они, втроем, ходят по магазину, вместе обсуждают прохожих...

Помечтав мгновение, Аня огляделась по сторонам и поняла: запах парфюмерии остался, а мамы с дочкой нет. Амалия заметалась в толпе, но Ника с Мадо словно сквозь землю провалились. Разочарование было так велико, что Анна чуть не зарыдала. Вдруг впереди мелькнуло красное платье, Амалия бросилась вперед и увидела Нику в очереди за мороженым (Мадо отсутствовала). Переведя дух, Аня встала за ней, и тут Вероника, повернувшись, спросила:

— Девушка, разменяете рубль?

— Нет, — ответила Аня.

— Вот беда, — пригорюнилась Ника, — сдачи нет. Давайте поступим так: я куплю вам стаканчик, а потом разобьете деньги в кассе и вернете мне их.

— Да, пожалуйста, — согласилась Аня, удивившись странности предложения. Отчего бы Веронике самой не сбегать в кассу?

Вскоре Ника с улыбкой протянула Ане вафельный стаканчик, они вдвоем отошли в сторону, и тут в глазах женщины мелькнула злость.

— Ты кто? — прошипела она, удерживая на лице милую гримасу. — Отчего преследуешь нас?

— Я? Нет! — испугалась Аня. — Просто мороженое хотела.

— Врешь! — обозлилась Вероника. — Видела тебя в метро, и в ГУМе постоянно за спиной маячила.

— Вы ошиблись, — проблеяла Аня и хотела убежать, но Ника схватила ее за руку.

— Ты воровка, охотишься за кошельком!

— Ой, нет!

— Сейчас милицию позову.

— Ника, не надо, — взмолилась Аня.

Вероника отшатнулась.

— Откуда знаешь мое имя? Живо отвечай.

Что было делать?

— Я Анна Амалия, — тихо сказала девушка, — дочь Леонида Зорина от брака с Валентиной. Я сестра Мадлен...

Лицо Ники посерело, уголки ее губ начали опускаться вниз. Огромным усилием воли Гостева взяла себя в руки, потом вынула кошелек и забормотала:

— Сделай вид, что занята расчетом за мороженое. Запоминай: станция «Холщевики», там сядешь на автобус до деревни Глебовка, пройдешь ее насквозь, выйдешь к реке, найдешь узкий мостик, попадешь в другое село, его тоже пересечешь, увидишь вдали лесок, а в нем избенку. Жду там завтра, в пять вечера. А сейчас уходи, пока Мадо из туалета не вернулась... Вот, держите, девушка...

В руке у Ани оказалась двадцатикопеечная монета, Ника сверкнув улыбкой, помахала рукой в сторону:

— Мадюша, я иду!

Повторяя, словно заклинание, адрес, Амалия доехала домой, а назавтра отправилась в неведомые Холщевики.

Ника не обманула: станция с таким названием имелась на Рижской дороге, автобус и впрямь довез до Глебовки. Обнаружились мостик, село, лесок и почти сгнившая избушка.

Когда Аня вошла в нее, Ника уже сидела на железной кровати.

— Что надо? — довольно грубо осведомилась Гостева.

— Ничего, — растерялась Аня.

— Хватит ломаться, говори цену.

— Какую? — еще сильнее впала в недоумение Амалия.

— За молчание. Ты решила нас шантажировать? — налетела Ника чуть ли не с кулаками на Анну. — Откуда узнала правду про Мадо? Кто раскрыл тайну удочерения? Уж не Сильвия ли Альбертовна надумала подзаработать? Одной рукой документы оформляет, другой сведениями торгует... Дрянь!

— Я сама вас нашла, — заплакала Аня. — Мама умерла, она...

И полился ее рассказ. Анечка очень торопилась сообщить Веронике правду, она боялась, что Гостева уйдет, не дослушает, не поймет...

— Садись на кровать, — неожиданно ласково перебила ее Ника, — в ногах правды нет.

Глава 33

В избушке они провели несколько часов.

— Мы не можем поддерживать с тобой дружбу, — спокойно объясняла Ника, — на карту поставлено будущее Мадо, да и наше тоже. После ареста Леонида и Аллы все залегли на дно, я не знаю остальных членов группы, у нас была строжайшая конспирация. Информацией в полном объеме владел лишь Зорин, но он, похоже, никого не выдал, наверное, они с Аллой приняли яд. Первое время после ареста профессора я тряслась от ужаса, мне идея делиться с Западом секретами никогда не нравилась, но Игорь, мой муж, был иного мнения, он фанатик и, как мне кажется, вновь... Но сейчас речь о другом. Нас допросили, вызвали не в КГБ, а в обычную милицию и задали вопросы, очень простые, вроде такого: «Зорин с женой погибли в горах, как вам кажется, нет ли в их кончине чьего-нибудь преступного замысла?» Мы с Игорем ответили одинаково: «Учились у профессора, но после завершения занятий более с ним не встречались. Работали в разных местах, абсолютно не пересекались ни в каких сферах. Зорин старше по возрасту и значимее по статусу, о каких близких отношениях может идти речь?»

Гостевых отпустили, а через день Ника поняла: за ними следят. Супруги сделали вид, что ничего не заметили. Спустя энное время наружное наблюдение сняли, но Гостевы не расслабились ни дома, ни на работе. Пара вела себя умно, с упоением ругала отечественную обувь и восторгалась товарами западного производства. Полное обожание всего советского могло вызвать подозрение, нормальный человек тех лет мечтал о югославской мебели, болгарской дубленке, чешской люстре из хрусталя и сервизе «Мадонна», произведенном в братской ГДР. Вот Гостевы и «косили» весьма удачно под обычных обывателей. Поругались они лишь один раз, когда Ника начала уговаривать Игоря взять младенца Зориных.

— Никаких подозрений не будет, — забыв о предосторожности, говорила Вероника, — мы давно стоим в очереди на ребенка. Всем известно, что здоровые младенцы-сироты от нормальных родителей редкость. Сильвия говорит, будто на данном этапе в московских приютах такой ребенок только Нина. Мы берем девочку, она одна, выбирать не из кого. Все объяснимо. И потом, по документам фамилия ее Шульгина.

Ника уламывала мужа долго, Игорь остерегался брать дочь Зорина, но в конце концов дрогнул и дал свое согласие.

— Мы назовем девочку Мадлен, — сказала Ника.

— Идиотское имя, — вскипел Игорь и поежился

от ветра. Супружеская пара, постоянно боявшаяся слежки, приобрела привычку все серьезные моменты своей жизни обсуждать на улице, на набережной Москвы-реки.

— Вовсе нет, — вклинилась я в рассказ Ани, — один раз они все же потеряли бдительность и бурно повздорили дома, не зная, что скандал происходит в присутствии Насти, лучшей подруги, ставшей почти родственницей.

— И на старуху случается проруха, — кивнула Аня. — Наверное, их в то время ни в чем не подозревали и не прослушивали квартиру. Да и техника была иной. Насколько знаю, всякие там записи велись через телефон. Он работал как микрофон, даже когда трубка лежала на рычаге, но стоило вынуть шнур из розетки, и «слухачи» лишались ушей.

Я глянула на Аню.

— Мой отец был тоже ученый, в погонах с большими звездами, он работал на оборону, очень хорошо помню, как иногда они с мамой зачем-то клали подушку на телефонный аппарат. А потом один раз, поздно вечером, пришел мужчина и сделал нам штекер на провод. Родители получили возможность отключаться от сети, но это было тайной. Мне строго-настрого запретили рассказывать кому-либо о новом устройстве. Может, нечто подобное имелось и у Гостевых? Хотя не помню, когда в СССР появились импортные телефонные аппараты? Их-то можно было спокойно отсоединять.

— Не заморачивайся ерундовой проблемой, — вернула меня к основной теме беседы Аня. — Игорь был против имени Мадлен, но Ника вновь настояла на своем. Всем окружающим, удивленным столь необычным выбором, Вероника говорила:

— Я обожаю книги Бальзака, а там есть героиня Мадлен.

На самом же деле Ника решила таким образом сохранить память о Зорине и Алле. Первый слог «Мад» — это начало фамилии родной матери — Мадина, а второй, «Лен», — намек на имя отца — Леонид. Вот почему Нина, утратив свое собственное имя, не стала какой-нибудь там Таней, Леной, Наташей...

— Я обязательно расскажу дочери правду, — объясняла Ника Ане, — поэтому и назвала так девочку. Но пока невозможно ей открыться, Мадо еще мала. А твое появление в нашей семье мигом возбудит подозрения у соответствующих структур. Умоляю, оставь нас в покое. Если КГБ поймет, что Валентина обманула всех, что ты родная дочь Леонида, что мы неспроста взяли Мадо, знаем, чья в ней течет кровь, то плохо будет всем!

Аня молчала. В словах Ники был резон. Но... С одной стороны, Амалия понимала: следует навсегда исчезнуть из жизни Гостевых, а если посмотреть с другой — она лишалась всякой надежды воссоединиться с сестрой. В конце концов Аня дала Нике честное слово в течение десяти лет не приближаться к Мадо.

— Это же не навсегда, — попыталась утешить девушку Вероника, — надеюсь, красных цветов не будет и когда-нибудь...

— Каких цветов? — изумилась Аня.

Ника с явной неохотой пояснила:

— В нашей группе существовал сигнал опасности. Если тебе передадут бумажку, а на ней нарисована ярко-красная ромашка, это означает, что дело плохо, мы под колпаком, надо заметать следы. Когда исчезли Леонид и Алла, кто-то положил мне в сумку такое оповещение. Не знаю имени того человека и не понимаю, где его встретила. Может, в магазине, в очереди? Анечка, ради общего спокойствия сиди тихо!

Амалия уехала домой и целый месяц держала данное слово, но потом не утерпела, взяла бинокль и отправилась на хорошо знакомый чердак. «Я обещала не подходить к ним, не лезть с дружбой, но посмотреть-то издали можно, — оправдывала она себя. — Ничего плохого не делаю, никому не мешаю, никто меня не заметит».

Амалия поднялась на чердак, но вынуть оптику не успела — на лестнице послышались шаги, потом заскрипела дверь, открывавшая вход в подкрышное пространство... Аня особо не испугалась, на чердак иногда заходили жильцы, в основном женщины, которые развешивали там белье, у швеи на этот случай имелось укрытие. Вот и сейчас Анечка живо скользнула за старый шкаф и притаилась. Незаметно выглянув, девушка увидела того, кто пришел, — не тетку с тазом мокрых простыней, а довольно молодого, крепкого мужчину, который встал у окна, лицом к стеклу. Анечка боялась пошевелиться. Некоторое время на чердаке стояла тишина, потом незнакомец вдруг произнес:

— Пятый первому, прием...

До ушей Ани долетел треск, попискивание и неразборчивое бормотание, но в отличие от девушки наблюдатель великолепно понял, что ему говорят, и ответил:

— Нет возможности, закрыты занавески. Да, везде. Понял, конец связи.

Постояв еще некоторое время у окна, мужчина ушел. Перепуганная Аня просидела в укрытии еще долго, прежде чем поняла: он не вернется, наблюдение снято.

На плохо слушающихся ногах, Амалия доковыляла до подоконника, вынула бинокль и покрылась потом. Гостевы жили в многоподъездном доме старой постройки, на фасаде имелась тьма окон, и все они, кроме тех, что относились к апартаментам Ники и Игоря, весело сверкали горящими люстрами. Лишь Гостевы задернули тяжелые драпировки. Везде, даже на кухне.

На Аню навалилась паника: за людьми, которых она считала родными, следят. Во время разговора в избушке Ника пару раз бросала фразы «Игорь — фанатик», «я боялась вновь участвовать в затее, но муж потребовал», «Игорь занят благородным делом»... Значит, Гостев решил продолжить начинание профессора? Он занимается тем же, чем Леонид? Желает спасти человечество от коммунистической чумы?

Аня кинулась к лестнице. Она обязана сообщить Нике о слежке! Но как? Звонок по телефону исключен. Встреча на улице? Случайно столкнуться с Вероникой не получится. Ника и Игорь выходят из дома ровно в восемь утра, вернее, муж спускается во двор раньше, заводит машину, подгоняет ее к подъезду, и жена быстро шмыгает в салон. Если за Гостевыми следит КГБ, то Аня, подойди она к ним, мигом станет объектом изучения...

— И тогда ты нарисовала красный цветок и незаметно сунула Насте, стоявшей в очереди за мороженым для Мадо, — довершила я рассказ.

— Верно, — кивнула Аня. — Я очень надеялась, что та тетка передаст записку. Но я хорошо подготовилась к встрече — переоделась мужчиной, загримировалась. Чуть не загнулась от страха. Но ведь их надо было спасти! Только зря я старалась. Зря! На моих глазах... да... Я видела их... двоих...

— Ты оказалась свидетельницей убийства Гостевых? — подскочила я.

Аня подперла щеку кулаком.

— Можно так сказать. Я сунула Насте записку, но легче мне не стало. Наоборот, такая тревога навалилась, просто бетонной плитой накрыло...

На следующий день, сказавшись больной, Аня заняла пост на чердаке и приникла к биноклю. Шторы были открыты, девушка хорошо видела квартиру. Ника и Игорь отсутствовали, они уехали на работу, Настя хлопотала по хозяйству, Мадо находилась в школе. У Ани слегка отлегло от сердца, наверное, Гостевы получили ее предупреждение и теперь залягут на дно, станут вести обычную жизнь, один раз ведь уже они так поступили.

События того страшного дня Амалия помнила буквально посекундно. Настя ушла, прихватив большую сумку, она явно отправилась за покупками. Не успела подруга Гостевых скрыться из вида, как в кабинете Игоря замелькали тени.

Аня, забыв обо всем, прилипла к окулярам. В рабочей комнате Гостева споро орудовали двое мужчин в темных костюмах — ловко перебирали бумаги, просматривали книги... И вдруг на пороге возник хозяин.

Аня ахнула. Ну каким образом Игорь очутился дома? Он в это время всегда на работе! И потом, машины у поъезда нет, в дом Гостев не входил, девушка бы его увидела. Уже потом, спустя почти год после произошедшего, Ана догадалась, каким образом хозяин незамеченным прошел к себе: Гостев приехал на метро, добрался до дома, вошел в первый подъезд, поднялся на чердак, пересек его насквозь, оказался в подкрышном пространстве своего седьмого подъезда и спустился по лестнице к квартире. Вот почему те, кто страховал людей, проводивших несанкционированный обыск, ничего не заметили. Игорь обманул спецслужбу, но тем самым подписал себе смертный приговор.

Войдя, на какую-то секунду Гостев замер, мужики в костюмах тоже оторопели, затем в кабинете началось мелькание фигур. Аня не могла понять, что происходит. Игорь упал, мужчины отчего-то начали громить комнату — один швырял на пол книги, другой сгребал в мешок бумаги. Вдруг в кабинет влетела Ника, ее мгновенно повалили на паркет и продолжили разбой.

Затем мужчины быстрым шагом вышли на улицу, сели в припаркованный у тротуара неприметный «Москвич» и уехали. Аня невольно отметила, что совсем не новая машина полетела по проспекту со скоростью ракеты, прямо на красный сигнал светофора.

Аня почти потеряла сознание. Она понимала, где служили мужчины в темных костюмах, было ясно и то, что появление сначала Игоря, а потом Ники явилось для агентов полнейшей неожиданностью. Но зачем кагэбэшники устроили в квартире погром и что случилось с брошенными на пол Игорем и Никой?

Аня замолчала.

— Ты уверена, что не ошиблась? — нервно спросила я. — Было следствие, нашли грабителя, человека со странным именем Аристарх Задуйветер. Он признался в злодеянии и был приговорен к высшей мере наказания. Вдруг перепутала числа? Обыск производили...

— Я что, дура? — перебила Аня. — Я все видела! И как Настя с Мадо вернулась, как паника началась, менты приехали, трупы выносили, девочку в больницу увозили...

— Значит, суд приговорил к расстрелу невиновного человека? — ужаснулась я.

Амалия пожала плечами.

— Кагэбэшники не могли признаться в убийстве. Думаю, Игоря зарезали случайно, а потом начали заметать следы, решили инсценировать ограбление. Но тут, на свою беду, следом за мужем примчалась Ника, пришлось и ее... тоже... того. Хорошо хоть, Настя и Мадо задержались.

— Но почему Задуйветер взял вину на себя? Отчего был спокоен на суде, не кричал об ошибке?

Аня откинулась на спинку стула.

— Понятия не имею. Меня это совершенно не волновало.

— Что же ты делала потом?

Амалия грустно улыбнулась.

— Жила, боясь привлечь к себе внимание. Даже когда во всех газетах после наступления демократии стали открыто писать о всяких злодеяниях советских спецслужб, я рта не раскрыла. С Мадлен и Ириной дружбы не заводила, решила стать им ангелом-хранителем. Когда Ирина устроилась на работу в «Лам», тоже сюда перебежала и несколько раз выручала Шульгину из малоприятных ситуаций. Потом в бутик пришла Мадо, ее привела Ирина. У меня тогда в голове щелкнуло: Ирка в курсе событий, не зря она Мадлен приветила. Но гляжу: дружбы у них нет, за власть борются — и решила, что просто совпадение. Мир фэшн-бизнеса узок, хорошая управляющая и отличная старшая продавщица нужны всем. В жизни и не такие коллизии случаются. Одно время в «Лам» тишина стояла, а потом понеслось! Столько всего было, ты и половины не знаешь.

— Чего? — напряглась я.

Аня начала вертеть в руках чайную ложечку.

— Разного. Сначала Розе Зелениной, одной клиентке, аноним звякнул и сообщил: «Ваш муж трахается с Ириной Шульгиной». Роза заявилась в бутик и начала таскать Иру за волосы...

Шульгину выручила Аня. Швея тогда соврала, сказав, что у Шульгиной дома ремонт, Ира живет у нее, никаких романов не крутит. Розе просто кто-то хотел испортить настроение.

Затем на очередной пафосной тусовке появились две дамы в одинаковых эксклюзивных платьях от Роберто. Одна из модниц сообщила, что замечательный наряд ей предложила купить с большой скидкой... Ирина Шульгина. И снова Аня пришла на помощь, она решительно ответила разгневанной заказчице:

— Вы стали жертвой мошенников. Во-первых, платье сшито не у нас, могу объяснить, почему пришла к такому выводу, специалист сразу отличит подделку. Во-вторых, мы с Ириной взяли отгулы и вместе ездили в дом отдыха, она никак не могла звонить вам, а потом присылать обновку, в-третьих, на вещи Роберто не бывает восьмидесятипроцентной скидки. И вообще, мы с курьером вещи не отсылаем.

Кто-то явно очень хотел навредить Ирине.

— Реутова? — предположила я.

— Нет, — ответила Аня, — она тогда у нас не работала. Впрочем, после ряда подобных попыток инсинуации прекратились. Шульгину оставили в покое, зато принялись за Мадо. У меня создалось впечатление, что есть некая личность, которая в курсе истории сестер и мстит им.

— По какой причине?

— Не знаю, — протянула Аня. — И еще. Теперь открыли охоту на меня. Понимаешь, когда Ира наняла тебя для поисков вора, я сначала испугалась, а потом обрадовалась... Глупо, конечно, но... в общем... так... да...

— Говори прямо! — велела я.

— Мне очень хотелось рассказать правду о нашем родстве Мадо и Ирине, — прошептала Аня. — Я измучилась держать дистанцию и всю жизнь скрываться, нервы на пределе, аппетит пропал. Кстати, это меня и спасло. Позже расскажу. Я несколько раз собиралась открыться Мадо, она мне ближе. Может, из-за внешнего сходства? Одним словом, увидав тебя, подумала: если нашу историю узнает частный детектив и сообщит о ней Ирине, не будет ли так лучше? Поэтому я позвонила тебе и сообщила, что Ира и Мадо сестры, о себе умолчала. Но потом бы непременно подсказала... Только... того... ну...

Из глаз Ани медленно потекли слезы.

— Я постоянно за ними следила, — забормотала она, — боялась, понимала, что некто не дремлет, ну и позвонила Мадо. Она очень удивилась, мы, естественно, общались на работе, но вне службы нет. Я аккуратно, но прямо сказала: «Мадлен, вам хотят навредить, проявите крайнюю осторожность». Она не поверила и спросила: «Почему вы решили меня предостеречь?» И тогда я... я не выдержала, стала рассказывать... все... Наверное, торопливо и бессвязно, но уж как получилось. Сначала она молчала, потом прошептала: «Чувствую, говоришь правду». Я стала плакать и воскликнула: «Возьми наше фото с корпоративной вечеринки, мы там просто одно лицо, странно, что этого никто не заметил». Мы решили продолжить беседу позже. Но тут убили Реутову, Мадо арестовали, а я теперь не знаю, как поступить. Настоящий убийца служит в «Лам», но это не Мадлен.

— А кто? — забыв о необходимости конспирации, повысила я голос.

— Тише! — шикнула Аня. — Не знаю. Софа, Роберто... продавщицы, завскладом, швеи, стилисты, манекенщицы... Народу полно!

— Почему ты решила, что убийца — сотрудник «Лам»?

— Только свой мог проделать штучки с платьем и другие приколы, — мрачно пояснила Аня. — Меня, кстати, тоже хотели убить.

— Как?!

— Я уже говорила, у меня на нервной почве чехарда с аппетитом началась: то не ем ничего, то на всякую дрянь тянет. Вчера вдруг захотелось шаурмы. До трясучки! Выбежала к ларьку, купила, глянула на лепешку: все, уже не хочу! Взяла шаурму с собой и положила в холодильник, который стоит на кухне бутика. Вечером забрала, думала разогреть в СВЧ и на ужин съесть, но в своем дворе увидела бездомных кошек и отдала им. Утром вышла из поъезда, а дворник ругается — кошки подохли, ему убирать, кто-то отравил животных.

— Это совпадение.

— Нет, хотели убить меня, яд подложили в шаурму, — уперлась Аня. — В «Лам» всем известно: я никогда не выбрасываю еду, если купила, непременно съем. Надо мной по этому поводу посмеиваются. Я даже уношу свой кусок торта, если не доела его, ну когда угостит кто на работе, в день рождения купит для коллектива вкусненькое.

— Кто имеет доступ к холодильнику?

— Все, — коротко сообщила Аня. — Хотя у меня есть подозрение...

— Быстро рассказывай!

— Группа людей, работавших на западные спецслужбы, была немаленькой. Вполне вероятно, что расстреляли не всех, кого-то посадили, он вышел и теперь мстит.

— Ирине, Мадлен и тебе? За что?

— За то, что живы и счастливы, — пожала плечами Аня. — Мы же не знаем судьбу этого человека. Вдруг он потерял детей? Их отдали в приют, а ребята там умерли. Короче, кроме тебя, помочь некому. Моя палочка-выручалочка в разыскных делах — Елена Сергеевна — в могиле, обратиться не к кому. А ты частный детектив, у тебя связей и возможностей полно, надо пошуровать в архивах КГБ, найти дело Леонида Зорина, папку с пометкой «Гостевы», изучить внимательно материалы. Тогда мы поймем, чьих рук дело. Змеи выползают оттуда.

— Если бросить в прошлое камень, оно выстрелит в тебя из пушки, — бормотнула я. — Ничего себе задачка! Понимаешь ее сложность? Никто так тщательно не хранит секреты, как милые, безобидные на вид дедушки с пакетами, из которых торчат батоны, или самые незаметные дядьки, одетые в скромные костюмы.

— Иного пути нет, — безнадежно ответила Аня. — Думаю, тот человек вышел на свободу пару лет назад, этим объясняется то, что охота на нас открылась недавно. Если не отыщешь ход в архив КГБ или не найдешь нужного сотрудника, Мадо отправится по этапу как убийца, а потом настанет час Ирины и мой. Бежать бесполезно, нас и на дне моря найдут. Я шкурой чувствую, мститель не успокоится, пока всех детей Зорина не уберет.

Глава 34

Единственный человек, который может хоть как-то мне помочь, обожает окрошку. Поэтому я сгоняла в супермаркет и приобрела все необходимые ингредиенты для холодного супа. А еще Костин в восторге от бараньей ноги, запеченной в духовке, ее он способен есть в любое время года, даже в июле, когда принято употреблять в основном овощи и фрукты.

Некоторые хозяйки полагают, что сначала в тарелки надо насыпать мелко нарезанное мясо, овощи, вареные яйца, потом залить «салат» квасом и немедленно подать к столу. Но мне кажется, что окрошка должна настояться, а еще в нее непременно нужна сметана.

Сегодня первым домой примчался Кирюша.

— Лампа, — закричал мальчик, оглядывая стол, — ну и вкуснотища!

— Ешь на здоровье, — улыбнулась я.

Кирюша заговорщицки прищурился.

— Помнишь, обещал разобраться со змеей?

— Да, — кивнула я и на всякий случай отодвинулась к стене.

— Ларри ее поймал.

— Врешь!

Кирик укоризненно покачал головой.

— Какие выражения... Вот, смотри.

Быстро наклонившись, мальчик взял стоявшую у холодильника картонную коробку и поднял крышку.

— Во!

— Мамочка! — взвизгнула я. — Она точно дохлая? Выглядит живой! Какая противная...

— Стопудово тапки отбросила, — заявил Кирюша и закрыл «гроб». — Специально не выбросил, чтобы всем показать. Скажи мне спасибо, иначе спать бы тебе в сапогах много лет.

Я перевела дух.

— Думаю, благодарить следует Ларри, это мангуст победил эфу.

— Вот так всегда, — вздохнул Кирюша, — работаешь-работаешь, стараешься-стараешься, а благодарности никакой. Кстати, хочешь загадку? На ум и сообразительность.

— Давай, — согласилась я, стараясь держаться подальше от коробки.

— Стюардессы японской авиакомпании предлагают пассажирам на борту всякие предметы для комфортности полета. Но российские туристы поголовно отказываются от одного из них. Причем некоторые наши граждане негодуют, увидав ЭТО, другие хихикают, но тоже не берут. Можешь назвать вещь?

— Палочки для еды?

— Нет.

— Кимоно?

— Опять не то.

— Какая-нибудь экзотическая еда?

— Не-а.

— Газеты с иероглифами?

— Снова мимо.

— Сдаюсь!

— Стюардессы раздают одноразовые белые тапочки, японцы в таких ходят дома. Ты бы взяла?

— Нет, — ответила я и ушла к себе в спальню.

Очевидно, Кирюша показал труп змеи всем домашним, потому что каждый вернувшийся с работы член семьи вел себя одинаково. Сначала слышался возглас: «О! Какой ужин!» — затем несся вопль: «Немедленно убери гадость!»

Я лежала на кровати с книгой Устиновой в руках и терпеливо ждала появления Костина. Наконец дверь приоткрылась, в комнату вошел Вовка и, плюхнувшись в кресло, сказал:

— Что на этот раз?

— Как ты догадался зайти ко мне? — лицемерно восхитилась я. — Абсолютно прав, есть одно маленькое дельце.

— Наивные Романовы, — медленно сказал майор, — сейчас наслаждаются восхитительной бараньей ножкой и потрясающей окрошкой. Никто из них и не догадывается, что появлению столь замечательного ужина они обязаны не Лампе, которой лень лишний раз порадовать близких, а мне. Говори, я сейчас добрый и ласковый. Что надо?

— Слушай внимательно... — заулыбалась я.

— Ох и ни фига себе! — подвел итог майор, после того, как я замолчала. — Задачка не простая.

— А я к тебе с ерундой и не лезу, — замела я хвостом, — с чепухой сама справлюсь.

Майор встал.

— Ладно, попытаюсь. Три условия. Во-первых, сидишь пока дома, не ездишь в «Лам», отношений с Анной не поддерживаешь. Второе. Если у меня ничего не получается, более этим делом не занимаешься. Третье: окрошка каждый день.

— Да, милый, — закивала я, по-собачьи преданно глядя на майора.

Следующие десять дней пролетели в беспрестанных хлопотах по хозяйству. Я готовила сырники, котлеты, запеканки, пироги, бефстроганов, тефтели, фаршированную рыбу, овощи, курицу... Вот только в разделе супы царило однообразие — на стол всегда подавалась окрошка.

Мучаясь от безделья, я перестирала гору белья, а потом от тоски перегладила все, что лежало в корзине, разобрала завалы в шкафах, пропылесосила ковры, навела порядок на кухне, отдраила кафель, вымыла окна, выкупала собак и поняла: все, делать нечего. Можно, конечно, по новой затеять генеральную уборку, но, согласитесь, подобное поведение смахивает на мазохизм.

На работу я не ходила, из «Лам» меня не тревожили. Один раз, правда, позвонил Миша и спросил: «Куда подевалась?», потом заныл: «У меня депрессия, жить не хочется, вокруг одни гады, что бабы, что мужики». Я пообещала стилисту встречу через неделю.

Миша отсоединился, буркнув на прощанье: «Если останусь жив, непременно свидимся». Но я не обратила особого внимания на речи гея, ему свойственны перепады настроения.

В воскресенье я подступилась к Вовке с робким воросом «Как дела?» — и услышала в ответ недовольное: «Работаю».

Потом майор устыдился и более ласково сказал:

— Не мешай, пока нечего сообщить. Отчего у тебя кислый вид?

— Скучно, — призналась я.

— Почитай Устинову.

— Уже всю изучила.

— Купи новую книжку.

— Так нет! Она медленно пишет.

— Вот лентяйка, — хихикнул Вовка, — совсем о читателях не заботится. Тебе что, нечем заняться?

— Да, — заныла я.

— Можешь убрать мою квартиру.

Я глянула на Костина. Ну уж нет! Хватит с майора вкусной еды, еще посмотрим, что получу за свои кулинарные таланты.

В среду Вовка неожиданно позвонил мне в районе полудня.

— Ты свободна? — спросил он.

— Издеваешься, да?

— Тогда помоги купить костюм, — как ни в чем не бывало попросил Костин.

— Уже еду! — заорала я. — Куда?

— Гипермаркет «Рос», — спокойно назвал адрес Вовка. — Там, на втором этаже, есть кафе.

Я со всех ног кинулась к шкафу. Костин ненавидит костюмы, он предпочитает спортивный стиль, а на особо торжественный случай брюки с рубашкой и «клубный» пиджак. Когда-то давным-давно майор увидел блейзер[1] и теперь считает, что более парадной одежды на свете не существует. Магазины Костин ненавидит, в гипермаркет «Рос» он способен отправиться лишь в одном случае — если захочет поболтать в спокойной обстановке. Как это ни парадоксально звучит, но торговый центр — самое лучшее место, чтобы обсудить тайны. Люди заняты покупками, не обращают внимания на других посетителей, чужому человеку в шуме трудно подслушать беседу. Значит, у Вовки есть информация, он сумел найти подход к архиву.

Костина я нашла не сразу. Вовка выбрал укромное местечко в углу. Рядом с ним за маленьким столиком, на котором стояли одноразовые тарелки с гамбургерами и пластиковые стаканы с газировкой, сидел мужчина лет шестидесяти пяти. Больше всего незнакомец походил на побитого жизнью бюджетника. Тысячи подобных ему пенсионеров ходят по улицам Москвы, у этих людей нелегкая судьба и трудная старость: надо не только себя прокормить и одеть, но и детям помочь, внуков побаловать. Дядечка, с наслаждением жевавший бутерброд с котлетой, вызывал жалость. Наверное, он экономит на еде, вкладывает средства в дачку, куда съехал жить, оставив сыну квартиру, а еще небось мечтает о новых «Жигулях».

— Это Лампа, — весело представил меня ему Вовка, — знакомьтесь!

Пенсионер отложил гамбургер и глянул на меня. Я вздрогнула. У милого дедушки был цепкий взгляд гепарда, высматривающего добычу, от уголков глаз

---

[1] Блейзер — пиджак синего или бордового, редко черного или коричневого цвета, с золотыми пуговицами и вышивкой на кармане. Были очень модны в семидесятых-восьмидесятых годах XX века. — *Прим. автора.*

не разбегались лучики морщин — очевидно, дедуля в молодости мало улыбался.

— Сергей Петрович, — очень вежливо назвался мужчина. — Прошу, садитесь. Закуривайте.

Я поежилась. Предложение закурить вылетело из бывшего следователя автоматически. Интересно, сколько раз в своей жизни он говорил арестованным «Прошу, садитесь. Закуривайте»?

— Смутил вас? — спросил вдруг Сергей Петрович.

— Нет, — стараясь держаться спокойно, ответила я. — Просто и надеяться не могла, что Костин отыщет следователя, который занимался делом Зорина.

Сергей Петрович с неизменившимся лицом взял стакан с водой и начал прихлебывать газировку.

Вовка улыбнулся.

— Говорил вам, она не так проста, как кажется.

Следователь вернул пустую емкость на место.

— Все мы стараемся спрятать свое истинное лицо, — равнодушно поддержал он разговор, — как правило, человек хочет казаться умным и значимым. Это не удивительно и не настораживает. А вот коли личность изображает из себя дурака или прибедняется, тут нечисто. Но я отвлекся от темы нашей беседы. Владею некоторой полезной для вас информацией. В свое время Владимир крупно помог мне...

— Не стоит об этом, — покачал головой Костин.

— Не люблю быть в долгу, — мирно продолжил Сергей Петрович, — и сейчас представилась возможность заплатить по счету. Мои слова никакой силы не имеют, просто треп, а не официальное заявление. Ясно?

— Более чем, — кивнула я, — начинайте.

Вовка крякнул, Сергей Петрович прочистил горло.

— Планы пишут на совещаниях, а исполняют приказы обычные сотрудники, людям свойственно ошибаться. Известны случаи, когда операция срывалась из-за того, что у сержанта, которому велели присматривать за входом в дом, разболелся зуб, и идиот на пару минут покинул пост, забежал в аптеку за анальгином. Человеческий фактор решает все.

В свое время в приемную КГБ поступил анонимный звонок. Некто сообщил, что ученый Леонид Зорин связан с западными спецслужбами. Естественно, на информацию отреагировали. Сначала попытались вычислить гражданина, обратившегося в приемную, но потерпели неудачу — аноним воспользовался телефоном-автоматом, расположенным на Курском вокзале.

Зорина взяли в разработку и скоро поняли: нет дыма без огня, профессор и в самом деле активно сотрудничает с Западом. В момент передачи очередной партии документов иностранному дипломату ученый был арестован. Здесь и начались просчеты сотрудников КГБ — Леонида схватили, не выяснив досконально его связей. В подобном повороте дела был виноват один из мелких начальников, ожидавший очередное звание. Заветные звездочки слетали ему на погоны лишь в случае шумного успеха, вот мужчина и поторопился с задержанием Леонида, хотел отрапортовать наверх о победе.

При аресте Леонид не проявил агрессии. Он не оказал сопротивления, не пытался бежать, но в машине неожиданно захрипел и умер. Вскрытие показало, что во рту Зорина под хитроумно сделанной съемной коронкой находилась ампула с ядом.

У сотрудников КГБ не имелось никаких сомнений в причастности жены Леонида к преступной деятельности, потому по домашнему адресу Зорина немедленно отправилась группа. Она прибыла более чем вовремя — Алла готовила смертельную инъекцию для детей. Один «заряженный» шприц лежал уже на блюдечке, второй женщина наполнить не успела. Можно сказать, что кагэбэшники спасли Ирину и Нину. Алла, хорошо понимая, какая судьба ждет ее дочерей, хотела забрать девочек с собой на тот свет. Но не успела. Каким образом она узнала об аресте Леонида, кто сообщил ей эту информацию, осталось тайной.

Аллу доставили на Лубянку, но никаких сведений от нее не добились. Женщина просто молчала, не шла ни на какой контакт: не называла своего имени, фамилии, вообще не раскрывала рта. Но следователи не расстраивались, у лубянских спецов огромный опыт, рано или поздно баба заболтает, считали они. А на следующий день после ареста Алла умерла в камере от сердечного приступа. То ли у нее и правда случился обширный инфаркт, то ли оказался хитроумно спрятан яд. На этот вопрос так и не нашлось ответа.

Были проверены все связи пары, тщательно изучены друзья, коллеги по работе, ученики профессора, составили список и их контактов. Рыли широко и глубоко. Ничего. Следователи не сомневались — имелась группа, отлично законспирированная, но кто-то успел отдать приказ, и черепахи зарылись в песок. Не обнаружили ничего подозрительного и в конце концов признали поражение, отправили дело Зорина в архив.

Прошло довольно много лет, и вновь в приемную известной организации поступил похожий донос: «Ученый Игорь Гостев продает секретную информацию на Запад». События до боли напоминали ситуацию с Зориным: опять телефон-автомат, теперь в ГУМе, и невозможность установить личность анонима.

Гостева взяли в разработку, некоторое время за ним вели тайное наблюдение, и вдруг один из сотрудников спецслужбы обратил внимание на странный факт: Игорь и Вероника взяли девочку из детдома, крошку звали Нина Шульгина, и она была... дочерью Леонида Зорина. У детей профессора отняли родную фамилию, сделано это было ради блага девочек, которым не следовало знать о преступлениях отца и матери. Кстати, сестры не подлежали удочерению! Их судьба была расти в детдоме, и в отношении Ирины инструкцию соблюли, а в случае с Ниной близкая знакомая Вероники, Сильвия Альбертовна, работница органов опеки, пошла на нарушение. Почему подобное сошло ей с рук? Отчего в тот момент никто не насторожился? Гостев ведь был в списке проверяемых по делу Зорина... Нет ответа и на эти вопросы.

Теперь действовали осторожно. Гостевых решили сразу не брать, установили наблюдение за ними и за квартирой, а потом решили провести тайный обыск.

В тот момент, когда сотрудники спецслужбы, соблюдая крайнюю осторожность, внимательно изучали содержимое письменного стола, неожиданно, словно гром среди ясного неба, появился Игорь. Началась драка, в ходе которой Гостева убили. Это было невероятной ошибкой, сыграл роль все тот же человеческий фактор: не знали, что по чердаку можно попасть из одного подъезда в другой, растерялись при виде Гостева... А спустя несколько минут в квартиру влетела Ника. Приход жены Игоря вызвал не меньшее удивление. Очевидно, работники «наружки» не успели предупредить тех, кто находился внутри, или прозевали ее возвращение. Ясное дело, ее не оставили в живых. И что было делать потом? Впрочем, сотрудники спецслужб всегда легко решали подобные задачи. А еще оперативники уже нашли бумаги, неопровержимо доказывавшие: Гостев враг, в его столе оказались копии строго засекреченных служебных документов. После короткого совещания было решено представить произошедшее как ограбление, отягченное убийством внезапно вернувшихся в дом хозяев. Поначалу это удалось. На крики перепуганной Насти, пришедшей из магазина и увидевшей страшную картину, примчались соседи. Они вызвали милицию, и убийством занялись спецы из местного отделения.

Вполне вероятно, что дело бы повисло нераскрытым, но Гостев являлся известным ученым, его коллеги начали бомбардировать письмами и звонками начальство МВД. Сверху принялись дергать сотрудников отделения, расследование взяли на контроль министерства, и на Лубянке забеспокоились. Разработка группы Гостева продолжалась, и излишняя активность «убойников» мешала. К тому же те, крепкие профессионалы, явно начали подозревать, что ситуация с Гостевыми не так очевидна, как кажется. Даже дочку убитых допросили с помощью детектора лжи, редко применявшегося в те годы аппарата.

И тогда работники спецслужбы пошли ва-банк: ввели в дело так называемого конспиративного агента, выполнявшего особо опасные задания. Его имя Аристарх Задуйветер.

В соответствии с легендой в анкете мужчины имелись сведения об уголовных преступлениях и отсидках, для всех окружающих Аристарх Задуйветер являлся отщепенцем, отбросом общества, и только крайне узкий круг людей знал правду — он тайный сотрудник, на счету которого несколько успешных операций. Аристарху помогала жена Зинаида, супруги работали в паре и никаких подозрений не вызывали. Жили в бараке, пили, дрались, работали дворниками. Иногда Аристарха запихивали на зону, и тогда Зина громко рыдала во дворе, не вызывая, впрочем, особой жалости у соседок — у тех имелись похожие мужья.

Но существовать всю жизнь под чужой личиной невозможно, Аристарх запросился на пенсию. Начальство решило удовлетворить просьбу агента, но поставило условие:

— Ты берешь на себя убийство Гостевых, идешь под расстрельную статью. Дальше просто: приговор в отношении злодея по имени Задуйветер приводят в исполнение, вор и убийца исчезает с лица земли. А в Крыму, у самого моря, поселяется полковник в отставке Иван Петров вместе с женой и дочкой Машенькой.

Аристарх блистательно сыграл последнюю роль. Газеты широко писали о процессе, ментам из отделения раздали награды и подарки, коллеги Гостевых были удовлетворены. Члены антисоветской группы вздохнули с облегчением: оказывается, Игоря с Никой и впрямь зарезал бандит. Спецслужбы продолжали следить за окружением погибших. Мадлен отправили в детдом, а Аристарха... на самом деле расстреляли.

Я подпрыгнула на стуле.

— Не может быть!

— Информация верна, — сухо сообщил Сергей Петрович.

— Его обманули?

— Не знаю.

— Как такое могло случиться?!

Сергей Петрович абсолютно спокойно ответил:

— Есть некие обстоятельства, прояснить которые я не в силах. Не спрашивайте подробностей, не смогу ответить. Вполне вероятно, произошла трагическая ошибка, вновь вмешался пресловутый человеческий фактор. Вам важно знать одно: Задуйветер расстрелян по приговору суда. Теперь дальше. Зинаида исчезла из барака, а через пару лет объявилась под фамилией Киселева, работала мастером в парикмахерской в одном из районов Москвы. Некогда всесильную структуру сотрясали бури кадровых перемен, и дело Зорина — Гостева отправили в архив. Если члены их конспиративных групп живы, то им неведомо, что они остались на свободе по чистой случайности. Вновь человеческий фактор: старые следователи уволились, им на смену пришли молодые, неопытные. Зинаида прожила долго, она скончалась совсем недавно. Ее дочь Маша стала хирургом, успешно трудилась в больнице, имела замечательную репутацию, потом уволилась. Сейчас под другим именем служит в бутике «Лам». Именно она совершила убийство Реутовой. Теперь ясно, почему был применен именно скальпель и отчего удар в шею получился таким точным, профессиональным — убивал хирург.

Я, разволновавшись, схватила гамбургер Костина, откусила половину, совершенно не владея собой, и с полным ртом воскликнула:

— Почему? Зачем она убила Галину?

Сергей Петрович посмотрел на Костина.

— Более не могу быть вам ничем полезен. Рассказал, что знал. Мой долг оплачен. До свидания.

Я начала судорожно давиться бутербродом, а пожилой мужчина встал, взял со стула пластиковый пакет и моментально слился с толпой. Самый обычный пенсионер, скромный бюджетник. Таким хамоватые парни говорят в метро: «Эй, дедок, подвинься! Чего раскорячился? Сидел бы дома, не фига в рабочее время раскатывать».

— Я его боюсь, — вдруг сказал Костин. — Прямо нехорошо делается рядом с ним, начинаю вести себя, как описавшаяся Капа, — глупо суечусь и в глаза заглядываю.

— Зачем Маша убила Реутову? — твердила я.

Костин отнял у меня недоеденную булку.

— Человеческий фактор, как сказал бы милейший Сергей Петрович. Маша знала от мамы правду и хотела отомстить за папу.

— Кому? Несчастным детям Зорина? Они сами пострадавшие, хлебнули горя до самого носа!

Вовка тяжело вздохнул.

— Маша иного мнения. Она считает, что ее отец погиб на рабочем посту, но его имя замарано грязью, дочь до сих пор не может говорить, чья она родственница. Ну каково писать в анкете, в главе «родители»: отец осужден к ВМН? Маша искренне считает, что душевная травма ей нанесена Зориным и Гостевым. Их нет уже в живых, зато имеются дети! Маша проделала гигантскую работу, отыскивая Иру и Мадо, а обнаружив их в «Лам», устроилась в бутик и начала действовать. Она хотела не просто убить сестер, а опозорить их так же, как опозорили ее отца. Отсюда и идея зарезать Реутову. Галина, кстати, невольно помогала Маше, хотя и преследовала свои цели, подбрасывая Ирине ключи и делая прочие гадости. Маша знала, что Гостева панически боится крови, она в курсе истории Мадлен, мама рассказывала детали гибели ее родителей. Маша справедливо полагала: Мадо увидит труп и рухнет без чувств. Вышло по-иному, но старшую продавщицу все равно удалось подставить, что и было задумано. Ты, кстати, легко могла выйти на Машу.

— Как?

— Вспомни ситуацию с певичкой Лесей Бреко. Та первого апреля разыграла Мадлен, прикинувшись убитой. Верно?

— Да, мне рассказала о «шутке» Вера Залейко.

— Почему ты не зацепилась за некую шероховатость? Леся, пафосный подзвездок с необыкновенным гонором, потратила кучу времени на организацию прикола для... продавщицы. Да обслуживающий персонал для нее грязь, недостойные внимания люди! И вдруг такие хлопоты. Ты пропустила рассказ о происшествии в доме Бреко мимо ушей, а я им заинтересовался и узнал интересные вещи. В одном классе с Лесей училась Маша Киселева, и в «Лам» ее взяли по протекции певички Бреко. Леся позвонила хозяйке и настоятельно порекомендовала Софье «уникального работника».

— Но Бреко совсем молоденькая, — только и сумела заявить я.

— И что? — изумился Костин. — У мести возраста нет. Если бы Ирина и Мадо были глубокими старухами, то и тогда бы Маша осуществила свой план. Кстати, ты ошибаешься насчет возраста Леси. Ей слегка за тридцать, просто певичка косит под нимфетку, одевается и ведет себя соответственно выбранному имиджу. И вот еще что: Маша действительно пыталась отравить Анну, запихала в шаурму яд. Но вернемся к Бреко. Маша попросила Лесю разыграть комедию, ей хотелось, во-первых, помучить Мадо, а во-вторых, убедиться, что Мадлен и впрямь боится крови.

— И на Ирину напала Маша? — дрожащим голосом спросила я.

— Нет, — замотал головой майор, — это дело рук милейшего Александра Георгиевича Шмелева. Он альфонс, существует за счет баб, в основном замужних и богатых. Разойдясь с очередной дамой, очаровательный Александр Георгиевич начинал ее шантажировать. Шмелев отлично владеет фототехникой, знает кое-какие секреты своих жертв и, ловко прячась, запечатлевает на снимках прежних обожэ с их новыми любовниками. Александр Георгиевич креативен, способен на неординарные поступки типа поездки в багажнике авто.

— Но Шульгина не замужем, — напомнила я.

— Верно, — кивнул Костин. — Шмелев, кстати, был не прочь жениться на управляющей «Лам», однако номер не прошел. Вот он и решил подловить даму на неблаговидных поступках. Александр Георгиевич знает кое-какие профессиональные секреты Ирины, в частности, то, что фурнитура для эксклюзивных костюмов и платьев, якобы единственная в своем роде и очень дорогая, делается за копейки надомниками.

— Вот почему он влез в багажник! Хотел узнать, где живут «умельцы».

— Да, — кивнул Вовка. — И ведь обнаружил парочку мастериц, в частности, девушку-кружевницу, чьи работы Роберто выдает за старинные. Шмелев купил у девицы кусок вязания и подстерег Шульгину в подъезде. Разговор был коротким — мол, плати деньги, иначе информация уйдет в газеты, «Лам» потеряет клиентов, а ты работу. Всю беседу Александр Георгиевич тайно записывал. Шульгина вспылила и толкнула отставного кавалера, тот разозлился и в ответ пихнул Ирину, но не рассчитал силы. Шульгина отлетела к лестнице, упала, ударилась затылком о ступеньку и затихла. Александр Георгиевич пришел в ужас, решил, что бывшая любовница скончалась, и быстренько стал заметать следы, придумав представить дело как нападение с ограблением — снял с Шульгиной драгоценности, выпотрошил сумочку, а потом убежал. Банально, но сработало. Только Шульгина очнулась и дала показания.

— В случае с Гостевыми тоже разыграли ограбление, — прошептала я.

Костин кивнул.

— Как правило, подобная мысль первой приходит в голову и профессионалам, и «любителям», когда хотят скрыть убийство, совершенное по неосторожности. Шмелев утверждает, что не вызвал «Скорую» и не оказал помощи Шульгиной, так как был уверен в ее смерти. Струсил, вот и унесся прочь.

— А кем работает в «Лам» Маша? — задала я следующий, очень интересующий меня вопрос.

Вовка потер руки.

— Не поняла? Ты же с ней встречалась!

— Никогда!

— Ой ли?

— Точно. Я имела дело с Шульгиной и Гостевой, видела пару клиентов, но они не в счет, помешала Реутовой, почти подружилась с Аней и Мишкой.

— Вот и назвала убийцу!

— С ума сошел! Ира — это Ира, Мадо — Мадлен, она же Нина, Реутову убили, Миша мужчина, Аня... Амалия? Не может быть! Амалия — Маша? С ума сойти... Но она мне помогала!

Майор встал, сходил к буфету, принес бутылку минералки, плеснул в свой стаканчик и заботливо предложил:

— Хочешь?

— Нет! Скажи скорей, кто Маша?

— Это Миша.

— Он парень!

— Откуда ты знаешь?

— Ну... все его зовут Мишей, одет как представитель мужского пола. Правда, он гей, но...

— Добыть чужие документы не так уж трудно, — тихо сказал Вовка, — а женщине легко прикинуться геем. Это Маша хорошо придумала. Не совсем мужская походка, тонкие черты, не грубый голос, бабские реакции... — все объяснимо, если парень гомосексуалист.

— Он, то есть она подарила мне духи, — пролепетала я.

— Миша-Маша была со всеми в хороших отношениях. Кстати, среди стилистов часто встречаются люди нетрадиционной ориентации. Не забудь: Зинаида Задуйветер работала парикмахером, ее дочка с детства умела делать стрижки, а накладывать макияж научиться несложно, у нее ловкие руки хирурга. А некоторые огрехи в работе Маша-Миша объясняла креативным видением модели.

— Миша-Маша упала в обморок, увидав мышь, и при этом спокойно зарезала Галину? — недоумевала я.

— Ну, испуг при виде грызуна она разыграла, — усмехнулся Вовка. — Кстати, сначала Маша не насторожилась, узнав, что Ирина наняла частного детектива. Она даже хотела использовать поступок Шульгиной в своих целях, но потом сочла за благо исчезнуть. Миша-то умер.

— Что?!

— Оставил на берегу подмосковной реки свою одежду и записку. Точно текст не помню, но что-то типа «Измучился от своей «голубой» сущности, больше не могу, прощайте. В моей смерти никого не вините».

— Он мне звонил... ой, теперь, наверное, надо говорить «она звонила»... трудно сразу перестроиться... В общем, тогда Миша сказал, что в «Лам» не будет электричества и он поедет в первой половине дня купаться, что устал и находится в депрессии...

— Угу, — закивал Вовка, — супер. Но тела не нашли. Зато обнаружили Машу. В «Шереметьеве». Она под именем Ольги Порывай, костюмера группы «Куклы», собиралась на гастроли в Америку. В Брайтоне часто выступают артисты из Москвы, и тут не обошлось без подружки Леси.

— Но когда она убила Галю? Миша был в тот день с нами, со мной и Аней.

— Ты же сама говорила: он вышел в коридор поговорить по телефону, а через несколько минут раздался вопль.

— Ага, и мы с Аней сразу кинулись на шум. Но нам никто не встретился, у убийцы же не было времени, чтобы скрыться.

— Правильно. Убийца влезла в шкаф, оборудованный Мадо, и сидела в нем, а потом улучила момент и незаметно выскочила наружу. Вспомни, ты удивилась, когда увидела в кабинете Мадлен стилиста, сама сказала: Миша появился вроде ниоткуда, — терпеливо объяснял Вовка. — Маша действовала четко. Ты, частный детектив, должна была подтвердить: по дороге из комнаты в комнату никого не видела, в кабинете пусто, кровь из шеи выливается фонтанчиками, значит, удар нанесен только что. О наличии тайного шкафа знали считаные люди, Маша рискнула и выиграла.

— Но как же она рассчитала время? Отчего была уверена, что Мадлен именно в это мгновение войдет в кабинет?

Вовка скривился.

— Леся помогла подружке.

— Певица знала о готовящемся убийстве?

— Нет. Маша попросила ее точно в указанное время позвонить Мадлен на мобильный и завопить: «Мне нужно срочно... ничего не слышу... немедленно ступай в свой кабинет, наберу туда... такое безобразие...» Испуганная начинающимся скандалом Гостева ринулась к себе. Леся посылает эсэмэску Маше, у той секунды. Да, риск был, все могло сорваться. Но сработало. Маша успевает первой войти в кабинет, а там уже сидит Реутова.

— Она-то как туда попала?

— Все в «Лам» знают, что Галина каждый день в один и тот же час, вечером, заходит к Гостевой с отчетом о продажах. Это ритуал, никто не смеет близко подходить к кабинету старшей продавщицы в данный момент. Мадо, кстати, никогда не спешит на это совещание, обычно опаздывает, подчеркивая тем самым свое начальственное положение, а Реутова вынуждена смиренно ждать. Теперь описываю действия посекундно. Галина входит в кабинет и садится на стул, она не удивлена отсутствием Мадлен, которая опаздывает всегда. Леся звонит Гостевой, та спешно направляется к себе, Маша-Миша получает SMS и торопится к месту задуманного убийства. В отличие от Мадо ей надо сделать всего пару шагов. Реутова падает замертво, Маша-Миша влезает в шкаф, вбегает Гостева. По расчетам убийцы, Мадо должна рухнуть без чувств, тогда можно вылезти, вынуть скальпель из раны и вложить его в руку Гостевой. Но здесь случается осечка: Мадлен сама выхватывает нож и начинает кричать. В начавшейся суматохе Маша-Миша незаметно покидает шкаф. Повторяю, счет шел на секунды, преступница рисковала, но все срослось.

— Она сумасшедшая! — воскликнула я. — Ладно, желание отомстить Ире и Мадо можно хоть как-то объяснить, но смерть Галины... Она вообще ни при чем, не имеет отношения к делу Зорина — Гостева.

— На мой сугубо обывательский взгляд, любой убийца ненормален, — заметил майор, — но у психиатров свое видение проблемы.

Эпилог

Тех, кто ждет захватывающего описания судебного процесса, я сейчас разочарую. До Фемиды дело не дошло. Маша скончалась в СИЗО, вернее, она покончила с собой. У хрупкой женщины невесть откуда взялись силы, чтобы оторвать от матраса верхнее покрытие, разодрать суровый материал на полосы, сделать веревку и повеситься на стойке нар. Восемь сокамерниц в тот момент спали мертвым сном, никто ничего не слышал и не видел. Охрана, которой вменено в обязанность обозревать через равные промежутки времени сидельцев, тоже не словила мышей. Так ли это на самом деле? Или вмешались «некие силы», категорически не желавшие, чтобы на свет вылезли дела Зорина и Гостева и в особенности ситуация с убийцей Игоря и Вероники? Нет ответа на вопросы, есть факты — основная подозреваемая покончила с собой, дело закрыли, бумаги похоронили в архиве.

Как дальше сложилась судьба Ирины, Мадлен и Анны, я не знаю. Шульгина прислала мне с курьером деньги за работу, мы более не встречались даже случайно. Я не хожу по тусовкам и не заглядываю в бутик «Лам», мне там одеваться не по карману, да и не испытываю никакого желания тратить бешеные деньги на тряпки. Один раз, правда, в каком-то из глянцевых журналов мне попалась заметка о новом магазине «Леозо», который открыли три женщины. Фотография в журнале запечатлела весело улыбающихся Ирину, Мадлен и Анну. Анна сильно похудела и превратилась в блондинку, внешнее сходство между владелицами бутика стало заметнее. Еще лично мне о многом сказало название «Леозо» — думаю, это напоминание об их отце, Леониде Зорине. Надеюсь, теперь место работы женщин больше не будет бутиком ежовых рукавиц.

Шмелев не был наказан. Очевидно, Александр Георгиевич накопил хороший компромат на Шульгину, и Ирина, чтобы избежать неприятностей, «простила» обидчика.

Думаю, некая сумма, приложенная к заявлению о том, что Ирина не имеет к Шмелеву никаких претензий, ускорила процесс улаживания конфликта, и Александр Георгиевич оказался на свободе. Наверное, он и сейчас продолжает шакалить в лесу непуганых неверных жен.

Мой непосредственный начальник, хозяин детективного агентства Юра Лисица, вернулся из отпуска с новой невестой — уезжал с Алисой, а прилетел в Москву с Мариной. Совершенно обычная для Юрасика ситуация.

Необыкновенно теплое лето, упавшее на Москву, продолжало радовать столичных жителей, я решила взять небольшой тайм-аут от работы и сегодня продрыхла почти до полудня. Знаете, не ходить на службу очень приятно. Конечно, совсем не заниматься делом плохо, но превратиться на некоторое время в лентяйку замечательно.

Зевая и потягиваясь, я вышла на кухню, со вкусом попила кофе, взяла сумку и отправилась в супермаркет. Торопиться мне было решительно некуда, поэтому я села на скамейку у подъезда и, прищурившись, стала наблюдать за весело гомонящими детьми.

Дверь подъезда хлопнула, во двор вышел Роман с Джейсоном на поводке, я моментально стряхнула с себя полудрему и крикнула:

— Вернулись?

— Ага, — закивал сосед, — по делам мотался. Одна беда: Джейса пришлось к приятелям отвезти, а мальчик очень тоскует без меня.

— Вам не икалось? — ехидно спросила я.

— Нет, а че? — абсолютно натурально удивился Роман.

— Наша семья постоянно вас вспоминала.

— Да ну?

— Именно так. Уж извините, но вашу эфу съел Ларри. С вашей стороны было очень некрасиво уехать и бросить нас в опасной ситуации.

— Не понял, — протянул Роман. — О чем базар?

Вот тут я обозлилась до крайности.

— Базар чисто конкретный. Вы смылись в командировку и оставили в чужой квартире змею. Мы очень нервничали, наняли мангуста!

— Не понял, — повторил растерянно сосед.

— И понимать нечего! — рявкнула я. — Эфу придушил Ларри. Очень люблю животных, но в данном случае испытываю неприличную радость. Никаких мук совести. Да!

— Ваще не врубаюсь, — удивился Роман. — Какая змея?

— Эфа! Страшно ядовитая! Опасная! Вы пришли к нам, рассказали про подругу Джейсона, пресмыкающееся, которое просочилось из вашей квартиры в нашу через дыру и...

Роман почесал затылок.

— Ой, блин, забыл... Только при чем тут змея? Не было у нас с Джейсоном никакой змеи.

— Сами говорили про эфу!

— Так вот же она! — вытаращил глаза мужчина.

Быстрым движением сосед вытащил из-за пазухи крохотную мышь.

— Полностью ее имя Эфедрилла Калистратовна

Марчук-вторая. Но мы с Джейсоном ее по-простецки кличем Эфой. Мышек у нас в институте разводят. Нашей Эфе фамилию директора дали, для смеху, отчество от заведующего вивария, а имя Катюха придумала, лаборантка. Номер у мышки, потому что они живут мало, а Джейс, уж не знаю почему, очень маленькую подружку любит. Теперь припоминаю, Эфа от нас слиняла, вот я и пошел к вам искать, потому что про дырку знал. Потом к себе вернулся, гляжу, в кухне сидит. Ну и хорошо, подумал, нашлась дорогая пропажа. Вот она какая, желто-красная называется. Мех не белый, а глаза оранжевые.

Пару секунд я сидела с раскрытым ртом. Затем, почти не руководя собой, спросила:

— Так вы не бандит?

— Да нет, — дружелюбно ответил Роман, нежно пряча не проявившую никакого волнения мышь обратно за пазуху. — А че, похож? Я заведую отделом фундаментальных исследований. Ну, ваще, блин, не знал, как ко мне соседи на новом месте относятся. Браток... Ха! Офигеть!

Настал мой черед поражаться. И внешний вид Романа, и, главное, его манера разговаривать полностью соответствовали образу «быка». Но я, оказывается, ошиблась.

— И че, мне тогда бежать к вам снова надо было, — продолжал недоумевать Роман, — типа предупредить: «Не дергайтесь, Эфа дома»? Я ничего про змею не говорил. Ваще я всех ползающих до ужаса боюсь.

Вечером я вошла в комнату к Кирюшке, который, как обычно, сидел у компьютера, и безо всякой предварительной подготовки спросила:

— Где взял муляж змеюки?

Мальчик хихикнул.

— А как догадалась, что она не настоящая была?

— Не важно, — процедила я. — Обманщик!

Кирик отложил «мышку».

— А вот и нет, — обиженно протянул он. — Хотел всех успокоить, купил в магазине приколов резиновую гадюку и положил в коробку. Очень хорошо знал, никто ее пальцем трогать не станет. И особо разглядывать наши побоятся, заорут и велят унести. Так и вышло.

— Ты нас обманул! — возмутилась я, ощущая, кстати, сильный душевный дискомфорт.

Если разбираться до конца, то кашу с пресмыкающимся заварила я. Во время своего визита Роман и правда ни разу не произнес слово «змея», он говорил «Эфа», то есть называл безобидную подругу Джейсона по имени, а я решила, что речь идет о ядовитой гадине, проникшей в квартиру. С другой стороны, не следует особо себя ругать, сосед даже не намекнул, что его здоровенная собака состоит в дружбе с мелким грызуном. О чем следовало думать, услыхав короткое «эфа»?

— Я не лгал, — отчеканил Кирюша. — А совершил благородный поступок, успокоил людей, вернул им мирный сон и хорошее настроение. Вместо того чтобы ругаться, лучше скажи мне спасибо. Иначе спать бы тебе в сапогах, плаще и в спальном мешке еще долго. Если же думаешь, что змея еще тут, так это неправда, Ларри бы ее поймал. Уползла куда-то. Вот она, человеческая благодарность: решил помочь, карманные деньги на идиотский шланг потратил, а меня еще и во вранье обвиняют!

С крайне обиженным видом Кирюша отвернулся к ноутбуку. Я пошла к себе в спальню. Рассказать домашним, что эфа — на самом деле мышь? Да никогда в жизни! Не то до конца дней мне станут поминать оплошность и перечислять вещи, испорченные безобразником Ларри. Ну почему я не поверила Ириске, когда он решительно заявил: «Маус никого не нашел, змеи тут никогда не было»? Отчего решила, что змеелов — сумасшедший идиот? Только из-за его странной внешности?

Ну сколько раз можно убеждаться: «обертка» часто не соответствует «содержимому». Видимость обманчива, за милыми словами часто кроются нехорошие дела, за величавым видом — низкая душонка, за веселой улыбкой — плохое настроение. Кстати, по-моему, если кто-то улыбается в кризисной ситуации, значит, он нашел, на кого свалить вину.

письма

Советы

от
безумной
оптимистки

Дарьи
Донцовой

советы

Обращение к читателям

Дорогие мои, я очень люблю вас, но, увы, не имею возможности сказать о своих чувствах лично каждому читателю. В издательство «Эксмо» на имя Дарьи Донцовой ежедневно приходят письма. Я не способна ответить на все послания, их слишком много, но я обязательно внимательно изучаю почту и заметила, что мои читатели, как правило, либо просят у Дарьи Донцовой новый кулинарный рецепт, либо хотят получить совет. Но как поговорить с каждым из вас?

Поломав голову, сотрудники «Эксмо» нашли выход из трудной ситуации. Теперь в каждой моей книге будет мини-журнал, где я буду отвечать на вопросы и подтверждать получение ваших писем. Не скрою, мне очень приятно читать такие теплые строки.

Совет № раз

Рецепт
«пальчики оближешь»

Апельсины с начинкой

Что нужно:

4 апельсина,
250 г творога,
20 г апельсинового ликера,
2 ст. л. сахара,
1 пакетик ванилина,
250 г сливок.

Что делать:

Вымыть апельсины горячей водой и отрезать верх у каждого. Выскрести мякоть из апельсина и протереть ее через сито. Творог, апельсиновое пюре, ликер, сахар и ваниль перемешать венчиком. Миксером взбить сливки в густую пену и осторожно соединить с творожно-апельсиновой смесью. Крем разделить на 4 части и наполнить им апельсины. Верх можно украсить фисташками или другими орешками.

Приятного аппетита!

Совет № два

Как похудеть, не изводя себя диетами

Хотите похудеть на несколько килограммов перед тем, как отправиться в отпуск? Начните вычитать калории. Сократить количество потребляемых калорий на целых 800 можно практически незаметно. Для этого нужно придерживаться двух главных правил:

во-первых, отдавайте предпочтение низкокалорийным продуктам. И помните: не нужно идти на большие жертвы. Выбирайте вкусное, но низкокалорийное;

во-вторых, начните уменьшать порции, но делайте это как можно незаметнее. Например, режьте хлеб тоньше. Благодаря только этой маленькой хитрости теряется 200 ккал в день. Главная отличительная особенность данного метода — вы никогда не испытываете голода, продолжаете есть все, к чему привыкли, не меняете распорядок дня и при этом теряете 1,5 килограмма за две недели.

Письма читателей

Дорогие мои, писательнице Дарье Донцовой приходит много писем, в них читатели сообщают о своих проблемах, просят совета. Я по мере сил и возможностей стараюсь ответить всем. Но есть в почте особые послания, прочитав которые понимаю, что живу не зря, надо работать еще больше, такие письма вдохновляют, окрыляют и очень, очень, очень радуют. Пишите мне, пожалуйста, чаще.

Добрый вечер, Дарья Аркадьевна!

Надеюсь, что мое письмо попало в Ваши волшебные руки, которыми Вы написали столько спасительных для меня книг.

Моя соседка, наверное, уже как года четыре твердила мне, что Ваши книги — это спасение. А я никак до них не добиралась. А вот в этом году наконец-таки руки дотянулись, открыли мини-книжечку издательства «Эксмо» и... Книжки в твердом переплете я тоже, конечно, покупаю, но чаще все же в мягкой обложке, так как легче с собой возить. На работу мне ездить приходится далеко, да и желания нет. Вот зато Вас читаю в любую свободную минуту. С мужем у меня скандалы постоянные, уверена, что у него другая женщина. А я уже стара, видимо. Но это все не беда. Это я так давно уже мучилась. А книжки Ваши мне с этим справляться помогают. Я, мне кажется, даже вид более жизнерадостный приобрела. А то все знакомые вечно жаловались на угрюмость. Вас читаю — насмеяться не могу.

Спасибо Вам искреннее за это. Доброго Вам здоровья!

Здравствуйте, Дарья Аркадьевна!

Очень многое хотелось бы Вам рассказать, но понимаю, как Вы заняты. Я очень люблю Вас и Ваши книжки! Я всегда не очень-то и увлекалась чтением, но, попав в больницу, ситуация изменилась. Попробую рассказать вкратце. Зимой был страшный гололед, а я же неаккуратная очень, выходила из автобуса, и вот я уже лежу на дороге, а вокруг люди, и все шумят. Конечно, я упала. И сильно повредила ногу. Да так повредила, что три недели пришлось лежать в палате. А я работаю много, не привыкла так долго без дела. Все лежат, кряхтят,

стонут. У самой настроения нет. Нога болит. Взяла у женщины, соседки по палате, «Крутых наследничков» почитать, насколько я теперь знаю, один из первых Ваших детективов. Вот сейчас уже, наверное, двадцатую книгу читаю, оторваться не могу. И, на удивление врачей, пободрела, и говорят, через месяц даже не буду хромать, если буду так ловко спускаться из дома к книжному ларьку.

Спасибо Вам большое!

Содержание

Донцова Д. А.

Д 67   Бутик ежовых рукавиц: Роман. Советы от безумной оптимистки Дарьи Донцовой: Советы/Дарья Донцова. — М.: Эксмо, 2006. — 384 с.: ил. — (Иронический детектив).

Кем только мне не приходилось притворяться, расследуя преступления! Но вот уж не ожидала, что я, Евлампия Романова, вынуждена буду играть роль... «вешалки». Или, другими словами, манекенщицы. И это с моей-то внешностью! Но чего не сделаешь ради клиента... Правда, мне всего-то и надо, что найти негодницу, которая пытается выставить управляющую модным бутиком Ирину Шульгину воровкой. Можно сказать, плевое дело! И вот я кручусь перед капризными покупательницами в шикарных нарядах, а между делом веду расследование. Только я вышла на злодейку, только сообразила, из-за чего она строит свои козни, как ее взяли и пришили, выражаясь языком фэшн-бизнеса. Ха-ха! Шутка! Убийцу я сразу схватила за руку с зажатым в ней окровавленным ножом. Однако стоп, не все тут так просто. Преступница вовсе не она! А кто?..

УДК 82-3
ББК 84(2Рос-Рус)6-4

ISBN 5-699-18591-7   © ООО «Издательство «Эксмо», 2006

Оформление серии *В. Щербакова*

Литературно-художественное издание

Донцова Дарья Аркадьевна
БУТИК ЕЖОВЫХ РУКАВИЦ

Ответственный редактор *О. Рубис.* Редактор *И. Шведова*
Художественный редактор *В. Щербаков.* Художник *Е. Шувалова*
Технический редактор *Н. Носова.* Верстка *О. Шувалова*
Корректоры *В. Авдеева, О. Архипова*

ООО «Издательство «Эксмо»
127299, Москва, ул. Клары Цеткин, д. 18/5. Тел.: 411-68-86, 956-39-21.
Home page: **www.eksmo.ru** E-mail: **info@eksmo.ru**

Подписано в печать 26.09.2006. Формат 84 × 108 ¹/₃₂.
Гарнитура «Таймс». Печать офсетная. Бумага Classik. Усл. печ. л. 20,16.
Тираж 250 000 экз. (1-й завод — 210 000 экз.) Заказ № 0621960.

Отпечатано в полном соответствии с качеством
предоставленного электронного оригинал-макета
в ОАО «Ярославский полиграфкомбинат»
150049, Ярославль, ул. Свободы, 97

Дарья ДОНЦОВА

Записки безумной оптимистки
Два года спустя

АВТОБИОГРАФИЯ

С момента выхода моей автобиографии прошло два года. И я решила поделиться с читателем тем, что случилось со мной за это время...

«Прочитав огромное количество печатных изданий, я, Дарья Донцова, узнала о себе много интересного. Например, что я была замужем десять раз, что у меня искусственная нога... Но более всего меня возмутило сообщение, будто меня и в природе-то нет, просто несколько предприимчивых людей пишут иронические детективы под именем «Дарья Донцова». Так вот, дорогие мои читатели, чаша моего терпения лопнула, и я решила написать о себе сама».

Дарья Донцова открывает свои секреты!

Я готовлю Вам подарки

Дорогие мои, любимые Читатели!
Те, кто знает все мои книги, и те,
кто просто открыл впервые и зачитался!
Теперь в каждой моей новой книге
Вас ждут разноцветные купоны на получение подарков!
Присылайте их по адресу: 111673, Россия, г.Москва,
а/я "Дарья Донцова" - и выигрывайте!

Вас ожидают три розыгрыша!

1-й розыгрыш состоялся в августе: каждый пятый участник
выиграл стильный шарфик!

2-й розыгрыш в октябре: приз каждому десятому участнику,
приславшему три заполненных купона, - бытовая техника!

3-й розыгрыш в декабре: разыгрываются семейные поездки
в Египет среди тех, кто пришлет пять заполненных купонов!

Суперприз - семейная поездка в Египет!

Солнечного Вам настроения!
Ищите оранжевый купон
в новой книге!

© А. Коппаков 2005

www.eksmo.ru   www.dontsova.ru

С любовью
Дарья Донцова

Присланные Вами купоны участвуют
во всех трех розыгрышах!

телефон горячей линии:
(495) 642-32-88